Anke Weidinger
Die Nachtigall von Derbyshire

ANKE WEIDINGER

DIE *Nachtigall* VON DERBYSHIRE

SCM Hänssler

SCM

Stiftung Christliche Medien

FSC www.fsc.org MIX Papier aus verantwortungsvollen Quellen FSC® C006701

SCM Hänssler im SCM-Verlag GmbH & Co. KG · 71088 Holzgerlingen
Internet: www.scm-haenssler.de · E-Mail: info@scm-haenssler.de

Umschlaggestaltung: OHA Werbeagentur GmbH, Grabs, Schweiz;
www.oha-werbeagentur.ch
Titelbild: 123rf.com
Satz: Satz & Medien Wieser, Stolberg
Druck und Bindung: CPI – Ebner & Spiegel, Ulm
Gedruckt in Deutschland
ISBN 978-3-7751-5334-8
Bestell-Nr. 395.334

Greater Love hath no man than this
*that a man lay down his life for his friends.**
John 15,13

* Aus *The New Testament of Our Lord and Saviour Jesus Christ,* translated out of the original Greek [...] by His Majesty's [King George VI] special command, appointed to be read in churches, Cambridge University Press, 1941.

Meinem Wolfgang gewidmet

1

Ein nächtlicher Reiter

»Doktor, Doktor, machen Sie auf! Öffnen Sie die Tür, ich habe dringende Nachricht! Es geht um Leben und Tod! Machen Sie auf, ich flehe Sie an, machen Sie schnell auf!«

Das Rütteln an der Tür weckte die Magd und schließlich auch den Hausherrn, der im Dunkeln die Treppe hinuntereilte, einen Finger verärgert auf die Lippen gelegt.

»Ich komme ja schon! Emma, geh wieder schlafen, es braucht dich keiner im Nachtkleid zu sehen um diese Stunde, schon gar kein Fremder. Geh, geh nur. Ja, ja«, rief er, zur Tür gewandt, »sogleich! Du weckst mir noch meine Frau mit deinem wilden Gerüttel, gleich wird die Tür mitsamt deiner selbst ins Haus fallen. Was gibt's?«

Der Bote, der auf der Türschwelle stand, sein vor Erschöpfung bebendes Pferd am Zügel, hielt ihm wortlos die Papierrolle entgegen. »Lassen Sie mich wissen, ob ich Antwort bringen soll oder ob Sie gleich selbst hinreiten wollen. Ist Botschaft aus Eyam, Sir, und keine gute. Nur machen Sie schnell, ich muss noch bis Matlock. Ich kann nicht warten.«

Hastig den Inhalt des Schreibens überfliegend, warf der Hausherr dem Boten zuerst eine Münze, dann einen flüchtigen Blick zu und nickte kurz. »Reite weiter. Ich weiß, was ich zu tun habe. Gott sei mit dir!«

Das Geldstück unter sein Gewand schiebend, schwang sich der Bote im selben Augenblick auf sein Pferd, riss den Zügel herum und stieß ihm die Hacken in die Flanken. »Und auch mit Ihnen, Doktor!«, rief er über die Schulter zurück. »Hey!«

So stob er davon, eine Wolke von Staub und einen sorgenvoll die Stirn runzelnden Doktor auf der Türschwelle hinter sich lassend. Noch einmal las dieser die Nachricht durch und schüttelte verärgert den Kopf. Sodann stürzte er hastig ins Haus und die Treppe hinauf, immer zwei Stufen auf einmal nehmend, die Papierrolle fest in der Hand.

»Wer war das?«, rief ihm eine Stimme von oben entgegen. »Was ist geschehen? Braucht man dich auf Morton Hall?«

Eine junge Frau im weißen Nachtkleid, das sich über dem Bauch wölbte, unter welchem deutlich sichtbar ein Kind heranwuchs, kam ihm auf dem Treppenabsatz entgegen, die blauen Augen fragend auf ihn gerichtet. »Was ist es, Liebster, sprich – kann man helfen? Ist es …«

»Es sind schlechte Nachrichten aus Eyam, Amy. Traurige Nachrichten. Dieser Brief ist von Reverend Stanley. Er bittet mich um Hilfe – viele unserer Freunde und Nachbarn sind krank; deinen Bruder Robert haben sie gestern begraben müssen –, oh, Amy, Liebstes, es tut mir so leid! Stanley schreibt, Robert sei bereits das siebte Todesopfer gewesen, seit Anfang September der Schneidergesell Viccars, der bei den Hadfields zur Miete wohnte und Alexander im Geschäft zur Hand ging, daran starb. Es muss irgendetwas mit diesem Bündel Tuch zu tun haben, das man Hadfield aus London schickte. George Viccars packte es aus, ließ es am Feuer trocknen, da es feucht war und unangenehm roch – eine Woche später war er tot. Du weißt, dass in London schon Hunderte auf dieselbe grauenvolle Weise starben. Jetzt …« Die Stimme versagte ihm, als er den Schmerz in den Augen seiner Frau sah, und er nahm ihre kalten Hände in die seinen und küsste sie. »Amy! Du musst jetzt sehr stark sein. Ich muss nach Eyam – noch heute Nacht.«

»Nein!«

Amy warf sich schluchzend in seine Arme. »Das darfst du nicht! Oh Gott, das darfst du nicht! Wenn es – oh, Gordon, wenn es die Pest ist, dann …«

Der Doktor strich seiner Frau beruhigend über das hellblonde Haar, das in losen Locken bis auf die Hüften hinabfiel. »Schscht… nicht, Amy, nicht. Nicht weinen jetzt. Du darfst dich nicht so aufregen, denk an das Kind – und denk an deine Eltern, an deine Geschwister. Sie brauchen Hilfe, Amy, dringend! Ich muss gehen – ich muss, verstehst du?«

Die Augen voller Tränen, die Lippen fest aufeinandergepresst, nickte sie kaum merklich. Er zog sie rasch in seine Arme, küsste sie und murmelte, das Gesicht in ihrem Haar vergraben: »Glaube mir, liebste Amy, ich weiß, wie groß deine Angst ist, und es schmerzt mich, dich in dieser schweren Zeit allein lassen zu müssen. Gerade jetzt, wo das Kind unterwegs ist und sicher auch bald kommen wird. Aber die Menschen von Eyam haben auch Angst, große Angst, Amy. Sie brauchen Hilfe! Deshalb bittet man mich, nach Eyam zu kommen. Sofort. Reverend Stanley schreibt, die Menschen seien so verzweifelt und er und Mompesson könnten nicht überall zur selben Zeit sein. Sie versuchen alles, um ihnen so gut es geht zu helfen, aber was sie wirklich brauchen, ist ein Arzt – und deshalb … deshalb rufen sie nun mich, Amy. Ich muss ihnen helfen, es ist meine Pflicht – das verstehst du doch, nicht wahr, Amy?«

Furcht spiegelte sich in Amys Augen, und sie hielt schweigend seinem Blick stand, während sie versuchte, das, was sie gehört hatte, zu verstehen.

Sie dachte an ihren Bruder, an die anderen Geschwister und an ihre armen Eltern. Was, wenn sie alle starben – wenn sie keinen von ihnen jemals wiedersehen sollte?

Langsam, kaum merklich, begann sie zu nicken. Auch wenn alles in ihr schrie, er solle nicht fortgehen, wusste sie doch, dass es sinnlos war, sich dagegen zu wehren. Sie musste ihn gehen lassen, schon um ihrer Familien willen. Wenn einer den Menschen von Eyam helfen konnte, dann war es Gordon. Er war ein guter Arzt und sie war sehr stolz auf ihn. Doch …

Gordon strich ihr liebevoll das Haar aus der Stirn und küsste sie. »Gut. Ich wusste, dass du mich verstehst. Und nun komm, leg dich wieder ins Bett, dass du nicht noch kälter wirst.«

Damit ließ er sie los und ging an ihr vorbei in die Schlafstube, wo er in fieberhafter Eile ein paar Sachen und Kleidung zusammenzusuchen begann.

Amy stand einen Moment lang wie betäubt da, dann folgte sie ihm. Sprachlos vor Schreck und Furcht wankte sie zum Bett hinüber und ließ sich mit letzter Kraft darauf nieder. Ihr war schwindelig, und ihr Rücken schmerzte, doch sie mochte nichts sagen, wollte sich nicht beklagen. Jetzt war nicht die Zeit, an sich selbst zu denken. Stattdessen faltete sie die Hände im Schoß und beobachtete stumm ihren Mann, wie er sein Bündel zusammenpackte.

Es waren kaum mehr als zwanzig Meilen bis Eyam, doch die Straßen waren beschwerlich und führten zum Teil durch raues, unwegsames Gelände. Das Pferd, das sie besaßen, war zwar kräftig und gutmütig, doch es war nicht besonders schnell. Amy fragte sich, ob Gordon nicht lieber Lord Craven um ein schnelleres Pferd bitten sollte. Andererseits würde der ihn vielleicht gar nicht gehen lassen; Gordon war der Leibarzt der Cravens von Morton Hall und hatte sich bei ihrer Ankunft hier verpflichtet, stets für die Familie verfügbar zu sein.

Ob er in diesem Augenblick an seine Pflichten den Herrschaften gegenüber dachte, schien ihr allerdings fraglich.

Aber war nicht das Leben der anderen im Augenblick viel wichtiger?

Gordon kniete vor ihr nieder, nahm ihre Hand und begann, sie sanft zu streicheln. »Weine nicht, mein Liebes. Weine nicht um mich! Ich komme wieder. Das verspreche ich dir. Und unser Kind … nun, das wird schon auch ohne mich gesund zur Welt kommen. Du kannst nach Fanny schicken lassen, sie hat alle Kinder auf Morton Hall auf die Welt gebracht. Es ist ja noch Zeit – vielleicht bin ich sogar schon zurück, bevor es so weit ist. Sei ohne Sorge, Amy. Ich komme wieder!«

Unter Tränen nickend, fühlte sie, wie seine Hand sich von der ihren löste, und sie wusste, dass es Zeit war. Unfähig, den Kopf zu heben und den geliebten Mann anzusehen, biss sie sich auf die Lippen und versuchte, ein Schluchzen zu unterdrücken. Sie musste für ihn tapfer sein, so wie er um das Leben der anderen willen tapfer war.

»Leb wohl, meine Amy, und fürchte dich nicht. Gott, unser Herr, wird nicht zulassen, dass dir ein Leid geschieht. Und denke an mich, wenn du singst: Ich höre dein Lied, wo immer ich bin!«

Nachdem er sie noch ein letztes Mal geküsst und ihr ein Kreuz auf die Stirn gezeichnet hatte, ging er hinaus.

Amy blieb stumm und reglos auf dem Bett sitzen und starrte auf ihre Hände hinab, bis sie unten die Haustür ins Schloss fallen hörte. Dann aber warf sie sich in die Kissen und weinte bitterlich.

Die Nacht war pechschwarz, der Mond von Wolken verhüllt. Gordon Tulliver konnte den Weg kaum erkennen, auf dem er ritt, er musste seinem Gefühl und dem Wegweiser vertrauen, den er etwa vor einer Stunde passiert hatte. Er wusste auch um die Schwäche seines Pferdes, wusste, dass er es nicht zu sehr antreiben durfte, wenn es die ganze Strecke über durchhalten sollte. Er konnte keine Rast einlegen, die wenigen Wirtshäuser, die auf dem Weg lagen, hatten alle geschlossen. Er wusste auch nicht, in welchem er um diese Zeit ein frisches Pferd bekommen würde. Hinzu kam, dass man nicht allen Wirten vertrauen konnte, es waren unsichere Zeiten, nicht nur der Pest wegen, die seit Monaten schon die Menschen in England in Angst und Schrecken versetzte. Der *Schwarze Tod,* wie man die Krankheit nannte, war vom europäischen Festland nach England gekommen, wie, das wusste im Augenblick keiner genau zu sagen. Innerhalb weniger Wochen waren in London Tausende und Abertausende von Menschen gestorben, und jetzt, da die Zahl der Toten dort allmählich zurückzugehen schien, hatte die Seuche Derbyshire erreicht.

Gordon war seit seiner Heirat im vergangenen Jahr nicht mehr in seinem Heimatdorf gewesen und der Gedanke, womöglich keinen Einzigen seiner Verwandten lebend dort anzutreffen, jagte ihm eine solche Angst in die Glieder, dass er bald schon alle Vorsätze vergaß und dem treuen Pferd seine Stiefel in die Seiten stieß.

»Heya, lauf, lauf, mein Guter! Lauf!«

Der Hengst wieherte unwillig, legte jedoch an Geschwindigkeit zu und galoppierte mit bebenden Nüstern die steile Straße hinauf, um scharfe Kurven und immer noch steiler bergan. Das dumpfe Geräusch der beschlagenen Hufe auf Splitt und feinem Geröll war neben dem Keuchen des Tieres das Einzige, was Gordon über seinem angstvoll klopfenden Herzen hörte. *Geschwind, geschwind,* schien der Hufschlag zu sagen, *geschwind, geschwind!*

»Du schaffst es, mein Guter«, murmelte Gordon leise und wusste nicht, ob er sein Pferd oder sich selbst meinte. Er hielt den Kopf zum Schutz vor dem eisigen Oktoberwind tief gesenkt, sein Atem bildete kleine Wölkchen vor seinem Gesicht, so schneidend kalt war die Luft. Es schien früh Winter werden zu wollen in diesem Jahr.

Hatte Amy genügend Holz im Haus? Würde sie es warm genug haben?

»Du schaffst es! Bald sind wir da, dann können wir ihnen helfen … bald sind wir da.«

Und Gott schütze meine Amy. Gott schütze meine Amy …

Ein Schäfer, der bei seinen Schafen die Wacht hielt, sah den Reiter vorbeihetzen und rieb sich nachdenklich das Kinn. Dann schüttelte er den Kopf und suchte mit den Augen den Horizont ab. Obwohl es bald dämmern musste, schien es gerade jetzt besonders dunkel. Von der Sonne war noch immer nichts zu sehen, nicht der schmalste Lichtstreif war im Osten zu erkennen, sosehr der alte Mann seine Augen auch anstrengte. Im Westen aber hatten sich dichte Wolken zu einer schwarzen Wand zusammengezogen. Auch der kalte Wind, der schon am Tag zuvor über die Ebene gefegt war, hatte jetzt zugenommen, und der Schäfer pfiff nach seinem Hund, dass dieser ein paar abseits liegende Mutterschafe und deren Lämmer zusammentrieb. Wenn ein Unwetter kam, war Eile geboten. Zur Schutzhütte war es zu weit, die lag unten im Tal, und im Dunkeln ließen sich die Schafe ungern treiben, vor allem dann nicht, wenn sie Angst hatten.

Der Hund kam, stellte sich vor seinen Herrn und sah ihn erwartungsvoll an. Sobald er seinen Befehl erhalten hatte, machte er sich sofort wieder auf den Weg, während der Schäfer am selben Platz zurückblieb, die Augen unbeweglich nach Westen gerichtet. In der Ferne hörte er eine Nachtigall schlagen, sie schien ohne Angst. Eine andere gab Antwort, dann war alles wieder still.

Irgendetwas lag in der Luft, etwas, das dem alten Schäfer weit mehr Unbehagen bereitete als das bevorstehende Unwetter. Doch er konnte nicht sagen, was es war – so wandte er den Blick noch einmal nachdenklich in die Richtung, in die der Reiter verschwunden war.

Amy erwachte in der Morgendämmerung von einem rasenden Schmerz, der wie eine Welle zuerst ihren Rücken, dann den ganzen Unterleib erfasste und sie, als er endlich nachließ, keuchend nach Luft schnappen ließ. Mit schmerzverzerrtem Gesicht versuchte sie, sich aufzurichten, tastete im Halbdunkel nach der Kerze, doch ihre Hand zitterte und das Streichholz fiel ihr zu Boden, ehe es brannte.

Wimmernd nahm sie ein neues Streichholz, versuchte es abermals, doch da überfiel sie schon die nächste Schmerzwelle, weniger stark als die vorige zwar, aber schlimm genug, dass Amy stöhnend in die Kissen zurücksank.

War es schon so weit? Konnte das die Geburt ihres Kindes sein, das sich mit diesen Schmerzen ankündigte? Ihre Mutter hatte nie darüber gesprochen, obwohl sie nach Amy noch fünf weitere Kinder bekommen hatte, in regelmäßigen Abständen von zwei Jahren. Amy war es immer so vorgekommen, als seien die Babys ihrer Mutter ganz von allein auf die Welt gekommen, während sie selbst beim Wasserholen gewesen war oder dem Vater etwas zu essen in seine Werkstatt gebracht hatte.

Nie hatte sie ihre Mutter bei einer Geburt schreien oder wimmern hören, und jedes Mal war sie noch am selben Tag aufgestanden, um wie gewohnt ihrer Arbeit im Haus nachzugehen und die

Familie zu versorgen. Deshalb hatte Amy immer geglaubt, dass eine Geburt nichts Außergewöhnliches sei; nichts, weswegen man sich fürchten musste. Ganz gewiss hatte sie nicht mit diesen Schmerzen gerechnet.

Wenn doch nur Gordon bei ihr wäre! Er würde wissen, was zu tun war, er bräuchte nicht einmal Fanny zu rufen, und sie könnten ihr erstes Kind allein zur Welt bringen, ohne dass ein Fremder dabei sein musste. Wie sehr hatte sie sich gewünscht, dass es so sein würde! Hätten die Wehen doch nur sechs Stunden früher eingesetzt, wäre er noch hier gewesen. Aber jetzt – jetzt war es zu spät …

Ich brauche Hilfe, dachte Amy, während sie die Zähne aufs Neue zusammenbiss und mit fest geschlossenen Augen wartete, bis der Schmerz nachließ. Aber wie sollte sie Fanny erreichen? Sie wusste ja nicht einmal, wie sie es anstellen sollte, Emma herbeizurufen, die jung und unerfahren war und vielleicht größere Angst haben würde als sie selbst. Amy bezweifelte, dass sie ihr eine große Hilfe sein würde.

»Emma!«, rief sie, doch ihre Stimme war so schwach, dass kaum mehr als ein ersticktes Krächzen herauskam. Ihr Körper krümmte sich erneut vor Schmerzen und sie musste in das Laken beißen, um nicht laut zu schreien.

Als der Schmerz für eine kurze Zeit nachließ, schüttelte Amy den Kopf. Dann rief sie noch einmal nach Emma, so laut sie konnte: »Emma!« Und noch einmal: »Em-*ma*!!!«

Gleich darauf stürzte das verschreckte Mädchen ins Zimmer, eine flackernde Kerze in der Hand. »Was ist, Mrs Tulliver, warum schreien Sie so? Geht es denn schon los? Soll ich nach Fanny schicken, Madam?«

Amy konnte nur nicken, presste die Lippen fest aufeinander und sank zurück auf ihr Bett, das Gesicht aschfahl. »Schnell, Emma. Schnell …«

»Lassen Sie mich noch ein wenig Holz nachlegen, Madam, das Feuer ist fast verlöscht …«

»Geh jetzt, Emma! Geh!!!«

Erschrocken fuhr Emma zusammen. Dann aber nahm sie ihre Röcke auf, die Kerze in die Hand und lief so schnell sie konnte aus dem Zimmer und die Treppe hinab.

Wie durch einen dichten Nebel hörte Amy, wie Emma die Treppe hinunterlief und kurz darauf zum zweiten Mal in dieser Nacht die Haustür ins Schloss fiel, dann war alles still und schwarz um sie herum.

Ich laufe. Ich laufe einen Hang hinab, mein Kleid weht im Wind. Es ist Frühling, ich kann das frische Gras unter meinen nackten Füßen spüren und den Wind in meinem Gesicht. Die Blumen, sie duften so süß. Ich sauge ihren Geruch auf, bis ich wie trunken davon bin. Leicht, so leicht fühle ich mich, ich fliege schon fast.

»Amy!«, höre ich meinen Geliebten rufen. »Amy! Ich bin hier!«

Ich wende meinen Kopf, sehe ihn am anderen Ende der Wiese stehen, wie er seinen Hut schwenkt. Sein Gesicht vermag ich nicht zu erkennen, es ist zu weit entfernt, doch da höre ich ihn wieder rufen, höre die Freude in seiner Stimme: »Amy, Liebes, ich bin wieder da! Ich bin wieder da, hörst du mich?«

Ja, ich höre ihn. Ich sehe ihn, er ist es wirklich! Und ich halte im Lauf, winke freudig, die Blumen, die ich eben pflückte, in meiner rechten Hand. Dann ändere ich die Richtung, laufe auf der anderen Seite den Hügel hinab, immer schneller, immer schneller …

»Gordon!«, rufe ich. »Gordon, hier bin ich! Ich komme! Fang mich auf, ich komme!«

Und er breitet seine Arme aus, wirft den Hut zu Boden, um mich aufzufangen. Nur wenige Meter noch, gleich bin ich da …

»Amy, Amy, gib acht, du bist zu schnell! Amy!«

Ich stolpere, stürze zu Boden, rolle den Abhang hinunter, über Steine und Felsen hinweg. Ein brennender Schmerz durchfährt meinen Körper, ich schreie …

»Gordon! Gordon!!!!«

Das zarte und zugleich erstaunlich durchdringende Geschrei eines neugeborenen Kindes weckte Amy jäh aus ihrem Traum. Sie schlug verwirrt die Augen auf, blinzelte. Fanny war da, und Emma, und im Schein der Kerze sah Amy zum ersten Mal ihr Kind.

»Sie haben es geschafft, Madam. Es ist ein Mädchen. Sehen Sie, es ist ganz gesund. Und wunderschön.«

Die Hebamme, eine dicke, rothaarige Frau mit einem freundlichen Gesicht, hielt ihr lächelnd das winzig kleine, rosige Baby entgegen, das in ein reines Laken gehüllt worden war. »Da sehen Sie, Ihre Tochter.«

Amy streckte beide Hände nach dem kleinen Bündel aus und presste es gleich darauf glückstrahlend an sich. Tränen rannen ihr das Gesicht hinab, sie war zu schwach, um zu sprechen. In Gedanken aber sprach sie ein stilles Dankgebet und nannte ihr erstes Kind Grace – *Gnade.*

2

Die Ankunft

Im fahlen Morgenlicht, das sich mühsam seinen Weg durch den dichten Nebel zu brechen suchte, lag das Dorf Eyam still da und sah so friedlich aus, dass es Gordon Tulliver, der oben auf einem Hügelkamm sein Pferd angehalten hatte, das Herz brach, als er an das Leid dachte, das ihn hinter den Türen der Häuser erwartete. Häuser, die sich in der unter ihm liegenden Straße eng aneinanderdrängten, eines so winzig und gelblichgrau wie das andere. Er kannte diese Häuser – mit grauen Schindeln gedeckte Hütten: ein kleiner Vorgarten, in dem Gemüse gezogen und die Wäsche getrocknet wurde, ein kleines Fleckchen hinter dem Haus, wo die Kinder spielten. Das war alles, was die meisten an Grund besaßen. Nur diejenigen, die eine gute Bleimine ihr Eigen nennen konnten, hatten sich am Bach entlang auf der anderen Seite der Kirche größere, schönere Häuser gebaut; die meisten aber besaßen gerade so viel, dass es zum Leben reichte. Die Bauern wohnten weiter außerhalb, aber auch ihre Häuser waren oft nicht viel größer und keinesfalls besser als die der Minenbesitzer und Handwerker im Dorf: die Küche, die der Familie zugleich als Wohnraum diente, die Schlafstube, der Stall, notdürftig getrennt durch eine Bretterwand. Die meisten Leute konnten ihr Vieh nebenan schnaufen, scharren und kauen hören, während sie selbst ihre Suppe löffelten. Oben auf dem Dachboden gab es dann noch einen – je nach Beschaffenheit des Daches – meist zugigen Raum, in dem die Kinder schliefen und an Regentagen auch spielten, das war alles. Es musste genügen. Manche Leute verdienten sich ein wenig Geld hinzu, indem sie Mieter aufnahmen, so wie Alexander Hadfield es getan hatte, als er den jungen Schneidergesellen George Viccars bei sich aufnahm – natürlich auch, damit dieser ihm half, denn sein Geschäft ging gut und er schaffte es kaum allein, die Aufträge zu bewältigen. – So hatte das Schicksal seinen Lauf genommen. Innerhalb weniger Wochen waren fast alle direkten Nachbarn der Familie gestorben, dazu Edward Cooper, Mary Hadfields Sohn aus ihrer ersten Ehe.

Gordon fröstelte es, als er an die Symptome der Beulenpest dachte, die er eingehend studiert hatte, um im Falle einer Epidemie vorbereitet zu sein. Das plötzlich auftretende, hohe Fieber, die Übelkeit, unerträgliche Gliederschmerzen, und schließlich die charakteristischen eitrigen Beulen. Dass er sein Wissen nun hier in Amys und seinem Heimatdorf unter Beweis stellen musste, wäre ihm nie in den Sinn gekommen. Er hatte nicht damit gerechnet, Eyam überhaupt so schnell wiederzusehen – und nun stand er hier auf diesem Hügel und getraute sich kaum hinabzureiten.

Noch einmal schloss er die Augen, lauschte innig dem leisen Geplätscher des Baches, der hinter ihm verlief; dann trieb er seinen Hengst energisch an und trabte den Hang hinunter ins Dorf.

Eine Frau saß vor einem der Häuschen nahe der Kirche auf einem umgestülpten Holzfass und stillte ihr Baby. Sie hatte den Kopf tief gesenkt und wirkte auf den ersten Blick vollkommen entspannt; erst beim Näherkommen bemerkte Gordon, dass etwas nicht stimmte. Das Baby bewegte sich nicht und die schmalen Schultern der Mutter hoben und senkten sich im leisen Schluchzen.

»Elizabeth?«, rief Gordon und brachte sein Pferd neben der Kate zum Stehen. »Bist du das?«

Die Frau hob den Kopf nur so weit, dass Gordon ihr Gesicht erkennen konnte. Es war tatsächlich Elizabeth, eine gute Freundin seiner Schwiegermutter und die Frau von George Ragge. Das Baby in ihren Armen war, wie Gordon befürchtet hatte, tot.

»Was tust du da, Elizabeth? Wo ist George?«

Elizabeth starrte ihn nur mit leerem Blick an, ohne zu antworten. Ihre Augen schienen durch ihn hindurchzusehen, was sein Unbehagen noch verstärkte. Hatte sie durch den Verlust des Kindes auch den Verstand verloren? Und wo war George?

»Elizabeth.«

Er stieg vom Pferd, band den Zügel lose an die Holzstange vor dem Haus und kniete sich neben Elizabeth nieder. Behutsam nahm er ihre Hand, die sich zu seiner Überraschung ohne Widerstand vom Körper des toten Kindes löste, und neigte den Kopf, um ihr ins Gesicht zu sehen. Doch sie reagierte auch jetzt nicht, sondern starrte nur weiterhin schweigend ins Leere, als ob sie den Besucher überhaupt nicht wahrnahm.

Gordon nahm ihr das Kind aus dem Arm und trug es ins Haus, obwohl er keine Ahnung hatte, warum er das tat. Sollte er George wider Erwarten lebend und gesund in der Kate vorfinden, würde er ihn fragen, was sie tun sollten. Am besten wäre es sicher, das Kleine sofort zu begraben. Es trug keine äußeren Anzeichen der Pest am Körper, aber sicherheitshalber würde er es noch einmal genauer untersuchen, damit er wusste, woran es gestorben war.

Jonathan, der zehnjährige Sohn der beiden, hatte jedenfalls auf der Liste der Toten gestanden, die der Reverend mitgeschickt hatte, insofern konnte er davon ausgehen, dass es sich bei dem Mädchen ebenfalls um die Pest handelte. Gordon hoffte allerdings, dass man wenigstens den Jungen inzwischen begraben hatte und dass er ihn nicht verwesend und stinkend in der Stube vorfinden würde.

Von dem toten Sohn war Gott sei Dank keine Spur im Inneren der dunklen Kate zu sehen, wohl aber konnte Gordon das schwere Atmen eines Mannes vernehmen, das aus der Ecke hinter dem Kamin kam. Ein übelkeiterregend süßlicher Geruch, ähnlich dem von verfaulten Äpfeln, erfüllte den niedrigen, dunklen Raum und Gordon musste das tote Kind auf dem Tisch ablegen, um sich sein Tuch vor die Nase zu halten.

»George!«

Ein schwaches Murmeln war die Antwort; Gordon eilte zum Bett, das Tuch fest vor die Nase pressend. George Ragge – oder das, was von dem ehemals starken und gut aussehenden Besitzer einer Bleimine übrig geblieben war – lag dort, ein schreckliches Bild des

Jammers und des Elends, und wimmerte vor Schmerzen. Sein Körper war nur halb bekleidet und übersät mit großen, hässlichen schwarzen Beulen, aus denen der stinkende Eiter lief.

Gordon blieb wie angewurzelt stehen. Er hatte viel über die Symptome der Pest gelesen und auch eindrucksvolle Bilder gesehen, die Ärzte und andere kluge Menschen gezeichnet hatten, nachdem sie Patienten behandelt hatten, aber auf diesen Anblick war er nicht vorbereitet.

»Oh mein Gott«, murmelte er. »Herr Jesus, hilf!«

Gordon hatte den Schwerkranken gewaschen, sein von Schweiß und Wundflüssigkeit durchtränktes Kissen gegen ein sauberes getauscht, das er in Elizabeths Wäscheschrank gefunden hatte, und ihm etwas Wasser eingeflößt. Dann ging er, da ihm nichts anderes zu tun übrig blieb, wieder nach draußen, um nach Elizabeth zu sehen.

Unter der Tür stieß er mit einer Frau zusammen, die einen Korb mit frisch gewaschenen, in der Sonne getrockneten Leinentüchern trug. Sie war noch sehr jung, höchstens Anfang zwanzig, sehr schlank und hatte eine Fülle goldblonder Locken unter ihrer Haube, was ihr Gesicht noch kleiner wirken ließ. Sie war sehr hübsch – Gordon musste beim Anblick ihrer Locken an Amy denken und lächelte. Es war Catharine Mompesson, die Frau des anglikanischen Reverends, bei dem er wohnen sollte.

»Herr Doktor«, sagte sie und knickste. »Wir haben Sie schon erwartet. Sie erinnern sich vielleicht nicht an mich – ich bin Catharine Mompesson, die Frau von Reverend Mompesson. Ich komme, um frisches Leinen zu bringen – wie geht es ihm?«

Damit deutete sie in das Innere der Hütte. Gordon wunderte sich, dass sie Elizabeth nicht zu beachten schien, die noch immer reglos auf dem Holztrog saß. Ob Mrs Mompesson nicht wusste, dass die Kleine gestorben war?

Gordon nahm den Hut ab und verbeugte sich. »Sehr erfreut, Madam. Natürlich erinnere ich mich an Sie – so lange ist es noch nicht her, dass Ihr Gatte mich und meine Amy traute. Ich freue mich, bei

Ihnen wohnen zu dürfen und hoffe, Ihre Gastfreundschaft nicht über Gebühr beanspruchen zu müssen. – George geht es übrigens nicht gut. Ich habe ihn notdürftig versorgt – ein paar Tropfen Wasser, mehr konnte ich ihm nicht seine Kehle geben. Wie lange liegt er schon mit diesen Symptomen?«

»Seit Sonntag. Sie hatten ihren Jonathan gerade beerdigt, da fing's bei Master George an. Erst das Fieber, dann der Ausschlag … Was ist mit deiner Kleinen, Elizabeth, geht es ihr heute etwas besser?«, wandte sie sich an Mrs Ragge. Anscheinend glaubte Mrs Mompesson, dass das kleine Mädchen im Haus in der Wiege lag und schlief.

Gordon wartete gespannt, ob sie der armen Elizabeth eine Antwort entlocken konnte, doch die schüttelte nur stumm den Kopf.

»Ich habe sie ihr abgenommen«, flüsterte Gordon, »und sie hier auf den Tisch gelegt. Die Kleine ist tot – die arme Elizabeth hat versucht, sie zu stillen, als lebte sie noch …«

Mrs Mompesson hob erschrocken eine Hand zum Mund, dann ließ sie sie wieder sinken und schüttelte traurig den Kopf. »Ich hätte es wissen müssen. – Verzeih mir, Liebes«, sagte sie, an Elizabeth gewandt, und legte ihr kurz eine Hand auf die Schulter. »Der Doktor und ich werden uns um sie kümmern. Bleib du nur hier draußen an der frischen Luft – oder geh ein Stück spazieren, das wird dir guttun. Wir lassen dich holen, wenn er nach dir fragt.«

Mechanisch erhob Elizabeth sich von ihrem unbequemen Sitz und ging langsam die Straße hinauf in Richtung Kirche. Gleich darauf war sie hinter der Mauer, die den Kirchhof einfriedete, verschwunden.

»Sie geht zu Jonathans Grab«, bemerkte Mrs Mompesson und seufzte. »Jeden Tag geht sie hin. Sie war immer so stolz auf Jonathan, weil er so groß und so stark war. Er hätte eines Tages die Mine des Vaters übernehmen und für seine Familie sorgen können. So war es jedenfalls gedacht. Aber dann …«

Sie zuckte mit den Achseln und ging durch die offen stehende Tür ins Haus. Mit einem kurzen Blick auf das Baby sagte sie: »Dann ist alles anders gekommen. Nun, ich werde auf dem Rückweg Marshall

Howe Bescheid sagen, dass er kommt, um sie abzuholen. Hier«, sie reichte Gordon ein Fläschchen, das sie unter dem Leinen hervorgezogen hatte, »geben Sie davon etwas auf seine Wunden, wenn er es zulässt. Es ist eine milde Essiglösung mit ein wenig Lavendel. Das reinigt und nimmt zugleich etwas von dem üblen Geruch.«

Gordon nickte knapp, nahm das Fläschchen und ging zurück zu der Ragge'schen Bettstelle, wo Elizabeths Mann noch ebenso dalag wie vorhin. Er schien jetzt zu schlafen und Gordon nutzte das, um ihm die Essiglösung in die offenen Geschwüre zu träufeln. Nützen würde es nichts, aber Mrs Mompesson hatte recht: Es roch angenehm und ließ George leidlich frischer wirken. Und falls es so sein sollte, dass Elizabeth sich noch heute von ihm verabschieden musste – was zu befürchten stand, da George von seiner Krankheit schon sehr geschwächt war und selbst im Schlaf nur unregelmäßig atmete –, dann konnte sie wenigstens an seinem Totenbett stehen, ohne das Bewusstsein zu verlieren.

Allzu nahe durfte sie ihm ohnehin nicht kommen, um eine Ansteckung zu vermeiden. Wenn ein Patient gerade gestorben war, war die Infektionsgefahr am größten, deswegen hatten auch der Totengräber und der Pfarrer die gefährlichsten Aufgaben in der Gemeinde.

Und der Arzt natürlich, dachte Gordon, als er sich aufrichtete, das Fläschchen wieder verschloss und es Mrs Mompesson zurückgab, die hinter ihm stand.

Sie nahm das Fläschchen und legte es in den Korb zurück, in dem jetzt nur noch eine alte, in schwarzes Leder gebundene Bibel und ein getrocknetes Bündel Lavendel lagen.

»Ich habe die Tücher in den Schrank gelegt und ein frisches Handtuch neben den Wassertrog. Und ein Stück Seife. Sie kann sich damit die Hände waschen, wenn sie kommt. Hygiene ist jetzt das oberste Gebot, aber das wissen Sie ja besser als jeder andere.«

Sie trat aus dem Haus und drehte sich lächelnd zu dem Arzt um, der sich ducken musste, um sich nicht den Kopf an dem niedrigen Türbalken zu stoßen. »Und für Sie habe ich auch ein Stück Seife,

Doktor – bei uns zu Hause, wo mein Mann schon mit einem guten Frühstück auf Sie wartet.«

Noch am selben Abend setzte Gordon Tulliver sich an den kleinen Tisch in der Kammer, die man im Rektorat für ihn hergerichtet hatte, und schrieb beim flackernden Schein einer Kerze an seine Frau.

Meine liebste Amy,
nach einem langen, aber gut verlaufenen Ritt ohne besondere Zwischenfälle erreichte ich heute in den frühen Morgenstunden Eyam. Das Bild, das sich mir bot, kann ich und will ich Dir auch nicht in Worten beschreiben. Es ist so furchtbar, dass ich nur froh bin, dass Du es nicht sehen kannst.

Bitte frage unbedingt auf Morton Hall nach, ob man uns Morphium nach Eyam schicken kann. Oder, noch besser, auf Chatsworth. Der gute Graf wird uns sicher gerne helfen, bei Lord Craven bin ich mir nicht sicher …

Einige Menschen haben das Dorf verlassen, unter ihnen die Witwe Bradshaw und die Sheldons. Auch meine Eltern fand ich nicht in ihrem Haus, sie sind zu Vaters Bruder nach Sheffield gegangen. Wäre ich ein paar Tage eher hier gewesen, ich hätte sie noch gesehen. Nun hoffe ich, dass es ihnen dort gut geht und wir sie dann wiedersehen, wenn alles ausgestanden ist und das Dorf wieder zu neuem Leben erwacht. Um Deinetwillen aber bin ich froh, Amy, dass Du nicht mit mir gekommen bist und überhaupt bin ich sehr dankbar, dass wir damals nach Bakewell gingen, wenngleich wir natürlich nicht ahnen konnten, was diesem Dorf bevorsteht. So aber weiß ich zumindest Dich dort in Sicherheit, bis ich wiederkomme.

Wie Du siehst, wohne ich nicht bei Reverend Stanley, sondern bei dem neuen Reverend und seiner Frau, Mrs Catharine Mompesson. Es ergab sich so, weil Stanley sagte, es sei in seiner kleinen Kate zu eng und im Rektorat stünden so viele Kammern leer; außerdem wäre William Mompesson durchaus froh, in diesen Zeiten einen zweiten Mann im Hause zu haben. Er ist immerzu besorgt um seine Frau und die Kinder, die er am liebsten alle davongeschickt hätte, aber Mrs Mompesson will davon nichts hören. Sie ist eine bewundernswerte Frau, die sich nicht nur um das Haus, die Kinder und alles hier kümmert, sondern auch noch von früh bis spät im Dorf unterwegs ist, um anderen zu helfen.

Mompesson selbst ist ein guter Mann und von rechtem Glauben, er hat es nur noch schwer, die alten Puritaner – zu denen ich mich selbst, wie du weißt, ja immer noch zähle, auch wenn ich zugeben muss, dass mir diese Dinge nicht mehr so wichtig sind, wie sie mir einst schienen; das verdanke ich unter anderem Dir, meine süße Nachtigall – auf seine Seite zu ziehen. Sie haben all die Jahre immer nur auf Reverend Stanley gehört, wer kann ihnen ihr Misstrauen gegenüber allem Neuen nun vorwerfen? Was aber schlimmer ist – und in diesem Punkt bin ich ganz eins mit Master Mompesson –: Die Leute halten so fest an ihrem Aberglauben, dass es zum Verzweifeln ist. Die Pest sei Gottes Strafe dafür, dass man Reverend Stanley seines Amtes enthoben habe, sagen die Alten, und viele glauben ihnen. – Mompesson selbst nimmt das mit bewundernswerter Gelassenheit. Er sagt, er sei hier, um für die Menschen zu sorgen, nicht, um sich um ihr Gerede zu kümmern. Ja, ich bewundere ihn und als Mensch gefällt er mir jeden Tag besser. Ich bin froh, hier zu sein und helfen zu können.

Sei ohne Sorge, meine Amy, und vergiss nicht, dass ich Dich über alles liebe.

Dein Dir ergebener Ehemann Gordon S. Tulliver

3

Ellen

Das kleine Mädchen saß zusammengekauert in einer Ecke auf dem Heuboden der Hancocks, einer Familie mit sieben Kindern, die etwas außerhalb des Dorfes wohnte. Da ihre Mütter miteinander befreundet waren und George Ragge sie oft mit hinausgenommen hatte, wenn er etwas mit John Hancock zu bereden hatte oder ihm etwas beim Haus oder auf den Feldern zu reparieren half, war sie bereitwillig mitgegangen, als die Hancocks sie nach der Beerdigung ihres Bruders mitgenommen hatten. Hier draußen glaubte man sicher zu sein vor der Seuche, die sich immer rascher im Dorf auszubreiten schien, und vor deren schrecklichen Gerüchen, Geräuschen und Bildern vor allem die Kinder sich fürchteten.

Als Jonathan krank geworden war, hatte Ellen die Beulen als Erste entdeckt und war schreiend zu ihrer Mutter gelaufen. – An die darauffolgenden Tage konnte sie sich nur noch vage erinnern, den widerwärtigen Geruch aber konnte sie nicht mehr aus ihrer Nase bekommen und verbrachte deshalb so viel Zeit wie möglich draußen an der frischen Luft. Nur vorhin, als Jack, der große, braune Hund der Hancocks, plötzlich und unvermittelt mit lautem Gebell an ihr vorbeigeschossen war, war sie in ihrem Schreck nach hier oben geflüchtet. Langsam lösten sich ihre braunen, bloßen Ärmchen von den Knien und sie rutschte an den Rand der Heuluke heran, bis ihre Beine darüber hinwegbaumelten. Dann atmete sie tief durch und sah hinunter.

Mrs Hancock stand im Hof und hängte die Wäsche auf, lange Reihen weißer Flanellhemden und Höschen in allen Größen. Sie war eine reinliche Hausfrau und legte Wert darauf, dass die Kinder wie auch ihr Mann sich regelmäßig im Bach wuschen und stets ausreichend frische Kleider zum Wechseln hatten. Auch ihr Haus hielt sie peinlich sauber: Sie fegte jeden Morgen die Stube aus und verschob den Abwasch und das Bettenmachen nie auf später, so wie einige ihrer Nachbarinnen es taten. Für solche Nachlässigkeiten hatte die ordentliche Farmersfrau wenig übrig; und es kümmerte sie nicht, wenn die anderen, besonders die jüngeren, über sie lächelten. Außerdem hoffte sie, dass sie auf diese Weise von der Pest verschont blieben, da sie der festen Überzeugung war, dass sich die Krankheit in einem sauberen Haus seltener ausbreitete. So viele hatten schon Kinder und Mann verloren; sie konnte den Gedanken nicht ertragen, dass es ihr ebenso ging.

Rasch warf sie einen Blick auf ihren Jüngsten, Oner, der bäuchlings auf einer Decke im Gras lag und zufrieden mit einer Holzfigur spielte, die sein großer Bruder für ihn aus einer Birke geschnitzt hatte.

Oner war für seine zweieinhalb relativ klein, auch schien er vom Laufen recht wenig zu halten. Er war zufrieden, wenn er in der Nähe seiner Mutter sein und spielen konnte. Mit dem fast gleichaltrigen Mädchen, das dort oben auf dem Heuboden saß, konnte er hingegen ebenso wenig anfangen wie dieses mit ihm.

Elizabeth steckte das letzte Hemd ihres Mannes mit einer Holzklammer fest und nahm den leeren Korb auf, um zum Haus zurückzugehen.

»Ich gehe zum Haus, Brot backen. Willst du mitkommen oder lieber hierbleiben, Oner?«

»Oner hierbleiben«, kam es prompt und schon hatte der flachsblonde Junge ihr den Rücken zugekehrt und machte Geräusche wie von einem Katapult.

Mit einem Seufzer wandte sich Elizabeth zum Gehen. Manchmal machte ihr der Kleine Sorgen. Er war so ganz anders als seine älteren Geschwister, stiller und in sich gekehrter – und in seiner körperlichen Entwicklung zurück. Man konnte es nicht schönreden, so war es nun einmal. Er lief wie eine Ente und ging immer noch nicht zur Toilette, obwohl seine Mutter es den ganzen Sommer über versucht hatte, am Ende fast mit Gewalt. Doch Oner blieb stur. Es schien ihm nichts auszumachen, in Windeln herumzulaufen. So blieb seiner Mutter nichts anderes übrig, als zu waschen.

Auf dem Weg zum Haus hielt Elizabeth inne, als sie das Geräusch von sich nähernden Hufen auf der Straße vernahm. Klapp-klapp, klapp-klapp machten die Eisen auf dem steinigen Weg. Nur wenige der Pferde im Dorf hatten beschlagene Hufe, unter ihnen der Apfelschimmel des neuen Reverends, ein schönes, temperamentvolles Tier, das jeden anderen aus dem Sattel warf. Nur unter seinem Herrn – und am Halfter seiner Herrin, die jedoch selbst nicht ritt – ging er lammfromm.

Wenn Master Mompesson hier um die Mittagsstunde auftaucht, dann ist das gewiss kein gutes Zeichen, dachte Elizabeth bei sich und glättete rasch mit ihren Händen das zu einem festen Knoten aufgesteckte dunkle Haar, wischte sich die Hände an der Schürze ab und ging dem Reverend entgegen.

»Guten Tag, Master Mompesson«, rief sie. »Was führt Sie um diese Stunde hier hinaus auf unseren Hof? Ich hoffe, es gibt keine schlechten Nachrichten aus dem Dorf – ist der Doktor schon angekommen?«

Der Reverend, ein hochgewachsener, schlanker Mann von achtundzwanzig Jahren, mit langem, gewelltem, schwarzbraunem Haar, das ihm ständig ins Gesicht zu hängen schien, glitt vom Pferd und führte es am Zügel heran.

»Er ist bereits da, Mrs Hancock, Gott sei Dank. Er kam vor zwei Tagen an und fand gleich bei seiner Ankunft am frühen Morgen das Baby von Mrs Ragge tot in deren Arm. Heute Nacht nun verstarb auch Mr Ragge …

Wir sind in Sorge um die arme Frau, Mrs Hancock. Ob Sie wohl zu ihr gehen könnten, um mit ihr zu sprechen? Und könnten Sie die Kleine noch ein wenig hierbehalten, bis es Mrs Ragge besser geht? – Sie selbst ist nicht krank, falls Sie das fürchten, der Doktor hat sie gleich untersucht und keinerlei Symptome an ihr gefunden«, fügte er hastig hinzu, als er sah, wie sich das Gesicht der Bauersfrau vor Schreck verzog. »Sie will nur nicht essen und schon gar nicht reden, sitzt immer nur vor ihrer Hütte und starrt vor sich hin. Ich bin nicht einmal sicher, ob sie *weiß,* dass ihr Mann tot ist. Als Marshall Howe ihn heute früh hinaustrug, hob sie nicht einmal den Kopf.«

»Es wird bald regnen«, sagte Elizabeth, hob die Hand zum Schutz gegen die Sonne und sah am Reverend vorbei die Straße hinunter.

Dieser sah sie irritiert an. »Wie bitte?«

»Wenn es regnet, wird sie schon hineingehen. Sie wird nicht im Regen sitzen bleiben, oder?«

»Ach so. Ich weiß es nicht – ich weiß nicht, ob sie dann hineingehen wird, meine ich. Wollen Sie nicht mitkommen, um sie zu trösten?«

»Ich kann nicht«, entgegnete Elizabeth mit steinernem Gesichtsausdruck. Dann machte sie auf dem Absatz kehrt und ging zu ihrem Sohn zurück, der noch immer auf der Decke lag und selbstvergessen spielte.

Auf keinen Fall wollte sie ins Dorf hinunter und sich unnötig der Gefahr aussetzen, dass die Pestsaat sie erwischte.

»Aber sie ist Ihre Freundin!«, rief Mompesson ihr nach. »Wollen Sie der armen Frau denn nicht helfen?«

Elizabeth blieb abrupt stehen und wandte sich um. »Ich kann nicht, Master Mompesson. Bitte zwingen Sie mich nicht dazu. Ich will meine Familie nicht in Gefahr bringen. Es tut mir leid.«

Der Reverend sah sie schweigend an. Schließlich nickte er langsam, schwang sich wieder auf sein Pferd und gab ihm die Sporen. Ohne einen Abschiedsgruß galoppierte er davon.

Zurück blieb eine traurige, von schlechtem Gewissen geplagte Elizabeth, die sich verzweifelt fragte, ob sie das Richtige getan hatte. Während sie dem Reiter noch nachblickte, fühlte sie, wie sich eine kleine, warme Hand in die ihre schob. Sie wusste instinktiv, dass es Ellen war, die neben ihr stand, und Tränen schossen in ihre Augen, als sie sich dem Mädchen zuwandte.

Voll kindlichem Vertrauen sah die Kleine zu ihr auf. »Was ist mit meinem Vater, Madam? Geht es ihm besser? Kann ich bald wieder nach Hause?«

Die Lippen fest aufeinandergepresst streichelte Elizabeth ihr über das Haar und schüttelte langsam den Kopf. »Nein, mein Liebling«, flüsterte sie, »noch nicht. Bald.«

Gordon Tulliver wusch sich in dem steinernen Trog vor dem Haus des Rektorats die Hände, als er einen Reiter in vollem Galopp herankommen hörte. Er richtete sich auf und sah seinen Gastgeber, wie er die staubige Straße herabkam und aus dem Sattel sprang, kaum, dass er den Hof erreicht hatte.

»Jetzt liegt auch noch der junge Cooper im Sterben!«, rief er und ließ den erschöpften Hengst saufen, während er ihn anband. Das Tier bebte, Schaum stand ihm vor dem Maul, und der Schweiß lief ihm in nass glänzenden Strömen das Fell hinab.

»Ich weiß«, gab Gordon zurück und trocknete sich die Hände an einem der nach Lavendel duftenden Leintücher, die Mrs Mompesson in einem Weidenkorb neben dem Trog bereitliegen hatte. Sie achtete mit peinlicher Genauigkeit darauf, dass sich alle die Hände wuschen, bevor sie das Haus betraten oder wenn sie es verließen, und sorgte immer für frisches Wasser und saubere Laken. »Ihre Frau war schon dort, während Sie bei den Hancocks draußen waren. Haben Sie sie nicht mehr getroffen?«

»Nein, sie muss schon fort gewesen sein. Ich komme eben von der Riley Farm. Mrs Hancock weigert sich, ins Dorf zu kommen, um sich um Mrs Ragge zu kümmern. Ich weiß nicht, was wir mit ihr tun sollen. Wir können sie nicht einfach sich selbst überlassen – sie verhungert, wenn sie da vor ihrer Kate sitzen bleibt.« Er schöpfte mit einem Zinnbecher Wasser und trank ihn in einem Zuge leer. Dann wischte er sich die Tropfen vom Kinn, sah wie suchend über die Felder hinaus zum Horizont und sagte dabei, als spräche er zu sich selbst: »Nun, ich muss jedenfalls weiter und nach Jonathan sehen. Es wäre schlimm, wenn die arme Mary auch noch ihren zweiten Sohn verlieren müsste …«

Während er schon wieder sein Pferd beim Zügel nahm, drehte er sich noch einmal zu dem Doktor um und fragte: »Haben Sie sonst noch von irgendwem Neuigkeiten, schlechte oder gute?«

Gordon schüttelte langsam den Kopf. »Nein, keine, Sir. Ich werde gleich zu den Stubbs hinübergehen, ihr Hugh hat die Symptome. Und den alten Humphrey Torre hat es auch erwischt, er wird wohl Allerheiligen nicht mehr erleben.«

Mompesson nickte und schwang sich in den Sattel. »Gut. Tun Sie das. Und wenn Sie unterwegs Thomas Stanley begegnen, so laden Sie ihn bitte zum Abendessen ein. Wir müssen uns dringend zusammensetzen und beraten, was zu tun ist. Es geht nicht, dass einer gegen den anderen arbeitet. Nur gemeinsam können wir die Seuche besiegen – und mit Gottes Hilfe.« Gordon nickte anerkennend und sah Mompesson hinterher, wie er vom Hof ritt. Er mochte den jungen Geistlichen, respektierte aber auch den alten, der ihn und seine Familie sein ganzes bisheriges Leben lang begleitet hatte.

Thomas Stanley war leidenschaftlicher Puritaner und hatte nie aufgehört, hier im Dorf seinen Glauben zu predigen – selbst dann nicht, als man ihn nach der erneuten Thronbesteigung Charles II. im Jahre 1660 gezwungen hatte, sein Amt niederzulegen, da er sich weigerte, dem König den Treueid zu schwören. Man hatte einen anderen Prediger geschickt, einen Shorland Adams, der allerdings häufig auf Reisen war und sich herzlich wenig um die Gemeinde gekümmert hatte. Weil Stanley seine alte Gemeinde nicht im Stich lassen wollte und außerdem den ortsansässigen Grafen auf seiner Seite hatte, war er geblieben und hatte weiterhin in gewohnter Pflicht und Treue seinen Dienst verrichtet.

Zwei Jahre später allerdings hatte Stanley sein Amt aus Gewissensgründen selbst niedergelegt, weil er dem Akt der Uniformität der anglikanischen Kirche nicht zustimmen konnte und das neue Gebetsbuch nicht anerkennen, geschweige denn im Gottesdienst daraus lesen wollte. Im selben Jahr starb auch Shorland Adams, sodass die Gemeinde bis zur Ankunft der Mompessons im April 1664 ohne zuständigen Reverend hatte auskommen müssen.

In Tagen wie diesen erschien Gordon der Konflikt zwischen den beiden Glaubensrichtungen unsinniger denn je. Deshalb war er auch froh, dass Mompesson auf Stanley zuging und mit ihm zusammenarbeiten wollte. Er hoffte nur, dass die beiden sich einigen würden – und danach auch die Dorfbewohner überzeugen konnten, was vielleicht ohnehin die weit schwierigere Aufgabe war. Wenn das Dorf sich in zwei Lager spalten sollte, spielten sie dem Teufel nur in die Hand – aber das war seine ganz persönliche Meinung, die er im Augenblick besser für sich behielt.

Er warf das benutzte Handtuch in einen leeren Korb und ging ins Haus, um seine Arzttasche zu holen. Es gab jetzt wahrhaft Wichtigeres zu tun, als sich den Kopf über eine Sache zu zerbrechen, die nicht in seiner Hand lag.

4

Ein unerwarteter Besuch

Die Hände in das schmerzende Kreuz stemmend, erhob sich Amy von den Knien und wischte sich den Schweiß von der Stirn. Sie hatte schon lange keinen Kamin mehr gereinigt; seit sie mit Gordon verheiratet war, hatte sie eine Magd gehabt, die solche Arbeiten für sie erledigte. Normalerweise tat Emma das auch jeden Morgen, nur heute hatte Amy sie bereits früh zum Markt geschickt, um ein paar Dinge zu besorgen, die sie dringend brauchte: Kerzen und Seife. Sie schickte Emma lieber früh, weil dann noch wenige Leute unterwegs waren, denn sie wusste, dass man über sie redete, und Emma besaß nicht genug Verstand, um dem Gerede etwas entgegenzusetzen. So sagte man zum Beispiel, dass es nicht recht sei, dass sie ganz allein mit dem Kind in dem schönen Cottage auf dem Besitz der Cravens lebe, da ihr Mann doch die Familie im Stich gelassen habe und ihnen das Haus demnach überhaupt nicht mehr zustünde.

Ach ja, Lady Craven. Sie hatte vielerlei Wehwehchen, für die sie bald täglich nach dem Doktor geschickt hatte. Und ihre eitle Tochter Louise – von der Amy sicher wusste, dass sie ein heimliches Auge auf Gordon geworfen hatte – tat es ihr nach. In wie vielen Nächten waren sie aus dem Schlaf gerissen worden, damit Gordon sich einen »schlimmen Fuß« ansehen oder ein »zu laut klopfendes Herz« abhorchen konnte. Besonders Louise Cravens Herz schien immer dann zu laut oder zu schnell zu schlagen, wenn sie den Doktor lange nicht gesehen hatte.

Amy ärgerte das, aber sie wusste, dass es nichts gab, was sie dagegen tun konnte.

Der alte Lord Craven hingegen, der schon an die sechzig Jahre zählte, erfreute sich bester Gesundheit und war überdies stets sehr freundlich und gütig allen Menschen gegenüber, egal ob arm oder reich, adelig oder bürgerlich. Solange er lebte und das Sagen auf Morton Hall hatte, wusste Amy, dass sie nichts zu befürchten hatte.

»Kümmere dich nicht um das Geschwätz der Leute«, pflegte Gordon immer zu sagen – doch er war jetzt nicht hier und die Tatsache, dass sie allein mit dem Kind und Emma in dem Haus blieb, das Lord Craven gehörte und für das sie nicht einmal Miete zu zahlen brauchte, sorgte nun einmal für Klatsch und Tratsch. Wie bösartig solch ein Tratsch werden konnte, wusste Amy nur allzu gut. Gordons Schwester Meredith war als Verlobte eines angesehenen Minenbesitzers von dessen Bruder vergewaltigt worden und schwanger geworden – der Verlobte hatte zu viel auf das Geschwätz der Leute gegeben und Meredith zu wenig angehört, sodass am Ende die junge Frau aus der Gemeinde ausgeschlossen worden war und sich aus Angst vor der Boshaftigkeit der Leute nur noch frühmorgens und spätabends aus dem elterlichen Haus wagte. Das Kind hatte sie bald darauf bei einem Sturz auf dem Hof verloren, doch auch das hatte ihre Ehre nicht wiederherstellen können. Sie war im Winter darauf an einer Lungenentzündung gestorben – und ihr Name wurde in der Familie nie wieder erwähnt. Amy konnte das nicht verstehen, hütete sich aber nachzufragen, da sie Gordon nicht in Verlegenheit bringen wollte. Sie war von ihren Eltern so erzogen, dass sie ihre Meinung frei äußern durfte, es sei denn, dass sie andere damit verletzte. Dass Gordon eine Anglikanerin geheiratet hatte – noch dazu eine, die sang und spielte, was für viele Puritaner Sünde war –, war für ihre Schwiegereltern ein harter Schlag gewesen. Sie hatten nie viel mit Amy gesprochen, auch nach der Hochzeit nicht, und sich nicht einmal von ihr verabschiedet, als sie mit Gordon nach Bakewell ging.

Gott sei Dank sah Gordon die Dinge inzwischen selbst etwas anders. Er besuchte hier in Bakewell jeden Sonntag zusammen mit ihr den anglikanischen Gottesdienst; zum einen aus Ermangelung eines puritanischen Predigers, zum anderen, weil es ihm wohl nicht mehr so wichtig war, wie er es in seinem Brief ja auch geschrieben hatte.

Das Baby schrie und Amy eilte ins Nebenzimmer, um es aus der Wiege zu nehmen und zu stillen. Gott sei Dank war Grace ein kräftiges Kind, sie trank gut und schlief viel, sodass auch Amy des Nachts Ruhe fand. Amy hoffte, dass der Pfarrer – ein schwerhöriger alter Mann mit einem Buckel, vor dem die kleineren Kinder sich fürchteten, während die älteren heimlich darüber lachten – die Taufe vollziehen würde, auch wenn der Vater nicht anwesend war. Ohne ihren Mann, den Arzt, galt sie hier im Dorf nichts, das wusste Amy, und sie hoffte schon deshalb, dass er bald zurückkehren möge. Wenn ihre Vorräte zu Ende gingen und auch der Garten nichts mehr hergab, was sie in der Küche verwenden konnte, würde sie sich etwas einfallen lassen müssen, um sich und ihre Tochter über den Winter zu bringen.

»Es war niemand da, Madam!«, rief Emma in diesem Moment von unten und Amy hörte, wie sie die Treppe heraufkam. »Ich habe die Nachricht durch die Tür geschoben, wie Sie es mir gesagt haben. Oh, Madam, es ist furchtbar kalt hier. Ziehen Sie sich rasch Ihren Mantel über, während ich ein Feuer mache.«

Sie reichte ihrer Herrin den wollenen Umhang, der über einem Stuhl lag, und machte sich daran, das Feuerholz im Kamin aufzuschichten. Dabei erzählte sie dies und das aus dem Dorf, vor allem Klatsch, den Amy nicht hören wollte, und richtete sich schließlich mit einem zufriedenen Nicken auf, als das Feuer lodernd und knackend brannte.

»So, nun haben Sie es schön warm und gemütlich. Oh, und bevor ich es vergesse, Madam: Ich habe Miss Louise Craven getroffen, sie war auf dem Weg zu den Lucases. Vermutlich, um sich das neue Pferd in Lord Lucases Stall anzusehen, das ihr Vater kaufen will. Ihr Bruder war auch dabei – nicht Francis, sondern der jüngere, einer der Zwillinge. Heißt er Daniel oder Jonathan? Ich verwechsele sie immer … Wo war ich stehen geblieben?«

Amy nahm ihr Kind von der Brust und deckte es mit einem Tuch zu, damit es warm blieb und gleich weiterschlafen konnte. »Bei Miss Craven, Emma.« Sie versuchte, sich ihre Ungeduld nicht anmerken zu lassen. Emma war ein liebes Mädchen, aber sie war dumm und sie redete entschieden zu viel.

»Miss Craven, richtig. Sie bat mich, Ihnen auszurichten, dass Sie … nein, das sagte sie nicht. Sie sagte – sie sagte, sie würde Sie besuchen kommen. So war's. Heute Nachmittag, wenn es Ihnen recht sei. Aber Sie sollen sich keine Umstände machen, sie würde keinen Tee erwarten. Sie will nur Ihr Baby sehen, sagte sie, ob es ihm gut gehe.«

Amy konnte sich beim besten Willen nicht vorstellen, dass Louise Craven sich für ihre Tochter interessieren sollte, aber sie wusste sehr gut, dass sie den angekündigten Besuch nicht würde abweisen können. Und dass Miss Craven Tee erwarten würde, verstand sich von selbst. Glücklicherweise hatte Amy noch etwas Kuchen und Apfelkompott im Haus, das wohl reichen sollte. Keinesfalls wollte sie sich vor Louise Craven blamieren, auch wenn sie sie nicht leiden konnte. Sie war von der guten Meinung der gleichaltrigen, aber höher gestellten Frau abhängig – jetzt mehr denn je. Und solange Gordon nicht zurückkehrte, hatte sie keine andere Wahl, als zu tun, was man von ihr verlangte. Wenn sie sich nicht entsprechend demütig und dankbar dieser Familie gegenüber zeigte, das wusste sie, konnte Lord Craven sie jederzeit auf die Straße setzen, mit Kind, Magd und allem.

»Gut, Emma. Dann sieh bitte nach, ob wir noch genug Honigkuchen haben und ob das Kompott reicht, sonst musst du neues kochen. Äpfel sind ja genug da, Gott sei Dank, davon könnten wir den ganzen Winter lang leben …«

Sie hoffte dennoch, dass sie das nicht mussten. Fleisch kam ohnehin selten genug auf den Tisch und daran würde sich auch nichts ändern, wenn Lord Craven kein Erbarmen hatte und ihr etwas von dem schickte, was seine Jäger erlegt hatten. Glücklicherweise gab es auch noch den Fluss Wye, aus dem an bestimmten Stellen gefischt werden durfte. Sie bekam wenigstens einmal in der Woche frisch gefangene Forelle von dem alten Schmied, der Mitleid mit der jungen Arztfrau hatte. Oft legte seine Frau noch ein paar Kräuter aus ihrem Garten dazu oder einen saftigen Speck. Gordon hatte der Familie so manchen Arztbesuch abgestattet, für den er nicht bezahlt worden war; so nahmen sie die Lebensmittel dankbar an Geldes statt an.

»Aber Madam, davon können Sie doch nicht leben. Sie sind ja schon jetzt so mager – gestatten Sie mir, dass ich das sage – und müssen auch noch für das Kind sorgen. Master Tulliver würde …«

»Master Tulliver ist nicht hier und er wird auch nicht so bald wiederkommen, Emma. Wir dürfen nicht vor dem Frühling mit ihm rechnen. Bis dahin müssen wir gut haushalten mit dem wenigen, was wir haben. Und nun mach dich auf in die Küche und sieh nach, was du für Miss Craven findest, sonst ist es Mittag und wir haben nichts im Haus.«

Emma errötete und knickste. »Ja, Madam. Entschuldigen Sie mich, Madam.«

Die junge Hausherrin seufzte, als Emma hinaus war, und ging in die Schlafstube zurück, um ihr Kind in die Wiege zu legen. Wenn sie sich selbst auch noch ein wenig ausruhen wollte, bevor Louise Craven kam, musste sie es jetzt tun.

»Also, meine Liebe, was halten Sie davon?«

Nachdem sie wohl ein Dutzend Mal im Raum auf und ab geschritten war und die arme Amy schon ganz nervös gemacht hatte, blieb Miss Craven – in einem Kleid aus feinster, blauer Seide, das Amys bestes grünes daneben wie ein Stück Lumpen erscheinen ließ – endlich vor dem Kamin stehen und sah Amy mit ihren kalten, grünen Augen abschätzig an. »Bedenken Sie, dass dies ein sehr großzügiges Angebot ist. Mein Vater wird es sich nicht noch einmal überlegen, wenn Sie jetzt Nein sagen.«

Amy wusste nicht, was sie sagen sollte. Natürlich war es großzügig von Lord Craven, ihr seine Unterstützung anzubieten. Aber sie wusste nicht, ob es klug war, dieses Cottage zu verlassen und mit ihrer Tochter nach Morton Hall zu ziehen. Hier war ihr Zuhause, hier fühlte sie sich geborgen, und hier wollte sie auf ihren Gordon warten. Hier sollte er sie wiederfinden, sie und Grace. Wenn sie mit nach Morton Hall ging, war sie nicht mehr ihre eigene Herrin. Sie würde dort ein geduldeter Gast sein, der sich in das Familienleben einfügen musste, ohne ein echter Teil dieser Familie zu sein, und sie ahnte, dass ihr das schwerfallen würde, besonders wenn sie daran dachte, täglich mit dieser unerträglich stolzen jungen Frau und ihrem nicht minder herablassenden Bruder Francis zusammen sein zu müssen. Der alte Craven mochte ihr wohlgesonnen sein, sonst hätte er sicher nicht dieses Angebot gemacht; was die anderen anbetraf, war sich Amy nicht so sicher.

»Ich weiß, dass es sehr großzügig ist, Madam. Aber … ich fühle mich hier zu Hause und möchte nur ungern von hier fort. Wenn mein Mann heimkommt …«

»Aber er wird so bald nicht heimkommen, Amy. Bestimmt nicht vor dem Frühling – vielleicht sogar nie. Vergessen Sie nicht, dass es die Pest ist, mit der er es zu tun hat, kein Schnupfen. Und wer wird sich um das Kind kümmern, wenn er nicht wiederkommt? Und um Sie?«

Amy schloss für einen Moment die Augen. Das Schlimme war, dass Louise recht hatte: Es war durchaus möglich, dass sie sehr lange auf Gordon würde warten müssen, wenn nicht sogar vergebens. Sollte er tatsächlich nicht zurückkommen, dann gab es für sie hier kein Zuhause mehr. Und wohin sollte sie dann gehen?

Gerade wollte sie die Einladung dankbar annehmen, da war ihr, als hörte sie Gordons Stimme flüstern: *Warte auf mich, meine Nachtigall, und verzage nicht. Ich komme wieder.*

Da drehte sie sich zu Louise um und sagte: »Sagen Sie Ihrem Vater, dass ich sein Angebot zu schätzen weiß und ihm durchaus sehr dankbar bin, dass ich es aber vorziehe, hier auf meinen Mann zu warten. Ich habe genügend Holz und Vorräte, um über den Winter zu kommen, und brauche nicht mehr als das. Es wird nicht leicht werden, aber ich werde es schaffen.«

Miss Craven nickte, als habe sie letztendlich keine andere Antwort erwartet, und zog sich ihre Handschuhe an. »Nun gut. Ich werde es ihm ausrichten. Aber bedenken Sie, dass es ein langer Winter werden kann und dass Ihr lieber Gordon am Ende vielleicht nicht wiederkommt. Auch um des Kindes willen sollten Sie sich Ihre Entscheidung noch einmal reiflich überlegen – und wegen der Leute. Sie zerreißen sich jetzt schon das Maul über Sie, dass Ihr Gemahl Sie sitzen gelassen hätte. – Ja, ja, schauen Sie nicht so entsetzt, ich sag nur, was ich gehört habe. Nehmen Sie es als Warnung: Die Leute fangen schnell zu reden an, Amy, und umso mehr, wenn man ihnen Grund dazu gibt.«

Louise Craven bohrte ihre grünen Augen in Amys blaue und sah sie lange an. Dann wandte sich zum Gehen. In der Tür wandte sie sich noch einmal um. »Vergessen Sie nicht, was ich Ihnen gesagt habe, Amy Tulliver. Der Winter wird lang und die Leute haben Zeit zum Reden. Viel Zeit.«

5

Die stillste Nacht

Nach einem verhältnismäßig ruhigen November, in dem das Dorf insgesamt fünf Tote zu verzeichnen hatte und man schon Hoffnung hegte, dass die Seuche sich doch besiegen ließ, starb am ersten Dezember Mary Rowland, die dreizehnjährige Tochter von Thomas und Alice Rowland, nur wenige Tage nachdem sich die ersten Symptome an ihrem Körper gezeigt hatten. Dies stürzte ihre Mutter in eine tiefe Verzweiflung, da sie erst wenige Wochen zuvor ihre zwei Jahre ältere Tochter Hannah an die Pest verloren und noch mit Mary geschimpft hatte, weil diese nicht vom Krankenbett ihrer Schwester hatte weichen wollen. Mary hatte gelacht und gesagt, Gott werde schon nicht zulassen, dass sie auch noch krank werde, sie wisse ja, dass sie noch gebraucht werde. Tag und Nacht hatte sie am Bett der Schwester gewacht, bis die arme Hannah endlich von ihren Qualen erlöst worden war.

Nun aber war auch sie demselben Schicksal erlegen und ihre Mutter, die sich selbst kaum noch auf den Beinen halten konnte vor Erschöpfung, schlich im Haus umher, als sei sie nur mehr ein Schatten ihrer selbst. Dünn und ausgemergelt, vor Kälte und Müdigkeit schlotternd, ging sie ihren täglichen Aufgaben nach, ohne jemals irgendjemanden anzusehen, nicht einmal ihren Mann Thomas, der vergeblich versuchte, sie zu trösten.

Als am neunten Dezember der Nachbarsjunge John Rowbotham starb, dem man mit einem Augenzwinkern eine heimliche Liebe zu ihrer Mary nachgesagt hatte, ging Alice jedoch zu ihrer Nachbarin Anne hinüber, um diese zu trösten. Es schien ihr gutzutun, jemanden zu haben, der ihre Trauer verstand, der ebenso am Boden zerstört war über das Unfassbare, was ihnen widerfahren war. Sicher trauerten auch die Väter und Geschwister, doch die Gefühle einer

Mutter waren doch etwas anderes, etwas, das nur andere Mütter ganz zu verstehen schienen. Während die Väter ihrer gewohnten Arbeit nachgingen und sich damit ablenken konnten, die Geschwister schnell wieder mit ihrem Spiel oder mit der täglichen Haus- und Hofarbeit beschäftigt waren, blieb den Müttern meist nichts als das Haus, in dem sie ständig alles an das verlorene Kind erinnerte: die Kleidung, die es getragen, das Bett, in dem es bis zuletzt gelegen, der Teller, von dem es vor wenigen Wochen noch gegessen, der Becher, aus dem es getrunken hatte, und am Ende das auch nur noch mit Mühe und unter viel gutem Zureden.

»Wenn ich einen Wunsch hätte«, sagte Alice eines Tages kurz vor Weihnachten, als sie beide zusammen auf der Hausschwelle saßen und mit klammen Fingern die Truthähne rupften, die sie am Heiligen Abend essen wollten, »nur einen, weißt du? Dann würde ich mir wünschen, dass wenigstens Abel und Francis verschont bleiben und wir keinen von ihnen mehr begraben müssen. Wenn *ich* gehen muss …«

»Alice, nein!«, widersprach die Freundin und legte ihr eine Hand auf den Arm. »Das darfst du nicht sagen! Du wirst nicht sterben – niemand wird mehr sterben bei euch; ihr habt doch schon so viel durchlitten.«

Alice gab ein bitteres Lachen von sich. »Als ob der Schwarze Tod uns danach fragt! Wie viele Familien hier hat er schon nahezu komplett ausgelöscht? Die Banes, die Sydalls …«

»Ja, Liebes, ich weiß das, aber das bedeutet doch nicht, dass es so weitergehen muss. Und es bedeutet nicht, dass es dir so gehen muss, Alice! Dein Mann und deine Kinder brauchen dich, sicher weiß Gott das und wird euch gnädig sein. Ich habe Gott sei Dank noch meinen William und außerdem Joan, Samuel und Robert, von denen keiner Anzeichen der Krankheit trägt. Das ist schon ein großes Geschenk, wenn du mich fragst. Mehr will ich nicht verlangen – und für das, was wir haben, sollten wir von Herzen dankbar sein, Alice. Komm, gib mir deinen Puter, du schaffst es ja kaum, ihn zu halten mit deinen eiskalten …«

»Mutter?«

Joan, die Älteste der Rowbothams, stand in der Tür des Nachbarhauses und rang mit angstvollem Blick auf ihre Mutter die Hände, als getraue sie sich kaum zu sprechen. »Kannst du ins Haus kommen – bitte? Vater ist nicht wohl. Er kam eben herein und legte sich gleich hin – ich fürchte ...«

»Nein!!!«

Mit einem verzweifelten Schrei, der das eben noch friedlich in der Mittagsstille liegende Dorf zu erfüllen schien, sprang Anne auf und stürzte hinüber zu ihrem Haus, den halb gerupften Weihnachtsputer achtlos im Schmutz zurücklassend.

Joan aber, die noch immer dastand, sah Alice mit großen, vor Schreck geweiteten Augen an und nickte schließlich langsam, bevor sie ihrer laut weinenden Mutter ins Haus folgte und die Tür hinter sich schloss.

Weihnachten kam und brachte in diesem Jahr für viele in Eyam nicht nur die Frohe Botschaft über die Geburt des Retters, sondern auch den Tod mit sich, der nicht nur in den Häusern der Blackwells und der Rowbothams unbarmherzig seine Opfer forderte, als kümmere es ihn nicht, dass Weihnachten war.

William Rowbotham starb in den frühen Morgenstunden, seine Frau hielt ihn weinend im Arm, als Joan hereinkam, um der Mutter das Baby zu bringen, das mit kräftiger Stimme nach seiner Milch verlangte.

Doch Anne konnte nichts für ihren kleinen Sohn tun, sie konnte ihn nicht einmal ansehen. Joan musste ihn wieder in ihr Bett zurücktragen, wo sie vergeblich versuchte, den Kleinen zum Schlafen zu bringen. Er fühlte sich heiß an und sein Schreien klang auf eine beängstigende Art unnatürlich, doch Joan wagte es nicht, dies der Mutter zu sagen, aus Angst, sie könne vor Kummer und Gram wahnsinnig werden, sollte jetzt auch noch ihr jüngstes Kind der Seuche zum Opfer fallen. Während Joan dem Jungen immer und immer wieder über die nass geschwitzte Stirn strich, schüttelte sie weinend den Kopf, denn in ihrem Herzen fühlte sie, dass es die Pest war, die sich durch diese Zeichen ankündigte.

»Oh, Gott«, flüsterte sie, »bitte nicht! Bitte nicht auch noch den Kleinen – er ist noch nicht einmal getauft. Herr, du weißt doch, der Reverend hat zu viel zu tun, wir konnten ihn noch nicht – wir konnten …« Ihre Stimme brach und sie begann zu schluchzen, während sie das Baby an ihre Brust hob, um es sanft hin und her zu wiegen. Hin und her, hin und her …

Währenddessen blieb Anne über der von den hässlichen Geschwüren offenen Brust ihres Mannes zusammengesunken, starr und schweigend an dessen Bett sitzen, bis gegen Mittag Marshall Howe an die Tür klopfte, um den Toten zu holen. Mit ihm trat auch William Mompesson durch die Tür, den schwarzen Hut in beiden Händen, der leise sagte: »Es tut mir leid, Mrs Rowbotham. Ich kam, so schnell ich konnte.«

Anne nickte, ohne aufzusehen. Sie rührte sich auch nicht, als Howe sich, ein paar Worte des Beileids murmelnd, an ihr vorbeischob, um den Körper ihres Mannes auf die hölzerne Bahre zu legen, die er auf dem Boden bei der Tür abgestellt hatte.

»Du musst den Boden tüchtig schrubben, Anne, und alles verbrennen, was dein Mann zuletzt berührt oder am Leib getragen hat. Tu es gleich und tu es gründlich, sonst muss ich bald wiederkommen. – Willst du mit?«

Anne hob den Kopf nur ein wenig und drehte das Gesicht zur Seite, sodass Howe den verwirrten Ausdruck darin erkennen konnte. »Mit? Wohin?«

»Na, zum Friedhof«, erwiderte der Totengräber grimmig, als habe er weder Zeit noch Lust, auf solch dumme Fragen überhaupt zu antworten. Er war an sich kein unfreundlicher Mann, aber die Arbeit hatte ihm über die Jahre wohl doch das Gemüt verdüstert. Besonders in den letzten Monaten, in denen er beinahe jeden Tag hinausgerufen wurde, um einen weiteren Toten zu Grabe zu tragen, war er immer einsilbiger geworden. Er behauptete zwar von sich, es mache ihm nichts aus, es sei nun einmal seine Aufgabe, die Toten zu begraben, aber das, was das Dorf in diesem Herbst erlebt hatte, ging auch an ihm nicht spurlos vorbei. Nur wollte er sich nicht anmerken lassen, wie besorgt er wirklich war, hatte er schließlich auch eine Frau daheim und einen einzigen Sohn, den kleinen William.

Anne, die noch immer starr auf die Bettstelle blickte, auf der eben noch ihr Mann gelegen hatte, schüttelte den Kopf. »Nein«, sagte sie tonlos, »ich bleibe hier.«

»Gut«, entgegnete Mr Howe und hob den Toten behutsam auf die grob gezimmerte Bahre aus Holz und geflochtenem Stroh. Dann nickte er seinem Gehilfen zu, einem jungen, rothaarigen Gesell namens Tom, der draußen vor der Tür gewartet hatte. »Dann gehen wir. Gott schütze dich, Anne.«

Die Männer hoben die Bahre an und trugen sie hinaus, ohne dass Anne sich von ihrem Platz rührte. Die Tür schloss sich hinter ihnen und Anne saß weiterhin still da und blickte stur auf denselben Punkt. Es schien, als kümmerte es sie überhaupt nicht, dass man soeben ihren geliebten Mann hinausgetragen hatte – tot.

Doch William Mompesson wusste, dass sie trauerte, ja, dass sie so sehr in ihrer Trauer und in Verzweiflung gefangen war, dass es sie schier lähmte. Und er tat, was er in den vergangenen Wochen immer getan hatte, wenn jemand einen geliebten Menschen und damit all seinen Lebensmut verloren hatte und nicht mehr weiterwusste: Er ging zu Anne hin, legte ihr eine Hand auf die Schulter und betete. Er betete leise und doch voller Inbrunst, ließ die Worte einfach kommen, tief aus seinem Herzen heraus, während Anne die ganze Zeit über regungslos dahockte und sich nicht einmal umwandte, als er sein Gebet beendet hatte und seine Hand vorsichtig von ihrer Schulter nahm.

»Ich gehe dann, Mrs Rowbotham«, flüsterte er, als wage er es nicht, sie in ihrer stillen Trauer zu stören. »Gottes Segen sei mit Ihnen.« Er holte tief Luft, als wollte er noch etwas hinzufügen, schüttelte dann aber den Kopf und nahm, da Anne auch keinerlei Anstalten machte, ihn zu verabschieden, nur seinen Hut entgegen, den Joan ihm hinhielt.

In der Tür stieß er mit Robert, dem ältesten Sohn von Anne und William, zusammen, der ihn überrascht ansah.

»Reverend, Sie hier? Das ist wohl kein persönlicher Weihnachtsbesuch, oder?«

»Oh, Robert! Robert!«

Joan kam herbeigestürzt und stellte sich auf die Zehenspitzen, um ihrem Bruder etwas ins Ohr zu flüstern. Robert war mit seinen fast siebzehn Jahren ein großer, starker Mann, der seinen Vater längst an Körperlänge und Kraft eingeholt hatte. Als er nun hörte, was seine Schwester ihm sagte, zog er beide Brauen zu einem zornigen Strich zusammen, biss sich auf die Lippen und unterdrückte einen Fluch. Joan aber legte ihm rasch einen Finger auf den Mund und sah ihn flehentlich an.

»Nicht, Robert, das darfst du nicht sagen, das hilft ihm nimmermehr – und Mutter auch nicht. Sei nur froh, dass du nicht da warst, es war … es war so furchtbar!«

Schluchzend barg sie ihr Gesicht an des Bruders Brust. Dieser sah über ihre Schulter hinweg den Geistlichen an, der ihm noch einmal kurz zunickte, und dann, seinen Hut aufsetzend, den Weg hinunterging, zum nächsten Haus.

Es war schon spät, als Gordon an diesem Abend bei den Mompessons eintraf. Seit dem Morgengrauen war er unterwegs gewesen, Kranke zu versorgen, Medizin auszuteilen, Angehörigen Anweisungen für die Pflege zu geben, Hinterbliebene zu trösten und mit ihnen zu beten. Zwei Opfer hatte die Seuche an diesem Tag gefordert: William Rowbotham und den zehnjährigen Anthony Blackwell, dem er eben noch die Augen hatte schließen müssen. Von all dem Leid, das die Pest mit sich gebracht hatte, empfand Gordon dies als das schlimmste: ein Kind ausgerechnet am Heiligen Abend sterben zu sehen, während die weinenden Eltern und Geschwister hilflos dabeistanden und nicht wussten, wie sie noch Weihnachtsfreude empfinden sollten, da doch gerade das Liebste von ihnen genommen worden war.

Auch im Rektorat war wenig von dieser Weihnachtsfreude zu spüren: Catharine sah kurz von ihrer Handarbeit auf, als der Doktor in die Stube trat, und lächelte ihm müde zu. Auch sie hatte einen langen Tag gehabt und viele unglückliche Seelen getröstet. Gordon wusste nicht, woher sie die Kraft nahm; es musste wohl an ihrem Glauben liegen.

Gerade heute hatte er selbst so manchen düsteren Moment des Zweifels durchlebt und sich gefragt, wie Gott all dieses furchtbare Leid in diesem Dorf nur zulassen konnte. Doch er hatte sich dann immer wieder an den Lieblingspsalm seiner Frau erinnert, in dem es hieß: »Und ob ich schon wanderte im finstern Tal, fürchte ich kein Unglück; denn du bist bei mir, dein Stecken und Stab trösten mich.« – Selbst Mompesson hatte er mehr als einmal am Sterbebett eines Dorfbewohners diesen Psalm beten hören, es ging ihm jedes Mal aufs Neue mitten durchs Herz.

»Frohe Weihnachten, Doktor«, sagte Catharine. »Kommen Sie und setzen Sie sich ans Feuer, ich will gleich gehen und das Essen holen. Haben Sie auch meinen Mann schon mitgebracht?«

»Er versorgt noch sein Pferd, dann kommt er herein.« Gordon nahm seinen Hut ab und hängte ihn über einen der Haken bei der Tür. »Wir waren eben noch bei den Blackwells.«

Catharine, die im Begriff war aufzustehen, hielt inne und sah Gordon mit großen, traurigen Augen an. »Der Junge?«

»Ja. Es ging sehr schnell, er hat nicht viel gelitten. Ich … ich gehe und wasche mir die Hände.«

»Tun Sie das. Es liegen frische Handtücher da, wir haben auch neue Lavendelseife gemacht. – Oh, William, Gott sei Dank, du bist zurück!«

William Mompesson ging auf seine Frau zu und küsste sie auf die Stirn. »Ja, mein Liebes, ich bin zurück. Und ich habe noch jemanden mitgebracht. Ich hoffe, es macht dir nichts aus – kommen Sie herein, Stanley, und wärmen Sie sich am Feuer.«

Falls seine Frau überrascht war, so ließ sie es sich nicht anmerken. Sie begrüßte den Gast und verschwand dann in der Küche, von wo sie gleich darauf mit einem großen, schwarzen Topf zurückkehrte, den sie auf den Tisch stellte, zusammen mit einem Laib frischen Gerstenbrotes. Erst jetzt bemerkte Gordon, dass Catharine den Tisch festlich gedeckt und mit Tannengrün, Efeuranken und Stechpalmzweigen geschmückt hatte. Die roten Beeren der Stechpalme glänzten im Kerzenlicht. Gordon atmete dankbar, beinahe andächtig den harzigen Duft der Tannenzweige ein, bevor er sich setzte. *Weihnachten!* Bei all dem Leid war es doch Weihnachten geworden.

»Das sieht sehr schön aus, Catharine«, bemerkte William und küsste seine Frau abermals auf die Stirn. »Danke, dass du dir so viel Mühe gemacht und auch auf uns gewartet hast. Sind die Kinder brav gewesen?«

»Ja, William, das waren sie. George half mir sogar, den Tisch zu schmücken. Sie hoffen natürlich auch auf ein kleines Geschenk, das …«

»Jedes Leben, das gerettet werden kann, ist Geschenk an sich genug und Grund für tiefste Dankbarkeit«, unterbrach Stanley. Er hätte ebenso gut die christliche Erziehung der Mompessons infrage stellen können und Catharine, die sehr gut wusste, wie der alte Pfarrer zu diesen Dingen stand, wollte dem schon etwas entgegensetzen, als sie sich eines Besseren besann und stattdessen ihren Mann stumm um Hilfe bat.

»Das wissen wir, Bruder Stanley, und ich versichere Ihnen, dass wir unsere Kinder auch nicht mit Geschenken zu überhäufen pflegen – im Gegenteil, es ist oft genug nur Naschwerk oder etwas Nützliches, das sie ohnehin bekommen hätten. Letztes Jahr gab's einen Zinnbecher für George, mehr nicht. Ich wüsste nicht, was daran falsch sein sollte. Aber wie sollen Kinder, zumal die ganz kleinen, begreifen, warum in diesem Jahr alles anders ist? Warum Marshall Howe kommt und ihre Väter und Mütter hinausträgt, statt mit ihnen in der Kirche zu singen. Warum ihre Geschwisterchen sterben, die noch viel zu klein sind, um überhaupt zu wissen, was

Weihnachten ist. Und wo sind ihre Spielkameraden, die gestern noch da waren? Wie sollen sie das begreifen, Stanley? Sagen Sie es mir. Wie?«

Betretene Stille machte sich in dem kleinen Raum breit und Gordon, der die ganze Zeit über betroffen auf seinen Zinnteller gesehen hatte, hob den Blick und nickte Mompesson langsam zu. Dieser atmete tief durch, wandte sich dann abermals an Stanley und sagte: »Wenn Sie so gut sein wollen, an diesem Heiligen Abend das Dankgebet für uns zu sprechen, Bruder?«

Der Ältere zog die Augenbrauen hoch, faltete jedoch, als er sich selbst nicht in der Lage sah, seinem Gastgeber die unerwartete Bitte abzuschlagen, die Hände, senkte den Blick und betete.

»Und?«, fragte Gordon später, als Stanley längst gegangen war und Catharine sich zu den Kindern in die Schlafkammer unter dem Dach zurückgezogen hatte. Für sie war es ein langer Tag gewesen, und doch hatte sie noch – natürlich, nachdem Stanley fort war, der ganz und gar gegen Musik war, so wie er als echter Puritaner überhaupt alles verabscheute, was weltlich war und seiner Auffassung nach nicht dem Gesetz Gottes entsprach oder, dessen wurde Stanley nie müde zu beteuern, die Augen der Menschen vom Wesentlichen ablenkte – ein paar Weihnachtslieder auf dem Pianoforte gespielt und dazu gesungen. Gordon hatte sich schuldig gefühlt – nicht, weil er selbst auch aus einem puritanischen Elternhaus stammte, sondern vielmehr deshalb, weil er der Pfarrfrau nur halb zugehört hatte: Derweil waren seine Gedanken zu Amy nach Bakewell gewandert. Ob es ihr wohl gut ging? Und ob sie genügend Holz im Haus hatte und auch genug zu essen?

»Was denken Sie? – Jetzt, da wir allein sind, können wir es wohl aussprechen, was wir beide doch den ganzen Abend über schon gedacht haben: Wie viele Menschenleben wird uns die Seuche noch kosten? Wird der Spuk im neuen Jahr vorüber sein oder wird dies das letzte Weihnachtsfest für die Menschen in Eyam – und somit auch für uns – gewesen sein?«

Mompesson streckte die langen Beine vor sich aus und starrte nachdenklich ins Feuer. Eine lange Zeit sagte er nichts, dann bückte er sich, nahm seine Bibel auf, die neben seinem Stuhl am Boden lag, und schlug sie wahllos auf. Er las jedoch nicht, sondern antwortete, mit einer Stimme, die von weither zu kommen schien: »Wie viele … ja, wie viele noch? Zu viele, das ist sicher. Zu viele … Annes Jüngster wird's nicht schaffen, ihm schwindet schon alle Kraft aus seinem kleinen Körper. Mag sein, dass er das neue Jahr noch sieht, aber ich glaub's nicht. Und sein Bruder Robert …«

Gordon nickte, ohne den Reverend anzusehen. »Sie haben es ihm auch angesehen, nicht wahr? Er hat die Krankheit – nur weiß er's vielleicht selbst noch nicht. Gott, die arme Anne! Wie soll sie leben …«

»Wie, wie!«, fuhr ihm Mompesson auf einmal unwirsch dazwischen. Er war aufgesprungen und begann, mit der Bibel in der einen Hand, raschen Schrittes im Raum auf und ab zugehen, während er mit der anderen Hand immerfort durch sein langes Haar fuhr. »Wie alle eben. Wie alle, die ihre Liebsten verloren und nur noch ein einziges Kind oder gar niemanden mehr haben außer sich selbst. Die Seuche geht an niemandes Tür vorbei, ohne einen von denen mitzunehmen, die dahinter leben – bei dem einen ist's der Bruder oder der Vater, bei dem anderen sind's gleich alle …« Er ließ die Bibel, die er eben noch hochgehalten hatte, sinken und murmelte: »So sinnlos. So sinnlos …«

»Sagen Sie mir, Tulliver«, fuhr er dann mit neuer Kraft fort, sich zu ereifern, »hat uns Gott am Ende hier vergessen, dass er nicht eingreift? Sind wir es denn nicht wert, dass er uns hilft? Wie viel soll ich noch beten, wie oft die Psalmen noch zitieren, am Sonntag von der Kanzel und in jedem Haus, in das man mich ruft, um die Trauernden zu trösten. Wie soll ich ihnen Trost spenden, wo ich doch selbst keinen mehr finde?«

»Hier drinnen«, er hob abermals seine Bibel und schüttelte sie,

»wird uns die Freude von Weihnachten verkündet. Aber wo ist sie? Sagen Sie mir, wo diese Freude ist? Warum kommt sie nicht bis nach Eyam? Der eine sagt, sie sei nicht not, will gar das Weihnachtsfest verbieten. Die anderen warten sehnsüchtig auf die Ankunft des Retters und stattdessen kommt immer wieder nur der Tod von Haus zu Haus, nimmt alle mit … Was bleibt ihnen noch, frage ich Sie, was …« Seine Stimme, eben noch kraftvoll und leidenschaftlich, brach, und er blieb am dunklen Fenster stehen, den Kopf müde schüttelnd. »… bleibt ihnen noch. Was, Tulliver?«

Einem Impuls folgend, nahm Gordon ihm die Bibel aus der Hand, schlug sie wie von selbst bei Lukas 2 auf und las: »Fürchtet euch nicht! Siehe, ich verkündige euch große Freude, die allem Volk widerfahren wird; denn euch ist heute der Heiland geboren, welcher ist Christus der Herr in der Stadt Davids …«

Er wandte sich langsam zu Mompesson um, sah ihm fest in die Augen. »Das«, sagte er und versuchte, seiner Stimme einen zuversichtlichen Klang zu geben, »ist, was ihnen bleibt. Ihnen und uns, Mompesson, bleibt immer noch Gottes Liebe, welche er uns offenbart hat in der Geburt seines Sohnes, Jesus Christus, unserem Herrn. Er ist unsere Hoffnung, unsere Rettung, unsere Erlösung, Mompesson. Er allein. Wir dürfen nicht aufhören zu glauben, zu hoffen und zu beten.«

Mompesson nahm die Bibel, die Gordon ihm hinhielt, schweigend an sich, nickte, und verließ, nachdem er noch eine Weile dort gestanden hatte, ohne ein weiteres Wort den Raum.

6

Auf Morton Hall

Auch Amy war es an diesem Abend alles andere als weihnachtlich ums Herz. Zwar hatte sie ein Brot gebacken und mit Emmas Hilfe das Häuschen von oben bis unten gekehrt und die Fußböden geschrubbt, ja, sie hatte sogar Grace gebadet, in der großen Zinnwanne, in der sie sonst im Winter die Wäsche wusch, sodass das Kind jetzt sauber und frisch gekleidet in seiner Wiege beim Feuer lag, während Emma versuchte, den Spieß mit dem Weihnachtsbraten zu drehen. Es war eine schwere Arbeit, die sie nicht gewohnt war. Sie warf immer wieder einen besorgten Blick auf das Feuer, das schon bald zu verlöschen drohte, da nicht mehr genügend Holz da war. Sie würde noch einmal hinausgehen und neues holen müssen. Weiß Gott, dass sie einen so mächtigen Braten überhaupt nicht brauchten, aber es war ein Geschenk des anglikanischen Reverends und seiner Frau gewesen, die Mitleid mit der jungen Frau hatten, die ganz auf sich allein gestellt in dem kleinen Cottage am Dorfrand lebte und auf ihren Mann wartete, der vielleicht nie wiederkam. So jedenfalls wurde es im Dorf hinter vorgehaltener Hand erzählt. Amy, die davon nichts ahnte, ging weiterhin tapfer erhobenen Kopfes an den Leuten vorbei und grüßte alle lächelnd, als sei sie sich der mitleidigen Blicke nicht bewusst, die ihr überallhin folgten.

Auch einen feinen Kuchen hatten sie mitgeschickt und mancherlei wohlriechende Gewürze, mit denen Amy und Emma heute Mittag den Braten bis an den Rand gefüllt hatten, bevor sie ihn gemeinsam auf den Spieß geschoben hatten. Es war ein reichlich großer Braten für zwei Frauen, sie würden für Wochen genug daran zu essen haben.

Dennoch war Amy dankbar für die Fürsorge und Anteilnahme, die sie von den Dorfbewohnern erfuhr. Aus Morton Hall hingegen war nicht einmal ein Gruß zu Weihnachten hier eingegangen, kein noch so kleines Wort des Trostes und natürlich schon gar kein Braten. Nichts. Es war, als wollten sie Amy deutlich zeigen, was sie von ihrem Entschluss, allein im Cottage zu bleiben, anstatt ihrer großzügigen Einladung zu folgen, hielten. Amy hoffte, dass dieser Winter nicht zu lang würde, damit ihr Brennholz und Nahrungsmittel nicht knapp wurden. Zwar konnte sie selbst durchaus mit wenigem auskommen, wenn es sein musste, aber um ihrer Tochter willen musste sie bei Kräften bleiben. – Gott sei Dank hatte sie in Emma eine wahrhaft treue Magd, die sich um vieles kümmerte und ihr alles, außer Grace, abnahm, damit Amy immer wieder auch tagsüber Zeit fand, sich auszuruhen und neue Kraft zu schöpfen.

»Sie sehen so müde aus, Madam, und so mager – wenn Sie mir erlauben, es zu sagen. Der Braten wird Ihnen guttun. Sie müssen mir versprechen, reichlich davon zu essen, und von dem Kuchen auch«, hatte die Frau des Reverends gesagt, als sie gestern selbst den Braten gebracht hatte. Sie war eine tüchtige Frau, die sich auch für Besuche und solcherlei Dinge nicht zu schade war.

Amy hatte an Catharine Mompesson denken müssen – ob sie auch im Dorf herumging und Essen verteilte? Nach dem, was Gordon schrieb, schien sie ihr beinahe wie eine Heilige zu sein. Amy war dann immer ein wenig eifersüchtig, doch sie tröstete sich damit, dass sie ja Gordon genauso helfen würde, wenn er sie mitgenommen hätte.

Um Graces willen war sie froh, dass er es nicht getan hatte. Es war besser so für sie, das wusste sie jetzt. Hier waren sie in Sicherheit, in Eyam dagegen …

Wir blicken auf dieses Jahr zurück und sind besorgt über das, was das neue uns wohl bringen mag. Viel Hoffnung habe ich nicht, es sterben einfach zu viele Leute; und es werden immer mehr krank. Jetzt, wo es kalt geworden ist, hocken die Menschen in ihren Häusern zu nahe aufeinander, viele teilen nicht nur das Bett, sondern auch Besteck und Geschirr (sofern sie solches besitzen, die anderen essen von demselben

Laib Brot und trinken aus derselben Suppenschüssel), was erklärt, weshalb die elende Pestsaat sich vermehrt wie eine Kolonie von Ameisen …

Als Amy Gordons letzten Brief las, hatte sie über das schwere Schicksal der armen Menschen geweint. Lange geweint. Dann hatte sie sich selbst für ihre Undankbarkeit geschimpft, hatte Grace auf den Arm genommen, war mit ihr zum Fenster gegangen und hatte zu ihrem Spiegelbild darin gesagt: »Siehst du, Amy Tulliver, dies ist dein Kind, es ist gesund und es fehlt ihm an nichts. Auch dir fehlt es an nichts, du hast kein Recht zu klagen und zu weinen, es sei denn aus Mitleid mit denen, die nicht so glücklich sind wie du.«

Sie hatte wirklich keinen Grund zu klagen, besonders nicht an diesem Weihnachtsabend. Grace schlief schon seit dem Mittag, sie musste jeden Moment aufwachen. Emma war gerade noch einmal ins Dorf gegangen, um dort ihre Schwester Gale zu besuchen, die bei einer der wohlhabenden Kaufmannsfamilien im Dienst stand. Amy erwartete Emma nicht zu bald zurück, da sie um die Schwatzhaftigkeit der Mädchen wusste, aber sie war Emma nicht böse darum. Sie selbst vermisste die langen Gespräche mit ihrer eigenen Schwester – und ihrer Mutter! – viel zu sehr, als dass sie kein Verständnis dafür aufbringen könnte, wenn ihre Magd wenigstens am Weihnachtsabend ein paar fröhliche Stunden bei ihrer einzigen noch lebenden Verwandten zubrachte. Im Übrigen war nicht mehr viel zu tun, der Spieß musste eben gedreht werden, damit sie nachher, wenn Emma heimkam, essen konnten. Sonst war alles fertig und wartete …

Amy erschrak, als es plötzlich an der Tür klopfte. Sie wischte sich die Hände an ihrer Schürze ab, strich sich das Haar hinter die Ohren zurück, und rief: »Wer da?«

»Mrs Tulliver?«

Amy zögerte, da sie die Stimme nicht kannte, öffnete die Tür dann aber doch einen Spaltbreit. Durch diesen sah sie eine Frau stehen, die in einen einfachen Wollumhang gekleidet war.

»Entschuldigen Sie bitte die Störung, aber ich bringe eine Botschaft von Morton Hall, Madam.«

»Oh?«

Amy zog überrascht die Augenbraue in die Höhe, öffnete die Tür ganz und sah die fremde Frau – wahrscheinlich eine Magd – fragend an.

»Ja. Ich soll Ihnen sagen, dass Sie morgen zum Abendessen erwartet werden.«

»Oh ...«, verwirrt schüttelte Amy den Kopf. »Das ... das ist sehr freundlich von Ihnen, Mrs ...«

»Bridget. Ich heiße Bridget, Madam.«

»Natürlich – Bridget. Wir haben uns schon einmal gesehen. Im vorigen Jahr, als mein Gemahl und ich ... wir waren auch zum Weihnachtsbankett eingeladen. Damals ...« Sie brach ab, sah verlegen an Bridget vorbei und schüttelte seufzend den Kopf. »Du weißt, dass ich allein bin, Bridget. Mein Gemahl – er ist ... nicht hier. Er wurde nach Eyam gerufen, weil man ihn dort brauchte. Die Pest ... Sicher weißt du, was geschehen ist.«

»Ja, Madam, ich hörte davon. Aber die Einladung gilt ausdrücklich Ihnen, Madam. Man sagte mir, ich solle Ihnen ausrichten, dass Sie willkommen sind.«

So, dachte Amy, die sich sehr wunderte, *bin ich das wirklich?* – Sie fragte sich insgeheim, wer diese Einladung wohl ausgesprochen hatte, und vermutete, dass es der alte Lord Craven gewesen sein musste. Niemand anderer auf Morton Hall war ihr wohlgesonnen; er war der Einzige, der es ihr nicht übel zu nehmen schien, dass Gordon weggegangen war.

Er war allerdings auch der Einzige, der jemals ein freundliches Wort an sie gerichtet hatte – es sei denn, man bezeichnete Francis Cravens Aufdringlichkeiten als Freundlichkeit. *Er* wäre mit Sicherheit auch erfreut, wenn sie morgen kommen würde. Ohne Gordon an ihrer Seite war sie ihm hilflos ausgeliefert – was sollte sie nur tun, wenn er ihr zu nahekam?

»Was darf ich der Familie ausrichten, Madam?«

Bridget sah sie immer noch vollkommen ruhig an, als wäre sie bereit, noch Stunden in der Kälte zu stehen und auf Amys Antwort zu warten.

Amy zögerte. Sie wusste wirklich nicht, was sie sagen sollte – eigentlich blieb ihr keine andere Wahl, als die Einladung anzunehmen. Alles andere wäre unhöflich gewesen; ein Affront geradezu, wenn man bedachte, in welcher Position sie war. Andererseits wollte sie wirklich nicht den Weihnachtsabend in solch feindseliger Gesellschaft verbringen, wo sie sich als verlassenes Eheweib des entflohenen Doktors bestenfalls zum Gespött der Gäste machen würde. Aber eine Absage? Konnte sie das wirklich wagen?

»Ich …« Sie räusperte sich, dann blickte sie Bridget an und antwortete mit fester Stimme: »Sag Lord und Lady Craven, dass ich mich sehr freue und dass ich die Einladung annehme.«

Bridget knickste. »Sehr wohl, Madam. Ich werde es ausrichten. Auf Wiedersehen, Madam.«

Als Bridget fort war, blieb Amy mit vor der Brust verschränkten Armen stehen und sah lange zu der niedrigen Hecke hinüber, die den Cottagegarten von der dahinter verlaufenden Straße abgrenzte. Es wurde schon bald dunkel. Wo blieb Emma nur?

Gerade, als sie ins Haus zurückgehen wollte, sah sie das Mädchen die Straße heraufkommen. Ihr Schritt war leicht und beschwingt, als sei sie – ja, glücklich. Dafür, dass Emma so wenig auf der Welt hatte – und niemanden außer der einen Schwester und sie, Amy, an der sie auf beinahe kindliche Weise sehr hing –, hatte sie ein bewundernswert heiteres Gemüt. Manchmal fragte Amy sich, ob es leichter war, wenig zu haben, als sich in dem Glauben zu wähnen, alles zu haben – und es dann zu verlieren.

Natürlich war sie sicher, dass Gordon zurückkehren würde. Aber wenn nicht … dann würde sie tatsächlich ganz allein dastehen. Wohin sollte sie dann gehen? Zu ihrer Familie zurück, die vielleicht auch nicht mehr da sein würde? Zu Gordons Familie nach York?

»Nein«, flüsterte sie und strich gedankenverloren über den dünnen Goldring, den Gordon ihr am Tag ihrer Hochzeit geschenkt hatte – sie wusste, dass es ihn fast sein ganzes Geld gekostet hatte, beim Goldschmied diesen Ring zu kaufen, und dass er es nur aus Liebe zu ihr getan hatte. Er hatte, wie zu manch anderem auch, seine feste Meinung über das, was eine Frau tragen sollte und was nicht; ein solches »Geschmeide« war aus seiner Sicht etwas, das einer puritanischen Ehefrau nicht anstand. Dennoch hatte er es für sie getan, weil er sie so sehr liebte – und weil er wusste, was ihr ein solcher Ring bedeutete.

»Nein, Gordon, du musst zurückkommen! Anders kann ich es nicht schaffen. Du weißt, ich bin verloren ohne dich … Bitte – bitte komm zurück, und komme bald …«

»Sind Sie sicher, dass Sie allein gehen wollen?«

Emma stand neben ihrer Herrin an der niedrigen Tür des Cottages und half ihr, sich den Schal um Kopf und Hals zu wickeln. Draußen wehte ein eisiger Wind und es hatte angefangen zu schneien.

»Ja, Emma. Wir haben doch darüber gesprochen. Du bleibst hier und passt auf Grace auf. Sorg dafür, dass das Feuer nicht ausgeht. Wer sollte das sonst tun? – Außerdem gibt es mir einen trefflichen Grund, früh nach Hause gehen zu müssen. So, und nun will ich mich auf den Weg machen, bevor es dunkel wird. Hab gut acht, Emma, und lass niemanden hinein!«

»Das tue ich nicht. Bestimmt nicht, Madam. Seien Sie nur selbst recht vorsichtig, Madam, der Weg nach Morton Hall ist steil und uneben und die Bäume machen ihn sehr dunkel …«

»Ich werde mich vorsehen.«

Den Schal unter ihrem Kinn zusammenhaltend, schob Amy die Tür auf und schlüpfte hinaus. Sie war noch nicht weit gegangen, als sie hinter sich Hufgetrappel hörte. Es war der leichte Schritt eines edlen Pferdes und bald konnte sie das leise Schnauben des Tieres neben sich wahrnehmen, das nun in eine langsamere Gangart fiel.

»Seid gegrüßt, edles Fräulein – oh«, unterbrach Francis Craven sich selbst, als er Amys Gesicht unter dem Schal erkannte, »Sie sind es, Mrs Tulliver. Wohin so allein des Wegs, doch nicht nach Morton Hall hinauf? Wenn doch, so nehmen Sie meine Hand und kommen Sie zu mir aufs Pferd. Ich habe denselben Weg.«

Amy blieb stehen und knickste. »Guten Abend, Sir. Ihr Vater war so gut, mich zu Ihrem weihnachtlichen Bankett einzuladen. Wussten Sie denn nichts davon?«

»Tatsächlich?« Francis Craven riss an dem Zügel seines Rappen, sodass dieser tänzelnd zum Stehen kam, und beugte sich grinsend zu Amy hinab. »Wie nett. Dann wird der Abend gewiss nicht langweilig. Aber weshalb kommen Sie zu Fuß in dieser eisigen Nachtluft daher? Bot man Ihnen denn keine Kutsche an, als man Ihnen die Einladung brachte?«

Amy schüttelte den Kopf. »Nein, Sir. Aber das macht mir nichts aus«, versicherte sie hastig, damit er nicht dachte, sie wolle sich beschweren. »Ich gehe gern zu Fuß – wirklich.«

»Natürlich. Aber nun kommen Sie, steigen Sie auf, dass wir den Rest des Weges auf schnellere und auch bequemere Weise hinter uns bringen.«

Die ausgestreckte Hand missachtend, hob Amy ihre Röcke auf und ging weiter. »Ich danke Ihnen, nein. Ich kann wirklich gut zu Fuß gehen, es macht mir nichts aus.«

Darauf kam Francis erneut an ihre Seite geritten, um die angefangene Unterhaltung vom Sattel aus fortzusetzen. »Und es geziemt sich außerdem nicht für ein sittsames, puritanisches Eheweib, sich zu einem jungen, unverheirateten und noch dazu anglikanischen Edelmann aufs Pferd zu setzen. Habe ich recht?«

Er grinste und Amys Gesicht wurde rot vor Zorn, doch sie schluckte das, was sie ihm eigentlich entgegnen wollte, herunter, aus Angst, es könne den jungen Lord reizen, noch zudringlicher zu werden.

»Nun gut. Wie Sie wünschen, Madam. Ich erwarte Sie mit einem heißen Punsch; den werden Sie nötig haben nach diesem Marsch.«

Damit gab er seinem Hengst die Sporen und war im nächsten Augenblick um die Wegbiegung verschwunden.

Der Abend verlief – zu Amys Erleichterung – friedlich, ja, sie erlebte ihn eigentlich sogar als recht schön. Nach dem Bankett gingen die Herren in den Salon, um sich die Zeit mit Kartenspiel und Zigarren zu vertreiben, während die Damen in einem anderen Salon Platz nahmen und Amy beim Spiel auf dem Cembalo zuhörten. Jetzt verstand Amy auch, weshalb man sie heute hierhergebeten hatte: Es waren viele Gäste gekommen, an die zwei Dutzend, die gerne unterhalten werden wollten. – Und was lag da näher für eine Lady Craven, als ihr, Amy, diese Aufgabe zu übertragen? Sie hatte das Klavierspiel auf einem alten Instrument gelernt, das ihrer Mutter gehört hatte, das einzige wertvolle Möbelstück in dem bescheidenen Zuhause der Familie Swann – ein Erbstück ihrer Großmutter. Mrs Swann hatte es beiden Mädchen beigebracht, da sie sagte, sie selbst hätte als Kind zu wenig geübt und ihre Mädchen sollten das Instrument besser beherrschen als sie. Man wisse nie, wozu es einem nützen könne.

Aus demselben Grund hatten auch alle Swann-Kinder, nicht nur die Jungen, das Lesen, das Schreiben und das Rechnen gelernt. Mrs Swann, die selbst aus einem wohlhabenderen Elternhaus stammte, hielt viel auf Bildung, und ihr Mann, auch wenn er anders erzogen worden war, ließ sie gewähren.

Jetzt wusste Amy, was ihre Mutter damit gemeint hatte mit dem, was sie gesagt hatte. Auch wenn es ihr lieber gewesen wäre, man hätte sie direkt gefragt, ob sie spielen würde – natürlich hätte sie nicht ablehnen können, aber sie hätte dann natürlich Grace mitgenommen. So aber war sie nun gefangen in der Situation und wusste, dass sie nicht gehen konnte, ehe man sie entließ. Nach einiger Zeit spürte sie auch, wie sich die Milch in ihrer Brust zu stauen begann und ihr Schmerzen verursachte; gleichzeitig hoffte sie, dass man keine Flecken an ihrem Kleid bemerken würde, sollte die Milch austreten. Sie spielte und sang und wurde dabei im Laufe des Abends zusehends müder, während die Damen dabeisaßen und weiterplauderten, ohne ihr besondere Beachtung zu schenken.

Die Ashmores waren wohlhabende Leute aus dem benachbarten Matlock und häufig gesehene Gäste auf Morton Hall, ebenso wie die Bramleys, deren Tochter etwa in Amys Alter zu sein schien. – Sie war eine schöne junge Frau mit außergewöhnlicher Ausstrahlung und hatte während des Essens die Aufmerksamkeit Francis Cravens auf sich gezogen, wann immer er sich von Amy zurückgewiesen fühlte. Und zurückweisen musste sie ihn; wenn sie es jetzt nicht tat, würde sie ihn nur ermutigen, sich ihr noch weiter zu nähern. Das wollte sie um jeden Preis vermeiden, zumal sie wusste, dass sie jetzt, da Gordon nicht da war, leichte Beute für einen wie ihn war. Neben den Ashmores und den Bramleys waren auch noch die Beaufords anwesend, die früher einmal in dieser Gegend gelebt hatten, dann aber nach Kent gegangen waren, wo sie ein größeres Anwesen besaßen. Sie kamen nur noch selten auf Besuch hierher, genauer gesagt: jedes Jahr zur Weihnachtszeit.

»Das aber lassen wir uns nie nehmen! Und wenn die liebe Louise uns gesagt hätte, dass sie eine so prachtvolle kleine Sängerin hier hat, wären wir schon eher gekommen. Jawohl, das wären wir. – Spielen Sie nur weiter, Mrs Tulliver, spielen Sie nur weiter – ach«, rief sie und sank zufrieden in den Sessel zurück, »ich sage ja, ist es nicht wundervoll?«

Mrs Beauford war eine kleine, plumpe Frau mit roten Backen, die gerne, viel und – zum Leidwesen ihres Ehemannes – sehr laut lachte. Auch sonst fiel sie durch ihr unkonventionelles Verhalten immer wieder auf. Amy mochte sie, da sie die Einzige war, die im Lauf des Abends hin und wieder ein freundliches Wort an sie richtete – so wie gerade jetzt – und ihr Konfekt anbot, während es die anderen überhaupt nicht zu kümmern schien, dass Amy ohne Pause spielte und ihr nicht einmal ein Glas Wein zur Erfrischung gereicht wurde.

»Da sitzen Sie und spielen und singen und unterhalten uns so wundervoll. Aber keiner dankt es Ihnen. Nein, wirklich, das kann ich nicht mit ansehen! Hier, kosten Sie einmal von dem Marzipan, es ist ganz köstlich. Königin Elizabeth soll ja so viel davon gegessen haben, dass es sie sämtliche Zähne gekostet hat. Erst sind sie schwarz geworden und dann ausgefallen, man stelle sich das vor! Nun ja, dafür hat sie ja auch kaum noch selbst gesprochen, sondern andere für sich reden lassen. Wie ich sehe, haben Sie ungewöhnlich schöne Zähne – und Ihr Gatte ist Arzt, wie ich hörte, ja?«

Amy griff zögernd nach einer Praline. »Ja, Madam. Er ist der Leibarzt der Familie. Man rief ihn jedoch im Herbst nach Eyam, damit er den Menschen dort helfe. Die Pest ... Nun, Sie wissen sicher, wie schrecklich es ist. Sie müssen ja durch London gekommen sein, wo auch viele Tausende im Sommer starben.«

»Allerdings, allerdings!«, rief Lady Beauford aus und legte Amy ihre dicke, fleischige Hand auf den Arm. »Natürlich! Und Ihr Gatte ist also nach Eyam gegangen ... wahrhaftig, dafür muss man ihn bewundern. Nicht wahr, Louise, das muss man doch?«

Louise warf Lady Beauford nur einen langen Blick zu und wandte sich dann, ohne ein Wort zu erwidern, wieder ihrem Gespräch mit der jungen Lady Ashmore zu. Amy hatte herausgehört, dass Miss Craven wohl hoffte, dass ihr Bruder diese junge Dame heiraten würde. – Ob der sich in diese Angelegenheiten hineinreden ließ, wagte Amy allerdings zu bezweifeln.

Lady Beauford schüttelte den Kopf. »Herzloses Ding ...«, murmelte sie. Dann wandte sie sich wieder an Amy. »Und wer kümmert sich jetzt um Sie, wenn ich fragen darf, junge Dame? Wie ich hörte, leben Sie in Morton Cottage unten im Dorf. Kommen Sie denn allein zurecht?«

»Ach ...« Amy erhob sich, um zu ihrem Instrument zurückzukehren, da Lady Craven ihr schon einen mahnenden Blick zuwarf. »Ich habe eine Magd, Emma, die mir hilft und mir auch Gesellschaft leistet. Und dann habe ich noch ein Kind, eine kleine Tochter. Sie wurde in derselben Nacht geboren, in der mein Gatte ... in der er ...«

»Wollen Sie hier noch lange herumsitzen und Konfekt essen, Mrs Tulliver? Sie sind nicht nur zu Ihrem Vergnügen hier, wie Sie wissen. Spielen Sie *Greensleeves*! Das hören wir alle gern, nicht wahr, Lady Beauford?«

Die gütige Dame seufzte und nickte ergeben, und Amy, zugleich das Konfekt wie auch ihren Zorn hinunterschluckend, eilte hochroten Kopfes zum Cembalo zurück. Sie war den Tränen nahe.

Greensleeves.

Warum gerade dieses Lied? Es war *ihr* Lied, das Lied, das sie immer für Gordon sang, jeden Abend am Fenster ihres kleinen Häuschens, nachdem sie die Kerze für ihn angezündet hatte, die ihm heimleuchten sollte, wenn er kam.

»Er wird wiederkommen«, flüsterte sie und legte die Hände auf die Tasten. »Ich weiß, er wird.«

Dann atmete sie tief durch, nahm die Schultern zurück und begann zu spielen.

7

Ein Schrei in der Nacht

»Wohin willst du noch um diese Zeit, William? Es ist spät, und du hast die letzte Nacht wieder kein Auge zugetan. Es ist nicht gut, wenn du nicht schläfst. Du musst doch bei Kräften bleiben. Gegessen hast du auch noch nicht. – Hier«, sagte Catharine und griff eilig nach einem Laib Brot, wickelte ihn in ein sauberes Tuch und gab ihn ihrem Mann, der schon an der Tür stand. »Nimm das mit. Und vergiss deinen Mantel nicht, es hat geschneit!«

Wortlos nahm William das Brot und seinen Mantel und stapfte über den dunklen Hof davon. Der Schnee knirschte unter seinen Schritten, die sich jedoch schon bald in der Stille der Nacht verloren. Fröstelnd schloss Catharine die Tür und wickelte sich den Schal fester um die Schultern. Dann wandte sie sich um und ging in die Stube zurück, wo das Feuer noch ein wenig brannte, jedoch kaum Wärme spendete. Sie überlegte einen Moment, ob sie noch Holz nachlegen sollte, damit es warm war, wenn William zurückkam. Dann entschied sie, dass es wohl keinen Sinn machte. Bestimmt würde er nicht vor dem Morgen zurück sein und dann konnte sie noch immer ein neues Feuer anzünden. Auch sein Essen stand unberührt auf dem Tisch, er hatte wieder einmal keinen Appetit gehabt, wie so oft in diesen Tagen. Der Teller des Doktors war ebenso unbenutzt geblieben; ihn hatte sie seit dem Morgen nicht mehr gesehen.

Vier Menschen waren seit Beginn des neuen Jahres gestorben, darunter Robert Rowbotham und der kleine Samuel, der – in Anbetracht seines zarten Alters – erstaunlich lange gekämpft und dann doch verloren hatte. Der Doktor führte sorgsam Buch über jeden, der starb, und markierte pflichtbewusst, ob es sich um ein Pestopfer handelte – was meistens der Fall war. Er sagte, dass man es den

Menschen von Eyam schulde, dass ihre Namen nicht in Vergessenheit gerieten, selbst wenn die Pest das gesamte Dorf auslöschen sollte.

Der Februar war still und leise gekommen und hatte in den ersten beiden Wochen wohltuende Sonne und Schneeglöckchen, Gott sei Dank jedoch bislang keine weiteren Todesfälle mit sich gebracht. Viele – besonders die Witwen, die schon jetzt nicht wussten, wer sich um sie kümmern sollte, wenn alle Männer in der Familie starben – hofften, der Winter sei nun vorbei und mit ihm auch die Zeit der Pest. Doch Catharine glaubte nicht daran. Sie ahnte, dass noch lange nicht alles ausgestanden war, ja, dass das Schlimmste ihnen vielleicht sogar noch bevorstand. Denn jetzt, da der Winter mit Macht zurückgekommen war und die Menschen wieder in ihre Häuser zwang, saß man wieder eng aufeinander und die Angst vor Ansteckung war größer denn je. Einige waren unvorsichtig geworden und hatten das Dorf verlassen, um wieder ihren Geschäften nachzugehen. Eine Frau, die in die benachbarte Stadt gegangen war, um ihre Korbwaren zu verkaufen, hatte man von dort aus mit Gewalt nach Eyam zurückgetrieben.

»Pest, Pest!«, hatten die Leute von Weitem geschrien und mit Steinen nach ihr geworfen. Catharine hatte die Wunden der Frau versorgt, aber auch mit Vorwürfen nicht zurückgehalten. Wie hatte sie nur so leichtsinnig sein können? Sicher, sie war Witwe und seit dem Tod ihres einzigen Sohnes ganz auf sich allein gestellt, und sie hatte gehofft, ein paar ihrer Körbe auf dem Markt von Buxton verkaufen zu können. Aber zu welchem Preis?

Auf dem Tisch lag noch Williams Bibel und Catharine nahm sie in die Hand, um sie mit nach oben in die Schlafstube zu nehmen. Ein paar tröstliche Worte aus den Psalmen würden ihr guttun und ihr helfen einzuschlafen. Sie war müde und konnte beim besten Willen nicht mehr auf William warten.

Sie hatte noch nicht lange geschlafen, als sie von einem lauten Geräusch geweckt wurde und erschrocken hochfuhr. Hastig die Decken zurückwerfend, sprang Catharine aus dem Bett und lief zum Fenster, um hinauszusehen – doch der Hof lag dunkel und verlassen. Nichts regte sich und sie fragte sich, ob sie wohl nur geträumt hatte. In diesem Moment krachte und schepperte es draußen, dass sie vor Schreck beinahe das Gleichgewicht verloren und aus dem Fenster gestürzt wäre.

»Hallo!«, rief sie und lehnte sich so weit hinaus, wie sie es wagen konnte. »Wer ist denn da? Was …«

Ein dumpfes Poltern unterbrach sie, gefolgt von einem grauenhaften, schrillen Schrei, der ihr durch Mark und Bein ging. Jemand musste große Schmerzen haben – vielleicht hatte sich jemand verletzt. Unten im Hof lag genug herum, über das man im Dunkeln stolpern konnte, wenn man keine Laterne bei sich hatte und nicht aufpasste, wohin man trat.

Catharine zögerte nicht lange, sondern warf sich eilig Kleid und Tuch über und sprang die steilen Treppen hinab, hinaus auf den Hof.

Als sie bei den Ställen ankam, sah sie im Schein ihrer Laterne sofort das, was sie befürchtet hatte: Ein junges Mädchen lag unter einem zusammengestürzten Stapel Holzfässer und wimmerte leise, als Catharine neben ihr kniete und sie freundlich ansprach. »Schscht … Hab keine Angst, es ist ja gut! Ich bin ja bei dir. Hier, nimm meine Hand. Kannst du aufstehen?«

Das Mädchen, dem die Angst wie auch der Schmerz ins Gesicht geschrieben stand, nickte tapfer und hielt sich so fest es konnte an Catharines Hand, um sich daran hochzuziehen, brach aber sogleich wieder zusammen und schüttelte weinend den Kopf.

»Es geht nicht, Madam, mein Bein ist eingeklemmt. Ich kann mich nicht bewegen. Es … es tut furchtbar weh!«

Catharine nickte und überlegte fieberhaft, wie sie dem armen Mädchen helfen konnte. Nervös sah sie über ihre Schulter zum Haus hinüber. Dass aber auch gerade jetzt alle fort waren! Nicht einmal der alte Thurstan war da, der sich sonst um die Tiere und den Garten kümmerte; er hätte auch die Kraft gehabt, das schwere

Fass, das auf dem Bein lag, zu heben. Sie konnte es natürlich selbst versuchen, aber viel Hoffnung hatte sie nicht.

»Ich glaube nicht, dass ich das Fass bewegen kann, Liebes, aber …«

Entschlossen legte sie die Hände auf das vom frischen Schnee nasse, glatte Holz des quer liegenden Fasses und stemmte sich dagegen, so fest sie nur konnte. Doch wie sie vermutet hatte, war das große Eichenfass mit seinen Eisenbeschlägen einfach zu schwer. Es bewegte sich keinen Millimeter, so sehr sie sich auch abmühte.

Schließlich gab sie auf. Keuchend ließ sie sich auf die Knie sinken, legte ihre Hände darauf und wartete mit geschlossenen Augen, bis das Zittern in ihren Muskeln allmählich nachließ und sie wieder zu Atem kam.

»Es geht nicht«, brachte sie hervor, immer noch außer Atem, und schüttelte den Kopf. »Es tut mir leid, es geht nicht. Ich werde ins Dorf hinuntergehen und versuchen, Hilfe zu bekommen. Kannst du es noch ein wenig aushalten?«

Catharine sah, wie sich die Augen des Mädchens vor Furcht weiteten.

»Hab keine Angst«, tröstete sie sie und strich ihr sanft übers Haar. »Ich komme ja bald zurück. Hier, nimm meinen Schal.«

Sie wickelte ihren wollenen Schal fest um die Schultern des Mädchens und streichelte es noch einmal über die tränennasse Wange. Dann versuchte sie aufzustehen. »Ich komme wieder, so schnell ich kann!«

Doch das Mädchen, außer sich vor Angst, griff erneut nach ihrer Hand und umklammerte sie so fest, dass Catharine beinahe das Gleichgewicht verloren hätte.

»Nicht! Bitte! Lassen Sie mich nicht allein! Ich … ich habe solche Angst …«

Es brach Catharine das Herz, die Kleine zurückzulassen, aber sie konnte unmöglich warten, bis ihr Mann oder der Doktor nach Hause kamen. Das konnte unter Umständen noch Stunden dauern. Zum nächsten Haus aber waren es nur wenige Minuten zu Fuß;

wenn sie Glück hatte, war jemand da und körperlich in der Lage, mitzukommen und zu helfen.

»Ich *muss* aber gehen«, antwortete Catharine und versuchte, ihre Hand aus dem festen Griff zu lösen. »Du weißt, dass ich muss. Wenn du dein Bein behalten willst, darf ich jetzt keine Zeit verlieren. Sei tapfer, Liebes, und halte aus! Halte aus!«

Damit sprang sie auf und rannte los, so schnell sie konnte. Zwei Dinge fielen ihr auf dem Weg ins Dorf ein: dass sie das Mädchen nicht nach seinem Namen gefragt hatte, denn sie hatte es noch nie zuvor gesehen; und dass sie vergessen hatte, einen Mantel überzuziehen. Und es schneite noch immer …

Gordon war so müde, dass er sich kaum mehr auf den Beinen halten konnte, als er in den frühen Morgenstunden endlich auf dem Heimweg war. Der Himmel war pechschwarz und mit dichten Wolken verhangen; ein eisiger Wind trieb den Schnee in immer dichteren Flocken vor sich her wie eine Herde winzig kleiner Schafe, die, hilflos und blind vor Angst, vor einem wilden Hund davonliefen.

Das Rektorat lag im Dunkeln, sicherlich war Mrs Mompesson längst schlafen gegangen. Oft saß sie noch beim Feuer und wartete, eine Handarbeit auf dem Schoß, bis die Männer wiederkamen, aber Gordon verstand, dass sie nicht immer die Kraft dazu hatte. Wäre sie heute Nacht aufgeblieben, hätte er sie ohnehin enttäuschen müssen: Er hatte Mompesson bei den Blackwells gelassen, der Vater lag im Sterben. Da die Familie den Beistand des Reverends jetzt dringender brauchte als einen nutzlos herumstehenden Arzt, war er gegangen.

Er wollte eben die Haustür öffnen, als er aus dem Dunkel des hinter ihm liegenden Hofes ein eigenartiges Geräusch vernahm – ein leises Winseln wie das eines jungen Hundes, auf eigentümliche Weise klang es aber auch menschlich.

Gordon stellte seine Laterne ab und sah sich im Schein der Flamme irritiert um. Der Hof lag dunkel und verlassen da, kein Mensch war zu sehen.

»Hallo?«, rief er, ohne mit einer Antwort zu rechnen. »Ist da wer?«

Das Wimmern wurde lauter, jetzt erkannte er auch, dass es sich keinesfalls um ein Tier, sondern um einen Menschen handeln musste – einen Menschen in großer Not, dem die Kraft zum Rufen fehlte.

Mit raschen Schritten ging er dem Weinen nach und fand zu seinem Entsetzen unter einem Stapel zusammengestürzter Holzfässer begraben ein Mädchen, das ihm aus großen Augen in einem bleichen, vor Schmerz verzerrten Gesicht entgegensah. Die Lippen waren blau vor Kälte, woraus er schloss, dass sie schon länger hier liegen musste.

Wie lange schon, fragte sich Gordon und ließ sich neben dem Mädchen in den Schnee fallen. Oh Gott, wie lange schon?

»Bitte, Sir«, flüsterte eine schwache Stimme und als Gordon sich ihr zuwandte, bemerkte er, wie riesig die dunklen Augen in dem bleichen Gesicht wirkten. »Bitte …«

Gordon stemmte sich mit aller Kraft gegen das Eichenfass. Er hatte keine Ahnung, was darin war, aber es war auf jeden Fall voll und wenigstens drei Zentner schwer. Erst schien es, als wolle es sich gar nicht rühren, und Gordon glaubte, schon aufgeben zu müssen, als es sich langsam doch vom Boden zu lösen begann. Stück für Stück, Zentimeter um Zentimeter rollte das Fass zurück, bis das Bein des Mädchens schließlich frei lag und Gordon sie rasch an den Schultern packte, um sie darunter hervorzuziehen. Er wollte nicht riskieren, dass ein weiteres Fass nachrollte und sie womöglich alle beide begrub. Schwer atmend sank er auf die Fersen zurück und wischte sich die Stirn.

Er nickte. »So, das hätten wir«, sagte er und versuchte, dabei zum Atmen zu kommen. »Du bist frei. Kannst du dein Bein bewegen?«

Das Mädchen antwortete nicht und als er hinsah, bemerkte er, dass ihre Augen geschlossen waren.

»Hallo, kleines Fräulein? Hörst du mich?«

Doch sie gab auch dieses Mal keine Antwort und so nahm Gordon sie vorsichtig auf seine Arme – sie war leicht wie eine Feder. Tausend Fragen gingen Gordon auf dem Weg zum Haus im Kopf herum: Wer war sie, woher kam sie? Was hatte sie hier gewollt? – Aber er wusste, dass er heute Nacht keine Antworten mehr bekommen würde. Ganz sicher nicht von dem Mädchen, das schlaff in seinen Armen lag und sich auch nicht rührte, als er es kurz darauf auf dem Boden vor dem Kamin ablegte. Er deckte sie mit seinem Mantel zu und legte ein paar Holzscheite nach, denn das Feuer war fast verlöscht und der Raum kalt geworden. Dann schob er behutsam den Saum ihres Kleides hoch, zog die wollenen Strümpfe herunter und sah sich das verletzte Bein beim Feuerschein genau an. Die Haut war zwar aufgeschürft und gerötet und das Bein schien ihm auch leicht geschwollen, aber ansonsten konnte Gordon auf den ersten Blick nichts feststellen, was auf eine ernsthaftere Verletzung hindeutete.

»Gott sei Dank«, murmelte er und wollte eben aufstehen, um feuchte Leintücher zu holen, die er um das verletzte Bein wickeln wollte, damit die Schwellung zurückging, als er erst die Tür klappern und gleich darauf Catharine Mompessons Stimme im Hausflur rufen hörte.

»Doktor? Sind Sie hier? Ich habe Sie überall im Dorf gesucht und hoffte – oh! Sie haben sie bereits gefunden! Gott sei Dank!«

Gordon räusperte sich. Selten hatte er die sonst immer ruhige, zurückhaltende Frau des Reverends so aufgeregt gesehen. Jetzt ahnte er auch, wie ihr Schal seinen Weg zu der Verletzten gefunden hatte. Sie musste losgelaufen sein, um Hilfe zu suchen, nachdem sie das Mädchen im Hof gefunden hatte.

Aber in diesen Zeiten waren die Leute vorsichtig und machten nicht jedem die Tür auf, schon gar nicht mitten in der Nacht. Es war gut möglich, dass sie unverrichteter Dinge nach Hause gekommen war. Wie erleichtert musste sie gewesen sein, als sie ihn hier gefunden hatte – mit dem Mädchen.

»Seien Sie ohne Sorge, Madam. Das Bein muss wohl über einer Vertiefung im Boden gelegen haben, als das Fass daraufstürzte. Anderenfalls wäre es mit Sicherheit zerquetscht worden. Ein paar kalte, feuchte Leintücher sollten genügen, um die Schwellung zum Abklingen zu bringen. Morgen kann ich eine Schiene für das Bein machen. Sie wird …«

»Das ist gut, Doktor. Ich bin so froh, dass Sie da sind. Kann ich irgendetwas tun?«

»Ja. Wenn Sie so gut sein wollen, sich um die Tücher zu kümmern …«

Catharine machte auf dem Absatz kehrt und ging in die Küche, von wo Gordon sie gleich darauf mit Wasser hantieren hörte.

Er lächelte. Was war das nur für eine wunderbare Frau, die der Reverend da hatte! Sie war sich nicht zu schade, mitten in einer Winternacht loszueilen, um Hilfe für ein fremdes Mädchen zu holen, das sich im Schnee auf ihren Hof verirrt hatte.

Aber er wusste, dass Amy genau dasselbe getan hätte, wenn sie hier gewesen wäre. *Ach! Wäre sie nur hier …*

»Sir? Wo bin ich – Sir?«

Gordon wandte sich um und sah dem Mädchen ins Gesicht, das ihm jetzt, im Feuerschein, älter und weniger kindlich erschien als zuvor im dunklen Hof. Genau genommen war sie kein Kind mehr, sondern eine junge Frau von mindestens fünfzehn oder sechzehn Jahren. Langes, tiefschwarzes Haar fiel ihr bis weit über die Schultern hinab und umrahmte ein zartes, ovales Gesicht, aus dem Gordon nun ein Paar großer, blauer Augen Hilfe suchend entgegenblickten.

»Bin ich in Eyam? Sind Sie der Arzt, den ich suchte?«

Gordon nickte abwesend. Er konnte nicht sagen, warum, aber das Mädchen hatte etwas an sich, das ihn in höchstem Maße irritierte.

Wer war sie, um alles in der Welt? Ob ihre Familie wohl wusste, wo sie war?

»Ja«, hörte er sich selbst sagen, »du bist in Eyam. Und ich bin auch der Arzt, den du wohl gesucht hast – Gordon Tulliver ist mein Name. Ich wohne zurzeit hier und helfe dem Reverend, die Kranken zu versorgen. Mrs Mompesson fand dich auf dem Hof; du musst wohl im Dunkeln gestolpert sein. Ein Stapel Fässer löste sich und klemmte dir ein Bein ein. Aber sei ohne Sorge, ich habe es sorgfältig untersucht und außer einem glatten Bruch nichts feststellen können, das dich hindern sollte, bald wieder deiner Wege zu ziehen. Du – du bist doch nicht von hier, oder? Darf ich fragen, woher du kommst und was dich in unser unglückseliges Dorf, in dem seit Monaten schon die Pest wütet, getrieben hat?«

Das Mädchen schüttelte den Kopf. Dabei flog ihr tiefschwarzes Haar hin und her und Gordon bemerkte, dass es einen leichten Blauschimmer hatte. Es war wirklich ungewöhnlich dunkel – und sie ungewöhnlich hübsch. Ihre Haut war völlig ebenmäßig und so hell, dass sie gegen das Schwarz ihrer Haare fast weiß wirkte; jedes adelige Fräulein musste sie um einen solchen Teint beneiden. Gordon wusste, dass einige Adlige sogar so weit gingen, dass sie, wie zu ihrer Zeit schon Königin Elizabeth, eine bleihaltige Paste auf Gesicht, Hals und Dekolleté auftrugen, um diese vornehme Blässe zu erzielen. Die meisten wurden von so viel Gift früher oder später ernsthaft krank; ja, er hatte sogar schon von einzelnen Todesfällen gehört.

»Ich bin Sonntagmittag aus Youlgreave fort, um Hilfe für meine Schwester zu holen«, erklärte die Fremde jetzt. »Sie erwartet ein Kind und – nun, es geht ihr nicht sehr gut. Irgendetwas stimmt nicht mit dem Kind. Es liegt wohl nicht richtig, jedenfalls sieht ihr Leib merkwürdig aus, nicht wie sonst bei Schwangeren – verzeihen Sie, Sir, dass ich so offen spreche. Sie sind Arzt, deshalb dachte ich, dass es Ihnen wohl nichts ausmacht, wenn ich offen spreche. Meine Mutter hat außer uns noch elf andere Kinder zur Welt gebracht – weiß Gott, dass nicht alle von ihnen leben durften; aber ich habe jedes Mal ihren Bauch gesehen, und nie sah er so aus wie der meiner armen Schwester. Auch litt sie nie solch furchtbare Schmerzen … Wenn Sie sie hätten schreien hören, wüssten Sie, warum ich bis hierherlaufen musste, um Sie zu finden.«

Youlgreave, ein Bergarbeiterdorf südlich von Bakewell, lag gute fünfundzwanzig Meilen von Eyam entfernt. Gordon wusste aus eigener Erfahrung, wie beschwerlich der Weg durch das raue, hügelige Gelände war, besonders zu Fuß und im Winter. Im Schnee! Kein Wunder, dass das arme Mädchen vor Erschöpfung zusammengebrochen war.

Gordon nickte verständnisvoll. »Erzähl weiter«, bat er leise und berührte sie leicht an der Schulter, als er merkte, wie sie schluckte und zögerte. Sie musste Schreckliches erlebt haben, dass sie so verängstigt war – gewiss fiel es ihr auch nicht leicht, sich nun einem vollkommen Fremden anzuvertrauen.

»Meine Schwester hatte in der Nacht zum Sonntag solch große Schmerzen – und solche Angst! –, dass ich ihr versprechen musste, nach Bakewell zu gehen, um Sie zu holen«, fuhr das Mädchen fort. »Dort aber sagte man mir, dass Sie hier wären. Da ich auf keinen Fall ohne Arzt zurückkommen wollte, machte ich mich auf den Weg – ich bin so froh, dass ich Sie endlich gefunden habe, Doktor ...«

Sie schluckte abermals. »Bitte, Sir, können Sie nicht mit mir kommen und meiner Schwester helfen? Die Geburt steht schon kurz bevor, glaube ich. Niemand ist da, ihr zu helfen! Ihr Mann ist ein Taugenichts, er trinkt nur in einem fort und kümmert sich nicht um sie. Und es ist weit und breit kein Arzt, keine Hebamme, niemand ... Bitte, Sir ... – Bitte!«

Wieder traf Gordon der flehende Blick aus ihren tiefblauen Augen. Zugleich wusste er, dass er ihrer Bitte nicht nachkommen durfte – er konnte hier unmöglich weg, ganz zu schweigen von der Gefahr, in die er die Fremde und ihre schwangere Schwester damit brachte. Doch wie sollte er es ihr sagen? Er wandte sich ab und tat in seiner Verlegenheit, als sei er mit dem Feuerholz beschäftigt, nur, um sie nicht ansehen zu müssen. Wenn er auch nur eine Minute länger in ihre blauen Augen blicken würde, war er verloren, das wusste er.

»Ich kann nicht. Es tut mir leid, mein Kind – ich kann hier nicht fort. Ich kann dieses Dorf nicht verlassen – nicht, solange die Pest noch hier am Wüten ist. Und du …« Er wandte sich um, legte ihr beide Hände auf die Schultern und sah sie eindringlich an. Dann atmete er tief durch und sagte, den Blick immer noch direkt auf ihre Augen gerichtet: »Du darfst auch nicht mehr fort.«

8

Stimmen im Wind

»Warum hast du ihr gesagt, sie könne Eyam nicht mehr verlassen? Sie ist gesund und hat mit niemandem zu tun gehabt, der die Krankheit hat. Wie soll sie sich angesteckt haben?«

Mompesson streckte seine Beine aus, stützte das Kinn auf seine Hand und sah Gordon stirnrunzelnd an. »Wenn wir sie hierbehalten, bringen wir sie erst recht in Gefahr, sich tatsächlich anzustecken! Sie wird nicht den ganzen Tag im Haus bleiben können, und sobald sie im Dorf unterwegs ist und anderen Menschen begegnet …«

»Ich weiß. Es war vermutlich auch ein dummer Gedanke von mir. Aber … wenn niemand von uns hier weggehen würde und wir niemanden hereinlassen, sollte es uns doch gelingen, die Seuche hierherzubannen – wenn du verstehst, was ich meine. Also …«

»Selbst wenn es uns die letzte Seele kostet, so könnten wir damit immerhin den Rest der Bevölkerung verschonen. Ist es das, was du sagen willst?«

Gordon sah den Freund mit zusammengepressten Lippen an. Er nickte. »Ja.«

Der Reverend zog die Augenbrauen hoch, entgegnete aber zunächst nichts. Er dachte darüber nach, was es bedeuten könnte, wenn sie ihr Dorf tatsächlich von der Außenwelt abschirmen würden. Sicher, die Seuche könnte sich nicht mehr so leicht ausbreiten, es sei denn, sie wurde – wie einige Menschen glaubten – durch Haustiere übertragen. Lief einem der Hund oder die Katze weg, nützte es demnach nicht viel, wenn die Menschen selbst hierblieben und einer nach dem anderen sterben würden. Andererseits wagte sich allerdings ohnehin kein Fremder mehr in ihr Dorf. Und nach dem, was der armen Mrs Lewis zugestoßen war, die man aus Buxton vertrieben hatte, würde sich auch niemand von ihnen so schnell wieder über die Grenzen Eyams hinauswagen. Wozu also ein solches Gebot?

»Ich weiß nicht, Gordon. Das ist ein großes Opfer, das du von den Menschen verlangst. Und nicht zuletzt auch von dir selbst. Wolltest du nicht, wenn sich die Lage beruhigt hat, wieder zurück zu deiner Frau? Wenigstens für ein paar Wochen, auf Besuch? – Du hast bis heute nicht dein Kind gesehen …«

Gordon rieb sich nachdenklich das Kinn. »Ich weiß. Aber im Augenblick sieht es nicht so aus, als ob sich die Lage beruhigen würde. Wir hatten fünf Todesfälle in den vergangenen sieben Tagen. Wir dürfen nicht davon ausgehen, dass es weniger werden – John Wilson liegt krank, und auch Ann Blackwell hat bereits die Symptome. Bisher hat die Seuche fast immer mehr als nur ein Todesopfer in den Familien gefordert.«

»Eben darum meine ich, dass wir das Mädchen nicht hierbehalten sollten. Es könnte sie ihr Leben kosten, wenn sie bleibt.«

Gordon nickte nachdenklich. Schließlich hob er den Kopf und sah den Freund an. »Du hast wohl recht, William. Ich werde ihm sagen, dass es gehen kann, sobald es in der Lage dazu ist.«

»Gut.«

Weiter sagte der Reverend nichts dazu und als auch Gordon nichts mehr einfiel, was er noch hätte sagen wollen, erhob er sich und machte sich auf den Weg in seine Kammer, obwohl es bald Morgen sein musste.

Er war so müde, dass er im Stehen hätte einschlafen können; deswegen bemerkte er den Brief auch nicht, den Catharine ihm auf den Tisch an seinem Bett gelegt hatte.

So lag dieser da, bis Gordon recht spät erwachte – es war bereits hell und vom Hof her hörte er emsiges Treiben. Ebenso klapperten die Töpfe in der Küche, ein sicheres Zeichen dafür, dass Abigail, die Köchin, zurück war und sich um das Frühstück kümmerte. Rasch schlug er die Decke zurück und wollte schon aus dem Bett springen, um sich anzukleiden, als sein Blick auf den Brief fiel. Mit zitternden

Fingern und klopfendem Herzen nahm er ihn und begann, die wenigen Worte gierig zu verschlingen.

... Du weißt, dass ich auf dich warte, und wenn es mein Leben lang dauert. Ich hoffe und bete zu Gott, dass dir nichts geschieht und dass du nicht vergisst, wie sehr ich dich liebe.

Jeden Abend zünde ich eine Kerze an und setze sie ins Fenster, dass ihr Schein dich heimleiten möge, wenn du kommst. Gottes Engel mögen dich bewachen, und dich zu mir nach Hause bringen. Und ich singe auch unser Lied, jeden Abend singe ich es für dich. Hörst du es? Hörst du unser Lied?

»Doktor?«

Gordon wandte sich um und sah zu seiner Überraschung das fremde Mädchen in der Tür stehen. Es stützte sich mit beiden Händen auf zwei Krücken, die Mompesson irgendwo aufgetrieben haben musste, da Gordon sich nicht daran erinnern konnte, sie ihm gegeben zu haben. Aber er konnte sich sowieso kaum noch an die Geschehnisse der letzten Nacht erinnern, da er selbst so müde gewesen war.

»Guten Morgen, Doktor. Ich hoffe, ich störe Sie nicht. Mrs Mompesson lässt fragen, ob Sie ein Frühstück wünschen. Es – es ist schon bald Mittag.«

Mit einem Satz war Gordon aus dem Bett und schob das arme Mädchen förmlich hinaus. »Sag ihr, ich komme gleich. Wo ist Reverend Mompesson, ist er ...?«

»Er schläft ebenfalls, Herr Doktor. Sie hatten beide eine lange Nacht, deswegen hielt Mrs Mompesson es für besser, Sie ruhen zu lassen. Ich gehe und sage ihr, dass Sie auf sind.«

»Ja«, murmelte Gordon, den Brief noch in der Hand, »tu das.«

Dann las er erneut die wenigen, flüchtig dahingeschriebenen Zeilen und versuchte, sich vorzustellen, wie es Amy wirklich ging. Denn das, was sie schrieb, sagte nichts über ihre Situation. Mit keinem Wort erwähnte sie, wovon sie lebte, und ob es in ihrem kleinen

Haus warm genug war. Wie schaffte sie es ganz allein, Tag für Tag, Woche für Woche, Monat für Monat? Wie lange konnte sie es noch schaffen?

Und – das fragte er sich schon seit Langem – wie lange noch, bis die Cravens sie aus dem Cottage und von ihrem Grund jagten, weil er nicht zurückkam?

Da an diesem Tag nicht viel zu tun war, beschloss Gordon, bei seinen Schwiegereltern vorbeizusehen. Möglicherweise wussten sie etwas über Amy zu berichten; etwas, das ihm helfen würde, weiter an dem Glauben festzuhalten, dass es ihr gut ging und dass er sich keine Sorgen zu machen brauchte. Sollten auch sie keine weitere Nachricht von Amy haben, konnte er immer noch dem Wunsch des Mädchens nachgeben und sie nach Youlgreave zurückbegleiten. Immerhin lag Bakewell auf dem Weg …

Jonathan Swann war Zimmermann und hatte seine Werkstatt hinter dem Haus. Als er seinen Schwiegersohn den Weg heraufkommen sah, legte er die Axt beiseite, mit der er gerade im Begriff war, den Stamm einer mächtigen Buche zu spalten, und schob sich seine Mütze aus der Stirn.

»Sei gegrüßt, Gordon – was treibt dich denn hierher? Gibt es keine Kranken mehr zu versorgen? Mrs Swann geht es gut; sie glaubt, dass das Kind wohl noch eine ganze Weile auf sich warten lässt. Du kannst aber gerne nach ihr sehen, sie ist im Haus und bügelt die Wäsche.«

Gordon nickte. »Das mache ich gern, Vater. Und wie geht es deinem Rücken? Macht er dir noch Kummer?«

Mr Swann winkte ab. »Das ist das Alter, Sohn, nichts weiter. Das kommt und geht. Sag Mrs Swann, sie soll einen Kaffee machen. Wir haben welchen geschickt bekommen von meinem Bruder aus Durham. Gut und stark.«

Gordon lächelte, als er ins Haus trat. Er war gerne hier und wusste, dass die Swanns sich freuten, wenn er kam – besonders Mr Swann, der außer seinem Gehilfen, einem einsilbigen Burschen namens Bartholomew, keinen Mann hatte, mit dem er hin und wieder ein paar Worte wechseln konnte.

»Gordon!«, rief Mrs Swann und ließ beinahe das heiße Eisen fallen. »Was für eine Überraschung – wir hatten nicht erwartet, dich vor Sonntag zu sehen. Komm herein, komm herein. Ich mache uns gleich einen Kaffee. Was gibt es Neues aus dem Rektorat?«

»Nicht viel. Das heißt doch – wir haben eine junge Frau bei uns aufgenommen, ein Mädchen vielmehr, kaum älter als du, Susanna.«

Susanna, die dabei war, den Brotteig zu kneten, hielt in der Bewegung inne und sah auf.

»Mrs Mompesson fand sie letzte Nacht im Hof, begraben unter einem Stapel alter Fässer«, fuhr Gordon zu erklären fort. »Gott sei Dank ist sie nicht so schwer verletzt, wie wir zuerst glaubten. Ihr Bein ist nur gebrochen, weiter nichts. Sobald es wieder verheilt ist, kann sie nach Hause. Sie ist den langen Weg aus Youlgreave gekommen, um mich zu ihrer Schwester zu holen, die ein Kind erwartet – es gibt wohl Komplikationen, eine Querlage oder ähnlich Unangenehmes. Leider kann ich ihr nicht helfen, da ich ihr natürlich erklären musste, dass ich hier nicht fortkann. Aber die Geschichte mit dem Kind brachte mich darauf, dass ich nach dir sehen wollte, Mutter. Wie ich sehe, geht es euch beiden wohl ganz ausgezeichnet, ja? – Susanna, sag es mir ehrlich, ruht deine Mutter sich auch einmal aus, wie ich es ihr geraten habe?«

Susanna lachte und warf dabei den Teig auf das Backbrett, dass das Mehl nur so aufstob. »Ausruhen? Da kennst du unsere Mutter aber schlecht, Gordon. Nein, nein, sie macht alles wie immer, nicht wahr, Mutter? Aber sobald ich dieses Brot im Ofen habe, setze ich den Kaffee auf und nehme ihr das Eisen aus der Hand, damit sie sich mal hinsetzen und dir zuhören kann. Was ist das für ein Mädchen, von dem du da erzählst? Wie heißt sie?«

»Ihr Name ist Lydia Coyle und sie kommt aus Youlgreave. Das ist alles, was ich weiß – aber du kannst nachher mit mir gehen und sie besuchen, wenn du magst. Bestimmt freut sie sich, jemanden ihres Alters kennenzulernen, da sie ja noch eine Weile bei uns sein wird und die gute Mrs Mompesson eigentlich keine Zeit hat, sich um sie zu kümmern.«

»Auch wenn sie ein verletztes Bein hat, so wird sie sich doch sicherlich im Haus ein wenig nützlich machen können, oder?«

»Das wird sie, sobald es ihr ein wenig besser geht. Sie ist noch ganz verstört, das arme Ding. – Susanna«, wandte sich Gordon an seine Schwägerin, denn er konnte seine Gefühle nicht länger für sich behalten, »sag, hast du Neuigkeiten von Amy? Ich habe so lange nichts mehr von ihr gehört, dass ich ganz außer mir vor Sorge bin. Gestern kam endlich ein kurzer Brief, aber … Nun, sie schreibt kaum etwas, nur das Allernötigste, und wenn du mich fragst, es ist nicht einmal das. Ich möchte wissen, wie es ihr *wirklich* geht. Kannst du mir etwas sagen – irgendetwas?«

Susanna schob das Brot in den heißen Ofen, klopfte sich die mehligen Hände an der weißen Schürze ab und drehte sich zu ihrem Schwager um.

»Dasselbe wollten wir dich fragen, Gordon. Auch wir haben seit Weihnachten nichts gehört, du erinnerst dich doch, dass wir den Brief gemeinsam lasen, hier am Feuer. – Schon damals schrieb sie nicht viel, aber Gordon, was soll sie auch schreiben? Es wird ihr schon leidlich gut gehen, aber sie wird nichts zu berichten haben. Das, was du wirklich wissen willst – ob sie zu essen hat und ob sie das Haus warm halten kann –, wird sie dir nicht schreiben, damit du dich nicht beunruhigst. Du kennst doch Amy. Sie würde alles tun, um dich glauben zu lassen, dass es ihr gut geht.«

Gordon nickte. »Natürlich. Du hast recht.« Dann nahm er seinen Hut, ging zur Tür und war schon fast hinaus, als Susanna ihm nachrief: »Was ist mit dem Kaffee, Gordon? Vater kommt gleich herein. Er wird enttäuscht sein, wenn du jetzt gehst.«

Gordon blieb stehen, schloss für einen Moment die Augen und nickte dann, die Hand an der Klinke. »Ich gehe und hole ihn.«

Eigentlich hatte er tatsächlich gehen wollen – er wusste nicht, was es war, aber irgendetwas trieb ihn heute um, machte ihn unruhig und nervös. Er sehnte sich danach, draußen zu sein, allein mit seinen Gedanken. Aber er wusste auch, dass er seine Schwiegermutter nicht verletzen durfte – Kaffee war etwas so Kostbares, dass man ihn, wurde er einem angeboten, nicht ausschlagen durfte, schon gar nicht in Zeiten wie diesen. So blieb er.

In dieser Nacht träumte er, dass er nach Hause kam und das Cottage verlassen vorfand. Auch auf Morton Hall fand er niemanden außer Lord Craven selbst, der ihn nur traurig anblickte und immer wieder langsam den Kopf schüttelte. Hin und her, hin und her …

Alle fort, flüsterte er und seine Stimme hatte einen unheimlichen, säuselnden Klang, fast, als gehöre sie einem Geist. Wie ein Geist sah er bei näherem Hinsehen auch aus, totenbleich, mager und hohlwangig im Gesicht.

Alle sind sie fort, alle.

»Wer sind *alle*?«, fragte Gordon erschrocken. »Mrs Tulliver auch – und das Kind?«

Lord Craven aber blickte ihn nur aus leeren, traurigen Augen an, während er fortfuhr, den Kopf zu schütteln. Hin und her, hin und her …

»Alle«, wiederholte Gordon leise, als habe er endlich verstanden. Dann wandte er sich ab und ging langsam den breiten, gewundenen Weg hinunter, den er gekommen war, über die Brücke und zur Straße hinab, wo das Cottage stand und ihn mit leeren, blinden Fenstern anzusehen schien. Es war ihm, als ob es ihm etwas zuflüsterte, als er daran vorüberging.

Sie sind alle fort, Gordon. Alle fort – Amy, Grace, Emma, die ganze Familie …

»Alle?«

Er war stehen geblieben, wandte sich fragend um.

»Wer sind *alle*? Was meinst du mit *der ganzen Familie*? *Ich* bin doch Amys Familie – ich bin ihr Mann und der Vater ihres Kindes. Wer sonst …«

Das Haus schwieg – natürlich war es töricht zu glauben, es könne reden. Die Worte des alten Cravens aber klangen dennoch in Gordons Kopf nach.

Alle. Die ganze Familie.

»Was ist geschehen? Wer sind *alle*? Sag es mir!«

Doch die einzige Antwort, die er bekam, war das beständige Kopfschütteln des Alten und das Rauschen des Windes, der den Sand vor sich hertrieb.

»Was ist geschehen?« Er packte den anderen beim Kragen und funkelte ihn zornig an. »Sag es mir!«, schrie er. »Sag es mir! *Sag es mir!!*«

Schweißgebadet wachte Gordon auf. Es war stockfinster im Raum, seine Augen brauchten lange, um sich an die Umgebung zu gewöhnen. Eben noch war ihm gewesen, als hätte er in Bakewell auf der heißen, staubigen Straße gestanden und das Cottage vor sich gesehen. Als er sich jetzt in der kleinen, kargen Kammer umblickte, die ihm über den Winter fast schon ein Zuhause geworden war, wurde ihm klar, dass es doch nur ein Traum gewesen war. Nur ein Traum …

»Amy«, brachte er flüsternd hervor und suchte mit zitternden Fingern nach ihrem Brief. »Oh Gott, Amy – wo bist du?«

Du weißt, dass ich auf dich warte, und wenn es mein Leben lang dauert. Ich hoffe und bete zu Gott, dass dir nichts geschieht und dass du nicht vergisst, wie sehr ich dich liebe. Jedes Lied, das ich singe, jede Taste, die ich anschlage, ist für dich, mein Geliebter. Hörst du es? Hörst du unser Lied?

»Nein«, flüsterte er. »Nein, Amy, ich höre es nicht mehr. Du bist so weit weg – so weit …«

Jeden Abend zünde ich eine Kerze an und setze sie ins Fenster, dass ihr Schein dich heimleiten möge, wenn du kommst.

Und wenn ich nun heimkehre, dachte Gordon und bedeckte sein Gesicht mit den Händen, *und dich nicht mehr dort finde – weil du fort bist? Was dann?*

9

Ein unerwarteter Retter

»Nicht mehr weit jetzt«, murmelte die dick vermummte Gestalt, die sich gesenkten Kopfes durch das Schneetreiben kämpfte. »Nicht mehr weit …«

Der Wind pfiff eisig und biss schmerzhaft an ihrem Gesicht, die Lippen waren blau vor Kälte und die dichten Wimpern schneebesetzt. Die vor Kälte längst taub gewordenen Hände hatte sie tief in den Falten ihres Umhangs vergraben, und auch ihre Füße spürte sie kaum noch, sondern nahm sie nur als zwei eisige Klumpen wahr, die sie nur mit Mühe und unter Aufbietung all ihrer Willenskraft hob und vorwärtssetzte, immer einen Schritt nach dem anderen. Die unter ihren Füßen dahingleitende Schneefläche, weiß und blendend wie ein Fluss aus glitzernden Kristallen unter ihren müden Augen, verursachte ihr solch einen Schwindel, dass sie schließlich strauchelte und fiel.

Einen Moment lang lag Amy wie betäubt da und fühlte, wie die Nässe den Stoff ihres Kleides durchdrang. Wenn sie hier liegen blieb, würde sie erfrieren, das wusste sie. Und doch dauerte es eine Zeit, bis sie genügend Kraft fand, sich aufzurichten und weiterzugehen. Seit Wochen schon hatte sie nichts anderes gegessen als schrumpelige Äpfel, altes und teilweise schimmelig gewordenes Dörrfleisch und das Brot, das sie immer noch irgendwie aus den kargen Mehlvorräten, die sie hatte, zu backen fertigbrachte. Doch der letzte Sack war inzwischen auch halb leer, was sie dann machen sollte, wusste sie nicht. Von den Äpfeln allein würde sie nicht leben können, nicht einmal bis zum Frühling – und der ließ, wie es schien, auf sich warten.

Deshalb war sie auch aufgebrochen, um im Dorf das letzte Geld, das ihr geblieben war, gegen Nahrungsmittel zu tauschen, die sie dringend brauchten, wenn sie nicht verhungern wollten. Verhungern würden sie, wenn der Winter länger anhielt und Gordon nicht zurückkam. Oder ein Wunder geschah.

Natürlich konnte sie immer noch nach Morton Hall gehen, aber ihr Stolz verbot es ihr. Seit dem Weihnachtsessen hatte sie nichts mehr von den Cravens gehört und sich auch gehütet, ihnen zu begegnen – aus Angst, man würde sie doch noch ihres Zuhauses verweisen.

Für gewöhnlich schickte sie natürlich Emma, aber die lag krank im Bett und hatte nicht gehen können, deshalb hatte Amy sich heute Morgen selbst auf den Weg gemacht. Es war nicht weit in die Stadt, nur etwas über zwei Meilen, aber der Schnee nahm ihr die Sicht und machte den Weg über die Felder beschwerlich.

Immer weiter und weiter kämpfte Amy sich vorwärts, den Lederbeutel mit den kostbaren Nahrungsmitteln fest umklammernd, bis sie endlich die Weggabelung erreichte, von der aus sie nur noch etwa eine halbe Meile gehen musste, um zu ihrem Cottage zu gelangen.

»Nur noch ein kleines Stück, dann bin ich da – nur noch ein kleines …«

Da begann plötzlich alles vor ihren Augen zu schwimmen und sie fühlte nur noch, wie sie sich wie von selbst im Kreis drehte – oder war es die Landschaft um sie herum, die sich drehte, und nicht sie? –, bis sie zu Boden stürzte und reglos im Schnee liegen blieb.

Als sie zu sich kam, lag Amy auf einem weichen Bett, und sah im Schein einer Lampe, die neben dem Bett auf einem kleinen Tisch stand, in das bärtige Gesicht eines jungen Mannes.

»Wo … wo bin ich? Wie …«

»Sie sind gestürzt, Madam. Ich fand Sie im Schnee liegen, auf dem Hügelkamm oberhalb des Dorfes, auf halbem Weg zwischen dem Cottage und unserem Haus. Sie waren wohl schon längere Zeit dort gelegen, denn Sie waren halb bedeckt vom Schnee und halb erfroren, als ich vorbeikam und Sie mit hierhernahm. Ist Ihnen jetzt warm genug?«

Amy nickte, dann hielt sie inne und schüttelte stattdessen den Kopf – denn ihr war ganz und gar nicht warm, sie zitterte vor Kälte und zog sich die dicken Decken, die man ihr gegeben hatte, bis unter das Kinn. Es war ein wunderbar weiches, warmes Bett, mit vielen Kissen, die man unter ihren Kopf geschoben hatte, um sie zu stützen.

Aber wo war sie?

Sie war zu schwach, um sich umzusehen und schloss die Augen. »Meinem Haus …«, murmelte sie, »das ist gut – ich bin zu Hause …«

»Nein, Madam«, widersprach der Mann und strich ihr sanft über die fieberheiße Stirn, »Sie sind nicht zu Hause. Ich nahm Sie mit zu uns nach Morton Hall – Sie wissen doch, wer ich bin? Erkennen Sie mich nicht, Mrs Tulliver? Madam?«

Doch Amy hörte ihn nicht mehr. Sie war schon fest eingeschlafen.

»Armes Mädchen«, murmelte Francis und beugte sich über sie, um ihr schönes Gesicht zu betrachten, »mein armes, armes Mädchen … nun habe ich dich endlich bei mir und du willst mich gar nicht kennen.«

Er küsste sie zärtlich auf die Stirn und erhob sich. »Ich komme bald wieder und sehe nach dir.«

»Ja«, flüsterte Amy und streckte im Schlaf eine Hand nach ihm aus. »Oh ja … Komm wieder, Gordon, mein Geliebter. Komm nur bald wieder …«

Ein Grinsen breitete sich auf Cravens Gesicht aus, als er die Hand der jungen Frau erfasste und an seine Lippen hob. »Ich verspreche es dir, Amy. Ich komme bald wieder.«

»Und?«, fragte seine Mutter, die nebenan im Salon beim Feuer saß und nicht einmal aufsah, als ihr Sohn hereinkam. Ihre Stimme verriet keine besondere Anteilnahme. »Wie geht es ihr?«

»Gut«, erwiderte Francis, immer noch zufrieden lächelnd. »Es geht ihr gut. Sie schläft jetzt.«

»Wunderbar. Dann brauchen wir nur noch ihr Balg und ihre dumme Magd zu holen und die ganze glückliche Familie ist zusammen. Dein Vater wäre stolz auf dich, Francis.«

»Ich weiß«, entgegnete dieser und nahm sich ein Stück Konfekt aus einer Schale. »Er hätte dasselbe getan, Mutter. Und selbst du musst zugeben, dass ich als Gentleman keine andere Wahl hatte, als sie mit hierherzubringen. Oder hätte ich sie etwa im Schnee liegen lassen sollen?«

»Natürlich nicht. Aber du hättest sie zu ihrem Haus bringen können statt zu unserem.«

»Unseres lag näher. Außerdem weiß ich nicht, wie krank sie wirklich ist und ob ihre dumme Magd, wie du sie nennst, in der Lage wäre, sich gleichzeitig um sie und um das Kind zu kümmern. Ich schicke gleich Joseph zum Cottage, damit er die beiden holt. Das wäre Vater recht, nicht wahr, Mutter?«

Wenn Amy diese Unterhaltung hätte mitanhören können, so hätte sie hier die Antwort auf ihre Frage gefunden, weshalb man sie bereits im Herbst eingeladen hatte, oder besser: wer sie eingeladen hatte, nach Morton Hall zu kommen. Nicht etwa Lady Craven, nein, die hatte ein viel zu kaltes Herz dafür und hegte überdies noch immer einen Groll gegen Dr. Tulliver, dem sie sein Verschwinden nie verzeihen würde, solange sie lebte. Ihr Gatte hingegen besaß all die Güte und Herzenswärme, die ihr und ihren Kindern – ausgenommen der Kleinen, die nach dem Vater zu schlagen schien – gänzlich fehlte. Lord Craven war es gewesen, der sie hierhaben wollte; er war es auch gewesen, der die Einladung zum Weihnachtsessen ausgesprochen hatte. – Was seine Frau aus jenem Abend gemacht hatte, hatte nicht mehr in seiner Hand gelegen, aber er hatte wenigstens verhindern können, dass Amy noch zu Fuß hatte nach Hause gehen müssen. Stattdessen hatte er für sie eine Kutsche kommen lassen.

Lord Craven weilte aber nun seit Beginn des Monats in London, um sich dort um seine Geschäfte zu kümmern, die wegen der Pest beinahe den ganzen Winter über hatten warten müssen. Man erwartete ihn nicht vor Ostern zurück und so hatte er seiner Frau das Haus und alle wichtigen Entscheidungen überlassen, was in Amys Fall auch die Menschen mit einschloss, die auf dem Grund und Boden von Morton Hall lebten.

Nur, wenn es um Amy Tulliver ging, schien ihr ältester Sohn wohl seine eigene Meinung zu haben, die er bereit war, nötigenfalls gegen ihren Willen durchzusetzen.

Amy war sehr krank. Tagelang lag sie im Fieber und wälzte sich stöhnend im Bett hin und her, erkannte niemanden und ließ niemanden sie berühren außer Francis, den sie für Gordon zu halten schien. Selbst ihr Kind wollte sie nicht bei sich haben, als man es ihr brachte. Es musste eine Amme aus dem Dorf geholt werden, die die Kleine stillen konnte, damit sie nicht verhungerte.

So eigensüchtig seine Gedanken dabei auch sein mochten, kümmerte sich Francis Craven doch hingebungsvoll um die junge Frau, die er hierhergebracht hatte. Er verbrachte Stunden an ihrem Bett, wusch ihr das heiße, glühende Gesicht, gab ihr zu trinken, und schüttelte ihre Decken auf. Er tat alles für sie und wollte keinen Dank dafür, außer den, immer in ihrer Nähe sein zu dürfen – ja, er schlief sogar des Nachts im selben Raum, was seine Mutter auf das Äußerste schockierte. Er aber ließ sich nicht davon abbringen und schloss einfach die Tür vor Lady Cravens Nase, noch während diese schimpfte und zeterte.

»Hat man so etwas schon gesehen!«, erboste sie sich und wandte sich wutschnaubend an ihre Tochter Louise. »Was denkt er sich nur dabei, frage ich dich? Will er sie womöglich noch heiraten? Sie, die sie eines anderen Weibe ist – nun ja … auch wenn dieser vielleicht nie wiederkommt …«

»Was wir eher geneigt sind zu glauben als sie, Mutter, wenn du sie reden hörst. Und nicht nur jetzt, da sie im Fieber liegt. Auch davor hat sie immerzu davon geredet, dass er wiederkommt. Er *wird* aber sterben, Mutter, wie alle anderen auch in diesem Dorf. Und dann kann Francis …«

»*Das* wird er nicht wagen!«, fuhr Lady Craven dazwischen. »Nicht gegen meinen Willen und den eures Vaters, das sage ich dir!«

Louise sah ihre Mutter lange an. Dann entgegnete sie ruhig: »Da wäre ich mir nicht so sicher, Mutter. Du kennst Francis gut genug, um zu wissen, wozu er fähig ist.«

Darauf sagte die Mutter nichts mehr, sondern presste die Lippen aufeinander und verließ mit erhobenem Kopf und rauschenden Röcken den Raum.

Ein paar Tage später, als Emma gerade mit Grace in einer Ecke des Zimmers, in welchem ihre Herrin lag, saß, kam diese zu sich und rief mit überraschend klarer Stimme: »Emma! Was sitzt du da herum – bring mir mein Kind, dass ich es stillen kann. Und bring mir etwas zu essen, denn ich habe Hunger. Irgendetwas, und wenn es ein Apfel …«

Da hielt sie plötzlich inne. »Wo … wo bin ich? Dies ist doch nicht …«

Irritiert blickte sie um sich. An der Seite des Bettes, in dem sie lag – einem breiten, aus gutem Holz gefertigtem und mit allerlei Schnitzereien verzierten Himmelbett, wie es sich nur reiche Leute leisten konnten –, befand sich ein zierliches Tischchen aus dunkel glänzendem Holz, auf dem ein Kerzenhalter aus poliertem Messing stand. Daneben standen ein kunstvoll bemalter Porzellankrug und ein Zinnbecher.

»Nein, Madam«, erwiderte Emma sanft, als sie auf ihre Herrin zuging, um ihr das Baby zu bringen. Sie hoffte, dass Amy es nun, da sie wieder klaren Verstandes war, annehmen würde, und legte es ihr vorsichtig in den Arm. »Sie sind nicht zu Hause. Sie sind auf

Morton Hall. Der junge Lord Craven fand Sie bewusstlos im Schnee und brachte Sie hierher. Es …«

»Ich bin … wo?«

Amy erbleichte. Dabei nahm sie ihre Tochter und legte sie an ihre Brust, als sei es die selbstverständlichste Sache der Welt.

»Auf Morton Hall, Madam. Sie waren krank – sehr krank. Sie haben nicht einmal Ihre eigene Tochter erkannt. Wir hatten große Angst um Sie.«

»Wir?«

»Ja, Madam. Der junge Lord Craven war es, der Sie fand und hierherbrachte. Er saß jeden Tag hier bei Ihnen am Bett und auch so manche Nacht. Niemand anderer durfte sich um Sie kümmern, es war …«

»Francis Craven saß Tag und Nacht an meinem *Bett*? Emma! Wie konntest du …«

Emma erschrak. »Aber, Mrs Tulliver – was hätte ich denn tun sollen? Zuerst war ich nicht einmal hier; man ließ mich und das Kind erst am anderen Tag holen. Ich hatte solche Angst um Sie! Ich war ja selbst noch kaum in der Lage aufzustehen, als man mich holte. Aber als ich Sie dann hier liegen sah, so fieberheiß und elend … da dachte ich, Sie würden sich nicht wieder erholen. Verzeihen Sie mir, Madam. Aber Sie waren nicht ansprechbar, bis heute nicht. Und Sie wollten auch niemand anderen als Lord Francis bei sich dulden. Sie …«

»Das ist eine infame Lüge!«, schrie Amy. »Ich würde doch nicht … Emma, bitte sag, dass das nicht wahr ist, um Gottes Willen. Was für eine Schande! Bitte, Emma …« Sie weinte fast, schüttelte den Kopf und wisperte mit tränenerstickter Stimme: »Bitte, Emma. Bitte sag, dass das nicht wahr ist.«

»Es tut mir leid, Mrs Tulliver. Es tut mir leid«, entgegnete Emma leise, wünschend, sie hätte nie etwas gesagt. Sie ging langsam in Richtung Tür und sagte, eine Hand auf der Klinke: »Ich werde Bescheid geben, dass Sie wach sind und Ihr Kind stillen, damit niemand jetzt hier hereinkommt und Sie stört.«

Amy sah auf. In ihren Augen schimmerten Tränen. »Ja, Emma, tu das. Das ist sehr gut von dir. Ich danke dir vielmals.«

Emma nickte und schloss leise die Tür hinter sich.

»Mrs Tulliver?«

Eine freundlich aussehende Hausangestellte mit rundem Gesicht und lächelnden Augen unter der weißen Haube steckte den Kopf zur Tür herein. »Sie können mit mir kommen. Ich bringe Sie nun zu Lady Craven.«

Sie lächelte Amy zu und führte sie zu dem Salon am Ende des Flures, in dem Lady Craven auf einem Sofa aus hellgrüner Seide saß und Amy argwöhnisch entgegenblickte.

»Da sind Sie ja. Ich hatte Sie schon früher erwartet – nun ja … Sie waren wohl doch sehr krank, wie man mir berichtete. Ich hoffe, es geht Ihnen jetzt besser?«

Amy nickte. »Oh ja, Madam. Vielen Dank, Madam. Sie haben …«

Lady Craven machte eine abwehrende Handbewegung. »Unsinn. Bedanken Sie sich, wenn Sie müssen, bei meinem Sohn. Er war es, der Sie hierherbrachte und auch Ihr Kind holen ließ. – Bridget, du kannst gehen. Und nimm das Kind gleich mit; ich habe mit Mrs Tulliver allein zu reden.«

Amys Herz sank. Hatte sie es nicht geahnt? Jetzt würde man ihr sagen, dass sie gehen müsste, fort aus dem Cottage und fort aus Bakewell. *Nun,* dachte sie, *dann gehe ich zu Gordon. Wenn ich erst einmal da bin, wird er mich nicht wieder zurückschicken.*

Wohin sollte er sie auch schicken? Sie hatte ja kein Zuhause mehr als das, das sie bei ihm hatte.

»Setzen Sie sich, Amy. Sie haben doch nichts dagegen, wenn ich Sie Amy nenne?«

»Oh nein, Lady Craven, ganz und gar nicht.« Amy war klug genug, um zu wissen, dass sie es nicht wagen durfte zu widersprechen.

»Gut. Nun, da es Ihnen besser geht, müssen wir überlegen, was mit Ihnen geschehen soll. Sie sehen doch sicher ein, dass wir Sie nicht in das Cottage zurückgehen lassen können?«

Amy fühlte, wie ihr die Tränen in die Augen stiegen, doch sie nickte tapfer. »Natürlich, Madam. Das verstehe ich. Ich werde gleich morgen …«

»Sie werden überhaupt nichts tun, meine Liebe. Sie bleiben schön hier. Lord Craven und ich haben beschlossen, dass Sie bei uns bleiben können – unter einer Bedingung.«

Amy hielt den Atem an. Sie sollte bleiben? Hier, auf Morton Hall? Bei Francis Craven?

»Wir brauchen eine Gouvernante für unsere Tochter, die auch die musikalische Ausbildung übernehmen kann. Sie singen und spielen recht gut und können wohl auch lesen und schreiben?«

»Ja, Madam, und rechnen kann ich auch. Ich beherrsche sogar ein wenig Französisch und …«

Lady Craven winkte ungeduldig ab. »Ja, ja, sehr schön. Sie werden also die Erziehung Georgianas übernehmen – vier Stunden am Vormittag und drei am Nachmittag. Die Mahlzeiten werden Sie mit ihr zusammen einnehmen und auch da auf ihr Benehmen achten. Sie muss lernen, wie man sich in der Gesellschaft, in der sie aufwächst, zu benehmen hat. Ihr Vater hat sie viel zu lange mit den Jungen mitlaufen lassen – nun ja, um die wird sich der Pfarrer kümmern, hoffentlich … Tanzen Sie auch?«

Amy zögerte. »Nun, eigentlich darf ich …«

»Ich weiß, dass Ihr *Gemahl* nicht tanzt«, unterbrach Lady Craven sie, »aber Sie selbst sind doch, wie ich hörte, in einem königstreuen Haus aufgewachsen, wo man Ihnen auch all die anderen Dinge lehrte, mit denen Sie uns nun von Nutzen sein können. Ist das richtig?«

»Ja, Madam. Meine Eltern sind beide …«

»Ihre Eltern interessieren mich nicht, ebenso wenig wie Ihr feiner Herr Gemahl, der uns im Stich ließ. Weiß Gott, dass Sie es nicht verdienen, dass man Ihnen hilft! Aber wie ich schon sagte, bedanken Sie sich bei unserem Sohn, der dies alles für Sie tut. – Und nun noch einmal zu Ihren Aufgaben …«

Von diesem Punkte an hörte Amy ihr nicht mehr richtig zu. Sie war so verletzt und verärgert über die Herablassung, mit der sie hier behandelt wurde, dass sie Mühe hatte, sich zu beherrschen und dann noch an der richtigen Stelle die angemessenen Antworten zu geben. Am liebsten wäre sie davongelaufen. Aber die schreckliche Erinnerung an ihren Kampf durch den Schneesturm und den nagenden Hunger, der sie am Ende so geschwächt hatte, zwang sie zur Vernunft – und so blieb sie.

10

Im Cucklet Delph

Direkt gegenüber der Kirche lebte eine der Familien, die durch die Seuche fast vollkommen ausgelöscht worden war. Innerhalb weniger Tage waren im vergangenen Herbst zuerst der Vater, dann der älteste Sohn und anschließend vier der fünf Töchter der Familie Sydall gestorben. Nur die Mutter, der zweijährige Joseph und die zweiundzwanzigjährige Emmott waren übrig geblieben.

In diesem dunklen, traurigen Winter war es einzig und allein die Liebe zu dem Müllersohn Rowland Torre aus dem benachbarten Stoney Middleton, die Emmott davor bewahrte, unter der schweren Last, die sie trug, zusammenzubrechen. In den ersten Wochen kam Rowland fast täglich vorbei, um Emmott und ihre Mutter zu trösten. Oft brachte er frisch gebackenes Brot von zu Hause mit, da er wusste, wie schwer Mrs Sydall jetzt selbst die alltäglichsten Dinge fielen.

Später brachte er Mehl, mit dem Emmott dann das Brot buk, da sie selbst kaum noch Vorräte besaßen. Während Emmott am Tisch stand und den Teig knetete, saß er mit ihrer Mutter am Feuer und hörte ihr zu oder schwieg mit ihr zusammen, wenn es das war, was sie wollte.

Es war ein trauriges Idyll, das sich über Wochen in dem hübschen kleinen Cottage abspielte, bis Emmott ihren Rowland eines Tages im Februar bat, nicht mehr zu kommen.

»Ich fürchte, es ist nicht sicher, wenn du ins Dorf kommst. Die Pestsaat ist überall, ja, sie ist in unserem Haus. Der Gedanke, dass es meine Schuld sein könnte, dass du krank wirst und …« Sie brach kopfschüttelnd ab, holte Luft und fuhr dann fort, ihren Liebsten anzuflehen: »Bitte, Geliebter, komm nicht mehr hierher! Du darfst nicht auch noch sterben, ich könnte es nicht ertragen – ganz bestimmt könnte ich das nicht ertragen. Wenn es nicht schon zu spät ist, bleib fort – bleib fort, ich bitte dich! Komm nicht mehr hierher …«

Darauf hatte Rowland die verzweifelt schluchzende junge Frau in seine Arme gezogen und sie beruhigend gestreichelt, wieder und wieder, und dabei sanft auf sie eingeredet.

»Weine nicht, mein Liebes, weine nicht. Ich verstehe dich ja! Und du magst auch recht haben, wir sollten uns nicht mehr hier im Dorf treffen, wo doch täglich so viele Menschen unterwegs sind, die die Seuche mit sich tragen. Dich aber gar nicht mehr zu sehen, ertrag ich nicht, darum lass uns einen Ort finden, an dem wir uns ohne Gefahr sehen können. Und ich weiß auch schon einen – kennst du die hübsche Lichtung in dem kleinen Tal, das man Cucklet Delph nennt?«

Und als sie unter Tränen nickte, fuhr er eifrig fort: »Dann wollen wir uns von nun an dort treffen, weit von allen Häusern und Menschen. – Wir wollen uns nicht zu nahekommen, wollen nur an demselben Ort beieinander sein und uns ein paar Worte zurufen oder uns einfach nur ansehen und an dem Lächeln des anderen erfreuen, damit es uns Kraft gebe für die kommenden Tage, an denen wir uns nicht sehen. Was hältst du davon, Emmott? Wollen wir uns an jedem Samstag dort treffen? Bitte, Liebstes, sag Ja – nein, du kannst nicht Nein sagen, ich erlaub's dir nicht! Dich gar nicht mehr zu sehen, ertrage ich nicht, eher will ich …«

Er fühlte, wie sie in seinen Armen zusammenzuckte, und beeilte sich zu sagen: »Eher will ich ein Esel sein und bis an mein Lebensende Heu fressen, als dass ich dein liebes Gesicht nicht mehr sehen sollte!«

Schließlich hatte sie seinem Vorschlag zugestimmt und sich, noch immer weinend, aus seiner Umarmung gelöst. »So wollen wir's machen, mein Rowland – und nun geh, bevor mein Herz zerbricht, geh schnell! Wir werden uns am Samstag sehen, im Cucklet Delph, wie versprochen – oh! Küss mich noch einmal, Geliebter, ein letztes Mal, und dann …«

Nachdem er sie geküsst hatte, strich er ihr sanft das Haar aus dem Gesicht und flüsterte: »Ich liebe dich, Emmott. Vergiss das nie. Und nun … Leb wohl.«

Damit ließ er sie los, trat ein paar Schritte zurück und nickte. Seine Lippen bewegten sich, als wolle er noch etwas sagen, aber er brachte kein Wort mehr heraus. Schweigend sah er ihr nach, wie sie ins Haus zurück ging, dann machte auch er sich schweren Herzens auf den Weg nach Hause.

Und so kam es, dass die beiden sich von nun an immer samstags auf jener hübschen, kleinen Lichtung trafen, auf welcher jetzt im Frühling auch die Gottesdienste abgehalten werden sollten. Reverend Mompesson befürchtete, dass die Ansteckungsgefahr innerhalb der Gemeinde zu hoch sei, wenn sie sich weiterhin in der Kirche zum Gottesdienst trafen. Deshalb hatte er angeordnet, dass dieser von jetzt an draußen auf der Lichtung stattfinden solle.

An diesem milden, warmen Frühlingstag kam Emmott zum ersten Mal, seit ihr Vater und ihre Geschwister gestorben waren, fröhlich auf den wartenden Rowland zugesprungen, einen Korb mit Brot, Kuchen und einer Flasche Wein über dem Arm.

»Rowland, Liebster! Sieh nur, was Mutter uns schickt. Das Brot ist frisch gebacken, ich habe es eben erst aus dem Ofen gezogen, weswegen ich auch so spät bin. Mutter hat den Kuchen gebacken und auch den Wein dazu gespendet. – Ich hoffe, dass du nicht allzu lang auf mich warten musstest!«

Rowland nahm ihr den Korb ab, stellte ihn beiseite und schloss Emmott in seine Arme. Er wusste, dass er dies nicht tun sollte, aber er konnte diesen Teil des Versprechens einfach nicht halten. Sie nur zu sehen, genügte nicht; er musste sie berühren, wissen, dass sie wirklich da war, dass sie lebte. Emmott ließ es geschehen, wenngleich sie immer wieder versuchte, sich aus seinen Armen zu lösen und darauf bestand, dass er sie nicht küsste, so sehr sie sich auch insgeheim nach seiner Berührung sehnte. Ohnehin war sie davon überzeugt, dass sie warten sollten, bis sie verheiratet waren. Und heiraten würden sie, daran glaubten beide ganz fest – sobald die Gefahr vorüber und die Pest besiegt war.

»Aber nein, noch nicht lange«, versicherte er und ließ sie los, bevor sie etwas sagte. Er trat einen Schritt zurück und lächelte sie an. »Hübsch siehst du aus. Und glücklich. Was gibt es Neues? Und was ist der Anlass für diesen Korb voller Köstlichkeiten, den du da bei dir hast?«

Emmott strahlte. »Oh Rowland, es gibt gute Neuigkeiten – wundervolle Neuigkeiten! Stell dir vor, meine Mutter und der Witwer John Daniel werden heiraten! Sie hat es mir heute Morgen gesagt – und sie ist glücklich, Rowland, wirklich glücklich! Ich freue mich für sie – und auch für ihn. Am meisten aber freue ich mich, weil ich dann frei bin, sollte ich … solltest du – ich meine …«

Sie wurde rot vor Verlegenheit und traute sich kaum, ihn anzusehen. Rowland aber lachte, fasste sie bei der Taille und drehte sie einmal im Kreis, ehe er sie wieder losließ, wissend, dass sie schimpfen würde, wenn er es nicht tat.

Oh, was würde er darum geben, sie im Arm zu behalten, so dicht, dass er ihren Herzschlag hören konnte, so dicht, dass er ihren Atem auf seiner Haut spüren konnte, so dicht … für immer so nah und so eng beieinander …

So wie der glückliche John Daniel, der Emmotts Mutter heiraten und zu sich nach Hause nehmen durfte. Oh glücklicher, glücklicher Mann! Warum mussten *sie* noch warten? Worauf *wollten* sie noch warten?

Schwer atmend zwang er sich, auf den Boden zu blicken, schüttelte den Kopf und zählte bis zehn, ehe er sie wieder anblickte und sich zu einem Lächeln zwang, das nicht echt war, da er es nicht in seinem Herzen fühlte. Alles, was er fühlte, war eine tiefe Traurigkeit darüber, dass zwei andere Menschen ihr Glück finden sollten – auch wenn das Leid, dass sie zuvor durchlitten hatten, natürlich unermesslich groß gewesen war. Sie aber mussten, getrennt durch einen schmalen Fluss, auf dessen einen Seite der Tod wütete, warten bis …

Ja, wie lange? Wie lange noch?

Er wusste, dass es nicht richtig war, so zu denken, aber er war voller Neid – so voller Neid, dass er sich nicht länger beherrschen konnte und, alle Vorsicht beiseitewerfend, rief: »Emmott! Wir können auch heiraten – lass uns nicht warten! Nenne mir den Tag und ich will noch heute mit dem Reverend sprechen. Und wenn wir Mann und Weib sind, kommst du mit mir hinüber und lebst mit mir und meiner Familie in der Mühle. Denn dort bist du in Sicherheit. Was sagst du?«

»Oh Rowland, ich …« Sie schüttelte den Kopf, unfähig, ihn anzusehen. »Es tut mir leid, das kann ich nicht. Deine Familie in eine solche Gefahr zu bringen, ist nicht recht. Das musst du einsehen, ich kann und darf es nicht zulassen, dass die Pest über den Fluss kommt – zu euch und zu anderen unschuldigen Menschen. Es geht so schnell, Rowland! So schnell … Kinder, die gestern noch fröhlich auf der Straße spielten, trägt man morgen schon hinaus und begräbt sie im Garten oder draußen auf dem Feld, weit weg von allem, was Leben bedeutet. Du kannst dir nicht vorstellen, wie furchtbar es ist! Hilflos mit ansehen zu müssen, wie …«

Sie weinte und wollte sich auch nicht trösten, schon gar nicht erneut in die Arme nehmen lassen. »Wir haben schon viel zu viel gewagt. Es geht nicht, dass du mich weiter anrührst – bitte, Rowland, glaube mir, wenn ich dir sage, dass ich dich liebe. Ich will dein Weib werden, ja, von Herzen gerne will ich es! Aber wir müssen noch warten – ein paar Monate, ein Jahr vielleicht … Was ist schon ein Jahr Warten gegen ein ganzes Leben voller Glück? Rowland!«

Rowland biss sich auf die Lippen.

»Na schön«, entgegnete er schließlich und Emmott konnte am Klang seiner Stimme hören, dass sie ihm das Herz gebrochen hatte. »Aber lass uns wenigsten einen Tag bestimmen, damit wir beide ein Ziel haben, auf das wir sehen können, wenn uns die Zeit zu lang wird … Wäre dir der Sonntag nach Ostern recht, würde dir das gefallen?«

Sie biss sich auf die Lippen und nickte. »Einverstanden. Dann wollen wir jetzt unseren Verlobungswein trinken und den guten

Kuchen essen, den Mutter für uns gebacken hat. Es sind vielerlei getrocknete Früchte darin und Gewürze aus unserem Garten. John Daniel gab mir sogar ein wenig Marzipan, als ich ihm erzählte, für wen der Kuchen ist. Er ist wirklich ein guter Mann. Und er wird gut zu Mutter sein – zu uns allen. Komm«, sagte sie dann und holte die Weinflasche aus dem Korb. »Hilf mir, den Korken herauszubekommen, damit wir nicht durstig auseinandergehen müssen. Ich schneide derweil den Kuchen auf.«

Rowland nahm die steinerne Flasche, die Emmott vor ihn auf den Boden gestellt und mit einem in Essig getränkten Lappen noch einmal abgewischt hatte, und zog mit Schwung den Korken heraus. Emmott hatte sogar zwei zinnerne Becher dabei und ein hübsches, buntes Tuch, auf welchem sie ihr kleines Festmahl ausbreitete. Da gab es Brot und Käse, Obst und kalten Braten und natürlich den Kuchen, den Emmott als Erstes aufschnitt. Dabei summte sie zufrieden lächelnd vor sich hin und Rowland, der sie dabei beobachtete, konnte ihr schon bald nicht mehr gram sein.

Das Gras war warm und trocken und lud zum Verweilen ein und die jungen Leute nahmen zu beiden Seiten des Tuches Platz und lächelten einander zu, jeder mit einem Zinnbecher voller Wein in der Hand.

»Auf unsere Zukunft, Rowland – möge sie glücklicher sein.«

»Und möge sie bald beginnen«, fügte Rowland hinzu und strahlte sie an. »Ich liebe dich, Emmott Sydall.«

Sie trank langsam, Schluck für Schluck, den guten Wein und schloss die Augen, während sie sich von Herzen wünschte, dass dieser Tag nie vorübergehen möge.

Ja, dachte Emmott, als sie später mit leerem Korb und hoffnungsvollem Herzen langsam in ihr Dorf zurückwanderte, wir werden es schaffen. Wir werden diese Zeit des Wartens und des Bangens überstehen; und wenn wir dann erst verheiratet sind, können wir unseren Kindern in Demut und Dankbarkeit von diesen schlimmen Zeiten erzählen, aus denen wir gestärkt durch unsere Liebe und unseren Glauben hervorgegangen sind.

Vor der Kirche traf sie Lydia Coyle, die Mrs Mompesson geholfen hatte, die Gebetsbücher ins Rektorat hinüberzutragen, da man sie am Sonntag für den Gottesdienst mit zum Cucklet Delph nehmen wollte. Die beiden jungen Frauen hatten sich in den vergangenen Wochen häufig gesehen, da sie einander praktisch gegenüberwohnten. Inzwischen verband sie eine Art Freundschaft, die Emmott schmerzlich vermissen würde, wenn Lydia nicht mehr da war.

»Guten Abend, Lydia«, grüßte sie fröhlich. »Wie geht es dem Bein? Wirst du uns nun bald verlassen?«

»Ja, ich werde mich am Sonntag nach dem Gottesdienst auf den Weg machen. Es kommt mir wie eine Ewigkeit vor und dabei waren es kaum mehr als zwei Monate, die ich hier im Rektorat verbracht habe ... Die Familie ist so gut zu mir gewesen, besonders die gute Mrs Mompesson. Findest du nicht auch, dass sie wundervoll ist? Was sie alles für andere tut – ohne dabei auch nur einmal an sich selbst zu denken! Sie hat mich so vieles gelehrt, Emmott, für das ich ihr auf ewig dankbar sein werde ... Aber sag, wie geht es deiner Mutter und dem kleinen Thurstan? Seid ihr alle wohlauf?«

Emmott nickte. »Ja, und mehr als das. Kennst du den Witwer Daniel? Er und sein Sohn, John, wohnen zusammen in einem recht schönen, großen Haus am Ende des Dorfes. Dort, wo es nach Bakewell geht – weißt du, wen ich meine? Du kennst ihn bestimmt, wenn du ihn siehst. Und denk nur, er will Mutter heiraten! Ist das nicht wundervoll? Die Hochzeit soll schon am nächsten Samstag sein. Der Reverend weiß Bescheid, meine Mutter und ihr Bräutigam waren heute Morgen bei euch und haben alles besprochen.«

»Ach!«, rief Lydia und umarmte die andere herzlich. »Das ist aber schön, Emmott! Endlich einmal eine gute Nachricht! Deine Mutter hat es wirklich verdient – und es ist ja auch ein Segen für den Kleinen, wieder einen Vater zu haben. Schade, dass ich nicht dabei sein kann – nein, jetzt widersprich mir nicht, ich muss gehen, wirklich. Ich bin den Mompessons wahrlich lange genug zur Last gefallen. Wie ich schon sagte: Morgen, gleich nach der Kirche, mache ich mich auf den Weg.«

Emmott lächelte. »Wenn du musst, dann will ich dich nicht aufhalten. Auch wenn es hübsch wäre, wenn du bei Mutters Hochzeit noch dabei sein könntest. Es wird ja keine große Feier geben, nur ein paar Gäste und der Pfarrer. Die Trauung findet draußen im Cucklet Delph statt, hat Reverend Mompesson gesagt.« Sie zögerte. »Aber jetzt, da ich weiß, dass du gehst, Lydia, kann ich dir noch ein Geheimnis anvertrauen: Mein Rowland hat um meine Hand angehalten und wir sind verlobt. Verlobt, Lydia! Was sagst du dazu?«

Mit einem Blick in Emmotts strahlendes Gesicht schüttelte Lydia fröhlich lachend den Kopf und schloss die Freundin in die Arme. »Oh, Emmott! Was soll ich dazu sagen? Ich freue mich natürlich! Gott segne euch beide!«

In diesem Augenblick rief Mrs Sydall aus dem Haus und Emmott hatte es plötzlich eilig. »Ich muss. Leb wohl, Lydia, falls wir uns nicht mehr sehen – und hab gut acht auf deinem Weg. Gott sei mit dir!«

Sie lächelte Lydia noch einmal an, dann wandte sie sich um, drückte die Klinke zu ihrem Haus herunter und rief fröhlich hinein: »Ich bin wieder da!«

11

Ein Schritt vom Wege

Lydia stand am Küchenfenster des Rektorates und blickte traurig hinaus. Es hatte angefangen zu regnen; ein leichter, feiner, stetiger Regen, der einem seichten Vorhang gleich vom grauen Himmel herabfiel. Der bevorstehende Abschied lag ihr schwer auf der Seele: Einerseits freute sie sich, am Sonntag endlich nach Hause gehen zu können – und vor allem der ständig drohenden Gefahr einer Ansteckung mit der tödlichen Seuche zu entkommen. Andererseits fiel es ihr schwer, die Menschen hier zurückzulassen, die sie über die Wochen lieb gewonnen hatte, wie Emmott oder Mrs Mompesson.

Natürlich würde man sie nötigen zu bleiben, sollte das Wetter sich weiter verschlechtern und so den Weg über das zerklüftete Moor zu gefährlich machen, aber im Grunde ihres Herzens wollte Lydia nach Hause. Sie wollte wissen, was aus ihrer Schwester und dem Baby geworden war; außerdem wusste sie, dass man zu Hause gewiss schon in großer Sorge um sie war und sich vermutlich fragte, ob sie jemals zurückkehren würde. – Nie zuvor in ihrem Leben hatte sich Lydia so sehr gewünscht, lesen und schreiben zu können. Da es aber auch sonst niemanden in ihrer Familie gab, der es konnte, hätte es wenig Sinn gemacht, Mrs Mompesson zu bitten, für sie einen Brief nach Youlgreave zu schicken. Es hätte ihn ja niemand lesen können.

Außerdem war da noch Godfrey Tricket, der Mann, der sie erst kurz vor ihrem Aufbruch gebeten hatte, seine Frau zu werden. Sie kannte Godfrey, einen gutmütigen, wenngleich etwas einfältigen Burschen, seit sie ein Kind gewesen war, und respektierte ihn, weil er ein fleißiger, guter Mann war, der stets sein Bestes gab, um für seine Mutter und die sieben Geschwister zu sorgen, nachdem sein Vater bei einem Minenunglück ums Leben gekommen war. Natürlich war sie nicht in ihn verliebt, aber es gab nicht viele junge Männer, die für sie, ein Mädchen aus einfachem Bergarbeiterhause, zu heiraten infrage kommen würden. Dass Godfrey ihr kein besonders angenehmes Leben bieten konnte, da er ja weiterhin noch für seine Mutter und die jüngeren Geschwister sorgen musste, machte die Entscheidung für Lydia nicht gerade leichter. Wenn sie nur jemanden kennenlernen würde, der in einer besseren Stellung war – oder sogar einen Adligen, wie den ältesten Sohn der Cravens von Morton Hall, von dem alle ihre Freundinnen schwärmten, die ihn einmal gesehen hatten. Francis Craven kam gerne durch ihr Dorf, wenn er von Matlock oder Derby kam, und hatte schon manches Mädchen erobert, das sich selbst für vernünftiger gehalten hatte. Jeder wusste das und doch übte allein sein Name eine solche Faszination aus, dass auch Lydia sich schon ein paar Mal dabei ertappt hatte, von ihm zu träumen. Deshalb hatte sie auch vorgehabt, als Magd auf Morton Hall unterzukommen, doch dann waren erst Godfrey mit seinem Antrag und gleich darauf Beth mit ihrer schweren Geburt dazwischengekommen …

Wenn sie daran dachte, wie lange sie unterwegs gewesen war und wie viele Wochen seit ihrem überstürzten Aufbruch im Februar vergangen waren, kam Lydia das ganze Unterfangen plötzlich sehr dumm vor. Was hatte sie sich nur dabei gedacht, so weit zu laufen, um einen Arzt zu suchen, der ihr sowieso nicht helfen konnte, weil er hier viel dringender gebraucht wurde? Man hatte ihr in Bakewell schon gesagt, weswegen Doktor Tulliver nach Eyam gegangen war, ja, man hatte sie sogar gewarnt, ihm zu folgen. Sie könne sich in größte Gefahr bringen, hatte man ihr gesagt. Doch sie hatte nicht gehört, hatte nur an ihre arme Schwester gedacht und an das Versprechen, das sie ihr gegeben hatte.

»Ich hole einen Arzt, Beth! Ich laufe nach Bakewell und hole Doktor Tulliver. Und wenn ich ihn nicht finde, finde ich einen anderen. Ich komme nicht ohne Arzt zurück, das verspreche ich dir. Halte durch, Beth! Ich komme wieder – bald!«

Natürlich hätte sie nie so leichtfertig versprechen dürfen, was sie möglicherweise überhaupt nicht hätte halten können. Sie hatte ja nicht einmal Geld – wie hätte sie den Arzt überreden sollen, mit ihr zu kommen, wenn sie ihn nicht einmal bezahlen konnte? Ärzte gab es in dieser Gegend nicht viele und umsonst arbeitete keiner von ihnen. Deshalb konnten es sich zumeist auch nur die reichen Leute leisten, einen Arzt kommen zu lassen.

Was hatte sie sich nur dabei gedacht?

Ein schwerer Seufzer entfuhr ihr gerade in dem Moment, in dem Gordon Tulliver persönlich die Küche betrat.

»Was seufzt du so traurig, da du doch nun endlich nach Hause gehen darfst? Möchtest du am Ende lieber hierbleiben?«

Lydia wusste, dass der Doktor scherzte – das tat er manchmal, wenigstens an Tagen, an denen er nicht gerade einem oder mehreren Toten die Augen hatte schließen müssen. Aber ihr war heute nicht nach Scherzen zumute. Im Gegenteil, seine Worte brachten sie in Verlegenheit – und weil sie sich nicht anders zu helfen wusste, fuhr sie ihn an: »Was schleichen Sie sich so herein? Ein Mädchen so zu erschrecken, gehört sich doch nicht! Seht Ihr? Jetzt habe ich mich an dieser Kanne geschnitten!«

Das hatte sie tatsächlich – sie war beim Umdrehen an der scharfen Kante einer Metallkanne hängen geblieben, und ein dicker Blutstropfen quoll aus ihrem Unterarm, den sie dem Doktor vorwurfsvoll entgegenstreckte.

»Aber, aber, wer wird denn gleich so empfindlich sein! Lass mal sehen – ach, das ist nur ein kleiner Kratzer, nichts Ernstes. Wenn du willst, verbinde ich ihn dir.«

Lydia wusste, dass sie sich kindisch benahm, aber sie nickte trotzdem und schob vorsichtshalber auch noch trotzig ihre Unterlippe vor, als sie zu Doktor Tulliver aufsah.

»Bitte, ja.«

Fachkundig band er ihr einen sauberen Stoffstreifen um den Arm, verknotete die Enden fest miteinander und sagte fröhlich: »Da hast du deinen Verband. Bist du mir nun wieder gut und machst dem Reverend und mir etwas zu essen? Mr Mompesson kommt nämlich auch gleich. Er schickte mich vor, damit ich dich bitten kann, etwas für uns zu kochen. Nur eine einfache Suppe, das genügt. Ist Mrs Mompesson nicht im Haus?«

»Sie ist noch einmal zu den Blackwells, glaube ich, aber ich erwarte sie jeden Augenblick. Wie geht es Alice Thorpe?«

Gordon nahm das Stück Seife, das neben dem Krug mit dem frischen Wasser auf einem kleinen Holztisch in einer Nische der Küche stand, und wusch sich gründlich die Hände. Dabei schüttelte er den Kopf. »Sie ist gestorben. Als ich kam, hat ihr Bruder, der Arme, ihr gerade die Augen geschlossen, und ist vor ihrem Bett zusammengesunken. Ich habe ihn gleich in das seine getragen – er ist vollkommen erschöpft. Was für ein Leid! Beide Eltern starben schon im Herbst, dazu ein Bruder und eine Schwester. Jetzt ist er allein mit dem kleinen William – und keiner ist da, der sich um sie kümmert … Es ist so traurig. So traurig, Lydia – aber was soll ich tun? Ich kann ja doch nicht überall gleichzeitig sein. Bei dieser Anzahl der Kranken und Sterbenden bleibt mir kaum Zeit für die Hinterbliebenen. Dabei brauchen gerade sie so viel Zuspruch und Kraft. Gerade jetzt …«

Er hielt plötzlich inne und sah sie mit einem so eigentümlichen Ausdruck in den Augen an, dass ihr ganz Angst und Bange wurde. Sie schüttelte den Kopf, während sie einen Schritt zurückwich.

»Nein! Bitte – verlangen Sie nicht so etwas von mir. Ich kann nicht bleiben, ich will … ich muss …«

Er trat rasch zu ihr und nahm sie, ohne zu zögern, in den Arm, da sie am ganzen Leibe zitterte. »Schscht … ist gut, ist ja schon gut. Das war dumm von mir. Du willst nach Hause, natürlich. Und das sollst du auch!« Er streichelte ihr beruhigend das Haar. »Ich bringe dich morgen früh bis zur Weggabelung, von dort aus kommst du sicher nach Bakewell. Es ist noch lange hell jetzt, da kannst du es bis zum Abend schaffen.«

Lydia nickte und versuchte, dabei nicht auf den herben, männlichen Geruch zu achten, der ihr in die Nase stieg. Gordon Tulliver war ein gut aussehender Mann und sie …

Sie war eine einsame junge Frau, die sich danach sehnte, von einem Mann im Arm gehalten und geliebt zu werden.

Und was, fragte sie sich, als sie den Kopf drehte und in Gordon Tullivers Gesicht sah, *ist daran falsch? – Der Doktor hatte seine Frau schon lange nicht mehr gesehen, womöglich würde er sie niemals wiedersehen. Brauchte er da nicht auch hin und wieder ein wenig Trost?*

Gordons Blick versank in dem ihren. Wie konnte er auch anders, als in diese unfassbar schönen, dunklen Augen zu starren, die ihn so eindringlich ansahen? Wie konnte er anders, als das seidige, glänzend schwarze Haar zu streicheln, das so köstlich nach Seife und Frühlingsluft roch? In seiner Welt, die seit Monaten nur noch aus Schmerz und Angst, Tod und Trauer und vor allem aus dem unerträglichen Gestank in den Häusern der Kranken und Sterbenden bestand, schien ihm dieser Duft geradezu betörend. Und was noch mehr war, sie fühlte sich gut an, weich und warm und weiblich.

Wie sehr er die Berührung einer Frau vermisste, war ihm bis heute nicht bewusst gewesen, und das Verlangen, das ihn plötzlich erfasste, war so stark, dass es ihm fast die Luft zum Atmen nahm. Schon näherten sich seine Lippen den ihren, schon sah er, wie sie erwartungsvoll das Gesicht ihm zuwandte, die Augen schloss …

Ja, sie wollte ihn auch. Sie wollte ihn und er …

Nein, rief eine innere Stimme, dass er vor Schreck zusammenfuhr. *Tu es nicht! Tu es nicht …*

Er schüttelte den Kopf und fasste Lydia noch fester.

Aber ich will sie! Ich will sie jetzt!

»Lydia – oh, meine süße, kleine Lydia …«, murmelte er in die Fülle ihres langen, dunklen Haares und begann schon, ihren schlanken, weißen Hals mit seinen Lippen zu liebkosen. Er schloss die Augen, ließ seine Hände über ihren Rücken gleiten und drängte sich immer enger an sie, bis sein Verlangen so stark war, dass er einen Moment lang innehalten und zu Atem kommen musste.

Plötzlich aber öffnete er die Augen und sah auf das Mädchen herab, das er im Arm hielt. Wie jung sie war! Und wie vertrauensvoll der Blick, mit dem sie zu ihm aufsah … Eine innige Sehnsucht lag in diesem Blick – aber war es wirklich dieselbe Sehnsucht, die er in sich spürte, dieses brennende Verlangen nach körperlicher Nähe? Oder war es bei ihr nicht vielmehr die Sehnsucht nach Sicherheit, nach Geborgenheit?

Er schüttelte den Kopf. Nein. Er durfte es nicht. Er durfte einfach nicht zulassen, dass seine Gefühle über seinen Verstand siegten. Und sein Verstand sagte ihm, dass es falsch war, Lydia jetzt zu lieben. Es wäre herzlos und grausam und noch dazu eine Sünde. Eine unverzeihliche Sünde.

Wie sollte er jemals wieder seiner Frau begegnen können, wenn er es jetzt nicht schaffte, der Versuchung zu widerstehen?

Lydia legte ihre Hände auf seine Schultern und sah erwartungsvoll zu ihm auf. Dabei spürte Gordon, wie die Hände des Mädchens zitterten, als es sich auf die Zehenspitzen stellte und ihm zuflüsterte: »Bitte, Doktor, bitte – halten Sie mich noch ein wenig. Nur noch eine kleine Weile …«

»Nein!«

Er stieß sie jäh von sich. Schwer atmend trat er zurück und sah kopfschüttelnd zu Boden. »Vergib mir, Lydia«, sagte er leise. »Ich weiß, ich hätte es niemals zulassen dürfen. Es tut mir leid.«

Damit ging er und Lydia, mit Tränen in den Augen, blieb allein zurück. Als sie aber den Kopf wandte, um ihm nachzusehen, erstarrte sie: Denn oben bei der Küchentür stand Catharine Mompesson und warf ihr einen Blick zu, in dem so viel Zorn und Verachtung lag, dass Lydia vor Scham am liebsten auf der Stelle im Boden versunken wäre.

Mrs Mompesson sagte kein Wort, sondern sah nur vorwurfsvoll von ihr zu Gordon hin, der vor ihr auf den Stufen stehen geblieben war, als er sie bemerkt hatte – dann ging sie ebenso leise, wie sie gekommen war, wieder hinaus.

12

Das Rehkitz

Von Amy wurde erwartet, dass sie jeden Morgen das Frühstück mit Georgiana einnahm und sie anschließend im Lesen und Schreiben unterrichtete. Am Nachmittag war die musikalische Erziehung dran. Amy hatte sich schnell an diesen Tagesablauf gewöhnt. Sie mochte die fröhliche, springlebendige und wissensdurstige Kleine, deren Mund niemals stillzustehen schien, und die oft über dem Reden vergaß, was sie gerade spielen sollte. Dann musste Amy sie bisweilen ermahnen, aber sie tat es mit einem Lächeln.

Auch jetzt lächelte Amy, während sie mit halbem Ohr Georgianas Geplapper zuhörte und dabei versuchte, die Briefrolle zu öffnen, die ihr eben gebracht worden war. Es hatte lange gedauert, bis sie nach Eyam hatte schreiben können, erst hatte es ihr an Kraft gefehlt und dann am Mut, nach Papier und Tinte zu fragen. Beides war ihr schließlich von Bridget gebracht worden; so hatte sie in der vorigen Woche endlich Gordon schreiben können, wo sie war und dass es ihr gut ging. Und das stimmte ja: Sie war zwar nicht glücklich und wäre gewiss tausend Mal lieber woanders, namentlich bei Gordon oder wenigstens in ihrem eigenen Haus – aber hier ging es ihr gut, weit besser, als sie befürchtet hatte. Francis Craven ließ sie in Ruhe, seine Mutter sprach nur das Nötigste mit ihr und Louise überhaupt nicht. Die Zwillinge waren die meiste Zeit über draußen, Lord Craven weilte noch immer in London. Allerdings erwartete man ihn am Wochenende mit einer Partie von Freunden aus der Stadt zurück; aus diesem Anlass sollte es ein festliches Bankett geben mit anschließendem Tanz, bei dem Amy zum ersten Mal vor einer größeren Anzahl Gästen spielen sollte, als sie es bisher gewohnt war.

»Ich bekomme ein neues Kleid«, erzählte Georgiana, die seit Tagen an nichts anderes dachte als an das bevorstehende Fest, und schob sich noch näher an Amy heran, die gerade versuchte, den Brief zu lesen, den man ihr gebracht hatte. Dies stellte sich allerdings als nicht so einfach heraus, da Georgiana furchtbar neugierig war und überdies noch manch anderes auf dem Herzen hatte, das sie unbedingt sofort loswerden musste. »Vater bringt es mir aus London mit. Warst du schon einmal in London, Amy? Und ziehst du für das Fest auch ein schönes Kleid an? Du kannst mit Francis tanzen, er …«

»Georgiana! Nun sieh nur, was du angestellt hast! Dein schönes Kleid ist ganz verschmiert – und um deine Fragen zu beantworten: Ich war noch nie in London. Ich werde das beste Kleid anziehen, das ich besitze, auch wenn ich natürlich nicht tanzen werde. Ich muss spielen und werde keine Zeit für andere Dinge haben. Und nun sitz schön gerade, Georgiana, und iss, wir wollen gleich mit dem Unterricht beginnen. Lesen kommt als Erstes dran – aber nicht die Briefe anderer Leute.«

Während Georgiana noch heftig protestierte, nahm Amy Gordons Brief, hielt ihn so, dass die neugierige Kleine nicht daraufsehen konnte, und brach das Siegel. Voller Ungeduld begann sie zu lesen. Der Brief war kurz, kaum mehr als eine halbe Seite, und sehr flüchtig dahingeschrieben. Gordon schrieb von ihren Eltern, denen es gut ging – Gott sei Dank – und von ein paar Leuten aus dem Dorf, die gestorben waren. Insgesamt ging es wohl langsam ein wenig aufwärts und man hoffte inständig, dass die Seuche bis zum Sommer endgültig besiegt sein würde.

… dennoch hat Reverend Mompesson beschlossen, die Gottesdienste im Freien abzuhalten. Auch sollen die Familien ihre Toten wenn möglich selbst begraben – und zwar in der Nähe des Hauses, um Ansteckung zu vermeiden. Ich halte das für eine gute Idee, sofern die Familienangehörigen die Kraft dazu haben. Für die, die sie nicht haben, muss auch ich hin und wieder als Totengräber dienen, was keine sehr schöne Aufgabe ist …

Ansonsten aber geht es uns leidlich gut, und ich hoffe, Du weißt mir recht viel Schönes zu berichten von unserer Tochter, nach der ich mich fast ebenso sehne wie nach Dir, geliebte Amy …

Amy war enttäuscht: Nach all den Wochen, in denen sie nichts voneinander gehört, ja, nicht einmal sicher gewusst hatten, ob der andere noch am Leben war, war sie ihm nicht mehr wert als diese paar Zeilen? Was war geschehen?

Tränen quollen aus ihren Augen, ohne dass sie es verhindern konnte, und rannen über ihre Wangen, während sie wieder und wieder den Brief überflog, in der Hoffnung, doch noch etwas mehr darin zu lesen als das, was in Worten ausgedrückt wurde.

»Bist du traurig, Amy?«

Georgiana hatte aufgehört zu kauen und sah ihre Lehrerin aufmerksam von der Seite an. »Du weinst ja. Ist jemand gestorben? Kommt Doktor Tulliver nicht zurück?«

Amy schluckte ihre Tränen hinunter und wischte sich mit dem Handrücken über die Wangen. »Doch«, antwortete sie und lächelte tapfer. »Oh, doch! Natürlich kommt er zurück, Georgiana. Er hat es ja versprochen. Ich weine nur ein bisschen, weil – nun, weil es den Menschen in Eyam so schlecht geht …«

Sie wusste, dass sie nicht überzeugend klang, und beeilte sich aufzustehen, bevor Georgiana noch weitere Fragen stellen konnte. »Und nun komm, Liebes. Du musst dir noch dein Gesicht waschen, bevor wir mit dem Unterricht beginnen. Außerdem glaube ich, dass ein frisches Kleid angebracht wäre.«

Georgiana verzog ihr Gesicht und wollte eben protestieren, als die Tür aufflog und ihr Bruder Francis hereinkam, Hut und Reitpeitsche fröhlich in der Hand schwenkend.

»Georgiana!«, rief er. »Komm und sieh, was ich gefunden habe – etwas so Bezauberndes hast du noch nie gesehen! Beeil dich, komm!«

Eine Hand nach ihr ausstreckend, stand er in der Tür und wartete darauf, dass seine jüngste Schwester – natürlich, ohne ihre Lehrerin um Erlaubnis zu fragen – aufgestanden war und zu ihm gelaufen kam. Georgiana strahlte über das ganze Gesicht und warf sich in seine Arme. »Was ist es denn, Francis?«, fragte sie, während sie sich an sein ledernes Wams schmiegte und mit großen Augen bittend zu ihm aufsah. »Verrätst du es mir? Bitte!«

Lachend schüttelte er den Kopf und strich ihr über das sorgfältig geflochtene und aufgesteckte Haar. »Nein. Ich verrate nichts. Du musst schon mitkommen und es dir mit eigenen Augen ansehen. Amy«, rief er und winkte sie zu sich heran, »Sie können auch mitkommen. Wollen Sie?«

»Ich weiß nicht, Sir – eigentlich müsste ich ...«

»Müssen, müssen! Papperlapapp! Das kann alles warten. Aber meine Überraschung kann es nicht, sie läuft vielleicht wieder weg – oh!« Er fuhr sich mit der Hand an den Mund. »Ich hoffe, ich habe jetzt nicht zu viel verraten!«

Amy lächelte. Man konnte Lord Francis wirklich vieles vorwerfen, aber nicht, dass er keinen Sinn für Humor hätte. Oder seine jüngste Schwester nicht über alles liebte. Manchmal glaubte Amy, Georgiana sei die Einzige in seiner Familie, aus der Francis sich wirklich etwas machte. Nie wurde er es müde, sie mit hinauszunehmen, ihr Dinge zu zeigen oder zu erklären. Stets war er dabei so geduldig, dass selbst Amy nicht umhin konnte, ihn dafür zu bewundern. Oft genug ertappte sie sich bei dem Gedanken, dass er sowieso nicht der schlechte Mensch war, für den sie ihn immer gehalten hatte. Immerhin hatte er ihr das Leben gerettet. Und sie hatte es ihm zu verdanken, dass sie hier sein – und vor allem: hierbleiben! – durfte. Seine Mutter hätte sie längst davongejagt, das wusste sie. Folglich stand sie Francis gegenüber in einer gewissen Schuld und durfte es sich keinesfalls erlauben, ihn zu erzürnen.

»Also schön«, seufzte Amy und versuchte, ein strenges Gesicht aufzusetzen, als sie ihre junge Schülerin ansah. »Aber wir dürfen nicht zu lange fortbleiben, sonst schimpft deine Mutter, das weißt du.«

Georgiana nickte eifrig. »Ja, ich weiß. Und ich will auch noch fleißig üben, damit du mich am Samstag vorspielen lässt. Weißt du, Francis, dass Amy mich am Samstag bei dem Fest auf dem Pianoforte vorspielen lässt? Aber nur, wenn ich gut geübt habe!«

»Ausgezeichnet! Dann kann Amy ja eine Pause machen und selbst zum Tanz gehen – wenn ich Sie bitten darf, heißt das. Darf ich?«

Amy wurde rot vor Verlegenheit und senkte rasch den Blick. »Ich … ich weiß nicht, Sir. Ich werde darüber nachdenken.«

Das würde sie und natürlich wusste sie, wie ihre Antwort lauten musste. Wenn sie sich mit Francis Craven im Ballsaal von Morton Hall zeigen würde, käme dies einer Verlobung gleich – und das war in ihrer Situation ein Skandal, den weder sie noch er sich leisten konnten. Sie hoffte nur, dass das auch Francis bewusst war.

»Ooooh … oh, wie süß!« Georgiana kniete neben ihrem Bruder an der kleinen Steinbrücke, die über den Bach führte, und hielt den Atem an. »Wie alt ist es? Kann es schon stehen?«

»Natürlich kann es stehen. Rehkitze stehen gleich nach der Geburt auf, genau wie Pferde, um bei der Mutter zu trinken. Sieh nur, jetzt schaut es zu uns herüber!«

Das Kitz lag am Bach und drehte tatsächlich gerade den Kopf in ihre Richtung, um sie aus neugierigen, braunen Augen anzuschauen. Es war wirklich ein allerliebstes Geschöpf!

»Aber wo ist die Mutter? Hat es denn keine Mutter?«

Amy sah zu Francis hin und bemerkte, wie er sich auf die Lippen biss. »Ich weiß nicht, Georgiana … Ich habe sie jedenfalls noch nicht zu Gesicht bekommen. Auch gestern Abend sah ich das Kleine schon allein hier liegen. Vielleicht kommt sie wieder, aber …«

»Und wenn sie nicht wiederkommt? Was wird dann aus ihm?«

Georgiana hatte sich umgewandt und sah ihren Bruder mit großen, Angst geweiteten Augen an. »Francis?«

Er kniff die Augen zusammen und sah weiter nach dem Kitz hin, das sich nicht im Geringsten an den Stimmen zu stören schien. »Ich weiß es nicht, Kleines. Wenn sie nicht wiederkommt – tja, dann wird es wohl verhungern. Es ist noch sehr jung, ein paar Tage alt vielleicht, und …«

»Nein!«

Georgiana war aufgesprungen und flog ihrem Bruder in die Arme. »Es darf nicht sterben! Es ist doch noch so klein!«

Amy legte dem Mädchen einen Arm um die Schulter. »Weine nicht, Georgiana. Bestimmt ist die Mutter hier irgendwo in der Nähe und kommt bald zurück. Am besten lassen wir es jetzt in Ruhe – du kannst ja heute Abend noch einmal herkommen und nachsehen, ob es noch da ist.«

»Heute Abend ist es vielleicht schon nicht mehr am Leben«, wandte die Kleine ein, Tränen in den Augen. Sie war wirklich verzweifelt, und Amy drückte sie sanft, weil sie nicht wusste, was sie sonst tun sollte.

»Können wir es nicht mitnehmen, Francis, und in den Stall bringen? Vielleicht …«

Francis schüttelte den Kopf. »Nein, Georgiana, das dürfen wir nicht. Die Mutter würde es später nicht mehr annehmen, weil es dann den Geruch von uns Menschen angenommen hat. Am besten machen wir es so, wie deine Lehrerin gesagt hat, denn das ist das Klügste: Wir sehen heute Abend noch einmal nach dem Kitz. Wenn es auch morgen früh noch immer allein daliegt, nehmen wir es mit.«

Man sah Georgiana deutlich an, dass sie damit nicht glücklich war, aber sie widersprach nicht und ließ sich schließlich von Amy zum Haus zurückbringen.

Du kannst Dir nicht vorstellen, wie mir zumute war, schrieb Amy abends an ihren Mann.

> *Sie hatte eine solche Angst um dieses Kitz! Natürlich ist es ein süßes, kleines Ding, und ich hoffe auch, dass die Mutter wiederkommt. Aber, Gordon, ich musste an all die Kinder in Eyam denken, die ihre Mutter und ihren Vater verloren haben: Wer kümmert sich um sie? Wer gibt ihnen ein neues Zuhause?*

Du hast mir nie erzählt, was aus der kleinen Ellen Ragge geworden ist. Kann ihre Mutter sie wieder versorgen oder ist sie bei den Hancocks geblieben? Und wie geht es den anderen, wie geht es meiner Familie? Ich höre nichts von ihnen und mache mir große Sorgen. Kannst Du bitte nach ihnen sehen und ihnen sagen, dass ich mich danach sehne, von ihnen zu hören, und sei es auch nur ein kurzer Gruß, irgendetwas, damit ich weiß, dass es ihnen gut geht.

Und wie geht es Dir, mein Geliebter? Du schreibst so wenig, dass ich fast fürchte, Dir fehlt die Kraft dazu. Kannst Du auch einmal ausruhen oder musst Du Tag und Nacht die Kranken versorgen? Ich hoffe, Du bist recht vorsichtig …

Sie ließ die Feder sinken. *Was verlange ich da von ihm? Dass er nach einem langen Tag, an dem er so viel Leid gesehen hat, wie andere es in ihrem ganzen Leben nicht zu sehen bekommen – dem Himmel sei Dank! –, sich noch beim Schein der Kerze hinsetzt und mir schreibt, dass es ihm gut geht, dass es ihm an nichts mangelt?*

Das war vielleicht das, was sie hören wollte – was ihr aufgewühltes, vor Kummer und Sorge halb krankes Herz hören wollte –, aber es entsprach nicht der Wahrheit.

Die Wahrheit war, dass er ebenso gut morgen an der Pest sterben konnte wie jeder andere in Eyam. Und das konnte er ihr natürlich nicht schreiben.

Ärgerlich mit sich selbst, schüttelte Amy den Kopf, legte die Feder beiseite und erhob sich. Sie ging langsam zum Fenster hinüber und blickte hinaus in den mondbeschienenen Hof.

Die Wahrheit war, dass er vielleicht nie wiederkam.

13

Die Blutvergiftung

Lydia war noch nicht weit gegangen, als der Schmerz in ihrem Arm, den sie beim Abschied von der Pfarrersfamilie noch vehement geleugnet hatte, damit sich niemand Sorgen um sie machte, so unerträglich wurde, dass sie haltmachen und sich am Ufer des Baches auf einen Stein setzen musste. Vorsichtig löste sie den Verband, den der Doktor ihr am Samstag gemacht hatte, und erschrak: Die Wunde war ganz dunkelrot geworden, und der Unterarm war dick geschwollen. Ein langer, rotbrauner Strich zog sich von ihrem Unterarm hinauf bis unter den Stoff ihrer Bluse.

Leise wimmernd schob Lydia die Bluse so weit nach oben, dass sie den Arm in das kühle Wasser des Baches tauchen konnte. Das tat gut und sie schwang den Arm leicht hin und her, immer hin und her, bis er vor Kälte ganz taub geworden war und sie die Schmerzen kaum mehr spürte. Erleichtert zog sie ihn aus dem Wasser, richtete sich langsam auf und atmete tief durch, während sie zur anderen Seite des Baches hinübersah.

Der Abschied von den Mompessons war ihr schwergefallen, vor allem die Kinder hatte sie während ihrer Zeit dort fest ins Herz geschlossen, denn sie hatte sich oft um sie gekümmert, wenn Mrs Mompesson unterwegs gewesen war, um Krankenbesuche zu machen. Die kleine Elizabeth hatte sich heute Morgen fest an sie gedrückt und geweint; ihre Mutter hatte sie wegziehen und auf dem Arm halten müssen, sonst wäre sie Lydia nachgelaufen.

Mrs Mompesson hingegen hatte sich ihr gegenüber seit dem Vorfall in der Küche kühl und distanziert verhalten, sie sprach nur das Allernötigste mit ihr und hatte ihr auch heute zum Abschied nur kurz die Hand auf die Schulter gelegt. Lydia war traurig und verletzt über diese Behandlung, denn sie hatte Mrs Mompesson gern und wollte deren Freundschaft, die ihr so viel bedeutete, nicht verlieren. Selbst wenn sie einander niemals wiedersahen, wünschte sie sich doch von Herzen, man möge sie in guter Erinnerung behalten und sie nicht wegen dieses einen Fehltritts verstoßen.

Beschämt und von Herzen demütig hatte Lydia ihr Bündel mit Proviant entgegengenommen, das Catharine Mompesson ihr mit einem stummen Nicken gereicht hatte, dann hatte sie gehorsam geknickst und war gegangen.

Was hätte sie auch anderes tun sollen?

Reverend Mompesson war nicht dabei gewesen, da er nach dem Gottesdienst noch ein Gespräch mit Reverend Stanley führen musste, und der Doktor war gleich nach dem Gottesdienst wieder zu einem Patienten geeilt. Er hatte Lydia im Vorbeigehen kurz zugenickt; das war alles gewesen. Und dabei wusste er, dass sie heute ging, dass er sie vielleicht nie wiedersehen würde.

Aber, dachte Lydia, während sie den schmerzenden Arm erneut ins Wasser tauchte, *vielleicht ist es auch besser so.*

Das kalte Wasser tat ihr so gut, dass sie den Arm noch länger darin hätte liegen lassen wollen, hätte es sie in ihrem Inneren nicht zum Aufbruch gedrängt. Dieses Drängen war so stark, dass es ihr beinahe so vorkam, als zöge sie ein unsichtbares Band von hier fort, eine Macht, die sie nicht benennen oder begreifen konnte. Ihr war, als würden ihr plötzlich Stimmen zuflüstern: *Lauf, Lydia, lauf nach Hause! Lauf, so schnell du kannst, und fort von hier! Fort von hier ...*

Lydia hob den Kopf, wandte sich nach allen Seiten um und lauschte. Doch so sehr sie sich auch anstrengte, sie hörte nur den Wind, der leise in den Blättern über ihrem Kopf rauschte.

Kopfschüttelnd stand sie auf, nahm ihr Bündel und setzte ihren Weg fort. *Vielleicht liegt es an der Wärme, in der ich zu lange gesessen habe, dass ich auf einmal solch merkwürdige Dinge zu hören glaube. Woher sollten hier in dieser Einsamkeit Stimmen kommen?* Es war ja doch kein Mensch weit und breit zu sehen, kein Haus, nichts außer der öden Graslandschaft, auf die die Sonne schon recht kräftig schien.

Lydia war noch keine Meile gewandert, als ihr auf einmal schwarz vor Augen wurde. Im letzten Moment fand sie noch Halt am Stamm einer mächtigen Blutbuche, die einsam am Rand der Hügelkuppe stand, bevor sich alles um sie zu drehen begann und sie bewusstlos zu Boden fiel.

John Mellor pfiff ein Liedchen, als er sich, die Hände in den Taschen, auf den Heimweg machte. Er hatte an diesem Sonntagmorgen den Gottesdienst im Cucklet Delph besucht, was er für gewöhnlich nicht tat, da er sich, genau wie die anderen aus seinem Dorf, so weit wie möglich von den Bewohnern Eyams fernzuhalten versuchte. Heute aber hatte er nicht widerstehen können, den Gottesdienst im Cucklet Delph zu besuchen – nicht nur wegen der feurigen Predigten, die der junge Reverend abhielt und die John gerne hörte. Vor allem lag das jedoch einer gewissen jungen Dame, die er dort zu sehen hoffte – was er aber nur sich selbst gegenüber eingestand, während er den Weg entlangging. Zuvor hatte er es vor seinem Bruder noch bestritten.

Susanna Swann war mit ihren fünfzehn Jahren fast noch ein Kind, aber sie war hübsch und nach den langen Wintermonaten, in denen er sie nicht gesehen hatte, noch viel hübscher geworden. Als er sie am vorigen Sonntag neben ihrem Vater hatte stehen sehen, das lange, weizenblonde Haar so kunstvoll aufgesteckt, dass es den Blick auf ihren schlanken, weißen Hals freigab, hatte er fast nicht glauben können, dass sie es tatsächlich war. Als sie dann aber zu ihm herübergelächelt hatte, hatte er gewusst, dass er sie unbedingt wiedersehen musste.

Heute hatten sie nach dem Gottesdienst miteinander sprechen können – genau genommen hatte er mit ihren Eltern sprechen können, und das Ergebnis dieses Gesprächs war eine Einladung Mrs Swanns zum Essen gewesen. – John war allerdings nicht entgangen, wie Susanna ihm zugelächelt hatte, als er die Einladung voller Freude angenommen hatte.

Als er so tief in seinen Gedanken versunken, die Hände in den Taschen vergraben und sein munteres Liedchen pfeifend, den Weg entlangging, bemerkte er die Gestalt, die da im Gras lag und sich nicht rührte, erst, als er sie versehentlich mit dem Fuß anstieß.

»Oh! Verzeihung – junge Frau, was tun Sie hier draußen ganz allein? Ist Ihnen nicht wohl? Sind Sie gestürzt?«

Als er keine Antwort erhielt und sich die Gestalt auch nicht rührte, kniete er sich neben ihr ins Gras und drehte sie vorsichtig herum, sodass er ihr Gesicht sehen konnte. Es war gerötet und mit kaltem Fieberschweiß bedeckt. Auch ihre Hand, die beim Umdrehen schlaff auf seinem Knie zu liegen gekommen war, fühlte sich heiß an – so heiß, dass John erschrocken zurückfuhr.

Dann betrachtete er die junge Frau näher, die eigentlich mehr ein Mädchen als eine Frau war. Sie mochte gerade so alt wie Susanna Swann sein, ein oder zwei Jahre älter vielleicht. Er hatte sie nie zuvor gesehen, vermutlich war sie fremd hier oder auf der Durchreise. Woher sie kam oder wohin sie wollte, war jetzt jedoch einerlei; fest stand, dass sie schnell Hilfe brauchte.

John fasste sie unter den Armen und versuchte, sie emporzuheben, worauf ein leises Stöhnen ihrer Brust entwich.

Hoffnungsvoll sah er sie an, klopfte leicht ihre Wange. »Hallo? Kannst du mich hören?«

Doch ihre Augen blieben geschlossen und sie antwortete nicht. Seufzend ließ John sie los, bettete sie auf einen flachen Stein und zog sich die Jacke aus, um sie zuzudecken, damit sie nicht fror, wenn sie aufwachte. Sie hatte Fieber und da John befürchten musste, dass es die Pest war, wusste er, dass er keine Zeit verlieren durfte – gleichzeitig hatte er es plötzlich eilig fortzukommen. So rief er ihr, schon halb im Weglaufen, zu: »Ich hole Hilfe. Warte hier – ich hole Hilfe!«

Undeutlich und fern wie durch einen dichten, alles schluckenden Nebel, vernahm Lydia vertraute Stimmen.

»Doktor, Doktor, kommen Sie schnell! Sie kommt zu sich – sie schlägt gerade die Augen auf – oh, Gott sei Dank!«

Mrs Mompesson. Das war Mrs Mompessons Stimme – sie musste wieder im Rektorat sein, in Eyam! Lydias Herz machte einen Sprung, als sie kurz darauf die warme, tiefe Stimme des Doktors hörte. »Wahrhaftig, Sie haben recht! – Lydia! Wie froh wir sind, dich zu sehen, Kind. Wie geht es dir? Kannst du dich an irgendetwas erinnern?«

Eine weiche Hand legte sich kurz auf ihre Stirn, und Lydia schlug die Augen auf. Über ihr Bett gebeugt stand Catharine Mompesson und lächelte sie an. Dann wandte sie sich an den Doktor, der neben ihr stand, und flüsterte ihm etwas zu, das Lydia nicht verstehen konnte. Er nickte und die Pfarrfrau ging hinaus, die Tür leise hinter sich zuziehend.

Verwirrt blinzelnd sah Lydia zu Gordon auf. Erst nahm sie sein Gesicht nur verschwommen wahr, dann aber wurde es langsam deutlicher und klarer; sie konnte Sorge und aufrichtige Anteilnahme in seinen dunklen Augen lesen, die fest auf sie gerichtet waren.

»Kannst du dich erinnern, was geschehen ist? Hattest du Schmerzen – bist du gefallen?«

Lydia schluckte, dann fuhr sie sich mit der Hand über die schweißnasse, fieberheiße Stirn und schüttelte den Kopf. »Nein, ich … ich erinnere mich an nichts. Ich erinnere mich nur daran, dass ich … dass ich nach Hause gehen wollte. Wie bin ich wieder hierhergekommen? Und welcher Tag ist heute?«

»Sonntag«, erwiderte Gordon Tulliver und fügte mit einem Lächeln hinzu: »Allerdings nicht derselbe Sonntag, an dem du von hier fortgingst. Du hast eine ganze Woche lang geschlafen! Es war die Wunde an deinem Arm – sie war wohl doch tiefer, als wir geglaubt hatten. Sie hat sich rasch entzündet und du bist wohl in der Nähe des Delphs bewusstlos geworden. John Mellor fand dich dort und kam ins Dorf gelaufen, um mich zu holen.«

Lydia nickte. Sie versuchte, ihren Arm zu heben, verzog dann aber das Gesicht vor Schmerz, und ließ ihn wieder sinken. Unter dem frischen, weißen Verband, den man ihr angelegt hatte, kribbelte und pochte es.

Da öffnete sich die Tür und Mrs Mompesson kam zurück, eine Schüssel in der Hand. »So, Lydia«, sagte sie und gab Doktor Tulliver die Schüssel. »Hier habe ich eine gute Suppe für dich. Es ist Mrs Sydalls Hochzeitssuppe – sie schickt dir die besten Wünsche aus Bagshaw House. Wenn es dir besser geht, kannst du bei Emmott vorbeisehen. Sie ist sehr besorgt um dich. Komm …«

Sie legte einen Arm um Lydia und half ihr, sich aufzusetzen. Dann nahm sie dem Doktor die Schüssel ab, tauchte den hölzernen Löffel tief in die dicke Suppe und hielt ihn Lydia hin, die gehorsam wie ein kleines Kind den Mund öffnete und den Inhalt des Löffels hinunterschluckte.

Doktor Tulliver, der die ganze Zeit über am unteren Ende ihres Bettes gesessen hatte, stand auf und ging zur Tür. Eine Hand auf der Klinke, wandte er sich noch einmal um und sagte: »Ich gehe dann, Mrs Mompesson. Sie wissen, wo Sie mich finden.«

Abwesend nickend, fuhr Mrs Mompesson fort, Lydia die Suppe einzuflößen; Gordon, dankbar, Lydia in Sicherheit und bei Mrs Mompesson außerdem in den besten Händen zu wissen, ging hinaus und schloss die Tür hinter sich.

Einige Tage später saß Lydia am Fenster, in dicke Decken gehüllt, und sah in den Hof hinaus. Sie war noch zu schwach, um allein aufzustehen, aber wenn man ihr half, konnte sie es bis zu dem Stuhl schaffen, den man ihr hierhingestellt hatte, damit sie nicht den ganzen Tag über im Bett liegen musste. Es beschämte sie, dass sie der Pfarrersfamilie nun schon wieder so viele Umstände machte. Gerade hatten sie geglaubt, sie nun endlich los zu sein, besonders nach dem Vorfall in der Küche, an den sich Lydia nicht erinnern konnte, ohne vor Scham zu erröten. – Oh! Was würde sie darum geben, zu Hause zu sein! Stattdessen war sie nun wieder hier, in diesem elenden Dorf, unter einem Dach mit dem Mann, den sie liebte und den sie doch nicht lieben durfte …

Die Pest hatte seit dem März nur wenige Opfer gefordert, neun insgesamt, hatte Mrs Mompesson ihr heute Morgen erzählt, als sie ihr das Frühstück gebracht hatte. Allerdings sei nun eine unter den Kranken, die sie kannte und liebte – Emmott Sydall. Ihre Mutter sei darüber ganz verzweifelt.

Lydia schüttelte den Kopf. Ausgerechnet Emmott! Liebe, fröhliche, tapfere Emmott …

Was würde ihre Mutter sagen, wenn sie sie auch noch verlor? Und der arme Rowland, der sie hatte heiraten wollen, am liebsten sofort. – Ob er wünschte, sie hätten es dennoch getan, aller Vernunft zum Trotz? Oder ob er lieber den Traum begrub, den sie beide für so kurze Zeit geträumt hatten, den das Schicksal ihnen nun auf so grausame Art für immer zerstört hatte?

Lydia schüttelte den Kopf und wischte sich mit dem Handrücken die Tränen fort. Sie durfte nicht sterben, sie durfte einfach nicht! Nicht Emmott …

»Lydia?«

Der Reverend steckte den Kopf zur Tür herein. »Ich muss zu den Allens hinüber. Kannst du Mrs Mompesson ausrichten, wo ich bin, damit sie sich nicht um mich sorgt? Ich bin zurück, ehe es dunkel wird. Und sage ihr: Der Doktor ist zu den Thorpes gerufen worden, er wird vermutlich nicht zum Nachtmahl da sein.«

Lydia nickte. »Natürlich. Das mache ich, Reverend Mompesson. Kann ich sonst noch etwas tun – die Kinder …?«

»Nein, Lydia. Ich danke dir, nein. Ruh dich nur aus, damit du schnell gesund wirst und von hier weg kannst, bevor … nun … ich muss gehen.« Damit war er hinaus.

Bevor es zu spät ist, dachte Lydia und sah wieder zum Fenster hinaus. Das hatte der Reverend doch sicherlich sagen wollen. Sie hatte ja weiß Gott versucht zu gehen. Konnte sie etwas dafür, dass die Wunde an ihrem Arm sich so schnell entzündet und dieses Fieber sie ans Bett gefesselt hatte?

Lydia war traurig. Traurig und mutlos und obendrein noch voller Schuldgefühle. Während die anderen alle hinausgingen, um Gutes zu tun, den Kranken und Hinterbliebenen zu helfen, musste sie als Einzige hierbleiben und warten, weil sie nichts tun konnte. Sie fühlte sich einsam und schrecklich nutzlos. Wenn sie doch nur auch etwas tun könnte! Irgendetwas …

Plötzlich fuhr sie hoch. Natürlich – weshalb hatte sie nicht gleich daran gedacht? Sie konnte ja etwas tun – für eine wenigstens konnte sie etwas tun, wenn sie nur …

Sie biss die Zähne zusammen, ergriff mit beiden Händen, so fest sie konnte, die wackeligen Lehnen des unbequemen, hölzernen Stuhls, auf dem sie saß, und zog sich Stück für Stück daran empor. Als sie stand, atmete sie einige Male tief ein und wieder aus, bevor sie den Stuhl langsam losließ und vorsichtig, Schritt für Schritt, in Richtung Tür ging. Ihre Knie zitterten und die Beine drohten unter ihr nachzugeben, doch Lydia biss die Zähne zusammen und ging weiter, einen Schritt nach dem anderen. Als sie endlich, nach einer Zeit, die ihr wie Stunden vorkam, ihr Ziel erreicht hatte, sah sie sich mit einem triumphierenden Lächeln um. Das Lächeln verschwand in dem Augenblick, in dem sie erkannte, wie kurz die Strecke war, die sie zurückgelegt hatte.

Nun ja, dachte sie und zuckte mit den Achseln, *für jemanden, der heute Morgen noch im Bett lag und gestern noch von anderen gefüttert wurde wie ein Baby, ist das nicht übel. Und wenn ich es bis hierhin geschafft habe, werde ich auch den Rest wohl schaffen.*

Wenig später erreichte sie Bagshaw House auf der anderen Seite der Straße, dankbar, dass die Sydalls noch nicht umgezogen waren. Sie blieb stehen, um zu Atem zu kommen, und klopfte dann, so fest sie konnte, an die Tür.

»Wer ist da?«

Die Stimme klang müde, müde und furchtbar traurig.

»Ich bin es, Mrs Sydall, Lydia. – Ich bin gekommen, Emmott zu besuchen.«

Elizabeth Sydall öffnete die Tür einen Spaltbreit, blieb jedoch im Eingang stehen und schüttelte den Kopf, die Arme vor der Brust verschränkt. »Ich kann dich nicht hereinlassen, Mädchen – geh wieder nach Hause, mach schnell! Meine Emmott liegt todkrank, niemand kann ihr mehr helfen … – Nein, nein, komm nicht näher, Mädchen, bitte. Geh nach Hause!«

Doch Lydia schob die verzweifelt protestierende Mrs Sydall unter Aufbietung all ihrer Kraft – und viel hatte sie davon wahrlich nicht, geschwächt, wie sie war – zur Seite. Sodann trat sie in die dunkle Stube und sah sich nach Emmott um.

Wahrscheinlich liegt sie oben, dachte Lydia und wollte gerade an die Leiter herantreten, da stellte sich ihr Mrs Sydall in den Weg. »Ich kann dich nicht zu ihr lassen, Kind. Bitte, sei doch vernünftig! Geh nach Hause!«

Lydia lachte bitter. »Nach Hause gehen kann ich nicht. Das ist weit, Mrs Sydall, diesen Weg schaffe ich noch lange nicht. Solange ich aber hier bin, will ich helfen, und niemand – niemand, hören Sie? – wird mich davon abbringen. Emmott!«, rief sie nach oben. »Ich bin es, Lydia. Hörst du mich? Ich bin hier, um dir zu helfen.«

Da sie keine Antwort erhielt, griff Lydia entschlossen nach den Leitersprossen und erklomm diese Stück für Stück, während Mrs Sydall dabeistand, das weinende Baby auf dem Arm, und jammerte, sie möge es sich anders überlegen und wieder herunterkommen, da sie Emmott ja doch nicht helfen könne.

»Alle anderen sind gestorben, Lydia, und keiner hat ihnen helfen können. Keine Medizin, kein Gebet und auch meine ganze Liebe nicht. Bitte, Kind, komm herunter – Emmott würde das nicht wollen! Sie würde …«

Doch Lydia hörte nicht auf sie. Inzwischen war sie auf dem Dachboden angekommen und hatte Emmott entdeckt, die ganz still auf ihrem Bett lag, das Laken bis unter das Kinn heraufgezogen, und kaum zu atmen schien.

»Emmott?«, rief sie leise. »Emmott?«

Beim Aufrichten wurde ihr schwindelig und sie musste sich kurz auf den Holzboden setzen, der frisch und sauber nach Scheuerseife roch. Wahrscheinlich hatte Mrs Sydall für ihre Hochzeit das ganze

Haus geputzt – und nun war es doch wieder eine Krankenstätte geworden.

»Lieber Gott«, flüsterte Lydia, als sie vor dem Bett ihrer Freundin kniete und die Lippen fest aufeinanderpresste, um bei ihrem Anblick nicht zu weinen. Emmott hatte keine äußeren Zeichen der Pest an sich, sah noch fast ebenso schön, zart und rosig aus wie sonst. Nur der flache, pfeifende Atem und der süßlich-faulige Gestank, der von ihr ausging, zeigten, dass sie bereits schwer erkrankt – und ganz gewiss nicht mehr zu retten – war.

»Lieber Gott«, wiederholte Lydia und versuchte abermals, die rechten Worte zu finden. Es war lange her, dass sie gebetet hatte. Sie wusste, dass alle hier in Eyam fromme Menschen waren, nicht nur die Mompessons. Doch sie selbst war ohne Bibel und Kirche aufgewachsen. Ihre Eltern hatten immer gesagt, sie hätten andere Sorgen und der liebe Gott kümmere sich sowieso nur um die Reichen, die auch das Geld in die Kirche trugen. Seit sie hier war, glaubte Lydia das nicht mehr. Natürlich starben viele Menschen, aber es war auch immer noch viel Hoffnung da, dazu viel Liebe und Hilfsbereitschaft. Und eine unerschütterliche Zuversicht, dass Gott, der Herr, ihnen doch noch gnädig sein und sie retten würde. Was sollte aus ihnen werden, wenn sie diese Zuversicht nicht hätten?

»Hier liegt nun meine liebe Freundin Emmott, Mrs Elizabeth Sydalls einzige Tochter und Rowlands Liebste. Sie wollten heiraten, Herr, und sieh, was daraus geworden ist. Ich weiß, es ist nicht recht, so zu reden, aber … Kannst du sie nicht verschonen, Herr? Bitte? Nur dieses eine Mal dich gnädig erweisen … Willst du sie retten«, fügte sie hastig hinzu, »so werde ich nie wieder einen Mann ansehen! Stattdessen will ich hierbleiben und den Menschen von Eyam helfen. Ja, das will ich – und wenn es mich mein eigenes Leben kostet. Was soll ich auch zu Hause? Du weißt, es wartet niemand auf mich … nun«, sie errötete leicht, als sie an Godfrey dachte, »fast niemand. Niemand, der mich so sehr braucht wie Emmott und die anderen Menschen hier. Bitte lass mich bleiben, Herr – und lass Emmott leben. Amen.«

14

Was am Bachufer geschah

In der kleinen, dämmerigen Stube des alten Reverends saßen drei Männer zusammen, um sich zu beraten. Auf dem Tisch brannte eine einsame Kerze, die nur wenig Licht spendete, daneben lagen die aufgeschlagene Bibel des Reverends und die Liste mit den Verstorbenen, die Gordon über die Monate, die er hier war, sorgsam geführt hatte.

Man war an diesem Abend hier zusammengekommen, um zu besprechen, wie es nun weitergehen sollte in Eyam. Die Zahl der Toten ging zurück, ebenso die Zahl derer, die sich neu ansteckten; erstmals gab es Hoffnung, dass die Seuche bald besiegt sein könnte.

»Ich bin nicht sicher, dass das schon das Ende ist«, meinte Stanley und sah kopfschüttelnd ins Feuer. »Es ist wohl wahr, dass wir seit mehr als drei Wochen keinen einzigen Toten mehr zu beklagen hatten und soviel ich weiß, sind auch im Augenblick alle gesund. Aber sie werden unvorsichtig, Mompesson, und trauen sich zu viel hinaus. Drei Wochen! Denken Sie an den März, in dem wir am zweiten John Wilson zu Grabe trugen und danach, genau einundzwanzig Tage später, die kleine Blackwell. Dachten die Menschen da nicht auch, es sei vorbei?«

Mompesson nickte. »Sie mögen recht haben, Stanley, und ich habe auch meine Zweifel daran, dass wirklich schon *alles* ausgestanden ist. Aber wir müssen uns die Frage stellen, wie lange wir unseren Doktor hier noch festhalten wollen, wenn er doch nichts mehr zu tun hat, als auf die Niederkunft der lieben Mrs Swann zu warten. Warum schicken wir ihn nicht nach Hause? Wir haben doch auch, bevor er kam, schon gut zusammengearbeitet und sind uns jetzt im Wesentlichen einig, wenigstens so, dass wir nicht mehr über Geringfügigkeiten in Streit geraten. Und ich bin froh darum, Stanley, das wollte ich Ihnen schon lang einmal sagen! Die Gottesdienste finden im Freien statt, das ist eine vernünftige Sache; so wollen wir es auch weiterhin halten. Aber was den Doktor angeht …«

»Wenn ich auch etwas dazu sagen darf?«, meldete sich dieser zu Wort und griff nach seiner Liste.

»Wir hatten im Januar vier Todesfälle, im Februar fünf, im März die genannten zwei, im April wieder sieben … das ist nicht gut, Brüder. Sieben sind zu viel. Ja, es waren im Mai lediglich die beiden Thorpebrüder, die am selben Tag ihrer Krankheit erlagen. Aber so früh dürfen wir noch nicht beschließen, dass dies nun das Ende allen Leides ist. Ich schließe mich demnach der Meinung Reverend Stanleys an und bleibe noch, bis wenigstens zwei weitere Wochen oder drei verstrichen sind, in denen niemand stirbt, noch irgendwelche Zeichen der Pest zeigt.«

Gordon lächelte. »So lange wird es auch noch dauern, bis Mrs Swann ihr Baby in den Armen hält, und dann kann ich Amy gleich die guten Neuigkeiten bringen.«

Stanley nickte zufrieden. »Sie haben weise gesprochen, Bruder. Zwei Wochen sind wahrlich nicht viel, aber ich kann Ihr Bestreben verstehen, so bald als möglich wieder bei Ihrem Weibe – und bei Ihrem Kind! – zu sein. Zumal ich fürchte, dass sie auf Morton Hall nicht gut untergebracht ist, da es dort doch oft sehr … sagen wir: frei zugeht. Sie feiern viel und trinken, sie halten es nicht mit den Geboten des Herrn, sondern denken immerzu nur an ihr eigenes, irdisches Vergnügen. Und was besonders den jungen Craven angeht …«

»Ich weiß. Ich weiß, dass sie dort nicht in den besten Händen ist, Reverend. Glauben Sie mir, es vergeht keine Nacht, in der ich nicht vor Kummer darüber wach liege, dass meine Frau ausgerechnet denen ihr Leben verdankt, die ihre Dankbarkeit darüber so schamlos ausnutzen könnten. Sie schreibt, dass es ihr gut geht. Man hat sie mit der Erziehung der jüngsten Tochter betraut und mit dieser verbringt sie einen Großteil ihrer Tage. Nur, wenn die Cravens Gäste haben, muss sie abends spielen. – Sie wissen, was ich davon halte! –

Aber es ist nun einmal ihre Aufgabe, solange sie dort ist, und ich weiß, sie tut es nur aus Pflichtgefühl und weil sie nicht anders kann.«

Stanley sah ihn lange an, sagte aber nichts mehr, sondern griff nur wortlos nach seiner Bibel, schlug sie auf und vertiefte sich darin, bis die beiden anderen einander Blicke zuwarfen und aufstanden, um zu gehen.

»Du musst es ihm nicht übel nehmen«, sagte Mompesson, als sie auf die Straße hinaustraten. »Du weißt, er kann nicht anders. Es ist lange her, dass er selbst verheiratet war, und sein Sohn kommt nicht mehr hierher. Wie kann er wissen, was es für dich bedeutet, von deiner Frau und deinem Kind getrennt zu sein?«

Gordon steckte die Hände in die Taschen seines Überrockes und senkte den Kopf, denn es regnete. »Ich glaube schon, dass er es weiß, William. Aber ihm sind andere Dinge immer noch wichtiger als die Familie. Manchmal fühle ich mich, als sei ich ohnehin schon längst kein rechter Puritaner mehr – nein, ich glaube immer mehr, dass Gott uns auf Wegen führt, die wir selbst nie gehen würden, weil wir glauben, sie seien falsch. Aber er weiß es doch viel besser als wir, was richtig für uns ist und was nicht. Und wenn Gott Amy nach Morton Hall geführt hat, wird er wissen, warum, und sie auch bewahren, bis ich wieder zurückkomme.«

»Das wird er gewiss. Und Amy ist stark; sie wird sich zu wehren wissen, sollte Mr Craven tatsächlich versuchen, die Grenzen zu überschreiten. Ich kenne die Familie nicht, aber wenn ihnen daran gelegen ist, dass du hernach als ihr Arzt nach Morton Hall zurückkommst, können sie nicht anders, als deiner Frau gegenüber respektvoll zu sein, solange sie bei ihnen ist.«

»Das hoffe ich. Doch ich kenne auch Francis Craven und weiß, wozu er fähig ist – und ich bete zu Gott, dass Amy dann wirklich so stark ist, wie du glaubst. Dies ist meine größte Angst … aber was rede ich von Angst? Die Menschen hier wissen viel besser, was wirkliche Angst ist. Wenn solche wie die Cravens wüssten, wie viel Not diese Menschen hier leiden, würden sie vielleicht auch einmal etwas schicken, das diese lindert, so wie es ihr Nachbar schon den ganzen

Winter über getan hat. Ich gehe gleich morgen früh zum Brunnen hinauf und sehe nach, ob noch Medizin von Chatsworth gekommen ist; unser Morphium geht zur Neige und manch anderes auch, das wir vielleicht doch noch brauchen können. – William?«

Gordon war stehen geblieben und sah den Reverend fragend an.

»Ja?«

»Glaubst du wirklich, dass es vorbei ist?«

Mompesson antwortete nicht gleich, sondern zog sich erst umständlich den breitkrempigen, schwarzen Hut zurecht und schob die Hände zurück in die Falten seines Rockes.

»Wenn ich ehrlich bin – ich weiß es nicht, Gordon. Wir müssen abwarten, wie du auch sagst, wenigstens noch einige Wochen, ehe wir wirklich sagen können, dass es vorbei ist.«

Gordon nickte. Dann setzten sie ihren Weg schweigend fort, bis ihnen kurz vor der Einfahrt zum Hof des Rektorats ein junges Mädchen entgegengelaufen kam, aufgeregt mit den Armen wedelnd.

»Gordon, Gordon, komm schnell! Es ist soweit – das Baby! Es kommt!«

Susanna Swann war ganz durchnässt und vollkommen außer Atem, als sie die Männer erreichte. Vermutlich hatte sie ihn schon überall im Dorf gesucht.

Gordon verlor keine Worte, sondern nahm seine Schwägerin bei der Hand und lief mit ihr davon, betend, dass alles gut gehen möge. Ein gesundes Baby war das, was nicht nur die Swanns, sondern das ganze Dorf brauchten, um neue Hoffnung schöpfen zu können, ein Licht in ihrer Dunkelheit.

Das Baby kam noch in derselben Nacht zur Welt, ein gesundes, rosiges kleines Mädchen, dem die Eltern den Namen Hannah gaben. Mrs Mompesson und Lydia hatten bei der Geburt geholfen und als sie in der Morgendämmerung zusammen nach Hause gingen – Gordon war noch dort geblieben, um die erschöpfte Mutter zu beobachten und zur Stelle zu sein, sollten sich Komplikationen ergeben –, bemerkte Lydia, noch ganz erfüllt von den Eindrücken der letzten Stunden: »Ich weiß, dass ich so etwas vielleicht nicht sagen sollte, Mrs Mompesson, aber ich glaube …« Sie zögerte. »Ich glaube, dass die Geburt dieses Kindes vielleicht ein Zeichen Gottes ist, dass er uns nicht mehr böse ist und das Sterben nun endlich ein Ende hat. – Verzeiht mir, wenn es sehr töricht ist, was ich da sage. Ich bin nicht wie ihr im Glauben groß geworden und weiß nicht viel von Gott, aber …«

Catharine griff nach der Hand des Mädchens und drückte sie fest. »Es ist überhaupt nicht töricht, Lydia. Ich habe so etwas auch schon bei mir gedacht, als ich Mrs Swann das Baby in den Arm legte.«

Scheu lächelnd sah Lydia zu der Pfarrfrau auf. »Wirklich?«

»Ja. Ich hoffe nur, dass wir beide recht behalten und dass dieses Kind wie ein Neuanfang für Eyam ist. Gott weiß, wie dringend die Menschen dies brauchen.«

Lydia nickte und sagte nichts mehr. Schweigend setzten sie ihren Weg fort, tief erfüllt von Dankbarkeit und der Hoffnung, dass nun endlich alles gut werden möge.

Zurück im Rektorat hängte Gordon seine Sachen auf den Haken an der Tür, zog Papier und Feder aus der Schublade des kleinen Tisches, der unter dem Fenster stand, und begann einen Brief an Amy. Es war schon fast hell; schlafen zu gehen würde sich jetzt nicht mehr lohnen, denn er musste nach dem Frühstück wieder zu seinen Schwiegereltern, um nach Mutter und Kind sehen. Die Zeit bis dahin konnte er ebenso gut zum Schreiben nutzen und den Brief dann gleich auf dem Weg zum Brunnen hinaufbringen.

… und dann komme ich, mein Herz, zu Dir und zu Euch, und gehe nie wieder fort. Ich verspreche es Dir! Hab nur noch ein wenig Geduld, meine Amy, meine Nachtigall, und vertraue auf Gott den Herrn, der mich zu dir zurückbringen wird, geliebtes Herz. Zünde Du nur Deine Kerze an. Ich verspreche Dir, ich komme bald zurück.

Es gab zwei Orte, an welchen die Dorfbewohner ihre Briefe ablegten, die ein Bote einmal in der Woche abholte – ins Dorf hinunter traute sich aus Angst vor der ansteckenden Krankheit schon lange niemand mehr.

Einer dieser Plätze war der Brunnen an der Straße nach Grindleford, den man über einen steilen Pfad vom Kirchhof aus erreichen konnte. Hierhin brachte man auch die Medikamente, die ihnen wohlhabende Leute wie der Graf von Devonshire aus Bakewell schickte, und wegen derer Gordon an diesem Morgen auch hier hinausgekommen war. Zuerst aber wollte er seinen Brief hinterlegen, damit Amy so schnell wie möglich von der guten Neuigkeit erfahren sollte: dass er heimkommen würde.

Es war herrlich warm, die Bienen und Hummeln summten schon in einem fort, als Gordon mit langen Schritten den Weg zum Brunnen hinaufstieg. Sie flogen von Strauch zu Strauch und zwischen den Wiesenblumen umher, emsig den jungen Nektar sammelnd.

Gordon lächelte, als er ihnen dabei zusah und an Amy dachte, die nichts lieber aß als Honig auf frisch gebackenem Brot.

Wenn alles gut ging, sollte sie schon bald so viel Honig essen, wie sie nur wollte; er würde dabeisitzen und ihr Kind im Arm halten, glücklich und zufrieden mit dem, was sie hatten. Vielleicht würden sie wieder in dem Cottage am Fuße des Hügels wohnen, vielleicht würden sie aber auch ganz woanders hingehen. Es hatte ihn schon immer in den Süden Englands gezogen; Dorset sollte sehr schön sein, oder Sussex. Das milde Klima würde Amy guttun, da sie im Winter häufig mit schweren Erkältungen zu kämpfen hatte. Außerdem war es weit genug weg von Morton Hall, wohin er selbst nur deshalb zurück wollte, weil dort seine Amy auf ihn wartete.

… und jeden Abend zünde ich eine Kerze an und stelle sie ins Fenster, hoffend, dass sie Dich heimleuchten möge …

Alle ihre Briefe mündeten in diesen einen Satz, der ihm jedes Mal aufs Neue zu Herzen ging, sooft er ihn las, und nicht selten Tränen in die Augen trieb. Oh, könnte er endlich diese Kerze leuchten sehen, könnte er doch endlich heimkehren!

»Oh, Amy«, flüsterte er und kniete nieder, um den Brief tief in die Felsspalte zu stecken, in der er vor Wind und Regen sicher sein würde, bis der Bote kam, um ihn mitzunehmen. »Bleib stark, mein Liebes, und halte aus. Wenn du diesen Brief in Händen hältst, bin ich vielleicht schon auf dem Weg zu dir – nicht mehr lange jetzt! Nicht mehr lange ...«

Er kniete noch eine Weile dort und lauschte dem friedvollen Plätschern des nahen Baches, dem Rauschen des Windes in den Bäumen, während er an Amy dachte und an die Freude, die dieser Brief ihr bringen würde.

Wenn ich doch nur ihr Gesicht sehen könnte, dachte er, als er sich mit einem Lächeln erhob. *Wenn ich doch nur sehen könnte, wie sie ihn in Händen hält und immer und immer wieder liest, Tränen der Freude in den Augen.*

Er stand auf, warf noch einen letzten Blick auf die Felsspalte und wandte sich zum Gehen, als er plötzlich vor sich einen Knüppel sah, der sich drohend über seinem Gesicht erhob. Noch ehe er in seinem Schreck erkennen konnte, wessen Hand daran lag, sauste er mit einem entsetzlichen Krachen auf ihn nieder.

Tausend winzige Sterne begannen vor seinen Augen zu flackern und zu tanzen, während es in seinem Kopf wie ein gewaltiges Rauschen klang, das immer schneller und immer lauter wurde, bis er vor Verzweiflung die Hände an den Kopf presste, um das Geräusch zu ersticken.

Gordon versuchte, sich aufzurichten, seinen Gegner auszumachen, doch alles, was er sah, war der Schatten der Keule, die erneut auf ihn herniederschmetterte.

Im selben Augenblick fühlte er einen neuen heftigen Schlag, der ihn mit voller Wucht an der Stirn traf und ihn bewusstlos zu Boden sinken ließ.

»Ich konnte ihn nirgendwo finden, Reverend Mompesson – hab' alles bis zum Wald hinauf abgesucht, Sir. Wenn es nicht dunkel geworden wäre, wäre ich auch noch weitergegangen.«

William Mompesson legte seinem Knecht eine Hand auf den Arm. »Schon gut, Thurstan. Ich weiß, du hast dein Möglichstes versucht. Auch ich habe keine Spur von ihm gefunden – er wird doch noch nicht nach Hause gegangen sein?«

Seine Frau, die ebenfalls dabeistand, schüttelte den Kopf. »Das kann ich mir nicht vorstellen. Mrs Swann hat gerade frisch entbunden. Und er hat auch seine Sachen nicht mitgenommen, nicht einmal seinen guten Rock. Ganz bestimmt ist er …«

»Wo?«

Sie sah ihren Mann aus großen Augen an und schüttelte, nachdem sie sich eine Zeit lang so angesehen hatten, abermals den Kopf. »Ich weiß es nicht, William.«

Ihre Stimme klang bedrückt und William, der wusste, wie sehr auch seine Frau den fleißigen und immer freundlichen Arzt schätzte, der inzwischen fast zu einem Teil der Familie geworden war, strich ihr liebevoll über das Haar, das sie wie immer in einem festen Knoten trug. »Es wird ihm schon nichts geschehen sein, Liebes. Er ist ja ein vernünftiger Mann. Geh ins Haus und mach uns allen einen heißen Tee, der wird uns guttun, nachdem wir so lange herumgelaufen sind. Vielleicht ist Tulliver morgen schon wieder da.«

Sie nickte, doch er sah ihr an, dass seine Worte sie keineswegs beruhigt hatten. Gleichwohl ging sie, da sie sah, dass sie nichts anderes tun konnte, ins Haus, um den Tee zu bereiten, und gleich darauf hörte er sie in der Küche vor sich hin singen.

Lächelnd wandte er sich dem Stall zu und wollte gerade sein Pferd hineinführen, als ein aufgeregt rufendes Mädchen den Hof hinaufgerannt kam. Es war Lydia.

»Reverend! Sie müssen zu den Thornleys kommen, sie haben die Pest im Haus – Isaac Thornley liegt bereits im Sterben, Anne und Jonathan liegen ebenfalls danieder und wollen nicht mehr aufstehen, ich fürchte …«

»Lydia. Geh ins Haus und hilf Mrs Mompesson. Ich reite sofort ins Dorf hinunter. Sag ihr, sie soll nicht mit dem Essen auf mich warten!!«

Im selben Moment, in dem er sich in den Sattel schwang, gab er dem Pferd schon die Sporen und galoppierte vom Hof, dass der Sand nur so flog und eine staubbedeckte, verstörte und von ihrem eigenen Lauf noch immer atemlose Lydia allein im Hof zurückließ.

Traurig wandte sie sich dem Haus zu, der Worte Mrs Mompessons gedenkend, die sie erst gestern Morgen ausgesprochen hatte.

Ich hoffe nur, dass dieses Kind wie ein Neuanfang für Eyam ist.

»Aber es gibt Dinge, die sollen eben nicht sein, und es gibt Stürme, die wir nicht vorhersehen können«, flüsterte Lydia und schluckte die Tränen hinunter, verzweifelt den Kopf schüttelnd, während sie ins Haus ging. »Ich glaubte, du würdest mein Gebet erhören, Herr, aber … du hörst wohl doch auf keine wie mich.«

15

Der Tanz

Amy kniete in der Kapelle von Morton Hall und versuchte, sich im stillen Gebet auf Gott zu besinnen, aber es wollte ihr nicht recht gelingen. Sie hatte ihr Gebetsbuch dabei, jenes schöne, in weiches Leder gebundene Buch, das ihre Eltern ihr kurz vor ihrer Vermählung mit Gordon geschenkt hatten.

Als Puritaner achtete Gordon das Gebetsbuch der anglikanischen Kirche nicht, als Ehemann aber ließ er sie gewähren, vor allem, da es sich um ein Geschenk ihrer Eltern handelte.

Amy wusste, dass sie sich glücklich schätzen konnte, einen so verständigen Ehemann zu haben, der ihre Gefühle achtete und sie niemals willentlich verletzte.

Doch je länger sie immer wieder auf dieselben Verse starrte, desto klarer wurde ihr, dass sie heute kein Wort mehr von dem begreifen würde, was dort stand, geschweige denn, dass sie es würde beten können. Also ließ sie das Büchlein mit einem leisen Seufzer zuklappen, und ließ ihren Gedanken freien Lauf.

Gestern hatte sie einen Brief von ihrer Schwester Susanna erhalten, der sie auf das Äußerste beunruhigte. Für gewöhnlich schrieb nur ihre Mutter, und auch die schickte selten mehr als ein paar Zeilen, da sie nie genügend Zeit hatte, um lange Briefe zu verfassen. Wenn Susanna aber einmal schrieb, dann erzählte sie gerne ausführlich von allem, was sich gerade ereignet hatte. Amy liebte ihre Briefe. Dieser allerdings war anders gewesen …

Auf der ersten Seite berichtete sie über verschiedene Dinge, die sich in letzter Zeit im Dorf ereignet hatten, unter anderem schrieb sie von dem alten Unwin, den man für tot gehalten und die Treppe hinuntergetragen hatte, um ihn zu begraben, als er plötzlich die Augen aufschlug.

… Marshall Howe hatte den alten Mann, der jetzt nur noch Haut und Knochen war – und überall diese grausigen Beulen, die ich zu beschreiben Dir lieber erspar, sei froh, dass Du sie nicht sehen musst! –, auf den Schultern und war eben halb die Treppe hinunter, da sprach dieser plötzlich zu ihm.

Er krächzte, dass ihn dürstete und ob man ihm nicht eine Schale Posset reichen könnte. Was glaubst Du, wie schnell Mr Howe seine unheimliche Last da fallen ließ!

Amy konnte sich nur allzu gut vorstellen, wie groß dieser Schreck für den armen Howe gewesen sein musste. Es schauderte sie allein bei der Vorstellung.

Susanna wusste aber auch von Gordon und von einem Mädchen namens Lydia zu berichten, das seit Februar bei den Mompessons wohnte, nachdem man sie verletzt im Hof des Rektorats gefunden hatte.

… Sie ist ein hübsches junges Ding mit den größten und blausten Augen, die Du je gesehen hast – selbst Deine sind nicht so blau, aber vielleicht täusche ich mich auch und tue Dir unrecht, da ich Dich so lange nicht sah – und ihr Haar ist lang und glatt und glänzend schwarz wie Ebenholz. Ihre Haut ist hell und rein, die Wangen rosig, kurz: Sie ist eine Versuchung für Deinen Gordon und eine ernst zu nehmende, wenn Du mich fragst. Beinahe hätte sich alles in Wohlgefallen aufgelöst, da sie schon halb auf dem Weg nach Hause war, als niemand anderer als mein John sie fand – ja, mein *John! Von ihm berichte ich später noch. Lydia hatte eine Wunde, die sich entzündet hatte und Deinen Gordon zwang, sie zurückzunehmen und abermals gesund zu pflegen. Nun ist sie also wieder da und wird wohl auch noch länger bleiben, wenn nicht gar für immer …*

Sie sagt, dass zu Hause doch niemand sei, der auf sie warte, und dass sie hier noch viel Gutes tun könne …

Wie gut es ist, dass sie so viel mit Deinem Gordon zusammen ist, weiß ich nicht zu sagen, aber Du kennst Deinen Mann besser und wirst wissen, dass Du ihm vertrauen kannst. Was sie angeht, bin ich mir nicht so sicher.

Amy schloss die Augen, als sie, hier, in der Stille der Kapelle, die Stimme ihrer Schwester zu hören schien, die ihr zuflüsterte: *Sieh dich vor, Amy, es ist Unheil nahe – sieh dich vor …*

Amy schrak auf und fuhr herum.

»Susanna?«

Doch alles blieb still, nur das laute Klopfen ihres eigenen Herzens war zu hören – oder wenigstens glaubte Amy, es zu hören. Sie schluckte. Wovor sollte sie sich in Acht nehmen? Vor einer Lydia, die sie vielleicht niemals kennenlernen würde? Vor der Untreue ihres Gatten, der den Reizen dieser jungen Fremden hilflos ausgeliefert war – was sollte sie dagegen tun, wenn es so wäre? Aber so war es ja nicht! Gordon würde niemals eine andere Frau ansehen, das wusste sie. Für ihn gab es nur sie, seine Nachtigall.

Es gab doch nur sie. Oder nicht?

Sieh dich vor, Amy, sieh dich vor – es ist Unheil nahe …

»Findest du nicht, dass es ein besonders hübsches Kitz ist? Und es ist ganz zahm, ich kann es streicheln und es trinkt die Milch, die ich ihm gebe, aus meiner Hand. Sieh her, ich will es dir zeigen.«

Georgiana kniete sich hin, schöpfte mit beiden Händen Milch aus dem Eimer, und hielt sie dem Rehkitz hin. Und wirklich, es kam sogleich auf sie zu, schnupperte kurz, als wolle es sich vergewissern, dass es auch die richtigen Hände waren, bevor es zu trinken anfing. Es leckte so lange, bis Georgianas Hände ganz sauber waren und kein Tropfen Milch mehr darin zu finden war.

Lachend wandte sich das Mädchen um. »Siehst du? Es kennt mich schon und es mag mich! Ich bin jetzt seine neue Mutter. Ist das nicht fein?«

Amy lächelte. »Das ist schön. Es scheint dich wirklich gernzuhaben. Aber … du weißt, dass du es eines Tages wieder freilassen musst, nicht wahr? Wenn es stark genug ist, draußen zu überleben …«

»Aber es ist nicht stark genug! Es ist ja noch ganz klein! Und es mag mich, es braucht mich – nicht wahr, Fagin, du brauchst mich?«

Es war rührend zu sehen, wie das Kitz seine weiche Nase gegen Georgianas Schulter rieb, als hätte es jedes Wort verstanden. Amy seufzte. Vielleicht sollte sie es Francis überlassen, seiner kleinen Schwester zu erklären, dass Rehe nicht in einen Stall, sondern in den Wald gehörten. Er war es schließlich gewesen, der Georgiana das Kitz als Erstes gezeigt hatte und es, als es am nächsten Morgen immer noch allein da am Bach gestanden hatte, in den Stall gebracht und in Georgianas Obhut übergeben hatte. Nun sollte er sehen, wie er ihr am besten erklärte, dass Fagin die Freiheit brauchte. *Fagin.* So hatte Georgiana das Kitz genannt, und sie behandelte es gerade so, als sei es ein Hund oder ein Pony. Ein Tier, das ihr gehörte.

Armes kleines Ding, dachte Amy und stand auf, klopfte sich den Staub aus dem Kleid und wandte sich zum Gehen. Heute Abend war der Ball, den Lord Craven seiner Frau zu Ehren gab. Er war gestern Abend spät aus der Stadt zurückgekehrt, mitsamt den angekündigten Gästen – unter ihnen, zu Amys Freude, auch Lord und Lady Beauford aus Kent, die sie bereits von dem Weihnachtsbankett kannte, bei welchem sie das erste Mal gespielt hatte.

Was den heutigen Abend anging, so war Amy froh, dass Lady Craven darauf bestand, dass sie spielte. Auf diese Weise würde Lord Francis keine Gelegenheit haben, sie zum Tanz zu führen, wie er es sich erhoffte. Er schien auch vergessen zu haben, dass unter den Gästen eine gewisse Lady Ashley war, die sehr schön war – und außerdem aus reichem Hause stammte: Emma hatte von nicht weniger als fünftausend Pfund im Jahr gesprochen. Diese Partie würde er ihrer Wenigkeit doch gewiss vorziehen. Das wiederum könnte ihr die Gelegenheit verschaffen, das zu tun, was sie beim Spiel ohnehin am liebsten tat: in ihre eigenen Gedanken zu versinken und zu träumen.

Geträumt hatte sie auch in diesem Moment, oder wenigstens hatte sie nicht aufgepasst, wohin sie ihren Fuß setzte, denn als sie aus dem Stall trat, stieß sie mit Francis Craven persönlich zusammen.

»Hallo, junge Dame!«, rief der lachend und fing sie in seinen Armen auf. »Wohin des Weges? Haben Sie sich das Kitz angesehen, das aufzuziehen meine Schwester sich in den Kopf gesetzt hat?«

»Das habe ich«, gab Amy zurück und versuchte vergeblich, sich aus seinen Armen zu befreien. »Wenn Sie nun die Güte haben würden, mich loszulassen, bevor uns jemand ...«

»Was? Bevor uns jemand sieht? Aber wer sollte uns denn sehen? Georgiana? Sie denkt sich nichts dabei. Sie gehören doch inzwischen fast zur Familie. Deswegen bin ich auch gekommen, um Ihnen zu sagen, dass ich noch einmal mit meiner Mutter gesprochen habe. Sie ist damit einverstanden, dass Lady Ashley ...«

Amys Herz machte einen hoffnungsvollen Sprung. Wollten er und Lady Ashley heute Abend ihre Verlobung bekannt geben? War das das große Geheimnis, von dem man schon seit Tagen im Haus flüsterte?

»Ja?«

»Sie ist damit einverstanden, dass Lady Ashley heute Abend einige der Stücke spielt, die Sie sonst spielen würden, damit wir beide einmal tanzen können. Wenigstens den *Grimstock,* Amy, oder irgendeinen anderen Tanz, der Ihnen gefällt, und wenn es dieser alberne *Tarleton Jig* ist, den ich nicht mag, weil er mich zwingt, so häufig meine Dame zu wechseln. – Was nur zeigt, dass der gute Mensch, der ihn komponierte, nicht allzu viel von Frauen hielt. Gleichwohl, ich muss Sie einmal tanzen sehen, ich muss! Bitte, erlauben Sie mir, Ihr Partner zu sein – nur dieses eine Mal, nur heute Abend.«

Amy zögerte. Sie tanzte ja für ihr Leben gern. Was konnte ihr schon passieren, wenn sie einen oder zwei Tänze an diesem Abend wagte?

Noch war sie nicht in Trauer und hatte somit keinen Grund, der Aufforderung des jungen Lords nicht nachzukommen, dem sie schließlich ihr Hiersein, ja sogar ihr Leben, zu verdanken hatte.

»Nun …« Sie hob den Kopf. »Also gut. Wenn Sie mir versprechen, mich jetzt auf der Stelle loszulassen, dann will ich Ihnen den einen Tanz schenken, den Sie begehren. Aber nur diesen einen!«

»Gemacht!«, rief er fröhlich und drückte ihr, bevor sie wusste, wie ihr geschah, einen Kuss auf die Stirn. Dann ließ er sie los, trat einen Schritt zurück und betrachtete sie von oben bis unten, bis Amy schließlich nervös wurde.

»Was ist los?«, fragte sie. »Warum sehen Sie mich so an?«

Er schüttelte den Kopf, als hätte sie ihn aus seinen Gedanken gerissen, und antwortete: »Ach … es ist nichts weiter. Nun – um ehrlich zu sein: Ich fragte mich, wie Ihnen wohl Rot stehen würde.«

»Rot?«

»Ja. Rot.«

Sie sah ihn verständnislos an, doch er schien nicht gewillt, ihr eine Erklärung zu geben, sondern verabschiedete sich stattdessen mit einer knappen Verbeugung, drehte sich um und ging davon, den Hut in der Hand.

Amy blieb kopfschüttelnd zurück. Was war nur in ihn gefahren? Was versprach er sich von diesem einen Tanz? Und weshalb zog er sie einer Lady Ashley vor, die doch um so vieles reicher war – und zudem nicht verheiratet?

Mit sich und diesen Fragen beschäftigt machte auch sie sich langsam auf den Weg zum Haus zurück. Es würde ihr nichts anderes übrig bleiben, als abzuwarten, was sich tatsächlich an diesem Abend ereignen würde. In der Zwischenzeit hatte sie noch einiges zu tun. Grace musste versorgt werden, sie musste sich umziehen und …

»Amy?«

Sie wandte sich um. Georgiana kam ihr hinterhergelaufen, das Kitz dicht auf ihren Fersen. Das Bild war so komisch, dass Amy in helles Lachen ausbrach und Georgiana, die ihren vierbeinigen Verfolger noch nicht bemerkt hatte, stehen blieb und sich erstaunt umsah.

»Fagin! Was tust du denn hier? Du musst doch im Stall bleiben! – Amy, wartest du, bis ich ihn zurückgebracht habe? Bitte!«

Amy lächelte. »Natürlich warte ich. Aber beeile dich, wir müssen uns noch für das große Fest heute Abend vorbereiten. Du wolltest noch üben, weißt du noch?«

»Ja. Und du wirst mit meinem Bruder den *Grimstock* tanzen. Ich hab gehört, wie du's ihm versprochen hast. Ich hab auch gesehen, wie er …«

Amy fühlte, wie ihr die Schamesröte heiß ins Gesicht stieg. »Georgiana! Dass du dich nicht schämst! Nun lauf und bring dein Rehkitz weg und komm sofort zurück, sonst gehe ich allein.«

Sie musste einige Male tief Luft holen, um sich zu beruhigen. Doch als die Kleine kurz darauf zurückkam und wie selbstverständlich ihre Hand in Amys legte, war sie schon halb versöhnt. Was machte es schon, dass Georgiana sie gesehen hatte? Sie war ja noch ein Kind. Viel schlimmer war es, dass sie heute Abend andere sehen würden, wenn sie zusammen zum Tanz gingen. Der Gedanke daran war ihr so furchtbar, dass es sie schon jetzt unwillkürlich schauderte. Und wieder war da diese Stimme, die ihr zuzuflüstern schien:

Sieh dich vor, Amy, sieh dich vor – es ist Unheil nahe …

»Es ist ein wundervolles Kleid, Madam. Und es ist Ihnen wie auf den Leib geschnitten, ich muss nichts daran ändern. Sie können es gleich anbehalten, wenn es Ihnen lieb ist. Soll ich nach Bridget schicken, damit sie Ihnen die Haare hochsteckt?«

Mary und Emma standen beide bei Amy und sahen bewundernd auf das scharlachrote Kleid aus feinem Samt, das auf ihrem Bett gelegen hatte, als sie vorhin zurückgekommen war. Francis musste es geschickt haben.

… wie Ihnen wohl Rot stehen würde.

Er hatte von dem Kleid gesprochen – natürlich, jetzt wurde ihr alles klar. Aber woher hatte er … Wie konnte er wissen, dass sie …?

»Madam? Gefällt es Ihnen nicht? Soll ich Lord Francis sagen, dass …«

Amy schrak aus ihren Gedanken. »Oh! Doch, es gefällt mir – natürlich. Es ist wunderschön. Ich werde es heute Abend tragen, wenn es recht ist.«

Was sollte sie auch anderes tun? Sie konnte sein Geschenk nicht zurückweisen; und wenn sie ehrlich mit sich war, wollte sie es auch nicht. Noch nie zuvor hatte sie ein so schönes Kleid besessen; es war ein Traum in Rot, oben mit feinsten Goldfäden und echten Perlen bestickt und unten weich fließend bis weit über die Knöchel herab. Es kleidete sie vorzüglich, das wusste sie auch ohne einen Blick in den Spiegel, den Mary gebracht hatte. Gordon würde sagen, es sei eine Sünde, aber …

Amy streckte sich, wandte den Kopf erst in die eine, dann in die andere Richtung und betrachtete sich dabei ausgiebig in dem großen, ovalen Spiegel, den Mary für die Anprobe herbeigebracht hatte. Ihr gefiel, was sie sah – es gefiel ihr sogar sehr gut. Was konnte an einem Kleid schon Sünde sein? Sie hatte schließlich nicht vor, Francis zu heiraten! Sie wollte nur einmal tanzen – nur einmal wieder das Leben in sich spüren …

Der Stoff schwang hin und her, als sie sich drehte, hin und her – bis sie plötzlich innehielt und sich abrupt zu Mary umwandte. Ihre Augen leuchteten.

»Es ist wunderschön. Aber die Haare kann Emma mir machen, nicht wahr, Emma? Ich glaube nicht, dass es irgendjemand besser machen könnte als sie. Du kannst dann jetzt gehen, Mary. Ich danke dir.«

Nachdem Mary sich mit einem Knicks verabschiedet hatte, wandte Amy sich an Emma. »Ich weiß, was du denkst, Emma. Du denkst, deine Herrin sei eitel geworden und will womöglich einem anderen gefallen. Aber so ist es nicht, das musst du mir glauben. Ich kann dieses Geschenk einfach nicht zurückweisen; und er bekommt nur den einen Tanz, wie ich es ihm vorhin versprechen musste. Danach werde ich wieder am Instrument sitzen und spielen und an meinen Gordon denken, dem allein meine ganze Liebe gilt.«

Emma errötete und beeilte sich zu nicken, doch Amy sah ihr an, dass sie ihr nicht glaubte. Sie wusste ja selbst, dass sie Emma nicht die ganze Wahrheit gesagt hatte, was es für sie nur umso schlimmer machte. Sie liebte niemanden als ihren Gordon, und sie wünschte sich nichts sehnlicher, als dass er zu ihr zurückkam. Aber insgeheim sehnte sie sich auch danach zu leben – einfach zu leben, zu lachen, frei zu sein und wenigstens für ein paar Stunden einmal alles Traurige zu vergessen, was ihr sonst das Herz so schwer machte.

Als Emma mit ihrem Haar fertig war und Amy sich im Spiegel betrachtete, straffte sie die Schultern, drehte den Kopf und lächelte ihrem Spiegelbild zufrieden nickend zu. Ja. Das gefiel ihr. Es gefiel ihr sogar sehr gut!

Heute Abend, dachte sie, *werde ich fröhlich sein, und sei es nur für ein paar Stunden.*

Es fiel Amy schwer, in ihrem Brief, den sie am folgenden Morgen an Susanna schrieb, nicht von dem Tanz zu berichten, da sie wusste, dass Susanna ebenso wie sie die Musik liebte. Allzu gern hätte sie ihr auch von den Gästen erzählt, von den schönen Kleidern, die sie trugen, von den interessanten Konversationen, die sie mit angehört hatte – eine Gruppe von Damen hatte sich derart über die Eröffnung immer neuer Kaffeehäuser in England echauffiert, dass es beinahe zu einem Eklat gekommen wäre –, und von den köstlichen Speisen, die sie hatte kosten dürfen. Aber es erschien ihr nicht recht, der armen Susanna, die wie alle anderen in ihrem Heimatdorf genug Sorge damit hatte, den nächsten Tag zu überleben, diese wundervollen Dinge zu beschreiben. Es würde Susanna nur traurig machen. Außerdem traute sie sich nicht, ihrer Schwester von dem Tanz zu berichten, den sie so genossen hatte, weil sie Angst hatte, Susanna könne sie missverstehen oder – schlimmer noch – Gordon davon berichten. Es war schließlich nur ein Tanz gewesen – was war schon dabei? Francis Craven hatte sein Wort gehalten und sie nicht zu einem zweiten oder dritten gedrängt. Sie hatte sich sofort wieder an ihr Instrument gesetzt, nachdem er sie noch zu einem Glas Wein eingeladen hatte, während sie Lady Ashley beim Spiel zuhörten (die übrigens selbst sehr gut spielte, wie Amy nicht umhin konnte, Francis Craven gegenüber zu bemerken).

Lady Craven hatte kein einziges Mal getanzt – man munkelte, sie sei noch einmal in froher Erwartung und müsse sich deshalb schonen. Doch sie hatte Amy die ganze Zeit über sehr genau beobachtet; Amy war froh gewesen, wieder an ihrem Platz zu sitzen, da sie es kaum ertragen konnte, diesen strengen Blick auf sich zu fühlen.

Bitte sage mir, wie es Mutter geht, Susanna – ist das Baby schon da? Ich wünschte, ich könnte bei euch sein, um euch zu helfen, so lange aber muss es genügen, dass ich von morgens bis abends an Euch denke und Euch jeden Tag in meine Gebete miteinschließe. Wir werden uns wiedersehen, Susanna, und wir werden alle fröhlich sein …

Sie ließ die Feder sinken. Vor ihr tauchte das Gesicht ihrer Mutter auf, rosig und voller Güte, und sie wünschte in diesem Moment nichts mehr, als dass es ihr gut ging. Ihr und dem Baby. Wenn Gott doch nur dieses eine leben lassen würde! Wie gut täte es dem gebrochenen Herzen ihrer Mutter, die noch immer um den armen Robert trauerte, der seinem Vater so ähnlich gewesen war und auf den man so große Hoffnungen gesetzt hatte, da er außerdem das klügste von allen Swann-Kindern gewesen war. Er hätte vielleicht später die Rechte studieren oder Arzt werden können wie Gordon …

Amy saß da und starrte so lange auf den angefangenen Brief, bis sie ihn schließlich nahm und zerknüllte und in eine Ecke warf.

Wir werden alle fröhlich sein.

Und wenn nicht? Wenn wir uns nie mehr wiedersehen?

Leere Worte, dachte sie und schüttelte traurig den Kopf. *Alles leere Worte, die Susanna weder trösten noch nützen.*

Sie stand auf, um nach Grace zu sehen. Die Kleine hatte die ganze Nacht über geschrien, die arme Emma hatte kein Auge zugetan und schlief noch immer, sodass Amy beschloss, sich selbst anzukleiden und mit Grace hinauszugehen.

Die frische Luft tat ihr gut und als sie eine Stunde später ins Haus zurückkehrte, lag dort ein Brief für sie, der ihr Herz schneller schlagen und in einem einzigen Moment alles vergessen ließ, von dem sie gestern noch geglaubt hatte, dass es sie glücklich machen könnte. Was war schon ein schönes Kleid, was waren die köstlichsten Speisen, was war ein Tanz?

Als sie den Brief nahm und die vertraute Schrift erkannte, sprangen ihr die Tränen der Scham und der Reue in die Augen. In diesem Moment wusste sie, dass sie niemanden auf der Welt mehr liebte und jemals würde lieben können als Gordon, und sollte sie ihn auch niemals wiedersehen.

»Gordon!«

Mit zitternden Fingern brach sie das Siegel und rollte das Papier auseinander, überflog den Brief und fuhr sich mit der Hand an den Mund.

»Er kommt nach Hause!«, schrie sie und begann, im Zimmer umherzutanzen, den Brief in der Hand. »Er kommt nach Hause! Oh Gott, ich danke dir! Ich danke dir so sehr! – Emma!«, rief sie, das schlaftrunkene Mädchen bei der Schulter fassend und ungeduldig schüttelnd. »Emma, wach auf – so wach doch auf und höre meine guten Neuigkeiten! Doktor Tulliver kommt nach Hause!«

16

Das kostbarste Geschenk

Amy stand an ihrem Lieblingsplatz im oberen Teil des Elisabethanischen Gartens, der Lady Cravens ganzer Stolz war. Kein anderes Haus in Derbyshire konnte sich eines so teuer und aufwendig angelegten klassischen Tudorgartens rühmen wie Morton Hall: nicht einmal das benachbarte Chatsworth, dessen weitläufige Gärten, der augenblicklichen Mode gemäß, nach französischem Vorbild angelegt worden waren – formal und gerade, während man hier auf Morton Hall noch den italienischen Einfluss des vorigen Jahrhunderts deutlich wiederfand, mit romantischen Statuen, Bögen und Sonnenuhren, die sich vornehmlich im unteren Teil des Gartens verteilten, auf den Amy gerade hinabschaute und tief die frische Morgenluft einatmete. Es war ein herrlicher Tag mit blauem, fast wolkenlosem Himmel. Amy spürte zum ersten Mal seit Langem wieder ein Gefühl von innerer Ruhe und tiefer Dankbarkeit.

Seit sie der so lang ersehnte Brief von Gordon erreicht hatte, trug sie ihn ständig bei sich, denn sie musste ihn immer wieder herausholen und lesen, da sie es sonst nicht glauben konnte, was er schrieb.

… und dann komme ich zu Dir, mein Herz, und bleibe bei Euch und gehe nie wieder fort …

Sie legte den Kopf auf die ineinander verschränkten Arme, die auf der Brüstung ruhten, und seufzte. Um ihre Lippen spielte ein sehnsuchtsvolles Lächeln. Ach, wäre er doch erst hier! Jetzt, da sie Gordon endlich erwarten durfte – und da der Brief drei Wochen gebraucht hatte, bis er sie erreichte –, rechnete sie nun jeden Moment mit seiner Heimkehr. Jede Stunde, die sie nicht beschäftigt war, zog sich endlos lang, jede Nacht war eine schlaflose Qual.

Und sie hatte wahrhaftig nicht viel zu tun in diesen Tagen. Die meisten der Gäste waren wieder abgereist, da Lady Craven Ruhe brauchte – die Schwangerschaft schien ihr arg zuzusetzen und sie hatte mehr als einmal mit einem vorwurfsvollen Blick zu Amy hin bemerkt, dass es viel besser wäre, wenn sie einen Arzt im Hause hätten.

Die Gäste, die noch im Hause waren, blieben meistens unter sich und verlangten auch selten, dass Amy für sie spielte, da insbesondere die jungen Damen sich selbst am liebsten spielen hörten.

Seit dem Bankett verhielt sich Francis Craven ihr gegenüber auffällig zurückhaltend und bemühte sich stattdessen – wie Amy nicht umhin konnte zu bemerken – mehr um Lady Ashley, die ebenfalls noch geblieben war. Oft sah Amy die beiden Arm in Arm durch den Garten spazieren, hörte Lady Ashleys helles Lachen und fragte sich, weshalb er sie trotzdem ab und zu so ansah, als würde er sie jederzeit der anderen vorziehen.

Was beabsichtigte er damit? Wollte er sie auf die Probe stellen? Er musste doch wissen, dass sie nur den einen liebte: ihren Ehemann, den sie nun täglich, ja, stündlich zurückerwartete. Warum also vergaß er sie nicht einfach und verliebte sich, wie es seine Familie erwartete, in Lady Ashley?

»So früh schon auf den Beinen, schöne Dame?«

Amy fuhr erschrocken herum und funkelte Francis Craven, der sich lautlos von hinten genähert hatte, zornig an. »Wie können Sie es wagen, mich so zu erschrecken? Ich hätte … ich hätte über die Mauer stürzen können!«

Er lachte und zog sie wie selbstverständlich in seine Arme. »Das hätten Sie, Madam, und ich bin überaus froh, dass Sie nicht stürzten – es hätte mir das Herz gebrochen, und meiner Schwester auch. Bitte seien Sie mir nicht böse! Georgiana war es auch, die mich losschickte, um sie zu suchen – wir wollen das Kitz in die Freiheit zurückentlassen. Sie dachte, Sie wollten mit dabei sein. Um ehrlich zu sein …«, fügte er hinzu, »Georgiana will es nicht freilassen. Ich hatte gehofft, Sie könnten ihr helfen zu verstehen, dass sie es dennoch muss. Das Tier war schon viel zu lange bei uns, es muss lernen, für sich selbst zu sorgen. Bitte, Madam, kommen Sie mit!«

Amy bemühte sich, sich aus seiner Umarmung zu befreien, bevor sie jemand sah, und trat einen Schritt zurück. Mit erhobenem Kinn sah sie dem jungen Craven entgegen. »Gut. Ich komme mit. Aber ich sage Ihnen besser gleich, dass Sie mich in Zukunft besser nicht mehr anrühren. Mein Gatte ist in diesem Moment auf dem Weg zurück hierher, ja, ich erwarte ihn jeden Augenblick.«

Darauf zog er nur überrascht eine Braue in die Höhe und antwortete: »Das wundert mich, hört man doch gerade jetzt wieder neue Schreckensnachrichten aus Eyam. Die Pest sei mit Macht zurück und habe das Dorf nun fester im Griff als zuvor – aber vielleicht habe ich mich geirrt. Ich weiß es nicht. Nun«, sagte er und lächelte, »ich muss gehen und Georgiana suchen. Vermutlich ist sie im Stall bei Fagin. Kommen Sie gleich mit oder sollen wir an der Brücke auf Sie warten?«

Amys Blick schweifte ein letztes Mal suchend über die Balustrade hinweg gen Norden. Wenn Gordon doch nur jetzt käme – kein Augenblick konnte besser sein als dieser!

Aber was, fragte sie sich, *wenn Lord Francis recht hat? Der Brief war einige Zeit unterwegs gewesen; vieles konnte sich seither geändert haben. Wenn die Pest tatsächlich zurück war, wenn das Sterben in Eyam nun weiterging, dann war alle Hoffnung vergebens, alles Warten umsonst … Gordon würde bleiben, das wusste sie, und versuchen, den Menschen zu helfen. So war er und so liebte sie ihn ja auch. Aber …*

Auf Lord Francis Frage antwortend, nickte sie abwesend. »Ich komme … Oh! Nein!«

»Was ist?«

Amy antwortete nicht.

Stattdessen blieb ihr Blick wie erstarrt an der Gestalt hängen, die im unteren Garten stand und mit versteinerter Miene zu ihnen hinaufsah: Lady Margaret Craven.

Während Georgiana sich von ihrem Kitz verabschiedete und viele Tränen dabei vergoss, musste Amy immerzu an die Gestalt im Garten denken. Wann war Lady Craven gekommen? Was hatte sie gesehen und gehört? Und vor allem: Was dachte sie über das, was sie im Garten gesehen hatte?

Ganz sicher glaubte sie, etwas anderes gesehen zu haben, als sich tatsächlich abgespielt hatte: Lady Craven hatte Amy von Anfang an nicht leiden können; wäre es nach ihr gegangen, hätte sie sie nie aufgenommen. Amy wusste, dass sie es allein Francis zu verdanken hatte, dass sie hier sein durfte. Zwar wünschte sie sich, so wie in diesem Augenblick, oft weit fort, aber sie war vernünftig genug, um einzusehen, dass es ihr hier trotz allem am besten ging. Lady Craven aber beobachtete sie sehr genau und zeigte offenes Entsetzen darüber, dass ihr ältester Sohn es sich in den Kopf gesetzt zu haben schien, Amy den Hof zu machen. Dass sie mit einem anderen verheiratet war und schon deshalb nicht Francis Cravens Eheweib werden konnte, schien dabei für die Cravens keine Rolle zu spielen. Sie glaubten nicht an Gordons Rückkehr. Erst vor wenigen Tagen – Gordons Brief hatte Amy noch nicht erreicht – hatte Louise ihr gegenüber geäußert, dass sie es für sehr unwahrscheinlich hielt, dass Gordon lebend zurückkehrte.

»Bedenken Sie, wie es in London zuging im vergangenen Sommer. Einhunderttausend Tote, und die meisten haben sie später nicht einmal mehr begraben, sondern nur in irgendeinen Graben geworfen, so viele waren es. Sie haben die Kranken gezwungen, in ihren Häusern zu bleiben und sogar Wachen aufgestellt, die dafür Sorge tragen sollten, dass niemand entkam. Man hört noch heute die furchtbarsten Geschichten darüber, wie manch einer sich seinen Weg aus dem Dachfenster gesucht hat, nachdem er die Wache von dort aus mit einer Schlinge heimtückisch erhängt hatte. Man stelle sich das vor! Erhängt! Und die, die der Stadt entkamen, kamen nicht weit: Man steinigte sie oder schlug sie auf offener Straße tot. – Und Sie glauben, dass Ihr Mann weiterkommt als die? Sie glauben wohl auch, dass wir ihn hier wiederaufnehmen würden, sollte er jemals zurückkommen. Oh nein, Amy. Das ist ein Versprechen, dass wir Ihnen und Ihrem feinen Gemahl ganz sicher geben können: In dieses Haus wird er nie wieder einen Fuß setzen.«

Gut so, hatte Amy gedacht und einen Schluck Wein genommen, um ihr Lächeln zu verbergen. *Denn in dieses Haus wollen wir beide nie wieder einen Fuß setzen, sofern wir es nicht müssen.*

Was Gordons Heimkehr anging, hatte sie deshalb auch einen Plan: Sie würde wie immer die Kerze im Fenster brennen lassen und sich dann, wenn er kam, mit Grace und Emma so schnell und so leise wie möglich auf den Weg nach unten machen. Auf diese Weise konnten sie sogleich weiterziehen, ohne dass es die Familie bemerken müsste.

Wohin es dann gehen sollte, wusste Amy nicht. Aber sie vertraute darauf, dass Gott sie führte und dass auch Gordon sicher wissen würde, was das Beste für sie wäre.

»Amy? Muss ich jetzt?«

Amy fuhr hoch. Georgiana stand vor ihr, den Arm um den Hals des Kitzes gelegt, und sah sie aus flehenden Augen an.

»Francis sagt, ich muss. Aber … aber was soll ich tun, wenn Fagin nicht will? Wenn er …«

»Georgiana. Er will schon – du musst ihn nur loslassen. Komm«, Amy streckte eine Hand nach dem Mädchen aus. »Wir gehen zu der Stelle, an der wir immer so viele Rehe sehen. Sie werden bald kommen und dein Kitz bei sich aufnehmen.«

Vertrauensvoll legte Georgiana ihre Hand in Amys und sie gingen ein Stück in das Dickicht hinein, das man vom Garten aus sehen konnte. Francis kam nicht mit ihnen. Es war, als ob er spürte, dass dieser Moment den beiden allein gehörte.

»Jetzt«, sagte Amy leise, als sie auf einer kleinen Lichtung angekommen waren, und ging ein paar Schritte zurück, damit Georgiana die letzten Minuten mit ihrem Kitz allein sein konnte.

Es brach ihr fast das Herz zu beobachten, wie innig das Mädchen ihr Kitz herzte, bevor sie ihm einen Schubs gab und mit tränenerstickter Stimme rief: »Lauf! Lauf, Fagin, lauf!«

Und wirklich, nachdem er zuerst nur ein paar zögernde Schritte getan hatte, wandte sich Fagin noch ein letztes Mal um, sah Georgiana aus seinen sanften, goldbraunen Augen an und war dann mit langen Sätzen im Dickicht verschwunden.

»Leb wohl, Fagin«, flüsterte Georgiana und hob eine Hand wie zum Abschied. »Leb wohl …«

Ja, dachte Amy, *leb wohl. Du bist jetzt frei – frei zu gehen, wohin du willst, zu laufen, zu spielen und zu springen.* »Es ist gut«, sagte sie, an Georgiana gewandt, und lächelte traurig. »Du hast das Richtige getan, Georgiana, denn du hast Fagin das Kostbarste geschenkt, was es im Leben gibt: die Freiheit.«

Und niemand, dachte sie im Stillen bei sich, als sie Hand in Hand zurückgingen, *kann besser ermessen, was das bedeutet, als ich.*

Amy war unruhig. Mehr als eine Woche war vergangen, seit sie Gordons Brief erhalten hatte, und noch immer war er nicht gekommen. Jede Nacht saß sie am Fenster und sah hinaus, hoffend, dass sich unten im Hof etwas regte, das nach einem Reiter aussah. Doch er kam niemals.

Er wird nicht wiederkommen. Er wird sterben, genau wie alle anderen, und du weißt es.

Herzlose, dumme Frau, dachte sie, als sie eines Abends aus dem Salon in den Eichenkorridor trat, der seinen Namen von der einen Eiche bekommen hatte, aus der er gefertigt worden war. Georgiana hatte ihr die Geschichte erzählt und ihr auch voller Stolz den Baumstumpf im Park gezeigt.

»Wie kann sie es wagen«, schimpfte Amy leise vor sich hin, als sie ein paar Schritte gegangen war und sich außer Hörweite wähnte. Ihr Zorn galt Louise Craven, die sie soeben vor allen Gästen brüskiert hatte, indem sie Gordon übel nachredete. Sie war sogar so weit gegangen, dass sie behauptete, er habe heimlich ein begehrliches Auge auf sie geworfen, als er noch bei ihren Eltern im Dienst gestanden habe. Dass sie in Wirklichkeit von ihrem eigenen Bruder sprach, der schon früher ein begehrliches Auge auf Amy geworfen hatte, wusste nur sie, die nichts dazu sagen durfte. Zornig und zutiefst gekränkt hatte sie ihr Stück beendet und war dann, ohne ein Wort zu sagen, aufgestanden und hinausgegangen.

Niemand hatte sie aufgehalten.

Als sie an der Bibliothek vorbeikam, hörte sie hinter der angelehnten Tür die Stimmen zweier Männer, die mit gedämpften Stimmen eine Unterredung führten, in der es offensichtlich um eine Angelegenheit ging, in der die beiden – Lord Craven und sein Sohn – unterschiedlicher Meinung waren. Sie war schon fast vorbei, da hörte sie, wie ihr Name fiel – und blieb mit klopfendem Herzen stehen.

»... und kehrt er nicht zurück, werde ich sie zur Frau nehmen. Das ist das Beste für sie und das Beste für ihr Kind. Und außerdem für mich, denn ich liebe niemanden mehr als sie.«

Amy schlug sich die Hand vor den Mund, um einen Aufschrei zu unterdrücken. Am liebsten wäre sie davongerannt, doch im letzten Moment siegte ihre Neugier und sie presste sich noch enger an die Tür, um die Antwort des alten Lords zu hören.

»Das mag wohl sein, mein Sohn, aber bedenke, dass er immer noch zurückkommen kann. Noch ist nicht alles ausgestanden in Eyam und noch sterben die Leute zu Dutzenden am Tag, aber wir haben keine Nachricht darüber, ob auch *er* unter den Opfern ist. Und solange wir darüber keine Gewissheit haben ...«

»Aber er *wird* nicht zurückkehren! Sie wartet seit Wochen auf ihn und wartet vergebens, auch sie verliert langsam die Hoffnung. Er kommt nicht zurück – niemals.«

»Nun«, entgegnete Lord Craven ruhig, »wir werden sehen, Francis. So lange aber lässt du deine Finger von ihr und verhältst dich, wie es deinem Stand und deiner Erziehung entspricht. Sei höflich und zuvorkommend, aber rühr sie nicht an. Nie wieder!«

Sie hat uns gesehen, durchfuhr es Amy, *an dem Morgen im Garten, an dem wir das Kitz zurückbrachten. Sie hat uns gesehen und ihrem Gatten davon erzählt – möglicherweise mehr erzählt, als ihre Augen von da unten tatsächlich gesehen haben konnten. Und natürlich glaubte Lord Craven seiner Frau ...*

Ihr wurde schwindelig und sie musste Halt an dem Türknauf suchen. Ein lautes Quietschen ließ sie jäh zurückfahren – so schnell sie konnte, nahm sie ihre Röcke auf und begann zu laufen.

»Ist da jemand? Hallo?«

Amy rannte schneller, den Gang hinunter, die breite Treppe hinauf und bis in ihr Zimmer, wo sie krachend die Tür hinter sich ins Schloss fallen und sich selbst daran herunter zu Boden gleiten ließ.

»Mrs Tulliver! Was …«

Doch Amy kümmerte sich nicht um Emma; sie nahm sie nicht einmal wahr, als sie mit sorgenvollem Gesicht auf sie zukam, das Kind im Arm.

»Mrs Tulliver – Madam … was ist denn geschehen? Sie sind ja ganz verstört. Kann ich irgendetwas für Sie tun? Ihnen etwas bringen, das Ihnen Erleichterung verschafft? – Ein Glas Wein, soll ich Ihnen eines bringen?«

Amy schüttelte den Kopf. Dann vergrub sie das Gesicht in ihren Händen und weinte. »Oh, bitte«, schluchzte sie. »Bitte, Herr, bitte … bring ihn nach Hause! Bitte bring ihn nach Hause zurück …«

17

Susanna

In Amys Elternhaus herrschte an diesem Sonntag große Aufregung. Das Baby sollte im Cucklet Delph getauft werden, John Mellor wurde zum Essen erwartet und Susanna, die seit Sonnenaufgang auf war und schon vor dem Frühstück zu einer Freundin gegangen war, kam eben erst wieder zur Tür herein.

Mrs Swann stemmte die Hände in die Hüften und schüttelte mit vorwurfsvollem Blick den Kopf. »Was bist du nur für ein unzuverlässiges Ding!«, schimpfte sie. »Ganz schnell zu Bridget wolltest du, um dich im Spiegel zu betrachten. Und was ist daraus geworden? Den ganzen Morgen bekommt man dich nicht mehr zu sehen. Wir kommen noch zu spät zur Kirche, wenn du dich jetzt nicht beeilst! Und das gerade heute … David, fass das bitte nicht an, das ist *heiß*!!!«

Susannas fünfjähriger Bruder hatte sich an den Spieß herangeschlichen und einen vorwitzigen Finger an das Ferkel gelegt, das dort am Feuer röstete. Erschrocken zuckte der Junge zurück, stolperte, sodass er beinahe noch auf dem heißen Fett ausgerutscht wäre, das vom Spieß auf den steinernen Fußboden hinabtropfte, und begann zu weinen.

Rasch trat Mrs Swann hinzu und fing den Kleinen in ihren Armen auf.

»Mama!«, heulte er und zeigte dabei auf das Ferkel. »Ich wollte doch nur sehen, ob's schon gut ist …«

»Schscht … weine nicht, David. Es ist ja nichts passiert. Und du, Susanna«, sagte Mrs Swann, an ihre Tochter gewandt, »sieh zu, dass du noch rasch die Stube gefegt hast, bevor dein Vater heimkommt. Hol auch noch frisches Wasser, dass er sich waschen kann, wenn er nach Hause kommt. Weiß der Himmel, wo er wieder steckt … und das am Tag des Herrn. In der Werkstatt kann er wohl nicht sein, hoffe ich«, murmelte sie vor sich hin und bedachte David eines langen Blickes. »Deinen Bruder hier muss ich wohl auch noch mal tüchtig schrubben, der hat schon wieder ganz schwarze Nägel. Gott weiß, wo du dich wieder rumgetrieben hast – und dabei ist es noch so früh am Tag. Wie kann man da schon so schmutzig sein!«

Immer noch vor sich hinschimpfend, schob sie den Jungen zur Tür hinaus, wo sie mit ihrem Mann zusammenstieß.

»Oh, da bist du – wir dachten schon, du hättest vergessen, dass heute Sonntag ist. Spann die Stute ein, dass wir gleich losfahren können, sobald ich aus unserem Sohn wieder einen anständigen Jungen gemacht habe. Und sag Susanna, sie soll den Besen wegstellen, wir kommen sonst zu spät.«

Jonathan Swann ging wortlos an ihr vorbei ins Haus und schloss die Tür hinter sich. Erst jetzt fiel seiner Frau auf, dass er nicht gut ausgesehen hatte, sondern blass und erschöpft.

O mein Gott, bitte nicht, dachte sie, ließ David einfach stehen, und riss die Tür wieder auf. *Bitte nicht – nicht mein Jonathan …*

»Jonathan?«, rief sie und ihre Stimme zitterte vor Angst. »Jonathan, was ist mit dir? Ist dir nicht wohl? Jonathan!«

Sie ging langsam ins Haus, sah sich mit klopfendem Herzen um. »Jonathan?«

Als sie die in sich zusammengesunkene Gestalt ihres Mannes auf einem Stuhl erblickte und sein schweres Atmen hörte, ahnte sie, was los war, und stürzte zu ihm.

»Jonathan!!!«

Sie warf sich vor ihm auf die Knie, griff nach seiner Hand, die vor Fieber glühte, und presste sie verzweifelt an ihre Wange, über die ein heißer Strom von Tränen hinablief.

»Oh, Susanna, nein … bitte, nein …«

»Was ist mit ihm, Mutter?«

Susanna, die die ganze Zeit über auf ein und derselben Stelle den steinernen Fußboden gefegt hatte, ohne den Blick zu heben – denn sie ahnte bereits, was mit ihrem Vater war, konnte es aber nicht ertragen, ihn anzusehen –, ließ endlich ihren Besen fallen und kam hinzugeeilt.

»Oh, Mutter«, flüsterte sie und legte eine Hand auf ihren Mund. »Glaubst du, es ist … glaubst du, er hat …?«

Ihre Mutter wandte ihr ein tränenüberströmtes Gesicht zu. Ohne auf die Frage zu antworten, sagte sie: »Susanna. Lauf schnell und frag im Rektorat nach, ob dein Schwager wiederaufgetaucht ist. Wenn nicht, bring den Reverend mit – oder seine Frau. Oder – ach! – irgendjemanden«, ihre Stimme brach und sie senkte den Kopf, während ihre Finger den Saum von Jonathans Mantel umklammert hielten. »Irgendjemanden, der uns helfen kann …«

Susanna zögerte nicht, sondern rannte hinaus, packte ihren Bruder, der noch immer weinend vor der Tür stand und nicht wusste, weshalb man ihn dort einfach hatte stehen lassen, und rannte mit ihm die Straße hinunter, laut schreiend.

»Hilfe!«, rief sie immer wieder verzweifelt und zog ihren weinenden Bruder dabei hinter sich her. »Zu Hilfe! Ist denn hier niemand?«

Sie blieb stehen, um zu Atem zu kommen. Kopfschüttelnd sah sie sich um. Wieso war die Straße heute so leer? Wieso hörte sie niemand?

»Zu Hilfe! Die Pest ist zurück, sie ist bei uns. Hilft mir denn keiner?«

Thomas Stanley saß im Rektorat und trank den Tee, den Mrs Mompesson ihnen gebracht hatte. Sie hatte die kostbaren, getrockneten Blätter aus Chatsworth bekommen – die Gräfin war eine leidenschaftliche Teetrinkerin, seit Prinzessin Catharine das edle Getränk aus China bei Hofe eingeführt hatte. In diesen schweren Zeiten war die abendliche Tasse Tee für die Mompessons der einzige Luxus und der beste Trost – außer natürlich der Bibel, in der sie beide unermüdlich lasen –, wenn wieder einmal der Schwarze Tod ein Opfer gefordert hatte und sie nichts dagegen hatten tun können, außer den Menschen Beistand zu leisten in ihrer schwersten Stunde, und das war wenig genug. Seit Doktor Tulliver verschwunden war, war die Krankheit wieder ausgebrochen und wütete stärker denn je in ihrem kleinen Dorf. In den vergangenen drei Wochen waren mehr Menschen gestorben als in den drei Monaten zuvor, fünfzehn an der Zahl. Nun lagen mit Abel Archdale und Jonathan Swann zwei weitere von ihnen im Sterben. Susanna Swann war heute Morgen angerannt gekommen, um ihn zu holen, und er hatte ihr keine Hoffnung machen können, als er Jonathan Swann gesehen hatte. Er war bereits so krank, dass Mompesson bezweifelte, ob er die Nacht überstehen würde.

»Es war nur die Ruhe vor dem Sturm; ich habe es Ihnen gesagt, Mompesson. Nur die Ruhe vor dem Sturm, der im Winter schon einmal todbringend durch unsere Häuser fegte. Was immer der Herr uns damit sagen will, es ist noch nicht vorüber. Wenn Sie mich fragen, noch lange nicht.«

»Nun«, meinte der jüngere der beiden Geistlichen und zog die Stiefel aus, bevor er seine Füße auf einen Holzschemel legte. Auf seinem Schoß balancierte er eine Porzellantasse, in der der goldfarbene Tee dampfte. Sie besaßen zwei dieser Tassen, ein Hochzeitsgeschenk seiner Eltern, wobei Catharine stets darauf bestand, dass William die eine bekam und sie ihre dem jeweiligen Gast überließ, so wie heute Thomas Stanley. »Das mag schon sein, Bruder Stanley, aber …«

Er sprach rasch weiter, als er fühlte, wie der strenge Blick des Älteren auf ihn fiel, der es durchaus nicht schätzte, von dem anglikanischen Priester »Bruder« genannt zu werden. Doch Mompesson fand, es sei längst an der Zeit, den Glaubenszwist beiseitezulegen und sich auf die Sache zu konzentrieren. Streiten konnten sie später noch – sofern sie dies alles hier überlebten. »Aber was sollen wir tun, frage ich Sie? Unsere Sachen packen und von hier fortgehen? Die Pestsaat nehmen wir mit, wohin wir auch gehen, und stecken damit andere an. Unschuldige, ahnungslose Menschen. Das können wir nicht verantworten, nicht vor den Leuten, und schon gar nicht vor

Gott. Nein, Stanley, wir müssen hierbleiben und ausharren. Hoffen und beten. Mit den Menschen, für die Menschen. Und dann … warten.«

»Allerdings«, fügte er nach einer kurzen Stille hinzu, in der beide Männer ihren Tee tranken, »könnten wir den Doktor gut brauchen. Wie sehr er uns fehlt, merken wir erst jetzt, da er nicht mehr da ist … und seine Schwiegermutter fragt mich jeden Tag, ob er nicht zurück sei.«

Er gab ein bitteres Lachen von sich und wandte sich wieder an den anderen.

»Zurück … zurück woher? Wir wissen ja nicht einmal, wo er ist! Nach Bakewell gegangen ist er jedenfalls nicht, denn seine Frau schrieb uns gerade, dass er dort nie ankam, und fragt, ob wir etwas über seinen Verbleib wüssten. Wie, frage ich Sie, kann ein Mann einfach verschwinden, ohne dass es einer bemerkt? Das ist in der Tat ein wundersames Phänomen!«

Stanley schüttelte nachdenklich den Kopf. »Ich kann's auch nicht begreifen, Mompesson. Und Doktor Tulliver ist ein guter, zuverlässiger Bruder – er wäre nie einfach so davongegangen, ohne ein Wort zu sagen.«

Mompesson ignorierte die Anspielung auf den »richtigen« Glauben des Doktors, der es – im Gegensatz zu ihm – wert war, Bruder genannt zu werden. Er nahm noch einen Schluck Tee und fragte, die Tasse nachdenklich in den Händen hin und her drehend: »Glauben Sie, es könnte ihm etwas zugestoßen sein? Der Weg übers Moor ist nicht ganz ungefährlich, da lungert manch seltsame Gestalt herum …«

»Nein, das glaube ich nicht. Wenn ihm etwas zugestoßen wäre, noch dazu in dieser Gegend, die wir alle kennen wie unsere Rocktasche, hätten wir davon gehört, ja, wir hätten ihn doch selbst gefunden. Wir haben sogar Matthew Morten mit seinem besten Hund losgeschickt, dass er die weitere Umgebung absucht – nichts.« Er schüttelte den Kopf, trank seinen Tee aus und erhob sich. »Danke für den Tee, Mrs Mompesson. Ich gehe noch einmal nach der Witwe Skidmore sehen, sie kann nicht mehr lange … nun, Sie wissen, was ich meine. Guten Abend.«

Er war schon bei der Tür, als sein Gastgeber sich ebenfalls erhob und ihm folgte. »Lassen Sie mich zu Mrs Skidmore gehen. Ihr Haus liegt auf dem Wege zu den Swanns, wo ich ohnehin heute noch einmal hinwollte. Oder besser noch: Lasst uns zusammen gehen. – Und du, mein Liebes«, sagte er, an seine Frau gewandt, »du setzt dich am besten auf die Bank unter dem Birnenbaum und ruhst dich dort ein Weilchen aus. Wenn ich wiederkomme, haben wir ein wenig Zeit füreinander.«

Catharine lächelte ihn dankbar an. »Das werde ich gern tun. Sei vorsichtig.«

William beugte sich vor und küsste seine Frau auf die Wange. »Wir sind immer vorsichtig. Wenn du nur endlich einsehen könntest, dass *du* fort musst – geh mit den Kindern nach Yorkshire zu deinen Verwandten. Da bist du sicher! Ich habe solch eine Angst, dass dir – oder einem von ihnen – doch noch etwas zustößt, wenn ihr länger hierbleibt. Aber du willst ja nicht auf mich hören.«

Sie trat zu ihm, lehnte sich an ihn, dass ihr Gesicht an seiner Brust ruhte und erwiderte leise: »Nein, das will ich nicht. Du brauchst mich hier, William; das weißt du. Und wenn du es nicht weißt, so weiß ich es umso besser, denn ich kenne dich. Die Kinder gehen nach Johannis, ich aber bleibe bei dir, wie ich es versprochen habe. Ich liebe dich!«

Mompesson seufzte. »Und ich liebe dich, mein Herz.« Er küsste sie noch einmal, drückte sie kurz an sich und eilte hinaus. Stanley war inzwischen schon halb den Hof hinunter.

Wie immer hatte er vergessen, sich von Mrs Mompesson zu verabschieden.

Komischer alter Kauz, dachte William mit einem nachsichtigen Lächeln und streifte sich im Gehen den Mantel über. *Aber immerhin, er hat sich für den Tee bedankt.*

Der Reverend hatte kaum einen Blick auf Jonathan Swann geworfen, da wusste er, dass es seit seinem Besuch am Morgen schlimmer geworden war. Er ging zu ihm hin, nahm sich Zeit, ihn gründlich zu untersuchen, aber er fand nichts, was ihm die Hoffnung geben könnte, er habe sich geirrt: Jonathan Swann würde sterben, noch heute Nacht.

»Wie lange noch, Reverend?«

Mrs Swann war still an seine Seite getreten und sah ihn angstvoll an.

Mompesson schloss kurz die Augen, betete still um Kraft und erwiderte leise: »Nicht mehr …«

»*Nein!* Oh Gott, nein!«

Verzweifelt stürzte sich Mrs Swann auf ihren Mann, dessen Atem kaum noch wahrzunehmen war und der sich auch nicht rührte, als sie mit ihrem Gewicht auf seiner Brust zu liegen kam. Seine Augen blieben geschlossen, und seine großen, starken Hände, die sie so sehr liebte, ruhten bleich und still auf der bunten Flickendecke, die sie zu ihrer Hochzeit genäht hatte. Es waren ihnen fast zwanzig glückliche Jahre beschert worden – und nun sollte er ihr genommen werden, den sie so sehr liebte? Mehr als sie sich jemals hätte vorstellen können, als sie ihn mit vierzehn Jahren das erste Mal gesehen hatte, ein Jahr vor ihrer Hochzeit. Sie war damals so alt gewesen wie Susanna heute …

»Susanna?«, fragte sie, ohne sich umzudrehen. »Was ist mit dem Baby? Geht es«, sie wagte kaum die Frage auszusprechen, denn sie wusste, dass es ihr das Herz brechen würde, sollte Susanna sie verneinen, »geht es ihm gut? Kannst du vielleicht einmal nach ihm sehen?«

Susanna kam hinzu und beugte sich über die Wiege, die am Fuß des hübsch gezimmerten Ehebettes stand. Jonathan Swann war ein geschickter Zimmermann, obwohl er eigentlich von Beruf Gerber war und mit der Herstellung von Schuhen und Taschen sein Geld verdiente.

Das Baby schlief tief und fest und sah dabei so rosig und gesund aus, dass Susanna sich mit einem erleichterten Lächeln der Mutter zuwandte. »Ja, Mutter, es geht ihm gut. Es schläft nur tief und fest!«

»Oh! Gott sei Dank … Lass es schlafen, Susanna, solange es nur irgend geht. Ich muss jetzt bei eurem Vater bleiben, er braucht mich.«

»Natürlich, Mutter.«

Susanna küsste ihre winzige Schwester auf die Stirn und erhob sich. »Komm, David«, sagte sie, an ihren Bruder gewandt, der die ganze Zeit über wie verloren im Raum stand und darauf zu warten schien, dass sich endlich jemand um ihn kümmerte. »Wir gehen ein bisschen hinaus. Es ist noch hell, vielleicht findest du ein paar Spielkameraden. Hier drinnen kannst du im Augenblick nichts tun, Vater muss sich ausruhen und Mutter muss …« Ihre Stimme brach und sie biss sich auf die Lippen, ehe sie fortfuhr. »Mutter muss bei ihm bleiben.«

»Und bei dem Baby«, erklärte David nicht ohne Stolz und wies nach der Wiege. »Sie muss auch bei dem Baby bleiben und ihm Milch geben, wenn es wach wird.«

»Ja, Schatz.« Susanna weinte fast. »Das muss sie.«

Sie nahm David bei der Hand und brachte ihn hinaus. *Warum,* fragte sie sich verzweifelt, *ist nicht wenigstens Gordon hier? Er wüsste schon, wie er ihnen helfen könnte. Er war Arzt, er …*

Kopfschüttelnd hielt sie inne. Aber nein, er hatte den anderen auch nicht helfen können. Sie waren alle gestorben, bis auf den alten Unwin und Margaret Blackwell, die einen Krug voll alten Rinderfettes getrunken hatte und darauf wieder zu Kräften gekommen war. Leider hatte sich das nicht als Heilmittel herausgestellt, da die Patienten, denen man danach eifrig davon zu trinken gab, allesamt gestorben waren.

»Susanna.«

Sie drehte sich um und sah den Reverend vor sich stehen, den Hut in der Hand. *Natürlich,* dachte sie, *er kann nichts für Vater tun und er hat noch so viele andere, um die er sich kümmern muss. Viel zu viele …*

»Du musst jetzt sehr stark sein, Susanna. Deine Mutter braucht dich. – Was ist mit dem Braten dort, soll ich ihn für euch vom Feuer nehmen? Er verbrennt euch sonst ganz …«

Schon ging der Pfarrer noch einmal zurück, nahm den Spieß, so, wie er war, und zog ihn von der Hitze weg, dass er nicht weiter verbrennen konnte.

»Danke«, murmelte Susanna und gab ihrem Bruder, der sich allein keinen Schritt weitertraute, einen sanften Stups. »Geh spielen, David. Mach schon, lauf!«

Der Junge aber rührte sich nicht vom Fleck, sondern drehte sich zu seiner Schwester um und sah sie aus großen, feuchten Augen traurig an. »Wird Vater sterben, Susanna? Werden wir alle sterben – auch das kleine Baby …? Lässt Gott auch Babys sterben, Susanna?«

Susanna antwortete nicht. Ihre Augen brannten, doch sie zwang sich, stark zu sein, so wie der Reverend es gesagt hatte. Sie durfte nicht weinen, jetzt noch nicht. Später, wenn sie allein war. Wenn dieser grauenvolle Tag einmal zu Ende ging …

»Gott schütze euch«, sagte Mompesson, nahm seinen Hut und setzte ihn auf. »Ich sehe morgen wieder vorbei.«

»Ich danke Ihnen, Reverend«, sagte sie und bemühte sich zu lächeln, doch es wollte ihr nicht recht gelingen, aber sie dachte, dass er es ihr wohl nicht verübeln würde. Sie war froh, dass er so schnell gekommen war, heute Morgen, und auch jetzt noch einmal. Thomas Stanley hätte das nicht getan. Er machte durchaus noch Unterschiede, wen er besuchte und wen nicht. Susanna war das alles vollkommen gleichgültig; sie gab nicht viel auf diese Dinge, im Gegensatz zu ihren Eltern, die fest zu ihrem Glauben standen. Wäre Reverend Stanley heute gekommen, wäre es ihr auch recht gewesen. Sie hatten in diesen Tagen weiß Gott nicht die Wahl, wen sie um Hilfe bitten wollten.

»Es war das Wenigste«, gab Mompesson leise zurück, zog die Tür hinter sich zu und ging langsam den Weg zur Straße hinunter.

Susanna blieb stehen, wo sie war, die Hand auf dem Kopf ihres Bruders liegend. Sie war nicht fähig, sich zu rühren, nicht einmal ihre Hand wollte sich bewegen, sondern strich immer wieder gedankenverloren über das weiche, blonde Haar ihres Bruders. David, der sonst nie auch nur für eine Minute still stand, ließ es wortlos über sich ergehen.

Schließlich seufzte Susanna, strich ihm ein letztes Mal über das Haar und wandte sich wieder dem Haus zu. »Ich bin im Haus, wenn du mich brauchst, David. Ich muss aufräumen und Mutter helfen. Geh du spielen, mein Schatz. – Na komm, lass mich los.«

David aber klammerte sich an ihre Schürze und folgte ihr, leise wimmernd, ins Haus zurück. Susanna, die es lieber gesehen hätte, wenn er draußen geblieben wäre und nicht hier, wo er sich allzu leicht beim Vater anstecken konnte, ließ ihn gewähren. Es war ja kein Wunder, dass er verstört war. Erst heute Morgen waren sie alle so fröhlich gewesen und dann …

Sie blieb stehen und ließ ihren Blick im Haus umherschweifen. Da war der Braten, der festlich gedeckte Tisch, der über und über mit Blumen geschmückt war, dazu die Zinnteller und der Duft von frisch Gebackenem …

Auf dem Regal standen Kuchen und Pasteten und manch andere Leckereien, die es sonst nur zu besonderen Anlässen gab. Weshalb hatten sie so viel gebacken? Für wen der fette Braten – ein ganzes Ferkel? So viel konnten sie nie im Leben essen!

Und warum, dachte Susanna, als sie an sich herabblickte, *trage ich mein bestes Kleid?*

Plötzlich kam es ihr wieder in den Sinn und sie fuhr sich mit der Hand an den Mund. *John!* John Mellor hatte heute mit ihnen zu Mittag essen wollen. Das Verlobungsessen. Und die Taufe … Jetzt fiel ihr alles wieder ein. Sie waren auf dem Weg zur Kirche gewesen, zum Cucklet Delph, als auf einmal Vater hereingekommen war und dann …

Dann hatte sie John vergessen, hatte alles vergessen.

Aber hatte John sie auch vergessen? War er zum Delph gekommen? Und wenn ja, warum war er dann nicht hierhergekommen?

Susanna sah zu ihrer Mutter hin, doch ein Blick genügte ihr, um zu wissen, dass sie sie nicht zu fragen brauchte: Sie würde sie nicht einmal hören.

»David«, sagte sie und löste die Arme ihres Bruders von ihrer Taille. »Du musst hierbleiben und auf Mutter aufpassen, ja? Ich bin bald zurück.«

Noch ehe der Kleine protestieren konnte, hatte sie sich losgerissen und war aus dem Haus gelaufen. Sie lief und lief, bis sie das Ende des Dorfes erreicht hatte und oben auf dem Hügel stand, an dem der Bach floss. Auf der anderen Seite, von hier aus verdeckt durch hohe Fichten und deshalb nicht zu sehen, stand das Haus, in dem John mit seiner Familie lebte. Aber Susanna traute sich nicht hinüberzugehen. Stattdessen blieb sie stehen, legte beide Hände an den Mund und rief, so laut sie konnte: »John!«

Und noch einmal, lauter: »John!«

Nachdem sie noch einige Male vergebens nach ihm gerufen hatte, ließ Susanna sich traurig auf einem der großen Felsen nieder, die am Ufer lagen. Am Horizont versank gerade die Sonne wie ein glutroter Ball. Susanna spürte, wie sie fröstelte. Alles war kalt – dunkel, leer und kalt.

Ich hätte nicht kommen dürfen, dachte sie und umfasste ihre Knie mit beiden Armen, legte den Kopf darauf und starrte in das glitzernde Wasser. *Was tue ich eigentlich hier?*

Vielleicht war John krank geworden, vielleicht lag sein Vater, dem es schon seit einiger Zeit nicht gut ging, im Sterben und brauchte ihn, vielleicht …

Es ist einerlei, dachte sie schwermütig, während sie einen Stock nahm und Kreise durch das Wasser zog, *wir können sowieso nicht entkommen. Es gibt kein Entrinnen – für niemanden. Dieses Mal nicht.*

18

Ebenfalls Susanna

Noch oft wanderte Susanna in den nächsten Tagen zum Bach hinauf, setzte sich auf immer denselben Felsen und sah hinüber zum Wäldchen, in der Hoffnung, dass John kam. Doch sie sah ihn niemals mehr. Hinüberzugehen getraute sie sich nicht, da sie wusste, wie leicht sie dadurch auch die Krankheit mit hinüberbringen könnte. Mompesson und Stanley hatten in der letzten Gemeindeversammlung eindringlich davor gewarnt, weiter als bis zum Bach zu gehen. Wenn möglich, sollte niemand von ihnen das Dorf überhaupt verlassen. Die Toten sollten sofort von jeder Familie selbst begraben werden, nahe beim Haus, um jede unnötige Ausbreitung zu vermeiden.

Auch Susannas kleiner Bruder lag inzwischen unter dem Birnbaum hinter ihrem Haus begraben, im Arm seines Vaters, denn er war gleich am nächsten Tag gestorben, nur wenige Stunden, nachdem Reverend Mompesson noch einmal da gewesen war und sie beide gesegnet hatte. Wenige Tage später hatten Mutter und sie dann ein weiteres Grab schaufeln müssen – ein winzig kleines für das Baby.

Susanna sammelte eine Handvoll Steine und warf sie nacheinander über das Wasser, dass es nur so spritzte. Sie rechnete nicht mehr damit, dem Tod zu entkommen. Manchmal bildete sie sich sogar schon ein, Beulen zu fühlen, wo keine waren, oder ein Frösteln zu spüren, dass aber allein vom kalten Abendwind herrührte. Dabei war ihr alles so gleichgültig geworden, dass sie sich am liebsten hier beim Bach hingelegt und auf den Tod gewartet hätte.

Sie wollte gerade aufstehen und sich auf den Heimweg machen, als sie eines Schattens gewahr wurde, der von der anderen Seite her auf das Wasser fiel. Überrascht blickte sie auf. Ein großer, breitschultriger Mann mit wirren, langen schwarzen Locken stand dort und starrte zu ihr herüber. Er sah älter aus, als er vermutlich war, ungepflegt und mit zerlumpten Hosen, die seine behaarten Beine nur bis eben unter die Knie bedeckten. Schuhe und Strümpfe trug er keine, dafür stank er so furchtbar nach Mist, dass es Susanna übel davon wurde.

Sie biss sich auf die Lippen. Irgendetwas in dem Gesicht des Fremden sagte ihr, dass sie vorsichtig sein musste. *Nicht zu rasch bewegen,* dachte sie noch und drehte vorsichtig den Kopf nach beiden Seiten, um sich umzusehen. Es war niemand zu sehen, sie war ganz allein hier oben – allein mit diesem grässlichen Kerl, dessen Gesicht sich jetzt langsam zu einem breiten Grinsen verzog, das sogleich eine Reihe schwarzer Zähne entblößte. Er trat einen Schritt auf sie zu, dann noch einen.

Erst jetzt bemerkte Susanna den Spaten, den er über seiner rechten Schulter trug. Er war über und über mit Erde und Dung bedeckt und mit jedem Schritt, den der Alte ging, löste sich ein brauner feuchter Klumpen und fiel klatschend ins Wasser.

Alles in ihr schrie, dass sie fortlaufen sollte. Doch sie war vor Schreck so starr, dass sie sich nicht rühren konnte und wie gebannt auf den Mann starrte, der einen Fuß nach dem anderen vorsetzte, bis er die Mitte des Baches erreicht hatte und stehen blieb. Unverhohlen grinsend, hob er seinen Spaten, den Blick die ganze Zeit über auf Susanna gerichtet.

Was hat er vor? Was um alles in der Welt will er mit dem Spaten?

»Nein«, flüsterte sie, als eine furchtbare Ahnung sie ergriff, und wich einen Schritt zurück. Doch der Mann kam weiter auf sie zu, Schritt für Schritt, unaufhaltsam …

Susanna begann heftig den Kopf zu schütteln. »Nein«, flüsterte sie wieder, »oh Gott, nein!«

Gerade noch war es ihr gleichgültig gewesen, ob sie starb oder nicht. Jetzt aber, da sie sich diesem schrecklichen Unhold und seinem bedrohlich erhobenen Spaten gegenübersah, wollte sie plötzlich nur noch fortrennen. Mit jedem Schritt, den er ihr näher kam, wich sie zurück. Ihre Unterlippe zitterte, sie begann zu weinen. »Nein – oh, bitte, nein …«

Da hörte sie, wie jemand hinter ihr ihren Namen rief. »Susanna!«

Und noch einmal: »Susanna! Was tust du denn hier?«

Susanna schrie entsetzt auf, fuhr herum und sah zu ihrer grenzenlosen Erleichterung Lydia Coyle dastehen, die Fremde, die bei den Mompessons im Rektorat lebte und die sie in letzter Zeit so oft an Gordons Seite gesehen hatte. Zu oft, wie sie gemeint hatte. Eigentlich konnte sie sie deshalb auch nicht leiden, da sie sich des Gefühls nicht erwehren konnte, dass Lydia ihrem Schwager heimlich schöne Augen machte. In diesem Moment jedoch erschien sie ihr wie ein rettender Engel.

»Lydia!«

»Lass sie in Frieden, du Unhold!«, schrie diese dem Mann im Bach jetzt zu.

Susanna wunderte sich, dass eine so zarte, kleine Person wie Lydia Coyle so energisch sein konnte, und musste beinahe lachen, als sie deren zorniges Gesicht sah.

»Los, nimm deinen Spaten und verschwinde dahin, wo du hergekommen bist. Wird's bald!«

Der Mann starrte sie noch eine Weile an, als wüsste er nicht recht, was er tun solle, dann machte er aber tatsächlich kehrt und stapfte durch das Wasser davon, die Böschung hinauf und in die Wälder, ohne sich noch ein einziges Mal umzudrehen.

Susannas Herz klopfte wie wild, kalter Schweiß stand ihr auf der Stirn und klebte zwischen dem Stoff ihres Kleides und ihrer Haut. So sehr hatte sie sich noch nie gefürchtet. Wer war dieser Mann? Wo war er hergekommen? Und was hatte er mit dem Spaten vorgehabt?

»Geht es dir gut?«

Lydia kam den Hügel herauf und trat an Susannas Seite. Sie legte ihr in einer schwesterlichen Geste den Arm um die Taille, spürte aber, wie Susanna sich daraufhin steif machte, und zog den Arm zurück.

»Du bist ja vollkommen verängstigt. Hat er dir etwas angetan? Susanna? Susanna??«

Susanna starrte sie verwirrt an. »Wie … wie kommst du hierher? Was tust du hier?«

Lydia deutete auf den Korb, den sie über dem Arm trug. »Ich komme oft hierher zum Kräutersammeln. Mrs Mompesson schickt mich. Aber, Susanna, wer war dieser Mann – was hat er von dir gewollt? Hat er irgendetwas gesagt?«

»Nein. Nichts. Ich habe ihn noch nie gesehen. Aber ich hatte furchtbare Angst, er könnte … er …«

»Ich weiß«, sagte Lydia leise und legte eine Hand auf Susannas Arm. Dieses Mal zuckte sie nicht zurück. »Ich hätte mich auch gefürchtet an deiner Stelle – ehrlich gesagt, ich fürchtete mich sogar, als ich ihm zurief, er solle verschwinden. Du kannst dir nicht vorstellen, wie erleichtert ich war, als er tatsächlich kehrtmachte und ging!« Sie biss sich auf die Lippen und schüttelte den Kopf. »Wer weiß, was er mit diesem Spaten vorgehabt hat … Aber nun ist er ja fort – Gott sei Dank.«

»Ja, Gott sei Dank.«

Susanna fühlte, wie ihr Atem allmählich ruhiger wurde, das Herzklopfen und auch der Schwindel nachließen. Dennoch verspürte sie das Bedürfnis, sich hinzusetzen und sagte, an Lydia gewandt: »Ich muss mich einen Moment ausruhen. Sammle ruhig deine Kräuter, ich sitze hier und sehe dir zu, wenn es dir nichts ausmacht.«

Lydia nahm ein kleines Messer aus ihrem Korb und suchte das hohe Gras mit den Augen nach geeigneten Kräutern ab. »Es macht mir überhaupt nichts aus. Im Gegenteil – es ist doch viel freundlicher zu zweit. Und nachher gehen wir zusammen zurück ins Dorf, ja?«

Doch Susanna hörte schon nichts mehr, sie hatte sich im Gras ausgestreckt und die Augen geschlossen. *Eigentlich,* dachte sie schläfrig, *ist Lydia doch ein nettes Mädchen. Und jetzt, da Gordon fort ist und wieder sicher bei seiner Amy – denn wo sonst sollte er sein –, konnte sie sie ebenso gut gernhaben. Es gab nicht mehr viele Mädchen im Dorf, mit denen es sich nett plaudern ließ, da durfte man nicht wählerisch sein, was Freundschaften anging. Außerdem hatte Lydia ihr geholfen. Das hätte sie schließlich nicht zu tun brauchen, oder? Sie hätte fortlaufen und sich selbst in Sicherheit bringen können. Aber sie war nicht fortgelaufen. Sie hatte sich dem fremden Mann entgegengestellt und ihm mutig die Stirn geboten. Schon dafür musste man sie bewundern.*

Mrs Swann erwartete Susanna bereits, als sie nach Hause kam. Sie stand in der niedrigen Tür, einen braunen Wollschal um die schmal gewordenen Schultern, und hielt nach ihr Ausschau. In der Hand hielt sie einen Brief; Susanna wusste, dass er von Amy war, noch ehe ihre Mutter irgendetwas gesagt hatte.

»Wie geht es meiner Schwester? Hat sie Nachricht von Gordon – oder ist er gar schon nach Haus gekommen?«

Aufgeregt auf sie einredend, schob Susanna ihre Mutter ins Haus. »Komm herein, Mutter, es ist kühl geworden, der Wind weht so frisch am Abend ... Was schreibt sie nun? Willst du mir den Brief nicht vorlesen, während ich uns die Suppe warm mache?«

Mrs Swann seufzte. »Susanna! Kind! Nun sei doch endlich still und höre, was ich dir zu sagen habe. Zuerst einmal: Nein, Gordon ist nicht bei Amy. Was auch immer geschah, er kam nie in Bakewell an ... Und nun weißt du auch, weshalb ich es nicht gern sehe, wenn du allein zum Bach hinaufgehst. Du weißt nicht, was für Gesindel sich dort herumtreibt, und doch bleibst du jedes Mal länger aus ... Susanna! Du bist doch alles, was ich noch habe ...«

»Ich weiß«, entgegnete Susanna leise und setzte sich zu ihrer Mutter. »Verzeih mir. Ich weiß selbst nicht, was ich da oben suchte – nun, um ehrlich zu sein, ich weiß es schon. Ich hoffte ...«

»Du hofftest, *ihn* dort zu sehen, stimmt's?«

Susanna antwortete nicht, sondern nickte nur und senkte dabei beschämt den Kopf. Sie dachte daran, wie leichtsinnig es gewesen war, allein zum Bach zu gehen. Leichtsinnig und auch selbstsüchtig.

Wäre ihr etwas zugestoßen, hätte ihre Mutter niemanden mehr, der sich um sie kümmerte, der ihr half, Haus und Hof in Ordnung zu halten, niemanden, mit dem sie am Feuer sitzen und reden konnte, so wie jetzt.

»Es tut mir leid, Mutter«, wiederholte sie leise. »Ich weiß, dass es dumm von mir war. Und selbstsüchtig. Er wird ja doch nicht wiederkommen, genau wie Gordon, und warum ...« Sie schluckte und kämpfte mit den Tränen, während sie an John dachte. »... werden wir vielleicht nie erfahren.«

Ihre Mutter nickte langsam. Dann setzte sie sich aufrecht hin und rollte das Blatt Papier auseinander, überflog noch einmal den Brief ihrer ältesten Tochter und gab ihn schließlich seufzend der jüngeren.

»Dein Schwager ist verschwunden, Susanna – einfach verschwunden, ohne jede Spur ... Amy ist ganz verzweifelt. Aber lies selbst. Lies selbst, Kind.«

Ihre Stimme klang müde, wie so oft in diesen Tagen. Sie schloss die Augen und begann, sanft in dem Stuhl zu schaukeln, den ihr Mann ihr gezimmert hatte, hin und her, hin und her ...

»Lies bitte laut, Kind, damit ich auch noch einmal höre, was deine Schwester schreibt. Deine Stimme ... sie klingt so ähnlich wie die Amys ... Oh! Meine Amy ... meine arme Amy ...«

Susanna sah ihre Mutter traurig an. Wie viel hatte sie verloren! Drei Kinder und den Ehemann in so kurzer Zeit ... Sie war nicht die Einzige im Dorf, weiß Gott nicht, aber ...

Kopfschüttelnd nahm sie den Brief, zog ihren Stuhl näher ans Feuer und begann zu lesen. Viel war es nicht, was Amy schrieb – sie fragte natürlich nach der Familie und nach Gordon ... Von sich selbst schrieb sie nichts, außer, dass es ihr und dem Kind gut ging.

»Eigenartig«, murmelte Susanna und sah auf. »Findest du nicht, Mutter? Mutter?«

Das Schaukeln hatte aufgehört und ihre Mutter saß da, vollkommen still, ein trauriges Lächeln auf dem Gesicht.

»Mutter?«

Susanna sprang auf, fasste ihre Mutter bei der Schulter und schüttelte sie. »Mutter!«

Einen schrecklichen Moment lang glaubte Susanna, sie sei tot. Doch als sie ihr Ohr an ihre Brust legte, hörte sie zu ihrer grenzenlosen Erleichterung, wie sie tief und regelmäßig atmete. Sie war einfach nur eingeschlafen. Susanna, vor Erleichterung weinend, legte ihrer geliebten Mutter eine Hand auf die Schulter, drückte ihr einen Kuss auf die Wange und ging, um das Abendessen zuzubereiten.

Eine Woche darauf kam Susanna aus dem kleinen Garten hinter dem Haus, in der Hand einen Strauß Blumen, den sie gepflückt hatte.

»Mir ist nicht wohl, Mutter«, brachte sie mit Mühe hervor und versuchte, die Augen offen zu halten. »Ich möchte mich … gerne hinlegen.«

Sofort war Mrs Swann an ihrer Seite, legte ihr einen Arm um die Schultern und begleitete sie bis zu der Stiege, die auf den Dachboden hinaufführte. »Das wundert mich nicht, Mädchen, so hart, wie du arbeitest. Du schläfst zu wenig. Essen tust du auch nichts … als ob ihn das zurückbringt …«, murmelte sie mehr zu sich selbst, denn Susanna hörte ihr kaum zu, so schwach und elend war sie.

»Als ob das irgendeinen von ihnen zurückbringt …«

Mrs Swann versuchte, nicht daran zu denken, dass es womöglich nicht am mangelnden Essen und auch nicht am fehlenden Schlaf lag, dass ihre Tochter so schlaff in ihren Armen hing und sich kaum alleine aufrechthalten, geschweige denn die Stiege hinaufgehen konnte.

»Schaffst du es wirklich allein hinauf?«, fragte sie besorgt.

»Oh! Aber ja«, murmelte Susanna und versuchte, tapfer zu lächeln, während sie erst die eine, dann die andere Hand an das Geländer legte und sich daran festhielt, so gut sie konnte. Dann stellte sie den Fuß auf die unterste Stufe. »Ich muss … mich … nur … erst … ein wenig …«

Sie fror. Oh Gott, wie sie fror!

»… ausruhen. Mir ist kalt … so kalt …«

Ihre Zähne schlugen so rasch und so heftig aufeinander, dass es schmerzte. Sie konnte nicht aufhören zu zittern und lehnte sich Halt suchend an ihre Mutter. »Mutter … oh, Mutter, ich glaube … ich glaube, ich bin krank …«

»Komm, mein Kind«, hörte sie die sanfte Stimme ihrer Mutter, die klang, als käme sie von weit her oder wie durch einen dichten Nebel. »Ich bringe dich lieber in mein Bett. Du schaffst es nicht da hinauf, komm …«

Sie fühlte noch, wie die Arme ihrer Mutter sie umfassten, dann wurde auf einmal alles schwarz.

Mrs Swann schaffte es gerade noch, ihre Tochter aufzufangen, ehe sie auf den harten Boden glitt, und schleppte sie weinend zu ihrem Bett hinüber.

Was dieses Zittern und Frieren und Zähneklappern zu bedeuten hatte, wusste sie nur allzu gut und sie verbrachte die ganze Nacht wach im Gebet, dass Gott sich erbarmen und ihr wenigstens diese Tochter lassen möge.

Susanna starb nur wenige Tage später. Ihr größter Wunsch, ihren John noch einmal zu sehen, wurde ihr nicht erfüllt. Sie erfuhr auch nie, weshalb er an jenem Tag nicht gekommen war. Es war, als habe er sich, ebenso wie Gordon Tulliver, in Luft aufgelöst.

Lydia Coyle kam sofort, als sie hörte, dass Susanna krank war, und blieb bis zum Schluss an ihrer Seite. Sie wusch sie, gab ihr zu trinken und flößte ihr, so gut es ging, die Medizin ein, die der Reverend ihr mitgegeben hatte, um die Schmerzen zu lindern.

»Ich habe keine Angst, Lydia«, sagte Susanna an ihrem letzten Abend mit halb geschlossenen Augen. Ihre Stimme klang schon sehr schwach, jedes Wort schien sie unendlich viel Kraft zu kosten. »Ich weiß, ich werde meinen Vater und meine Geschwister wiedersehen. Und ich …« Ein Stöhnen entwich ihrer Brust und sie legte eine dünne Hand auf die schmerzende Stelle. »Ich werde auch keine … Schmerzen mehr haben …«

Lydia tauchte ein Tuch in den hölzernen Bottich mit frischem Wasser, der zu ihren Füßen stand, und wischte Susanna damit die schweißbedeckte Stirn.

»Es ist gut, Susanna. Mach die Augen zu … ja, so ist es gut. Ruh dich aus. Ruh dich aus …«

Plötzlich griff Susannas Hand nach der Freundin und fasste sie am Arm. »Mutter«, flüsterte sie und versuchte, sich aufzusetzen. »Was wird aus Mutter, wenn ich …?«

»Schscht …« Lydia löste sanft die Hand, die ihren Arm mit solch erstaunlicher Kraft umklammert hielt, und legte sie wieder auf das Laken. »Sorge dich nicht, Susanna«, sagte sie und strich Susanna das schweißnasse Haar aus der Stirn. »Es wird sich jemand finden. Wir halten zusammen, das weißt du. Niemand muss allein bleiben.«

Susanna schüttelte traurig den Kopf und sank erschöpft in die Kissen zurück. Eine lange Zeit lag sie da, schwer atmend, die Augen geschlossen, bis Lydia glaubte, sie sei endlich eingeschlafen, und sich leise erhob. Sie wollte nach Mrs Swann sehen, die schon den ganzen Tag auf der Bank vor ihrem Haus saß und ins Leere starrte, ihre Bibel auf dem Schoß, in der sie in dieser schweren Stunde keinen Trost zu finden schien.

Wer konnte es ihr verdenken, hatte sie doch alle verloren, die sie liebte. Vielleicht würde sie Amy noch einmal wiedersehen und Gordon, vielleicht aber auch nicht. Je länger Gordon fort war, desto weniger glaubte auch Lydia, dass er je zurückkehren würde.

»Lydia!«

Susanna saß aufrecht im Bett und beugte sich vor, um erneut nach der Hand der Freundin zu greifen. Ihr Gesicht trug denselben Ausdruck, den Lydia schon so oft bei Sterbenden gesehen hatte und der sie deshalb nicht mehr täuschen konnte: Für einen kurzen Moment schienen sie noch einmal ganz klar, hatten wieder Lebensmut und Kraft und wollten unbedingt noch etwas sagen oder tun, bevor diese Kraft sie wieder verließ.

Genau so war es jetzt auch bei Susanna, die Lydia mit leuchtenden Augen von John erzählte, den sie eben am Bach gesehen hätte. »Ganz deutlich habe ich ihn gesehen, Lydia – er lebt! Ich weiß, dass er lebt. Bitte …«

Ein Hustenanfall zwang sie in die Kissen zurück. »Bitte«, keuchte sie kaum hörbar und die Augenlider begannen zu flattern. »Wenn er kommt … wenn du ihn siehst … sag ihm … bitte sag ihm …«

Lydia traten Tränen in die Augen, als sie sah, wie verzweifelt Susanna kämpfte. Sie nahm ihre Hand und drückte sie vorsichtig. »Bitte, Susanna, sprich nicht weiter! Es strengt dich nur an. Ich verstehe schon. Wenn ich ihn sehe, sage ich ihm, dass – dass du ihn geliebt hast. Soll ich das tun?«

Susanna nickte schwach, dann fielen ihr die Augen zu und sie glitt in einen schlafähnlichen Zustand, aus dem sie nicht mehr erwachte.

Nachdem Marshall Howe ihr geholfen hatte, ihre Tochter bei all den anderen im Obstgarten hinter dem Haus zu begraben, saß Mrs Swann tagelang auf der Bank vor ihrem Haus und wartete darauf, dass sich auch bei ihr die Anzeichen der Pest zeigten. Sie wartete und wartete, eine Woche, dann noch eine … aber es geschah nichts.

So stand sie eines Tages auf, nahm ihre Bibel, ein Bündel mit Brot und Käse, und machte sich auf, das Dorf zu verlassen. William Mompesson, den sie unterwegs traf, versuchte, mit ihr zu reden, sie zu trösten, doch sie hörte ihm nicht einmal zu.

»Sie können mich nicht davon abhalten, Reverend. Und Sie können mich auch nicht trösten«, hatte sie entgegnet und ihn finster angestarrt. »Sparen Sie sich Ihre frommen Worte für die auf, die sie hören wollen. Ich habe ein für alle Mal genug davon. Hoffnung! Gnade! Liebe! Oh nein, Reverend, nicht für mich. Die einzige Gnade, auf die ich noch hoffe, ist die meines Bruders oben in York. Wenn er mich nicht aufnimmt oder ich's bis dahin nicht schaffe, dann soll es so sein. Dann ist es Gottes Wille. Leben Sie wohl, Reverend Mompesson. Sie waren uns ein guter Reverend und Freund in der Not.«

William nickte. Er wusste, dass es nichts mehr zu sagen gab. »Leben Sie wohl, Mrs Swann. Gott schütze Sie auf Ihrem Weg.«

Wortlos nahm sie darauf ihr Bündel fester und ging langsam die Straße hinunter, ohne noch einmal zurückzusehen.

William sah ihr seufzend nach – wie er schon so vielen nachgesehen hatte, die in den vergangenen Wochen und Monaten das Dorf verlassen hatten, in der Hoffnung, sich dadurch retten zu können. Er wusste, dass es sinnlos war, sie aufhalten zu wollen. Wenn die, die noch hier waren, erst hörten, was Stanley und er im Sinn hatten, würden noch mehr von ihnen fliehen.

Die aber blieben, würden bleiben bis zum Schluss.

19

Ein verhängnisvoller Sturz

»Glaubst du, dass es Fagin gut geht? Ob er seine Familie wohl gefunden hat?«

Georgiana hatte ihren Stickrahmen sinken lassen und sah zum Fenster hin. Wie so oft in den letzten Tagen war sie mit ihren Gedanken ganz woanders, wenn sie eigentlich lernen sollte. Sie träumte, anstatt ihrer Lehrerin zuzuhören oder gab falsche Antworten auf deren Fragen.

Amy wusste, dass sie traurig war, weil sie das Kitz vermisste, und legte ihr einen Arm um die Schultern. »Aber gewiss doch, Liebes. Sei unbesorgt, Fagin ist da draußen zu Hause. Er wird seinen Weg schon finden. – Zeigst du mir dein Bild einmal?«

Georgiana schob ihrer Lehrerin das Bild hin, an dem sie in der vergangenen Stunde mit viel Mühe, aber wenig Herz gearbeitet hatte.

»Ich weiß, es ist nicht sehr gut. Aber besser kann ich es nicht. Es sollen Blumen sein, rote Rosen – und das da sind Lavendelbüschel im Beet. Die Stiche waren so furchtbar schwierig und Louise hatte keine Zeit, mir zu helfen. Sie sagt, dass sie das neue Küchenmädchen beaufsichtigen muss. Ich weiß nicht, warum Alicia nicht bleiben konnte. Sie war immer so lustig und sie hat mir immer etwas zu essen mitgegeben, wenn ich zu Fagin in den Stall ging … Weißt du, warum sie gegangen ist, Amy?«

Oh ja, dachte Amy, während sie fleißig den Kopf schüttelte, *das weiß ich. Aber ich werde mich hüten, es dir zu sagen.* Die lustige Alicia hatte sich mit dem neuen Stallburschen eingelassen und war schwanger geworden. Man hatte beide auf der Stelle davongejagt.

Und mich wird man ebenso davonjagen, wenn Francis Craven sich nicht an die Weisung seines Vaters, mich nicht anzurühren, hält.

Seit sie unfreiwillig Zeugin dieser Unterredung geworden war, konnte sie es kaum ertragen, mit dem jungen Craven in demselben Raum zu sein, geschweige denn, mit ihm zu sprechen – was sie vermied, wann immer sie es konnte. Ihre kühle Distanziertheit ihm gegenüber grenzte an Unhöflichkeit. Dies war Amy bewusst und tat ihr leid, hatte sie doch gerade begonnen, ihn gernzuhaben. Aber sie wusste auch nicht, wie sie sich anders verhalten sollte. Natürlich war es etwas anderes zwischen ihnen als zwischen Alicia und dem Stallburschen: Zum einen war sie eine verheiratete Frau und er ein Mann von Ehre, so hoffte sie doch wenigstens; zum anderen hatte sie keine anderen Gefühle für ihn als die der Dankbarkeit und des Respekts für das, was er für sie getan hatte. Was *seine* Gefühle anging, war sie sich nicht so sicher.

… Ich liebe niemanden mehr als sie.

Amy bezweifelte, dass er sie wirklich liebte – wenn ein Mann wie Francis Craven überhaupt zu lieben fähig war. Dass er sie *begehrte,* wusste sie nur zu gut. Er wollte sie, das stand außer Zweifel, und er wollte sie um jeden Preis.

Sogar um den Preis eines Menschenlebens …

»Amy?«

Amy schrak auf. »Ja? Bitte?«

»Du träumst ja, genau wie ich!«, rief Georgiana und hielt ihr den Stickrahmen hin. »Bitte, mein Bild. Lavendel und Rosen heißt es, falls du es vergessen hast.«

Amy nahm den Stickrahmen in die Hand und betrachtete das halb fertige Bild mit hochgezogenen Brauen. Sie musste sich sehr bemühen, nicht in helles Lachen auszubrechen. Nein, das sah wahrhaftig nicht nach einem Blumenbild aus; es hatte eigentlich überhaupt keine Ähnlichkeit mit irgendetwas entfernt Blumenartigem. Vielmehr erinnerte es Amy an die unbeholfenen frühen Stickversuche ihrer Schwester Susanna, die ihre Mutter so manches Mal zur Verzweiflung gebracht hatte.

»Ein junges Mädchen muss sich fleißig in der Kunst der Handarbeit üben, sonst wird keine gute Hausfrau aus ihr – und wer wird euch dann heiraten, frage ich euch? Nähen, Sticken, Kochen und Backen. Das Haus sauber halten und, wenn nötig, das Vieh versorgen. Das sind die ersten Pflichten einer jeden guten christlichen Ehefrau. Natürlich sollt ihr auch lesen können. Lesen und Schreiben und ein wenig Rechnen, damit ihr wisst, wie viel ihr ausgeben dürft, wenn ihr zum Markt geht. – Amy! Weiterspielen. Das A bitte noch einmal, aber halte es nicht so lang. Das sind Viertelnoten, keine Achtel.«

Georgiana zupfte sie ungeduldig am Ärmel. »Du guckst ja gar nicht hin! Ich habe mir so viel Mühe gegeben – bitte sag, dass es gut ist. Ich will es Mutter schenken, wenn es fertig ist. Glaubst du, sie wird sich freuen?«

»Oh ... Aber ja, bestimmt wird sie das. Es ist wirklich schon ganz hübsch geworden.«

Georgiana sah sie zweifelnd an, als könne sie nicht glauben, ein solches Lob gehört zu haben. Aber sie beschloss, zufrieden zu sein und rief: »Fein! Dann mache ich es morgen zu Ende und gebe es ihr am Sonntag nach der Kirche. Darf ich jetzt gehen?«

Amy seufzte. »Also schön. Aber vergiss nicht, dass wir eigentlich ... ach«, unterbrach sie sich kopfschüttelnd, »lass nur. Geh und spiel ruhig noch ein wenig draußen. Aber sieh dich vor, dass du dich nicht schmutzig machst. Deine Mutter möchte, dass du heute Abend hübsch aussiehst. Es kommen neue Gäste.«

Wieder neue Gäste. Und wieder würde sie bis in die Nacht hinein spielen müssen, wo sie doch tausendmal lieber beim Schein der Kerze an ihrem Fenster saß und in den Garten hinaussah.

Sie seufzte schwer, als sie an Gordon dachte.

Wann kommst du endlich heim? Was hält dich zurück? Was?

Den Blick noch auf das Bild ihrer Schülerin geheftet, blieb Amy sitzen, während Georgiana fröhlich hinaushüpfte. Im Geiste sah Amy die Rosen und die Lavendelsträucher vor sich, die in ihrem kleinen Garten vor dem Cottage blühten. Wenn sie die Augen schloss, konnte sie die Rosen beinahe riechen, besonders die großen gelben, die bei der Mauer blühten. Sie hatte oft ein paar davon abgeschnitten und auf den Tisch gestellt und ihr betörender Duft hatte den ganzen Raum erfüllt.

»Amy? Sind Sie hier?«

Lady Craven steckte ihren Kopf zur Tür herein. »Ah!«, rief sie, doch es klang nicht sehr erfreut. »Hier stecken Sie also! Ich wunderte mich, dass ich Georgiana schon um diese Zeit in den Garten hinauslaufen sah. Es ist erst eine Stunde nach Mittag – sind Sie denn schon mit dem Unterricht fertig? Auch mit dem Musizieren? Ich habe kein Instrument gehört, weder am Vormittag noch jetzt. Und Französisch?«

»Ich …«, begann Amy und ließ rasch das Bild verschwinden, wollte sie Georgiana doch die Überraschung nicht verderben. »Sie war – sehr traurig, Lady Craven. Wegen des Rehkitzes, Sie wissen doch, wie sehr sie an dem Tier hing. Sie konnte nicht mehr still sitzen, Madam, und deswegen …«

»So! Und deswegen hielten Sie es für angemessen, den Unterricht vorzeitig zu beenden, ja? Ohne meine ausdrückliche Erlaubnis!«

»Ich bitte um Verzeihung, Lady Craven, aber Georgiana war … sie war einfach nicht sie selbst – wie so oft in den letzten Tagen. Ich hielt es wirklich für besser …«

»Da – schon wieder: Ich! *Ich hielt es für besser.* Wer glauben Sie eigentlich, wer Sie sind? Es wird höchste Zeit, dass Sie sich an Ihre Stellung hier im Haus erinnern, Sie undankbares Geschöpf. Sie sind hier nicht zu Hause – Sie *dienen*! Und zwar mir. Hören Sie? Mir!«

Amy antwortete nicht. Sie saß nur still da und ließ alles über sich ergehen, wissend, dass es keinen Sinn hatte, mit Lady Craven zu streiten.

»Ich weiß, was Sie vorhaben, Amy Tulliver. Sie wollen sich hier einschleichen – Sie haben meinen Sohn mit Ihren großen, traurigen Augen verführt. Oh, ja!«, fuhr sie fort und steigerte sich dabei in ihren Zorn hinein. »Sie sind ja so ein bemitleidenswertes Geschöpf – und so schön … Die süße, unschuldige *Nachtigall.* Aber mich täuschen Sie nicht, Amy. Mich nicht. Ich weiß sehr wohl, warum Sie Georgiana früher hinausgeschickt haben: Sie wollten meinen Sohn heimlich im Garten treffen, an Ihrem Lieblingsplatz oben am Pavillon. Sie wollten, dass er Sie…«

»Hören Sie auf!«

Amy war aufgesprungen, ihr Gesicht war ganz weiß vor Wut. »Ich bin nur *eines* Mannes Weib, und dieser eine ist's, den ich liebe – das wissen Sie, und das weiß auch Ihr Sohn, Lady Craven! Ich habe es ihm gesagt und er achtet mich dafür. Warum können Sie mich nicht ebenso achten? Was habe ich Ihnen denn getan?«

Ein spöttisches Lächeln umspielte Lady Cravens Mund. »Sie wissen sich zu verteidigen, kleine Nachtigall. Beinahe hätten Sie mich überzeugt. Aber erinnern Sie sich an meine Worte: Wenn Sie Ihre Hände nicht von meinem Sohn lassen, dann wird es Ihnen noch leidtun – bitter leidtun!«

Damit wandte sie sich ab und ging hoch erhobenen Hauptes hinaus.

Amy aber sank auf das Sofa, umfasste beide Knie mit den Händen und wartete darauf, dass das Zittern nachließ und sie wieder ruhig atmen konnte. Dabei starrte sie die ganze Zeit kopfschüttelnd zur Tür hin, durch die Lady Craven eben gegangen war.

Was sollte sie nur tun? Wie sollte sie sich gegen die Angriffe dieser Frau wehren? Wie konnte sie ihren Hass ertragen?

Wieso hasste diese Frau sie eigentlich so sehr? Hatte sie denn nicht alles, was sie wollte? Einen Mann, der sie liebte, der überdies noch reich und mächtig war. Ein schönes Zuhause, fünf Kinder und ein sechstes unterwegs … Das alles wollte ihr doch niemand streitig machen, am wenigsten sie, Amy, die sich nichts sehnlicher wünschte, als von hier wegzukommen. Sobald Gordon zurück war, würden sie Morton Hall für immer verlassen. Lady Craven brauchte sie nie wiederzusehen. Wenn er aber nicht zurückkam …

Amy hob den Kopf und wischte sich die Tränen aus den Augen.

Wenn er nicht zurückkam, würde sie davonlaufen. Ja, das würde sie. Jetzt war es warm und hell draußen, sie würde nicht erfrieren oder im Schnee versinken müssen. Und wenn sie bis nach Eyam laufen musste, nur, um dort zu sterben, dann sollte es so sein. Wenigstens könnte sie bei Gordon sein, in seinem Arm sterben …

Ein lautes Poltern schreckte sie aus ihren Gedanken, gefolgt von einem gellenden Schrei.

»Oh, mein Gott …«

Von einer bösen Ahnung erfüllt, sprang Amy auf, stürzte aus dem Zimmer, und rannte, dem furchtbaren Lärm nachfolgend, über die Galerie zur großen Treppe.

»Lady Craven?«

Amy beugte sich über die reglos am Fuße der Treppe liegende Gestalt, deren Kopf in einer stetig größer werdenden Blutlache lag. Das Gesicht war weiß wie Schnee, die Augen waren geschlossen, und der rechte Arm war auf merkwürdige Weise verrenkt. Vermutlich hatte sie versucht, ihren Sturz abzufangen. Als Amy vorsichtig ihr Ohr an die Brust der Verletzten legte, konnte sie ihren Herzschlag hören. Sie atmete noch, unregelmäßig und kaum hörbar zwar, aber Gott sei Dank, sie atmete!

Amy richtete sich auf, blickte fieberhaft suchend um sich. War denn niemand in der Nähe? Hatte niemand Lady Cravens Schrei gehört? Wo waren sie denn alle?

»Lady Craven«, flüsterte sie und strich der bewusstlosen Frau das Haar aus der blutigen Stirn, »ich bitte Sie, halten Sie aus – ich hole Hilfe!«

Damit sprang sie auf und rannte, so schnell sie konnte, durch die Halle, den Eichenkorridor entlang, und in den Garten hinaus, wo sie Georgiana beim Blumenpflücken fand.

»Georgiana!«, rief sie, noch in der Tür stehend. »Lauf und suche deinen Bruder Francis, er soll sofort nach Matlock reiten. Deine Mutter braucht einen Arzt! Schnell, schnell!«

Ohne ein Wort zu verlieren rannte Georgiana in Richtung der Ställe davon, den Strauß, den sie gepflückt hatte, achtlos auf die Erde werfend.

Es sollte lange Zeit dauern, bis Amy den Anblick von gelben Lilien wieder ertragen konnte.

20

Die Falle schließt sich

»Du!«, zischte Louise und stach einen mageren Finger schmerzhaft gegen Amys Brust. »Du bist Schuld! Du hast sie gestoßen – wage es nicht, es zu leugnen. Ich habe mit eigenen Augen gesehen, wie du sie die Treppe hinunterstießest. Ich stand oben und sah alles mit an. Ich habe auch euren Streit gehört – ihr hattet doch Streit, nicht wahr?«

Amy fühlte, wie ihr das Blut aus dem Gesicht wich. Dass Louise in dem Zorn, in den sie sich – wie kurz zuvor noch ihre Mutter – hineinsteigerte, in ein herablassendes Du gefallen war, war die geringste Verletzung. Die Frechheit, etwas so Ungeheuerliches zu behaupten! Sie hätte Lady Craven die Treppe hinuntergestoßen! Sie!

»Aber … aber ich sah Sie nicht. Ich sah niemanden, als ich bei Ihrer Mutter ankam – ich rief um Hilfe, aber es antwortete niemand. Warum antworteten Sie nicht, wenn Sie da waren? Weshalb kamen Sie nicht zu ihr herunter? Sie hätten …«

»Sag *du* mir nicht, was ich hätte tun sollen!«, unterbrach Louise sie. Ihre Augen waren schmale Striche geworden und sie packte Amy bei den Handgelenken, dass es schmerzte. »Wage es ja nicht! Es steht dir nicht zu, über mich – oder über einen von uns hier – zu urteilen. Vergiss deine Stellung nicht, Amy Tulliver. Du stehst in meines Vaters Dienst. Vergiss das nie! Und mein Vater ist es, der darüber urteilen wird, wer hier die Wahrheit sagt – du brauchst nicht viel Verstand, um die Antwort zu kennen, Amy. Besser, du packst gleich deine Sachen und sprichst noch ein Gebet.«

»Aber ich schwöre Ihnen …«

»Ich weiß, was ich gesehen habe, Amy. Es hat keinen Sinn, es zu leugnen. Ich hörte Streiten und kam, um Mutter zu helfen – dann erst sah ich meine Mutter die Galerie entlanglaufen. Und du kamst ihr hinterher. Ich sah, wie du meine Mutter einholtest, sie packtest und …«

»Aufhören! Hören Sie auf!«, schrie Amy und riss sich los. »Das ist eine infame Lüge und Sie wissen das! Ich war nicht einmal in der Nähe Ihrer Mutter, als sie stürzte, ich saß noch …«

»Schweig, elende Hure! Spar dir deine Erklärungen, es wird dir doch niemand glauben. Aber das eine sage ich dir: Du kannst froh sein, wenn mein Vater dich nicht auf der Stelle davonjagt! Mutter wird sterben, wenn Francis nicht schnell einen Arzt herbeibringt. Sterben, hörst du? Und das«, hiermit trat sie erneut auf Amy zu, fasste ihr Kinn mit den Fingerspitzen und hob es auf Augenhöhe empor, »wird euch beide teuer zu stehen kommen, dich und deinen feinen Doktorgemahl, der uns alle ein paar dummer Bauern und Bergarbeiter wegen im Stich ließ. Sehr teuer. Also bete zu Gott, dass meine Mutter es schafft – bete zu Gott!«

Damit ließ sie Amy abrupt los und rauschte davon.

Amy aber blieb wie betäubt stehen. Sie konnte nicht glauben, was Louise Craven gesagt hatte – was sie gemeint hatte … eine Mörderin! Sie! Wie konnte sie es wagen, etwas derart Ungeheuerliches von ihr zu behaupten? Es würde ihr doch sicherlich kein Mensch glauben …

Sie hielt inne, legte eine Hand auf ihre schmerzende Brust, hinter der ihr Herz so viel schneller schlug als sonst.

Oder doch?

»Oh, Gott«, schluchzte sie und bedeckte ihr Gesicht mit beiden Händen. »Lass sie nicht sterben. Bitte – lass sie nicht sterben!«

Francis kehrte an diesem Abend nicht zurück und auch nicht am nächsten. Amy war verzweifelt. Immer wieder ging sie im oberen Garten auf und ab, stand an der Balustrade, das Kinn auf die ineinander verschränkten Hände gelegt, und hielt heimlich Ausschau nach ihrem Gordon, betete, dass er doch noch kommen möge. –

Wenn sie schon schuld daran sein sollte, dass Lady Craven gestürzt war, so wollte sie wenigstens der Familie beweisen, dass sie es wieder gutmachen wollte. Am meisten hoffte sie natürlich, dass Louise ihre ungeheuerliche Anschuldigung zurücknahm oder wenigstens niemandem davon erzählte. Bisher schien sie ihrem Vater nichts erzählt zu haben, jedenfalls hatte niemand etwas zu ihr gesagt. Wenn sie Gelegenheit dazu gehabt hätte, hätte Amy wohl auch versucht, selbst mit Lord Craven zu sprechen, doch dieser wich verständlicherweise nicht von der Seite seiner Frau und war für niemanden zu sprechen.

Amys Aufgabe war es, sich in diesen für alle sehr schmerzvollen Tagen um Georgiana zu kümmern, die vollkommen verstört war und nur noch mehr von dem armen, mutterlosen Rehkitz sprach. Es schien das einzige Geschöpf auf der Welt zu sein, das wissen konnte, wie ihr zumute war. Amy brach es das Herz, die Kleine so zu sehen und sie versuchte, sie abzulenken, so gut sie nur konnte. Doch je mehr sie es versuchte, desto mehr schien Georgiana sich zurückzuziehen, und bald wurden ihr die Tage unerträglich lang.

Am Abend des vierten Tages, als sie schon alle Hoffnung aufgeben wollten, zumal sich der Zustand der Patientin eher zu verschlechtern als zu verbessern schien, kehrte Francis endlich mit einem jungen Arzt aus Sheffield zurück. Er war ein Schüler Thomas Sydenhams, so wie es auch Gordon gewesen war, und nahm sich viel Zeit, die Patientin zu untersuchen, während Amy zusammen mit der Familie vor der Tür zu Lady Cravens Gemach stand und wartete. Louise hatte sie nicht dabeihaben wollen, Georgiana aber bestand darauf und weigerte sich, Amys Hand loszulassen, sodass ihrer älteren Schwester nichts anderes übrig blieb, als die Anwesenheit der verhassten anderen Frau zu dulden.

Endlich trat der Arzt vor die Tür und bat den jungen Lord, ihn allein sprechen zu dürfen. Er sah sehr ernst aus und bedrückt. Amy, die diesen Gesichtsausdruck von Gordon nur allzu gut kannte, ahnte, was er Francis zu sagen hatte.

»Amy«, bat Francis sie und räusperte sich. »Können Sie – können Sie mit Georgiana hinausgehen?«

Amy, die nicht wagte, Louise Craven dabei anzusehen, knickste wortlos und streckte eine Hand nach dem Mädchen aus.

Georgiana folgte Amy in den Garten hinaus, wo sie lange schweigend beieinandersaßen und über die weiten Felder hinaussahen, ein jeder in seine Gedanken versunken. Als Francis später mit Mary hinzukam und Amy leise bat, sie allein sprechen zu dürfen, sah Georgiana nicht einmal auf. Stumm folgte sie der Magd ins Haus, als sei es ihr einerlei, mit wem sie ging oder wohin.

»Es geht zu Ende mit meiner Mutter«, begann er ohne Umschweife, sobald Georgiana mit der Magd im Haus verschwunden war. »Schnell. Einen Tag noch, vielleicht zwei. Der Arzt spricht von schweren inneren Verletzungen, die er ertasten kann. Als Frau eines Arztes werden Sie wissen, wovon ich spreche. Und Sie werden auch wissen, was der Tod meiner Mutter ...«

Seine Stimme brach und er musste sich für einen Augenblick abwenden, um seine Fassung wiederzuerlangen. »Sie werden wissen, was es für Sie bedeutet.«

Amy nickte. In ihrem Herzen schienen sich unsichtbare Mauern zusammenzuziehen, immer enger und enger, bis sie glaubte, es nicht mehr ertragen zu können. Sie atmete keuchend, schüttelte den Kopf, stieß immer wieder ein leises und doch so verzweifeltes *Nein* hervor und presste ihre Hände dabei so fest ineinander, dass die Finger schmerzten.

Francis stand die ganze Zeit über schweigend neben ihr und beobachtete sie, ohne dass sie es merkte. Als er schließlich eine Hand nach ihr ausstreckte und die ihre nahm, ließ sie es willenlos geschehen.

»Amy.«

Langsam hob sie den Blick. »Sir?«

»Verzweifle nicht, Amy. Es wird alles gut werden. Ich glaube meiner Schwester kein Wort. Sie sieht, was sie sehen will und hört, was sie hören will. Das weiß auch mein Vater. Im Augenblick jedoch ist er zu aufgebracht, um mit Verstand zuzuhören. Deshalb muss ich warten, bis ich mit ihm spreche. Aber ich werde mit ihm sprechen, vielleicht noch, ehe Louise es tut – sei ohne Sorge, Amy. Ich werde dir helfen.«

Abermals nickte sie stumm, fast ergeben. Miss Craven hatte es also ihrem Bruder erzählt, wenn nicht sogar schon ihrem Vater. Damit war sie verloren, sollte nicht doch noch Gordon rechtzeitig kommen …

Aber er würde nicht kommen. Wenn er hätte kommen können, wäre er längst hier, das wusste sie. Sie hatte ihm in ihrer Verzweiflung noch einmal geschrieben, hatte sogar einen Brief an den Reverend hinzugefügt, jedoch von keinem der beiden eine Antwort erhalten.

»Ich danke Ihnen, Sir. Sie sind sehr gut zu mir.«

Er betrachtete sie lange, ohne etwas zu sagen. Dann ließ er ihre Hand los und ging, nach einer knappen Verbeugung, den Weg zum Haus zurück.

Amy sah ihm nachdenklich hinterher. Es schien ihr seltsam, dass er auch jetzt noch so freundlich zu ihr war, ja, dass er ihr sogar aus ihrer Not helfen wollte – wie leicht wäre es für ihn, seiner Schwester zu glauben und nicht ihr; wie leicht wäre es, sie einfach wegzuschicken. Stattdessen bot er an, ihr zu helfen. Er musste das nicht tun. Eigentlich war es sogar unter seiner Würde, ihr zu helfen. Er konnte mehr verlieren als nur seinen Stolz – wusste er das denn nicht?

Lady Craven starb in den frühen Morgenstunden des darauffolgenden Tages. Der Doktor holte noch das tote Baby aus dem Leib seiner Mutter, damit beide – auf Lord Cravens ausdrücklichen Wunsch hin – getrennt voneinander begraben werden konnten, und nähte die Wunde sorgfältig wieder zu. Nachdem er die Leichname gewaschen hatte, übergab er sie der zutiefst erschütterten Familie.

Die Beerdigung fand im engsten Familienkreis statt; Amy war es nicht gestattet, mit in die Kapelle zu kommen. So setzte sie sich an das kleine Cembalo, das am Ende des langen Eichenkorridors stand, und spielte leise darauf, ein Stück nach dem anderen. Ihre Hände glitten wie von selbst über die Tasten und sie spielte, als merke sie nicht einmal mehr, ob es Tag war oder Nacht, ob sie alleine war oder …

Sie zuckte zusammen, als sie eine Hand auf ihrer Schulter fühlte, und fuhr jäh herum – neben ihr stand Francis Craven und sah sie freundlich lächelnd an. So freundlich, dass Amy nun erst recht zu weinen begann. Am liebsten hätte sie sich in seine Arme geworfen, so verzweifelt war sie, doch sie wusste, dass das ihr Todesurteil wäre. Wenn sie ihre Haut retten wollte, tat sie gut daran, sich von ihm fernzuhalten.

Er aber berührte sanft ihre Wange und sagte: »Komm, Amy. Komm mit mir. Ich möchte ein Wort mit dir sprechen.«

Obgleich sie ahnte, dass es falsch war, ließ sie sich willig beim Arm nehmen und nach draußen führen – es war einerlei, ob man sie jetzt zusammen sah, sie hatte nichts mehr zu verlieren.

Doch da sollte sie sich täuschen.

»Sie … Sie verlangen, dass … dass ich Sie …«

»Eine Nacht, Amy. Mehr nicht. Eine Nacht für deine Sicherheit und deine Freiheit. Bedenke, was dir diese Freiheit wert ist, Amy. Wohin solltest du gehen, wenn mein Vater dich tatsächlich davonjagt? Wovon solltest du leben? Du bist eine Witwe ohne Geld oder Verbindungen … Wie willst du dich und das Kind durchbringen, ohne uns? Wie, Amy?«

Sie schluchzte und murmelte etwas, worauf er sie bei den Schultern packte und sie zwang, ihm in die Augen zu sehen. »Wie bitte? Ich habe dich nicht verstanden.«

»Ich … ich weiß es nicht, Sir … aber bitte!« Sie sah zu ihm auf, das Gesicht nass von Tränen. »Bitte zwingen Sie mich nicht dazu. Warten Sie noch! Ich …«

»Ich habe lange genug gewartet, Amy. Ich habe weiß Gott lange genug gewartet und ich will jetzt meinen Lohn – ja, *meinen Lohn*. Denn ich war es, der dich aus Schnee und Kälte befreite und hierherbrachte. Und ich war es, der dir immer zur Seite gestanden hat – ist es nicht so? Bis auf den heutigen Tag habe ich nicht ein einziges Mal meine Macht missbraucht und dich genommen, wie ich es leicht hätte tun können – jederzeit. Das ist dir doch klar, Amy? Jederzeit.«

Sie nickte heftig, die Tränen quollen erneut aus ihren Augen und sie fühlte sich wie ein kleines Kind, das etwas angestellt hatte und widerspruchslos seine Strafpredigt hinnehmen musste. Gleichzeitig stieg heißer Zorn in ihr auf, doch sie war klug genug zu erkennen, dass ihr Zorn jetzt nicht weiterhelfen würde. Im Gegenteil – wenn sie sich ganz ruhig verhielt und ihn nicht noch weiter verärgerte, konnte sie vielleicht noch das Schlimmste abwenden. Denn das Schlimmste … das Schlimmste war, eine Nacht bei Francis Craven zu verbringen – in seinem Bett.

»Amy?«

Francis fasste sie bei den Schultern und zwang sie, ihm in die Augen zu sehen. »Ich warte noch immer auf deine Antwort. Eine Nacht für deine Freiheit. Eine Nacht für deine Sicherheit – *für dein Leben,* Amy.«

Für dein Leben …

Amy schluckte. Dann aber nahm sie all ihren Mut zusammen und versuchte, noch einmal ihm entgegenzutreten. »Sie werden nicht auf Sie hören!«, rief sie weinend und versuchte, sich aus seinem Griff zu winden. »Ganz gleich, was Sie mir jetzt versprechen, sie werden doch nicht auf Sie hören. Sie waren nicht da, als es passierte. Sie waren …«

»Sagt wer?«

Seine Stimme klang scharf und sie sah erschrocken auf.

»Wenn ich meinem Vater sage, dass ich alles mitangesehen habe und dass du nicht die bist, für die Louise dich hält«, erklärte er und sein Gesicht verzog sich zu einem Grinsen, »dann wird das genügen. Er hat keinen Grund, mir weniger zu glauben als ihr. Also – was wirst du tun, kleine Nachtigall?«

Sie wusste später nicht mehr zu sagen, ob es sein selbstsicheres Grinsen war oder die Hand, die er nach ihr ausstreckte, oder der

Kosename, bei dem nur Gordon sie nennen durfte. Blitzschnell hob sie ihre Hand und schlug ihm mit solcher Kraft ins Gesicht, dass er zurücktaumelte. Eine Hand an seiner linken Wange, an welcher man deutlich einen roten Abdruck erkennen konnte, stand er da und sah sie überrascht an.

Dann ging er langsam auf sie zu, die Hand immer noch an der Wange – Amy wich entsetzt zurück, verzweifelt den Kopf schüttelnd.

»Nein«, flüsterte sie, »bitte – es tut mir leid. Bitte, tun Sie mir nichts, Sir – ich flehe Sie an, um meines Kindes willen, tun Sie mir nichts!«

Er war jetzt ganz nahe, sie konnte seinen Atem dicht vor ihrem Gesicht spüren, wagte es aber nicht, den Blick zu heben.

»Keine Angst, Amy«, sagte er und seine Stimme klang beinahe beunruhigend sanft und freundlich. »Ich tue dir nichts. Aber ich muss dich warnen, mein Kind – wenn man dir eine Hand entgegenstreckt, solltest du dir gut überlegen, ob du sie zurückschlägst. Du brauchst mich, Amy, das weißt du! Ich werde dir helfen, aber ich erwarte auch, dass du mir dafür eine kleine Belohnung versprichst. Das steht mir doch zu, nicht wahr, dafür, dass ich dich nun schon das zweite Mal rette. Vergiss nicht, dass ich es war, der dich hierhergebracht hat, als du halb erfroren im Schnee lagst …«

Wie könnte ich das vergessen, dachte Amy bitter und biss sich auf die Lippen, während sie fieberhaft überlegte, wie sie sich vielleicht doch noch retten könnte. Wenn sie nur etwas Zeit gewinnen könnte …

»Eine Nacht, Amy – nur eine und dein Leben ist dir sicher.«

Mein Leben. Mein Leben …

Plötzlich wusste sie, was sie zu tun hatte. Es war vielleicht das Schwerste, was sie je in ihrem Leben getan hatte, aber es blieb ihr keine andere Wahl. Sie musste es wenigstens versuchen. *Was,* dachte sie, *habe ich schließlich zu verlieren? Er kann mich jederzeit auch gegen meinen Willen nehmen, wenn er es will. Also …*

»Nicht für eine Nacht, Lord Francis«, hörte sie sich sagen. »Das ist nicht das, was ich will – und ich kenne Sie zu gut, um zu wissen, dass es auch nicht das ist, was Sie wirklich wollen.« Sie wusste, dass ihr Einsatz hoch war, aber sie war fest entschlossen, nicht mehr zurückzugehen. Schließlich hatte er selbst davon gesprochen, als sie ihn in der Bibliothek mit seinem Vater hatte reden hören.

Also nahm sie all ihren Mut zusammen und sagte mit fester Stimme: »Wenn Sie es wollen, dann … dann will ich im Herbst Ihre Frau werden, sollte mein Gemahl bis dahin nicht zurück sein.« – »Ich weiß«, fügte sie hastig hinzu, als sie sah, wie er zweifelnd eine Augenbraue hochzog, »es ist eine lange Zeit bis dahin, aber … ich bitte Sie dennoch, dass Sie mir diese Zeit gewähren.«

Sie sah ihm in die Augen, ihr Herz klopfte so laut, dass sie glaubte, er müsse es hören.

Lange Zeit starrte er sie nur an, dann aber verzog sich sein Gesicht zu einem breiten Grinsen und er nahm ihre Hand, führte sie an seinen Mund, ohne sie auch nur eine Sekunde aus den Augen zu lassen, und küsste sie.

»Madam! Es ist mir eine Ehre, Ihren Antrag anzunehmen. Mit diesem Kuss«, und er beugte sich zu ihr herab, um sie auf den Mund zu küssen, »sind wir verlobt – meine Nachtigall.«

Dieses Mal wagte Amy nicht zu widersprechen, sondern schloss ihre Augen, in denen Tränen brannten, und betete zu Gott, dass er ihr vergeben möge, und dass er ihren Gordon am Leben lassen würde, damit er rechtzeitig zu ihr zurückkehren konnte …

21

Eine Resolution

»Liebe Brüder und Schwestern! Ich bitte um Ruhe – Ruhe bitte!«

Reverend Stanley nahm sein Taschentuch aus der Rocktasche und wischte sich den Schweiß von der Stirn. Er war nervös. Warum wurden die Menschen nicht still? Warum hörten sie ihm nicht zu, wie sie es sonst immer taten?

»Was hat er gesagt?«

Eine hutzlige alte Frau, die so tief gebeugt ging, dass ihr Gesicht schon fast die Knie berührte, stieß den neben ihr stehenden Bauern an, worauf der ein unwilliges Knurren von sich gab und sich kurz umwandte.

»Der Reverend bittet um Ruhe, Weib. Also hör auf zu schwatzen!«

Damit wandte er sich wieder ab und setzte sein Gespräch fort, als ginge ihn der Reverend, der da oben auf der Anhöhe unter der großen Eiche stand und vergeblich versuchte, sich Gehör zu verschaffen, überhaupt nichts an. Er war nicht der Einzige, der sich nicht um das kümmerte, was Reverend Stanley zu sagen hatte. Was ihn viel mehr kümmerte, war die Frage, wie er seine acht Kinder versorgen und daneben auch noch die Farm bewirtschaften sollte, nachdem seine Frau gestorben war. Solche und ähnliche Fragen beschäftigten in diesen Tagen viele Männer – und natürlich Frauen, die es oft noch viel schwerer hatten, sich und ihre Kinder allein durchzubringen, wenn der Mann gestorben war. Es starben viele, jeden Tag mindestens einer im Dorf. Auch die umliegenden Höfe hatte der Schwarze Tod inzwischen erreicht; auf der Riley Farm, wo die Familie Talbot lebte, lagen schon zwei auf dem Sterbebett: Bridget und ihre Schwester Mary. Man hatte gehofft, weiter draußen sicher zu sein – vergeblich.

»Aber ich rede ja gar nichts«, protestierte die Alte, wiederum ihren spitzen Ellenbogen in die Seite des Bauern bohrend, »*du* redest doch in einem fort! Wozu bist du hergekommen, wenn nicht, um dem Reverend zuzuhören? He?«

»Weil ich's meinem Weib nun mal auf dem Sterbebett versprochen hab', dass ich jeden Sonntag herkomm' und mir seine Predigten anhöre, deshalb. Und nun lass mich in Frieden! Geh woanders stehen, wenn du's mir nicht gönnen willst, dass ich einen Schwatz mit einem Nachbarn halte. Gott weiß, wie lange man noch die Gelegenheit dazu hat ...«

Letzteres vor sich hin murmelnd, zeigte er damit gegen seinen Willen, dass auch er nicht so hart war, wie er auftrat, sondern ebenso hilflos und verletzlich wie alle.

Jetzt trat William Mompesson an Stanleys Seite, nahm seinen Hut ab und donnerte mit seiner lauten Stimme: »Ihr Männer und Frauen von Eyam! Hört ihr nun endlich, was wir euch zu sagen haben! Es geht uns alle an – ja, uns alle! Auch dich, Wilson, hör auf zu schwatzen, und dreh dich um, wenn ich mit dir rede.«

Einige der Männer lachten und George Wilson, der sich plötzlich von allen Seiten her angestiert fühlte, fluchte leise und zog sich den breitkrempigen schwarzen Hut tiefer in die Stirn. Auf diese Weise bloßgestellt zu werden war ihm doch nicht angenehm; und so hörte auch er endlich zu reden auf.

Mompesson fuhr fort: »Es fällt mir nicht leicht, heute zu euch zu sprechen, besonders, da ich euch Dinge sagen muss, die ihr gewiss nicht hören wollt. Aber wir müssen uns der Wahrheit stellen, die uns hier so überdeutlich vor Augen steht: Die Pest kostete uns in den vergangenen zehn Monaten einundachtzig Menschenleben; allein neunzehn starben in diesem Monat, und ein Ende ist nicht abzusehen. Ein gutes halbes Dutzend von uns liegt noch und wartet darauf, dass der Tod sie aus ihren Qualen erlösen möge. Kinder! Ich will ehrlich mit euch sein: Es ist noch lange nicht vorbei und es wird vielleicht noch schlimmer kommen. Wir müssen uns bereit machen, unseren letzten Kampf zu kämpfen, und wir dürfen nicht mit Hilfe von außen rechnen. Niemand wird uns beistehen, niemand wird jetzt noch auch nur auf zwei Meilen an Eyam herankommen. Und sie tun gut daran, fernzubleiben! Es ist ihre einzige Chance. Und es ist unsere Chance – und unsere Christenpflicht, liebe Brüder und Schwestern! – sie zu schützen. Uns selbst können wir vielleicht nicht mehr retten, wohl aber die anderen. Was ich euch sagen will, ist dies …«

»Niemand darf mehr das Dorf verlassen und niemand darf es betreten«, warf Stanley ein. Er sah die Menschen eindringlich an; sein gestrenger Blick wanderte von Gesicht zu Gesicht. »Dies ist der Entschluss, den wir heute fassen und zu dem wir in den Wochen und Monaten, die noch kommen – solange es auch dauern mag – stehen müssen. Es gibt keinen anderen Weg. Nur, wenn wir uns im Namen des Herrn dazu verpflichten, uns ganz und gar von der Welt abzuschirmen, damit die Pestsaat in den Grenzen unseres Dorfes bleibt und draußen keinen Schaden anrichten kann, können wir eine Ausbreitung der Seuche verhindern. Vielleicht können wir sie sogar besiegen. Der Preis ist hoch, ich weiß! Aber wie viel höher ist der Preis, den wir für unsere Selbstsucht zahlen, indem wir weiterhin in die Welt hinausziehen und die Pestsaat überall mit hintragen, wissend, dass sie denen, denen wir dort draußen begegnen, den sicheren Tod bringt! Nein, Freunde. Das können und das dürfen wir nicht zulassen. Es ist unsere Christenpflicht, das Leben anderer Geschwister zu bewahren, und wenn es nur unter dem Einsatz des eigenen Lebens geschehen kann, so sei es! In Johannes 15, Vers 13 steht geschrieben: *Niemand hat größere Liebe als die, dass er sein Leben hingibt für seine Freunde.* Und im ersten Brief des Johannes heißt es weiter: *Jesus Christus gab sein Leben für uns. Und so sollen auch wir unser Leben für unsere Brüder hingeben.«*

Die Menge schwieg betreten. Kinder klammerten sich Schutz suchend an die Rockzipfel ihrer Mütter, die wiederum ängstlich zu ihren Männern hinsahen. Diese schließlich standen da, vollkommen ratlos, und sahen auf ihre Füße hinab. Hin und wieder hörte man ein Räuspern, ein leises Weinen, sonst aber blieb alles still.

»Die Frage, die ich euch jetzt stelle, ist die: Seid ihr dazu bereit? Seid ihr bereit, euer Leben für *eure* Brüder und Schwestern zu geben, so wie unser Herr Jesus sein Leben für uns gegeben hat?«

Stanley wartete, doch niemand wagte, etwas zu sagen. Was sollten sie auch sagen? Er ließ ihnen keine Wahl. Er *durfte* ihnen keine Wahl lassen. Sonst waren sie alle verloren – sie und die anderen auch. Das konnten und durften sie einfach nicht zulassen. Nein, sie mussten zustimmen, sie mussten sich alle verpflichten, hierzubleiben, bis es vorbei war – oder bis sie alle tot waren.

Er ließ seinen Blick über die Menge schweifen und sein Herz füllte sich mit Mitleid. Wie viele von denen, die heute hier standen, hatten bereits alles verloren? Wie viele wussten, dass sie die Nächsten in ihrer Familie waren? Für sie war das, was er von ihnen verlangte, ohne jede Bedeutung, sie hatten nichts mehr zu verlieren. Aber was war mit den anderen, mit denen, die noch alles hatten, denen es noch gut ging? Sie würden nicht ohne Weiteres bereit sein, ein solch großes Opfer zu bringen.

Mompesson begegnete Stanleys Blick und wischte sich nervös den Schweiß von der Stirn. Nicht zum ersten Mal an diesem Tag wünschte er sich, der Doktor wäre hier, um mit ihnen gemeinsam die Resolution durchzusetzen. In den Wochen vor seinem plötzlichen Verschwinden hatten sie ja schon oft genug darüber gesprochen. Natürlich hatte Stanley recht, wenn er sagte, dass sie tun müssten, wie es in der Bibel geschrieben steht; und die meisten der hier Versammelten verstanden das vermutlich auch. Aber machte es das, was dann auf sie zukam, leichter? Konnten sie sich damit noch trösten, wenn sie alles verloren hatten, wenn hier nur noch Gräber waren und leere Häuser?

»Mutter?«, fragte ein kleines Mädchen mit blonden Zöpfen in die Stille hinein und zog an der Hand der Mutter. »Müssen wir jetzt alle bleiben und warten, bis wir auch tot sind, so wie Vater? Können wir nicht weggehen?«

Ein mitleidvolles Raunen ging durch die Menge, tröstende Hände streckten sich nach dem Kind aus, eine Frau legte einen Arm um die weinende Mutter, die erst gestern ihren Mann begraben hatte. Mrs Mompesson drehte sich zu ihrem Mann um und sah ihn fragend an. In ihren Augen standen Tränen.

Mompesson hielt ihren Blick fest, schüttelte langsam den Kopf. Dann sagte er, an die Menge gewandt: »Ich weiß, dass es schwer ist, glaubt mir. Ich weiß auch, dass ihr Angst habt. Und ihr habt jedes Recht, Angst zu haben! Was wir von euch verlangen, ist das Schwerste, was je ein Mensch von euch verlangen könnte. Und doch ist es der einzige Weg – wir können nur gemeinsam durch dieses finstere Tal gehen, in der Gewissheit, dass der Herr …«

»Und dann?«, rief Adams dazwischen. »Wenn wir alle tot sind, was soll dann werden? Aus denen, die noch übrig sind? Sollen sie uns begraben und zurücklassen und von hier fortgehen in der Hoffnung, dass man sie irgendwo aufnimmt? Niemand wird sich um sie kümmern, Stanley, niemand! Sie kommen ja doch aus dem Pestdorf, aus Eyam. Dieser Makel wird ihnen ewig anhaften, ganz gleich, wie lange es dann her sein mag, dass die Seuche hier wütete. Also sind wir doch alle dem Tod geweiht: die einen durch die Beulen, die anderen durch den Hunger.«

Er wandte sich zu den anderen um. »So ist es doch, he?«, fragte er herausfordernd und breitete die Arme aus, als wolle er um Beifall heischen. Ein hässliches, krächzendes Lachen drang aus seiner Kehle. »So ist es doch, habe ich recht?«

Sogleich stimmten einige der Männer mit ein, und Adams, immer noch breit grinsend, nickte befriedigt und wandte sich an Mompesson: »Und Sie haben ja auch reichlich gut reden, Mompesson: Schließlich brachten Sie Ihre eigenen Kinder zuvor noch in Sicherheit, indem Sie sie fortgeschickt haben – zu Ihren feinen Verwandten, in Durham oder wo auch sonst sie ihre großen Häuser haben! Selig sind die, die das können, Reverend. Selig sind die, die das können … Uns aber fordern Sie auf zu bleiben – wenn das nicht der Hohn des Teufels ist, der uns da ins Gesicht lacht …«

»Schweig!«, donnerte Mompesson ihn an, das Gesicht weiß und wutverzerrt. »Schweig still, Elender! Willst du hier angesichts dieser gottesfürchtigen Gemeinde dem Herrn lästern und ihm die Macht absprechen, selbst über unser aller Schicksal zu entscheiden? Ich weiß, dass es euch ungerecht scheint, dass wir unsere Kinder von hier fortschaffen konnten. Aber bedenkt, wie lange sie geblieben, wie groß die Gefahr, in der sie ebenso schwebten wie ihr alle – und woher wissen wir, ob sie nicht vielleicht doch schon die Krankheit in sich tragen? Die Wahrheit ist, wir wissen es nicht. Wir können sie ebenso gut noch heute verlieren oder haben's vielleicht schon … ich weiß es nicht. Und es ist besser, dass ich's nicht weiß.«

Er hielt inne, schüttelte den Kopf und sagte: »Nein, Adams – liebe Gemeinde, ich will es nicht leugnen: Ich bin dankbar, dass ich unsere Kinder in Sicherheit weiß – und ich bete zu Gott, dass sie gesund bleiben und nicht durch unsere Schuld die in Gefahr bringen, die uns helfen wollten. Glaubt mir, diese Schuld könnte ich mir nie verzeihen … Nun aber zu euch: Wenn ihr bleibt, so bleiben wir mit euch, keiner von uns wird mehr gehen. Keiner.«

Stanley nickte grimmig. Es behagte ihm ganz und gar nicht, welche merkwürdige Wendung diese Versammlung auf einmal zu nehmen schien. Fast kam es ihm vor, als seien sie vor Gericht und Reverend Mompesson stünde mit seinem Weib auf der Anklagebank.

»Bruder Mompesson hat recht«, sagte er und legte diesem eine Hand auf den Arm, als wolle er damit den anderen zeigen, dass er wirklich meinte, was er sagte. »Und ihr wisst ebenso gut wie ich, dass wir alle die Gelegenheiten nehmen, die uns das Leben bietet – ganz besonders dann, wenn es darum geht, die zu schützen, die wir lieben. Jeder von uns hätte dasselbe getan. Jeder! Da bin ich mir sicher. Also lasst uns doch nicht über solch unnütze Dinge streiten, die ohnedies nicht mehr zu ändern sind. Wir sollten jetzt zu einer Entscheidung kommen. Also … Lasst uns dafür stimmen, dass wir hierbleiben, uns tapfer unserem Schicksal stellen, und uns *dem* ganz ergeben, dessen Weisheit unergründlich ist.«

Darauf spuckte Adams auf den Boden, stieß mit der Stiefelspitze hinein und wandte sich, nachdem er Stanley und Mompesson noch einen letzten, feindseligen Blick zugeworfen hatte, zum Gehen. Er stapfte in Richtung Dorf davon und da niemand ihn aufhielt, sondern vielmehr noch andere sich jetzt in Bewegung setzten, ihm zu folgen, schob Mompesson sich durch die Menge nach vorne und rief mit lauter Stimme:

»Halt!«

Adams blieb stehen, drehte sich jedoch nicht um.

»Niemand verlässt diesen Platz, ohne dass wir eine Einigung erzielt haben. Wir können nicht länger warten! Hier und jetzt frage ich euch, liebe Brüder und Schwestern: Seid ihr bereit, und wollt ihr euch im Namen des Herrn dazu verpflichten, in Eyam zu bleiben, die Grenzen des Dorfes fortan nicht mehr zu übertreten und auch niemanden hereinzulassen, bis Gott selbst uns erlöst? Ich bitte euch, nein, *ich fordere euch alle auf,* dass ihr jetzt eure Hand erhebt und dafür stimmt!«

»Gut so, Reverend«, hörte Catharine einen alten, schäbig gekleideten Mann neben sich flüstern, den sie noch nie zuvor gesehen hatte. Auch andere murmelten schon ihre Zustimmung. »Guter Mann. Eine mutige Entscheidung.«

»Die einzig richtige.«

»Was bleibt uns auch anderes übrig?«

»Sterben müssen wir ohnehin …«

»An den Beulen oder am Hunger, wie Adams schon richtig sagte.«

»Aber wir bleiben, wir gehen nicht fort. Wohin sollten wir auch gehen?«

»Ich habe niemanden, zu dem ich gehen könnte.«

»Ich auch nicht. Keine Menschenseele mehr auf dieser Welt …«

»Es wird schwer werden …«

»… aber wir werden zusammen sein. Wir haben immer noch uns!«

So sprachen vor allem die Frauen, die jetzt dicht beieinanderstanden und sich gegenseitig stützten. Viele weinten, vor allem die, bei denen die Pest noch keine Opfer gefordert hatte, die eigentlich noch hoffnungsvoll waren. Wenn sie aber bleiben mussten …

Die Männer hingegen – besonders die, die Adams mit seiner trotzigen Rede aufgestachelt hatte – fanden immer noch Einwände, weshalb man alles lieber lassen sollte, wie es war. Doch nach und nach gingen auch ihnen die Widerworte aus, da sie ja wussten, dass sie ihre Höfe, ihr Handwerk, oder womit sonst sie ihren Lebensunterhalt verdienten, nicht einfach im Stich lassen konnten. Sie konnten ebenso gut bleiben, auch wenn das bedeutete, dass die beiden Reverends recht hatten, was manche nicht gerne zugaben.

Schließlich war es Marshall Howe, der sich an seine Mitbürger wandte und sagte: »Der Reverend hat recht. Es hat keinen Sinn, wir können dem Tod nicht entrinnen, selbst wenn wir das Dorf verließen. Diejenigen von uns, die es sich leisten konnten, weil sie Besitz und gute Verbindungen hatten, sind längst fort. Ihr, die ihr heute noch hier seid, seid hier, weil ihr keine andere Wahl habt. Genau wie ich. Also, liebe Freunde, lasst uns dem Reverend unser Wort geben: Wir bleiben hier und harren aus! Auf ein Wort?«

Noch zögerten die Leute, aber da ergriff Mompesson abermals das Wort und rief: »Leute von Eyam: Die Stunde der Wahrheit ist gekommen. Seid ihr bereit, euch im Namen des Herrn zu verpflichten, hier auszuharren, auf dass wir die Pest besiegen mögen und andere schützen, was es auch koste? Dann hebt jetzt eure Hand!«

Zunächst herrschte unsicheres Schweigen, doch dann hoben die Ersten vorsichtig ihre Hände, andere schlossen sich an, bis schließlich tatsächlich alle die Hände oben hatten.

Erleichtert sahen die beiden Geistlichen einander an und nickten: Die Resolution war erreicht, sie würden bleiben. Alle.

»Gut. Dann geht jetzt nach Hause. Gott segne euch!«

Nachdem sich die Menge zerstreut hatte, wandte sich Mrs Mompesson an Lydia und sagte: »Komm, Kind, wir gehen und kümmern uns um das Essen. Mr Stanley und Mr Mompesson haben sicherlich noch einiges zu …«

In diesem Moment knackte etwas in dem Dickicht hinter ihnen und eine vertraute Stimme rief: »Mompesson? Stanley? Seid ihr das?«

Alle fuhren gleichzeitig herum und Lydia entfuhr ein spitzer Schrei, als sie dort zwischen den wild wachsenden Himbeerbüschen einen Mann in zerlumpter Kleidung stehen sah, der sich mit sichtbarer Mühe auf einen grob geschnitzten Stecken stützte, und sie unter einem wirren, dunklen Haarschopf Hilfe suchend ansah. Sein hageres Gesicht war bleich und von tiefen Furchen durchzogen, als habe er Schlimmes durchgemacht. Eine hässliche, dunkelrote Narbe verlief quer über der Stirn und zog sich bis weit in den Haaransatz hinein. Er versuchte, einen Schritt auf sie zuzumachen, schwankte dann aber und wäre beinahe gestürzt, hätte Stanley, der als Erster von ihnen reagierte, ihn nicht aufgefangen.

»Doktor!!!«

Auch Mompesson stürzte jetzt hinzu und half Stanley, den Verwundeten auf das weiche Moos zu betten. »Was, um alles in der Welt, ist dir …«

Doch Gordon Tulliver konnte ihn nicht mehr hören. Er hatte das Bewusstsein in dem Augenblick verloren, in dem er spürte, dass seine Reise zu Ende, dass er endlich angekommen war.

22

Ohne Erinnerung

Lydia stieß die Tür zur Waschküche auf, einen Stapel Leinentücher und Hemden im Arm, die sie soeben aus dem Garten hereingeholt hatte. Mrs Mompesson hatte sie früh am Morgen zum Trocknen in der Sonne ausgebreitet und alles duftete herrlich frisch nach Gras und Sommer. Hier im Haus war es angenehm kühl und der würzige Geruch von getrockneten Kräutern, die in Büscheln von der Decke hingen, und Lavendelseife empfing Lydia, als sie hereinkam, froh, der unerträglichen Hitze entkommen zu sein. Sie legte die Wäsche auf dem langen Holztisch in der Mitte des Raumes ab und wischte sich erschöpft den Schweiß von der Stirn, bevor sie sich daranmachte, die Wäsche zu falten.

Ihre Gedanken wanderten zu Gordon Tulliver, der nun schon seit zwei Tagen und Nächten in seiner Kammer lag und schlief – nicht, dass Lydia ihn gesehen hatte, seit sie ihn am Sonntag hierhergebracht hatten. Mrs Mompesson ließ sie nicht einmal in die Nähe seiner Krankenstätte – Lydia wusste natürlich, weshalb: Sie glaubte, es gehöre sich nicht, wenn sie als alleinstehende junge Frau am Bett eines verheirateten Mannes saß. Selbst wenn dieser nicht bei Bewusstsein war und sie vielleicht nicht einmal kennen würde, sollte er je erwachen. Aber im Augenblick sah es so aus, als wolle er ewig weiterschlafen und so blieb ihr ohnehin nichts anderes übrig, als zu warten und hin und wieder heimlich zu seiner Kammer zu schleichen, um an der Tür zu lauschen. So hatte sie es gleich am Tag seiner Ankunft hier im Rektorat getan, als man sie gleichfalls draußen hatte stehen lassen.

»Er muss Furchtbares durchlitten haben!«, hatte sie Mrs Mompesson sagen hören. »Was meinen Sie, Mr Stanley, ob er es wohl schaffen wird?«

Stanley, der ein vorsichtiger und bedächtiger Mann war – anders als sein temperamentvoller Amtsnachfolger –, ließ sich Zeit mit seiner Antwort. »Hm … er fühlt sich heiß an, vermutlich hat er Fieber. Meines Erachtens ein Zeichen für eine Infektion der Wunde. So hat es mir jedenfalls der Doktor hier selbst einmal erklärt.«

Dann hatte Lydia wieder Mompessons Stimme gehört, die plötzlich ganz aufgeregt geklungen hatte. »Seht einmal her – hier … seht ihr diesen Einschnitt hier? Die Stelle ist noch nicht ganz zu – oder sie war es und ist immer wieder aufgebrochen. Da muss ihm jemand mit etwas Hartem sehr kräftig auf den Schädel geschlagen haben. Ein paar Mal gleich, wie ich vermute … hm. Das sieht wahrlich übel aus …«

Bekräftigendes Murmeln, dann das Geräusch von Wasser, das aus einem Lappen gewrungen wird.

Lydia aber, die noch immer hinter der Tür stand, fühlte, wie das Blut aus ihrem Gesicht wich.

Da muss ihm jemand mit etwas Hartem sehr kräftig auf den Schädel geschlagen haben. Ein paar Mal wahrscheinlich.

Ihr wurde übel. Wenn der Schlag nun von einer Schaufel – oder einem Spaten …

»Aber wenn er es bis hierhergeschafft hat, wird er wohl auch durchkommen«, hatte Mr Stanley dann gemeint und Lydia hatte erleichtert aufgeatmet, denn seine Stimme klang zuversichtlich. »Was ich mich frage, ist, wo er die ganze Zeit über gesteckt hat. Und wer hat sich um ihn gekümmert? Er kann ja unmöglich drei Wochen lang allein im Wald gelegen haben. Er wäre verhungert! Denn laufen konnte er bestimmt nicht, geschweige denn für sich sorgen.«

»Da haben Sie recht. Hätte er das gekonnt, wäre er ja auch nach Hause gekommen.«

»Eben dies dachte ich mir auch. Nun, er wird es uns hoffentlich bald selbst erzählen können. Jetzt lassen wir ihn besser allein, damit er schlafen kann.«

»Einer von uns sollte bei ihm bleiben, falls er zu sich kommt …«

»Das mache ich«, hatte Mompesson gesagt. »Ich werde mich mit meiner Frau abwechseln. Gehen Sie nur nach Hause, Stanley, der Tag war wahrlich lang genug für Sie. Ich danke Ihnen, dass Sie noch mit hierhergekommen sind. Auch für Ihre Unterstützung heute bei der Versammlung möchte ich Ihnen meinen Dank aussprechen. Ich hätte die Menschen vielleicht nicht dazu bringen können, der Isolation zuzustimmen, wären Sie nicht gewesen. In Sie haben sie eben doch noch immer das größere Vertrauen.«

»Sie hätten auch auf Sie gehört, da bin ich mir sicher«, entgegnete Stanley kurz. »Guten Tag, Mompesson.«

Als sich Schritte der Tür näherten, war Lydia zurückgesprungen und schnell zur Küche zurückgelaufen, wo sie tat, als sei sie mit der Suppe beschäftigt, die sie hatte wärmen sollen. Sie glaubte nicht, dass irgendjemand einen Löffel davon herunterbringen würde.

»Lydia?«

Mrs Mompesson steckte den Kopf zur Tür herein. »Ach, da bist du. Ich muss einige Besuche machen. Bleibst du hier und achtest auf das Essen? Den Kuchen habe ich schon aus dem Ofen geholt, er steht zum Auskühlen im Fenster. Wir wollen heute zeitig essen, Master Stanley hat gesagt, er kommt auch dazu, wenn er es schafft. Er lässt sich's ja nicht anmerken, aber ich glaube schon, dass er sich freut, wenn jemand ihn umsorgt. Vielleicht machst du uns auch noch eine Schale von deiner Vanillecreme, die hat er besonders gern. Also«, sie sah Lydia fest in die Augen. »Ich gehe dann.«

Damit nahm sie ihren Strohhut von dem Nagel hinter der Tür und ging hinaus, nachdem sie Lydia noch einmal zugenickt hatte. Lydia knickste, biss sich auf die Lippen und wandte sich rasch wieder ihrer Arbeit zu. Sie war zornig. Warum misstraute ihr Mrs Mompesson noch immer? Hatte sie sich denn nicht tadellos verhalten, seit sie wieder hier war, und sich nichts zuschulden kommen lassen? Brauchte der Doktor denn niemanden, der sich um ihn kümmerte, wenn alle anderen aus dem Haus waren? Was, wenn er um Hilfe rief, sollte sie sich die Ohren zuhalten? Sie wollte doch nur helfen, sich nützlich machen.

Energisch nahm sie den Stapel Wäsche, legte ihn in einen Weidenkorb und brachte diesen zur Schlafstube der Mompessons hinauf. Ein paar Minuten lang stand sie am offenen Fenster der Dachkammer und blickte auf das Dorf hinunter, das so still und friedlich in der Nachmittagshitze dalag. Sie konnte die Häuserreihe vor der Kirche erkennen, den Teich unterhalb der Mauer, hinter welcher der Kirchgarten lag, und die beiden großen, aufrecht stehenden Feldsteine, die den Eingang des Dorfes markierten. Die Luft flimmerte über dem grünlichen Wasser des Teiches, auf dem die Enten sonst fröhlich herumschwammen. Sie hielten sich vermutlich im Schatten des Schilfes versteckt, jedenfalls konnte Lydia keine Einzige von ihnen auf dem Wasser erspähen.

Wie gerne hatten die kleine Elizabeth und ihr Bruder mit ihr am Teich gesessen und die Enten beobachtet oder ihnen Brotkrumen zugeworfen, die die gefederten Tierchen sogleich gierig schnatternd aufgeschnappt hatten. Lydia hatte diese Zeit mit den Mompesson-Kindern genossen; sie vermisste die beiden und konnte plötzlich weder den Anblick des Teiches noch den der leeren Bettchen in der Schlafkammer der Eltern ertragen.

Sie wandte sich ab, nahm den Korb und machte sich langsam auf den Weg nach unten. Auf halber Strecke blieb sie wie angewurzelt stehen. Ein dumpfes Poltern kam vom Ende des langen Korridors unten, in dem die Gesindekammern lagen, gefolgt von Fluchen und einem Scharren, als zöge jemand einen harten Gegenstand über den Fußboden.

»Doktor Tulliver!«

Lydia stand in der Tür und starrte auf den Doktor, der, nur halb bekleidet, am Boden saß und seinen Stecken umklammert hielt, als wisse er nicht, was er damit anfangen solle. Neben ihm auf dem Boden lag ein zerbrochener Krug; das Wasser, das er enthalten hatte, war verschüttet und bildete eine große Lache um Gordon herum. Sein Hemd war ganz und gar durchnässt und ließ die Haut darunter erkennen, sodass Lydia sich schamhaft abwandte.

Minutenlang herrschte Schweigen, es war, als hätte der Doktor sie nicht bemerkt. Dann aber hörte sie ihn plötzlich sagen: »Emma! Da bist du ja endlich. Komm her und hilf mir.«

Lydia schluckte. Sie getraute sich nicht, sich umzudrehen, und antwortete von ihrem Platz in der Tür aus: »Aber Herr Doktor – Mr Tulliver ... ich bin nicht Emma. Ich bin Lydia, Lydia Coyle – kennen Sie mich denn nicht?«

Sie warf jetzt doch einen vorsichtigen Blick über die Schulter. Der Doktor saß noch immer da und starrte sie verwirrt an, als habe er sie noch nie zuvor gesehen. Ihr Herz quoll fast über vor Mitleid. Erinnerte er sich denn nicht an sie? Wusste er nicht, wo er war?

Dann aber, als wolle er sich seine Verwirrtheit nicht anmerken lassen, begann er, abermals zu fluchen. Lydia zuckte zusammen, als sie ihn Worte ausstoßen hörte, die er sonst nie in den Mund genommen hätte.

Was war nur mit ihm geschehen? Wusste er denn überhaupt nicht mehr, wer er war?

»Nun ... Dann musst *du* mir helfen. Ich kann nicht auf die Beine kommen, gib mir meinen Stock. Komm her! Komm her, hab ich gesagt!«

Zögernd trat Lydia auf ihn zu, den Blick immer noch verlegen zur Seite gewandt. Sie wollte ihn nicht ansehen und sie fürchtete sich, ihn zu berühren. Wusste er denn nicht, dass er halb nackt war? Sie bückte sich und tastete nach dem Stock, damit er sich daran festhalten konnte, als sie fühlte, wie zwei kräftige Hände nach ihr griffen und sie herunterzogen. Lydia, die nicht damit gerechnet hatte, geriet ins Wanken und stürzte prompt auf ihn, sodass sie im nächsten Moment gemeinsam am Boden lagen, so eng aufeinander, dass sie alles an ihm fühlen konnte.

Vor Scham fast weinend, biss sie die Zähne fest zusammen und versuchte, sich so rasch wie möglich aufzurichten, doch der Doktor ließ sie nicht los, sondern hielt sie mit Gewalt fest. Im nächsten Moment fühlte sie schon seine kalten Lippen, die sich fest und fordernd gegen ihre drückten.

So sehr sie sich auch sträubte und den Kopf hin und her schüttelte, er ließ sie nicht gehen. Seine Hände zerrten ungeduldig an ihrem Mieder, während er mit zunehmender Leidenschaft in der Stimme Liebesworte murmelte, die nicht ihr galten, sondern der, für die er sie in diesem Augenblick hielt.

»Amy, Amy, da bist du ja endlich – wie habe ich mich nach dir gesehnt …«, hörte sie ihn nahe an ihrem Ohr flüstern, während er sie liebkoste. »Komm her, meine Schöne, mein Weib, und sei mein – ganz mein …«

Lydia war verzweifelt: Im Grunde ihres Herzens wollte sie ja, dass er sie endlich berührte, dass er sie liebte; aber ihr Verstand sagte ihr, dass es falsch war, da er nicht wusste, was er tat.

Außerdem würde sie sich – und vermutlich auch ihn – in große Schwierigkeiten bringen, wenn sie sich ihm hingab. Was sollte sie tun?

In ihrer Verzweiflung wusste sie sich schließlich nicht anders zu helfen, als ihn zu beißen. Sofort ließ er von ihr ab, richtete sich über ihr auf und starrte sie an, als sei sie ein Geist.

»Du … du bist … nicht Amy. Wer bist du, Weib? Was tust du hier? Oh, Gott … Mach, dass du fortkommst, bevor meine Frau dich hier sieht! Los, verschwinde, hab ich gesagt!«

Schluchzend und am ganzen Leibe zitternd versuchte Lydia, sich mit einer Hand zu bedecken, während sie sich mit der anderen auf dem Boden abstützte, um sich aufzurichten.

»Verschwinde, du Hure – los, mach, dass du wegkommst!«, schrie er und setzte, da sie sich vor lauter Angst nicht vom Fleck zu rühren vermochte, noch ein barsches »Wird's bald?« hinzu.

Lydia stand auf und wich kopfschüttelnd zurück, Schritt für Schritt. »Doktor Tulliver«, flehte sie ihn an, als sie die Tür erreicht hatte, noch immer den Kopf schüttelnd. Ihr Gesicht war nass von Tränen. Hatte er denn kein Mitleid?

»Bitte, Sir … Wollen Sie mich denn nicht kennen? Ich bin es doch, Lydia – Sie müssen sich doch erinnern. Sie …«

»*Hinaus!*«

Erschrocken drehte sie sich um und rannte davon, lief, so schnell sie nur konnte, den Korridor entlang, bis sie an ihrer eigenen Kammertür angelangt war, die sie hastig aufriss und sogleich wieder hinter sich zuschlug. Fest. Dann schob sie noch mit zitternder Hand den Riegel vor, lehnte sich an die Tür und schloss die Augen.

Verschwinde, du Hure.

Tränen quollen ihr aus den Augen und sie schlug die Hände vors Gesicht. Wie konnte er so etwas zu ihr sagen! Was war nur mit ihm geschehen?

Du Hure.

Aber sie hatte doch gar nicht gewollt, dass er sie berührte! Er hatte sie einfach gepackt und …

Keuchend nach Atem ringend, streckte Lydia, noch immer den Kopf schüttelnd, eine zitternde Hand nach der Wand aus, denn ihr war schwindelig, und alles drehte sich vor ihren Augen.

Ich bin keine Hure, schrie es in ihr, und wieder schüttelte sie verzweifelt den Kopf. *Ich bin nicht die, wofür ihr mich haltet – wofür ihr mich ja doch alle haltet. Mrs Mompesson, Reverend Mompesson und am meisten Mr Stanley …*

Oh ja, sie wusste, was *er* über sie dachte. Sie wusste auch, dass er sie am liebsten davonjagen würde. *Nun,* dachte sie, als sie sich erschöpft zu Boden gleiten ließ, *dafür ist es nun zu spät. Niemand wird dieses Dorf mehr verlassen, niemand – auch ich nicht.*

Gordon stand reglos im Raum und starrte zur Tür hin, durch die das Mädchen, das sich Lydia nannte, geflohen war.

Vor ihm.

Was hatte er ihr angetan? Was, um alles in der Welt, hatte er getan?

Langsam schleppte er sich mit Hilfe seines Stockes zum Bett zurück, ließ sich darauf nieder, bedeckte sein Gesicht mit beiden Händen und schüttelte müde den Kopf. Viele Fragen. So viele Fragen … und es kamen immer neue hinzu.

Wer war sie überhaupt gewesen? Wie war sie in seine Kammer gekommen?

Und wo war *er überhaupt?*

Er hob mühevoll den Blick – sein Kopf schmerzte und er musste sich sehr langsam bewegen, da ihm sonst schwindelig wurde – und sah sich um. Die weiß gekalkten Wände, das kleine, bleiverglaste Fenster, durch welches er schemenhaft ein paar Büsche erkennen konnte … ein Garten, ja. Wessen Garten? – Obgleich ihm die Umgebung seltsam vertraut vorkam, wusste er nicht zu sagen, woher. Wenn er sich recht besann, hatte er wohl auch das Mädchen schon einmal gesehen – irgendwo.

Aber wo? Und wann?

»Ich erinnere mich nicht«, murmelte er tonlos. »Ich erinnere mich nicht – an nichts …«

Da hörte er plötzlich eine Stimme, die sanft zu ihm sprach: *Du erinnerst dich an mich, mein Geliebter. Du hast doch mich nicht vergessen, oder?*

Ein zartes Gesicht tauchte vor seinem inneren Auge auf, große, strahlend blaue Augen sahen ihn unter einem Schopf goldblonder Locken unverwandt an.

Mein Geliebter. Mein Gordon …

»Amy …«

Er hob den Kopf, sah sich um, verzweifelt mit den Augen den Raum absuchend. »Amy? – Amy!«

Doch alles blieb still und er sah niemanden, nichts, was eine Erinnerung in ihm wachrief. Zutiefst enttäuscht barg Gordon den Kopf abermals in seinen Händen und seufzte schwer. Da bemerkte er den dumpfen, klopfenden Schmerz hinter seiner Stirn. Langsam hob er eine Hand, fuhr sich damit über die schmerzende Stelle und zog die Hand erschrocken zurück, als er die dicke, krustige Narbe fühlte, die sich quer über seine Stirn zu ziehen schien. Gleich darauf legte er die Hand erneut auf die Wunde und betastete sie ganz vorsichtig, Stück für Stück. Die Narbe war lang und dick und Gordon fragte sich, wer ihm eine solch scheußliche Wunde beigebracht haben mochte.

War er überfallen worden? Hatten Räuber ihn so zugerichtet? Oder ein wildes Tier? Vielleicht war es auch ein Unfall gewesen, er könnte vom Pferd gefallen sein oder …

Wieder schüttelte er den Kopf, zuckte vor Schmerz zusammen. Die Wahrheit war, dass er sich an nichts erinnerte. So angestrengt er auch nachdachte, es blieb doch alles in ihm leer, genau wie das Zimmer, in dem er saß.

»Nichts«, murmelte er wieder. »Alles leer. Leer, leer, leer …«

Sein Atem ging heftig, stoßweise, und der Schweiß brach ihm aus allen Poren. »Oh bitte – gnädiger Gott, bitte … Gib mir meine Erinnerung zurück. Gib sie mir zurück – ich will mich erinnern. Ich – will – mich – erinnern …«

Er fasste sich mit beiden Händen an den Kopf, die Finger so fest an die Schläfen pressend, dass es ihn vor Schmerz halb in den Wahnsinn trieb, aber er ließ nicht los und schüttelte dazu den Kopf, bis ihm ganz schwindelig wurde und er schon vor Erschöpfung und Schmerz zusammenzubrechen drohte.

Da fuhr er hoch und brüllte, einem verwundeten Tier gleich, das sich nicht anders zu helfen wusste:

»Nein! Nein, nein! – *Nein!!!*«

23

»Es steht schlimm um Eyam.«

Eine geradezu unheimliche Stille empfing Catharine Mompesson, als sie an diesem Abend nach Hause kam. Sie hatte sich verspätet, da es so viele Kranke zu versorgen gab. Die Pest schien nun nicht mehr aufzuhalten, sie hatte inzwischen auch die außerhalb liegenden Höfe erreicht, wie die der Talbots, die sie zuletzt noch besucht hatte. Nach Bridget und Mary waren jetzt auch die fünfjährige Ann und ihre achtjährige Schwester Jane erkrankt, ihre Mutter klagte ebenfalls schon über Schmerzen und Fieber. Catharine hatte ihr, bevor sie ging, noch geholfen, die Kuh zu melken, damit wenigstens frische Milch im Haus war. Ansonsten kümmerten sich der älteste Sohn Robert und seine Frau Ruth rührend um die anderen; beiden ging es noch recht gut und Mrs Mompesson hatte den ganzen Heimweg über gebetet, dass es so bleiben möge.

Unterwegs hatte sie Mrs Hancock und einen ihrer Söhne getroffen; Gott sei Dank waren sie alle wohlauf. Catharine hatte Mrs Hancock, da sie wusste, dass diese eine gute Freundin von Catharine Talbot war, dringend geraten, sich von deren Hof fernzuhalten.

»Wenn Sie helfen wollen, Mrs Hancock, dann bringen Sie ihnen Brot und Eier und was Sie noch für sie entbehren können und stellen Sie alles an die Grenze zu ihrem Land, bei der Eiche, dort ist es schön schattig. Wenn Sie wollen, sage ich den Talbots Bescheid, dass Sie das tun. Dann können sie sich die Sachen holen. Aber halten Sie sich fern! Versprechen Sie mir das.«

Sie wusste, wie schwer es den Menschen fiel, sich auch innerhalb des Dorfes an die Quarantäne zu halten. Aber je größer der Abstand war, den sie zueinander hielten – besonders dann, wenn die Pest schon in einer der benachbarten Familien eingefallen war –, desto größer war ihre Chance, selbst zu überleben.

Catharine ging in die Küche, um nach dem Essen zu sehen, und – erstarrte.

»Lydia! Lydia, das Brot – und der Braten! Oh, wie konntest du ...«

Wutentbrannt stürmte sie den Korridor hinunter, riss an Lydias Kammertür und rief, da sie diese verschlossen fand, mit aufgebrachter Stimme:

»Lydia Coyle! Mach sofort die Tür auf und komm heraus! Auf der Stelle!«

Da es jedoch hinter der Tür still blieb, wandte Catharine sich um und lief in die Küche zurück, wo sie erst den Braten vom Feuer und dann das schwarz verkohlte Brot aus dem Ofen zog. Tränen des Zorns in den Augen, warf sie das Brot ins Feuer, besah sich den Braten, der auf einer Seite noch fast roh, auf der anderen dafür völlig verbrannt war, und versuchte ihn so zu drehen, dass wenigstens die eine Hälfte noch garen konnte, damit sie etwas zu essen hätten, wenn die Männer kamen.

Der Spieß war schwer und Catharine schaffte es kaum, ihn vom Fleck zu bringen. Zwei Mal tropfte ihr das heiße Fett über die Hände und sie biss die Zähne zusammen, um nicht laut aufzuheulen. Schließlich hatte sie es geschafft und ließ sich erschöpft und erhitzt auf einen Schemel fallen.

Dass Lydia sich als so unzuverlässig erweisen würde, hätte sie nicht für möglich gehalten. Eigentlich tat sie immer alles, was ihr aufgetragen wurde, auch wenn sie heute sicherlich verärgert gewesen war, weil man ihr nicht erlaubt hatte, sich um den kranken Doktor Tulliver zu kümmern. Aber dass sie darüber sämtliche Pflichten vergaß und sogar das Brot verbrennen ließ, das sie selbst am liebsten aß, wollte Catharine nicht in den Sinn. Sie würzte ihr Brot mit geriebenem Korianderblatt und tat, wann immer sie welchen zur Hand hatte, noch eine Prise Zucker mit in den Teig. Frisch aufgeschnitten und mit goldgelber Butter, die sie von einer Nachbarin bekam, schmeckte das Brot fast besser als jeder Kuchen.

Für ein neues Brot war es jetzt jedoch zu spät, die Männer würden jeden Augenblick heimkommen und sie hatte nichts, was sie ihnen zu essen geben könnte.

Verzweifelt sah sie sich in der Küche um. *Was konnte sie …*

In diesem Augenblick hörte sie, wie sich vom Flur her Schritte näherten, und fuhr herum. Es war jedoch nicht, wie sie erwartet hatte, ihr Mann mit Reverend Stanley, sondern der Doktor, der im Rahmen Halt suchend in der Tür stehen blieb, als getraute er sich nicht, näherzutreten, und sie unsicher anstarrte.

»Doktor Tulliver!«

Er zuckte zusammen, rührte sich jedoch nicht, sondern starrte sie weiterhin an, als hätte er sie noch nie zuvor gesehen.

»Madam?«

Seine Stimme klang zögernd und unsicher. Er kam auch nicht näher heran, sondern blieb, wo er war. Seinen Blick hielt er fest auf Catharine gerichtet, als versuche er auszumachen, wer sie sei.

Catharine schluckte. Erkannte er sie denn nicht? Er hatte doch vor zwei Tagen noch ganz klar zu ihnen gesprochen, hatte sie alle beim Namen genannt – William, Mr Stanley und auch sie. Er musste sich doch erinnern!

Langsam schüttelte sie den Kopf. Ihr Herz war voller Mitleid. Armer Tulliver – armer Mann! Vorsichtig ging sie einen Schritt auf ihn zu, zeigte dabei auf den Schemel, auf dem sie zuvor gesessen hatte und sagte: »Seien Sie gegrüßt, Doktor. Kommen Sie doch herein und setzen Sie sich. Möchten Sie einen Schluck Wasser? Ich habe frisches, klares Wasser aus dem Bach oben. Es ist sauber und gut. Hier, setzen Sie sich.«

Sie sprach sanft und ruhig zu ihm wie zu einem ängstlichen Kind und es schien, als löste das ein wenig von seiner Anspannung. Jedenfalls kam er, gestützt auf seinen Stock, in die Küche gehumpelt und ließ sich langsam auf dem Schemel nieder, den Catharine ihm hinschob. Auch nahm er dankbar den Becher, den sie ihm reichte, und leerte ihn bis auf den letzten Tropfen.

Catharine lächelte. »Sehen Sie, das hat Ihnen gutgetan. Sie haben lange geschlafen – wie geht es Ihnen jetzt? Fühlen Sie sich besser?«

Der Doktor schüttelte den Kopf. »Ich habe Schmerzen. Mein Kopf … ich erinnere mich nicht mehr. Können Sie mir sagen, was mit mir geschehen ist? Woher stammt diese Wunde?«

»Wir hatten gehofft, dass Sie es uns sagen könnten, Doktor …«

»Nein. Ich erinnere mich an nichts – nun, an fast nichts, außer an eine dunkle, kleine Hütte, in der ein alter Mann und ein jüngerer mich pflegten. Aber wer sie waren – oder wer Sie sind …« Catharine streckte eine Hand nach ihm aus und berührte kurz seinen Arm. »Ich bin Mrs Mompesson, Sir, die Frau des Reverends, bei dem Sie wohnen, seit Sie im vergangenen Herbst hierherkamen, um uns im Kampf gegen die Pest zu helfen. Erinnern Sie sich? Sie sind in Eyam, Sir.«

Er sah sie lange an, dann begann er langsam zu nicken. »Eyam – die Pest … ja, ich glaube, ich erinnere mich langsam. Und Sie sind Mrs – Mrs Catharine Mompesson, ja?«

Ihre Augen leuchteten auf. »Ja, das bin ich. Und mein Mann müsste auch jeden Augenblick zurück sein, vielleicht hilft es Ihnen, mit ihm zu sprechen.«

Sie zögerte. »Erinnern Sie sich an Ihre Frau – an Amy?«, fragte sie leise und biss sich auf die Lippen, während sie auf seine Antwort wartete. *O bitte, Gott,* dachte sie, als das Schweigen anhielt, *hilf ihm sich zu erinnern. Hilf ihm …*

Da hob er den Kopf und sie glaubte, nun ihrerseits ein Leuchten in seinen Augen zu erkennen. »Ja«, flüsterte er endlich mit rauer Stimme und er nickte. »Ja, ich erinnere mich an Amy. Wo ist sie – ist sie nicht hier?«

»Nein, Doktor, sie blieb in Bakewell, zusammen mit Ihrem Kind«, erwiderte sie sanft. »Wir erhielten erst vor einigen Tagen einen Brief von ihr, in dem sie besorgt nach Ihrem Verbleib fragte – natürlich konnten wir ihr keine Antwort geben, und so ließ ich den Brief bis heute liegen. Wenn es Ihnen besser geht, sollten Sie ihr antworten, damit sie sich nicht mehr sorgen muss.«

»Das werde ich tun, wenn«, er fasste sich an die Stirn und verzog schmerzerfüllt das Gesicht, »wenn ich wieder klar denken und womöglich auch eine Feder halten kann. Aber sagen Sie mir: Was ist mit mir geschehen? Warum *erinnere ich mich nicht?*«

Catharine sah zur Tür hin – wenn doch nur Mr Mompesson endlich kommen würde! Er könnte es dem Doktor viel besser sagen, könnte ihm helfen … irgendwie. Er fand ja immer die richtigen Worte, deshalb hörten die Menschen ihm auch zu und glaubten ihm.

»Ich weiß es nicht, Doktor. Als wir Sie das letzte Mal sahen, hatten Sie einen Brief für Ihre Frau dabei, den Sie zum Brunnen hinaufbringen wollten. Was immer dort geschah – Sie kamen nicht mehr zurück … Wir suchten Sie überall, tagelang, aber …«

»Wir vermuteten, dass Sie dort oben überfallen wurden«, fuhr sie nach einer Pause fort und wünschte immer noch, William möge endlich kommen. »Das würde auch die Wunde erklären. Irgendjemand muss Ihnen übel mitgespielt haben, ein Räuber oder irgendein anderer armer Mensch, der den Verstand verloren hat und nicht mehr weiß, was er tut. Das macht die Seuche, sie verändert das Wesen der Menschen. Manch einer … manch einer wird nie wieder derselbe, der er einmal war …«

Gordon nickte abwesend. Eine Zeit lang sah er schweigend zum Fenster hin, während sie sich mit den Töpfen und Pfannen beschäftigte, dann blieb sein Blick an den Flaschen und Karaffen mit den verschiedenen Tinkturen hängen, die auf einem Regal standen, säuberlich aufgereiht, und eine weitere Erinnerung kam zurück.

»Sie nennen mich Doktor, Madam. Diese Flaschen … sie enthalten Medizin, nicht wahr? Meine Medizin?«

»Ja, Doktor. Es sind Ihre Arzneien. Sie werden uns geschickt, aber – niemand weiß so gut damit umzugehen wie Sie. Wir hoffen, dass Sie uns bald wieder helfen können, denn es steht schlimm um Eyam. Wirklich schlimm.«

Er fuhr herum und sein Blick traf sie direkt. »Wie schlimm, Madam?«

Sie zögerte. »Über neunzig Tote, Doktor, und es werden immer noch mehr. Deshalb beschlossen mein Mann und Reverend Stanley auch, das Dorf unter Quarantäne zu stellen. Wir hatten gerade darüber entschieden, als Sie im Cucklet Delph aufgetaucht sind.«

»Cucklet Delph«, murmelte er. »Ich erinnere mich an diesen Ort. Und ich erinnere mich an diese Versammlung. Es waren viele Menschen da … Aber weshalb trafen Sie sich dort draußen und nicht in der Kirche, wie sonst auch?«

»Weil mein Mann der Ansicht ist, dass in geschlossenen Räumen die Ansteckungsgefahr zu groß ist. Deshalb hält er schon seit dem Frühling die Gottesdienste im Freien ab. Sie … Sie erinnern sich nicht?«

Er zögerte. »Ich … ich glaube schon, aber … Es ist mir, als läge ein schwerer Nebel über meiner Erinnerung, der sich nur langsam hebt. Bitte, erzählen Sie mir noch mehr, Madam, von Eyam und von dem, was geschah, in der Zeit, in der ich – fort war …«

So setzte Catharine sich zu ihm und erzählte ihm von den Menschen, die gestorben und von denen, die geflohen waren, und von der Resolution. Als der Doktor alles angehört hatte, sah er die Pfarrfrau lange an und sie glaubte, etwas von dem wachen Verstand wieder in seinen dunklen Augen zu erkennen, der ihn zu dem Menschen machte, der er war und den sie alle hier so schätzten.

»Niemand darf das Dorf verlassen und niemand darf es betreten? Was ist dann mit den Arzneien, wie kommen sie hierher – und wie die Briefe? Wie soll ich meiner Amy schreiben, wenn der Brief sie nie erreichen wird?«

»Aber er wird sie ja erreichen. Es gibt verschiedene Plätze außerhalb des Dorfes, an welchen wir Geld für Essen und Arzneien und auch unsere Post hinterlegen. Boten kommen und holen sie ab. Oder sie bringen uns das, was wir brauchen, und legen es an diese Plätze. Einer von diesen ist der Brunnen, zu dem Sie an dem Tag Ihres Verschwindens gingen. – Aber mein Mann wird Ihnen alles andere viel besser erklären können als ich, wenn er erst wieder da ist. Wollen Sie sich nicht noch ein wenig hinlegen, bis er kommt und ich das Essen fertig habe? Sie waren jetzt lange auf und haben viel gehört, das Sie sicherlich noch beschäftigen wird …«

Ihre Hilflosigkeit rührte den Doktor und ein Lächeln überflog sein geschundenes Gesicht. »Es ist gut, Madam«, versicherte er. »Sorgen Sie sich nicht um mich. Ich kann schon auf mich aufpassen …« Wie zu sich selbst murmelte er: »Wenn ich doch nur bald wieder für die Menschen hier etwas tun könnte.« Er hielt inne, als fiele ihm plötzlich etwas ein. »Wie geht es Amys Eltern, sind sie wohlauf? Ich erinnere mich, dass Mrs Swann schwanger war … hat sie das Baby schon bekommen?«

Catharines Gesicht verdunkelte sich. »Ja, Doktor. Sie hat es noch mit Ihrer Hilfe bekommen – und leider inzwischen wieder verloren. Es war noch keinen Monat alt. Auch Ihr Schwiegervater erlag der Seuche und ihr Neffe David. Und –«, sie wagte kaum, ihn anzusehen, »und Susanna auch …«

Sprachlos vor Schreck starrte Gordon sie an und sie schüttelte stumm den Kopf, Tränen in den Augen. »Es … es tut mir so leid, Doktor. Ich wünschte, ich hätte es Ihnen nicht sagen müssen. Verzeihen Sie bitte. Ich … ich muss mich jetzt um das Essen kümmern.«

Sie wandte sich abrupt ab, ging zum Schrank hinüber und nahm ein paar Sachen heraus, die sie zum Backen brauchte: Mehl, Salz und Zucker sowie Zwiebeln und Äpfel, die sie zu einer Soße für den angefangenen Braten verarbeiten würde. Wenn ihr Mann nach Hause kam, würde er Hunger haben.

»Und *Mrs* Swann – ist sie noch am Leben? Ist sie hier?«

Vor Schreck beinahe das Salz fallen lassend, das sie gerade in der Hand hielt, wandte Catharine sich um. »Ja, Doktor, sie lebt. Das heißt – ich hoffe, dass sie lebt. Sie hat das Dorf verlassen – an dem Tag … an dem Tag, als ihre Tochter starb. Ich weiß nicht, wohin sie ging, aber mein Mann wird es wissen. Sie können ihn nachher fragen. Wenn Sie mich jetzt entschuldigen wollen …«

Oh, warum ging er nicht endlich? Warum musste sie ihm dies alles sagen, warum fragte er so viel? Warum kam William nicht?

Sie fühlte eine Hand auf ihrer Schulter und hörte ihn leise sagen: »Ich danke Ihnen für alles, was Sie für mich getan haben, Madam, in

Werken und in Worten. Auch für Ihre Ehrlichkeit danke ich Ihnen. Es ist gut, dass ich die Wahrheit kenne, ehe ich Amy schreibe – was ich hoffentlich bald tun kann. Denn wenn ich erst die Feder wieder halten kann, werde ich auch Ihnen bald wieder helfen können. Es sieht so aus, als ob Ihr Gatte jede Hilfe brauchen kann.«

Sie lächelte gequält, schluckte die Tränen hinunter und antwortete: »Das werden Sie bestimmt, Doktor. Und nun gehen Sie und ruhen Sie sich aus. Sie sollten noch nicht so viel auf den Beinen sein. Wenn mein Mann Sie so sieht, wird er mit mir schimpfen.«

Gordon nickte, wandte sich um und ging. – Kaum aber, dass er zur Tür hinaus war, ließ Catharine sich auf einen Hocker fallen, schlug die Hände vors Gesicht und begann vor Erschöpfung und Verzweiflung haltlos zu weinen.

Es sollte noch Wochen dauern, bis Gordon Tulliver so weit genesen war, dass er seinen Pflichten als Arzt wieder nachkommen und den anderen helfen konnte. Mit jedem Tag aber, den er – unter der strengen Aufsicht und Pflege der Pfarrfrau – ruhig in seiner Kammer verbrachte, kamen auch seine Erinnerungen allmählich zurück; erst bruchstückhaft, dann immer mehr und immer deutlicher. Das Einzige, das gleichsam wie ein schwarzes Loch in seinem Gedächtnis blieb, war der genaue Umstand des Überfalls, an den er sich auch später nie mehr erinnern konnte. Auch die Zeit, die er in jener einsamen Hütte im Wald verbracht hatte, schien ihm wie eine Ewigkeit und nicht wie die vier oder fünf Wochen, die er tatsächlich dort gewesen war.

»Das hagere Gesicht des Alten, der mich pflegte, sehe ich so deutlich vor mir, als stünde er jetzt hier im Raum; ich meinte auch die ganze Zeit über, ihn von irgendwoher zu kennen. – Nun, sobald es mir besser geht und ich den alten Stecken hier nicht mehr benötige, will ich mich aufmachen und mich für alles bei ihm und seinem Sohn bedanken. – Jetzt aber sei so gut und gib mir Papier und Feder, lieber William, und lass mich ein paar Zeilen an meine Amy schreiben, damit sie endlich aufhören kann, sich zu sorgen, ob ich noch am Leben bin.«

»Schlimm genug, dass ich ihr von ihrer Familie berichten muss – nun«, setzte er, mehr zu sich selbst, noch hinzu, »vielleicht kann das auch bis zu einem späteren Brief warten. Ach!«, rief er und schüttelte den Kopf in müder Verzweiflung, »wäre ich doch nur hier gewesen – hätte ich doch nur helfen können!«

Der Reverend kam zu ihm, legte ihm eine Hand auf die Schulter und klopfte sie leicht. »Gräm dich nicht über das, was war, Gordon, und was nicht mehr zu ändern ist. Du wirst uns schon noch wieder helfen können. Und mehr als dir lieb ist – es steht schlimm um Eyam. Wirklich schlimm.«

… und ich weiß, dass es Dein Herz bricht und glaube mir, ich würde alles darum geben, hätte ich da sein, hätte ich es verhindern können. Aber ich konnte es nicht. Gottes Wege sind nun einmal nicht unsere Wege, Amy, und auf manche unserer Fragen werden wir nie eine Antwort finden, solange wir hier auf der Erde weilen. Das eine aber weiß ich ganz sicher: dass ich Dich von Herzen liebe, meine Amy, meine Nachtigall, und dass ich zu Dir zurückkehre, sobald ich kann, damit alle Deine Tränen trocknen und Du nicht mehr um mich weinen musst.

Halte nur aus, meine Amy, und glaube mir: Ich komme wieder.

Gordon ließ die Feder sinken, sah zum Fenster hin und schüttelte traurig den Kopf. Wenn er sich doch seiner eigenen Worte sicher sein könnte, wenn er doch mit größerer Gewissheit sagen könnte: *Ja, ich komme wieder.* Aber er wusste – und Amy würde es auch wissen, wenn sie erst seinen Brief gelesen hatte und den traurigen Bericht, den er enthielt –, dass es nun nicht mehr an ihm lag, ob er sein Versprechen halten konnte oder nicht.

Das lag allein in Gottes Hand.

24

Neue Hoffnung

Die alljährlich im Sommer stattfindende Treibjagd auf Chatsworth war ein großes Ereignis und daran teilzunehmen eine Ehre und Selbstverständlichkeit für jeden Edelmann in der Umgebung. Während die Gentlemen sich bei der Jagd vergnügten, versammelten sich die Damen in dem eigens zu diesem Zweck von der ersten Besitzerin Chatsworths, Elizabeth von Hardwick, im Jahre 1558 erbauten Hunting Tower, einem imposanten dreigeschossigen Gebäude aus massivem Stein, von dessen vier hübschen Zwiebeltürmen – oder besser gesagt, aus deren hohen, schmalen Fenstern heraus – man einen großen Teil des parkähnlichen Geländes überblicken konnte. Hunting Tower befand sich hoch oben auf einer Hügelkuppe inmitten des Waldes, der Chatsworth von drei Seiten umgab, und konnte nur zu Fuß oder zu Pferd erreicht werden; eine Tatsache, die es so manch älterem Gast, der nicht mehr so gut zu Fuß war, schwer machte, ihn überhaupt zu erreichen. Besonders an Tagen wie in diesem Jahr, an denen es zuvor stark geregnet hatte, waren die Wege aufgeweicht. Viele Damen wurden deshalb von Knechten des Grafen begleitet, die das Pferd am engen Zügel durch das Gelände führten, während andere unten blieben und sich bei einem Spaziergang durch die weitläufigen Gärten von Chatsworth die Zeit bis zur Rückkehr der Jäger und dem Beginn des Festes vertrieben.

Amy, die sich wacker über Stock und Stein gekämpft hatte, genoss den Spaziergang und war froh, endlich einmal dem für sie oft recht tristen Dasein auf Morton Hall entfliehen zu können. Seit dem Tod seiner Frau hatte Lord Craven sich von allem zurückgezogen und verbrachte die meisten Tage – und, wie Amy vermutete, auch die Nächte – in seiner geliebten Bibliothek. Die Trauer hing über dem Haus wie ein dicker, schwerer Schleier; alles schien nur noch zu flüstern und zu schleichen, die Atmosphäre war ganz und gar erdrückend. Eigentlich hätte man natürlich nicht zur Jagd – und schon gar nicht zum anschließenden Tanz – gehen dürfen, aber der junge Lord Craven hatte sich, wie so oft, über den ausdrücklichen Befehl seines Vaters hinweggesetzt und hatte Amy, Lady Ashley sowie einige andere der noch auf Morton Hall weilenden Gäste mitgenommen.

»Der Einladung des Grafen nicht zu folgen wäre ein Affront – schließlich kann man nicht verlangen, dass das ganze Dorf trauert. Dass Vater nicht geht, mag verständlich sein. Aber was uns anbetrifft, glaube ich, dass uns die Abwechslung nur guttun wird. Schließlich haben wir noch Gäste, denen wir – selbst unter diesen Umständen – ein wenig Unterhaltung schulden«, hatte er Louise erklärt, die gleichfalls versucht hatte, ihren Bruder von seinem, wie sie es nannte, geschmacklosen Vorhaben abzuhalten. »Vater würde jedem von uns verbieten zu tanzen, zu trinken oder gar zu lachen, wenn er könnte, und zwar für lange Zeit – was das Leben, wenn du mich fragst, doch ziemlich unerträglich machen würde. Wir sind schließlich keine Puritaner!«

Amy, die gerade in der Nähe gewesen war, war vor Scham rot angelaufen. Wie konnte er es wagen, so über den Glauben ihres Mannes zu sprechen! Er war sich ihrer Anwesenheit wohl bewusst und hatte auch zu ihr hinübergeblickt, als wolle er sich vergewissern, dass sie jedes Wort mitbekam. Wollte er ihr zeigen, dass er die bessere Wahl für sie war, weil er das Leben für ein einziges Spiel hielt, in dem es um nichts als Tanz, Wein und Vergnügen ging? Wenn dem so war, sollte er sich bitter täuschen: Sie würde alles darum geben, neben ihrem Mann am Feuer zu sitzen, ihr Kind im Arm, und ihm zuzuhören, wie er ihr aus der Bibel vorlas, statt Francis Craven zu diesem Ball zu begleiten. Tanzen würde sie nicht, das wenigstens hatte sie sich von ihm erbeten, da sie nicht wollte, dass man sie für das hielt, was sie – zumindest aus ihrer Sicht – noch lange nicht war: seine Braut.

Sie wusste nicht, ob er jemals mit seinem Vater über sie – und ganz besonders über die Anklage seiner Schwester – gesprochen hatte. Amy wusste nicht einmal, ob der alte Lord überhaupt etwas von dem ahnte, was sich hinter seinem Rücken abspielte. Gerade das machte sie aber noch befangener: Als seine Frau noch am Leben war, hatte Lord Craven immer ein Auge auf alles gehabt, auch auf sie, und dafür gesorgt, dass man sie – »ihrer Stellung als Arztfrau und als Lehrerin unserer Tochter entsprechend«, wie er es auszudrücken pflegte – respektvoll und gut behandelte. Wie sehr vermisste sie dieses Augenzwinkern, wenn er seine goldene Taschenuhr herausholte und ihr zuflüsterte: »Zeit, das letzte Lied zu spielen und ins Bett zu gehen, junge Dame«, fast, als sei sie eine Tochter für ihn. Möglicherweise war Louise Craven eifersüchtig, da es Amy offenbar gelungen war, sowohl den Vater als auch den Bruder für sich einzunehmen. Ihre Eifersucht musste sie wohl auch dazu getrieben haben, diese Dinge von Amy zu behaupten, die ihr beinahe zum Verhängnis hätten werden können – und, was Francis Craven anbetraf, tatsächlich zum Verhängnis geworden waren.

Amy wünschte, sie hätte ihm dieses ungeheuerliche Versprechen nie gegeben; es lastete schwer auf ihrer Seele, besonders in den langen, einsamen Nächten, in denen sie keinen Schlaf finden konnte und immer wieder, wenn sie nur die Augen schloss, Gordons trauriges Gesicht vor sich sah.

Warum hast du das getan, Amy? Warum?

Weil ich keinen anderen Ausweg wusste. Weil ich keine Zeit hatte nachzudenken – es ging alles so schnell! Und ich hatte solche Angst …

– Sie wusste nicht, ob Gordon sie verstehen würde, wüsste er, was sie getan hatte, gerade das aber machte es für sie nicht leichter. In manchen ihrer schlaflosen Nächte quälte sie sich so sehr, dass sie schweißgebadet aus ihren Albträumen aufwachte und Emma sie lange im Arm wiegen musste, ehe sie sich wieder beruhigte. Sie hatte Emma nichts von ihrem Versprechen erzählt und würde sich auch hüten, es zu tun – zumal sie befürchtete, dass Emma sich in den jungen Lord verliebt hatte und nichts Schlechtes auf ihn kommen lassen würde. Ja, Emma gefiel das Leben auf Morton Hall und die

Gesellschaft der anderen albernen jungen Mägde, die immer irgendwelche Geschichten zu erzählen hatten. – Umso mehr musste Amy sich in Acht nehmen, was sie sagte und was sie tat.

Als sie jetzt in die Halle des Hunting Tower trat, nahm sie ihre Haube ab und sah sich um. Auf langen Tischen waren die köstlichsten Speisen aufgebaut, dass einem schon beim Anblick das Wasser im Mund zusammenlief: Da gab es Hühnchen und kalten Braten, Wildbret und Fisch, frisch gefangen aus dem Wye, allerlei Pasteten und Kuchen, gewürzte Birnen in Honigsoße, Vanillecremetörtchen und Marzipankonfekt, Körbe voller Früchte, goldglänzende Käselaibe und Brot, so viel man nur essen konnte. Dazu standen da Krüge, randvoll mit französischem Wein, und Bier, ebenfalls in Krügen, um den Durst der Männer zu stillen, die jeden Augenblick zurückerwartet wurden.

»Wenn das nicht Mrs Gordon Tulliver ist – willkommen, willkommen, Sie tapferste aller Frauen! Ich habe schon von den Heldentaten Ihres lieben Gatten gehört, und nun darf ich Sie als Gast in unserem Haus begrüßen. Es ist mir eine Freude und eine Ehre.«

Amy wandte sich um und sah sich der Gräfin persönlich gegenüber. Sie knickste, reichte der älteren Dame ihre Hand und war froh, dass sie, obgleich sie schon die Haube abgenommen, doch wenigstens noch die Handschuhe anbehalten hatte. Wenn Gordon sie so sähe, würde er sich schämen.

»Gräfin«, grüßte sie mit klopfendem Herzen und knickste vorsichtshalber noch einmal. »Erlauben Sie mir zu sagen, dass es *mir* eine Ehre ist, Ihr Gast sein zu dürfen. Und ich darf Ihnen auch im Namen meines Gatten seinen aufrichtigsten Dank dafür aussprechen, dass Sie so viel für die Menschen in Eyam tun.«

Die Gräfin, eine hübsche, schlanke Frau von großer Eleganz, winkte ab. »Es ist das Mindeste, was wir tun können. Und wir sind nicht die Einzigen, die helfen – es gibt noch viele andere, die ebenso viel tun, wenn nicht sogar mehr. Meine größte Bewunderung gehört, außer Ihrem Gatten und Reverend Mompesson natürlich sowie dem alten Stanley, von dem man auch viel Gutes hört, allerdings, ich muss es einmal sagen, den Boten, die unermüdlich hin und her reiten und die Dinge, die wir schicken, sicher dort hinbringen. Aber nun sagen Sie mir, meine Liebe, wie es Ihrem Gatten dort geht? Ist er wohlauf? Und schreibt er Ihnen auch recht oft?«

Nervös an ihrer Haube nestelnd, folgte Amy ihrer Gastgeberin und staunte, dass diese sich nicht zu schade war, ihr selbst den Wein einzuschenken. Louise Craven würde so etwas niemals einfallen, und sie war noch nicht einmal eine Gräfin!

Dankbar knicksend, nahm sie den Becher und trank einen Schluck. »Nein, Mylady, leider nicht. Seit Monaten habe ich schon nichts mehr von ihm gehört, von niemandem aus Eyam, um es ehrlich zu sagen. Es scheint, als ob ... als ob er und alle anderen ...« Blinzelnd schüttelte sie den Kopf und fuhr sich mit der Hand über die Augen.

»So schlimm? Ach ... Kommen Sie, Kind, kommen Sie mit. Wir setzen uns ein wenig, dort drüben beim Fenster ist es heller und auch etwas ruhiger als hier. Sie müssen sich wohl einmal tüchtig ausweinen, wie mir scheint.«

Das musste Amy tatsächlich und sie war überrascht, wie leicht es ihr hinterher fiel, der guten Gräfin alles zu erzählen – sie redete und redete, die Worte sprudelten nur so aus ihr heraus.

Als sie geendet hatte, strich ihr Lady Elizabeth eine Träne aus dem Gesicht und sagte: »Es bricht mir das Herz, Sie so traurig zu sehen, Mrs Tulliver. Wenn ich meinem guten Cavendish davon erzähle, wird er sicher gleich morgen einen Boten nach Eyam schicken, dass er die Umgebung nach Ihrem Mann absucht. Wenn Sie es erlauben, werde ich gleich zu ihm gehen, wenn er nach Hause kommt, und ihm alles berichten, damit wir keine Zeit verlieren. Was halten Sie davon?«

»Oh! Das ist zu freundlich von Ihnen, Mylady, ich ... ich danke Ihnen.«

Die Gräfin nahm lächelnd ihre Hand und drückte sie. »Versprechen kann ich Ihnen freilich nicht, dass wir ihn finden; aber wir werden tun, was wir können. – Sehen Sie! Da kommen sie schon, unsere wackeren Jäger. Und Zeit wird es auch, denn wir müssen essen, ehe es dunkel wird und wir den Weg zum Haus nicht mehr zurückfinden. Denn so schön dieses Gebäude ist, so reicht doch der Platz in der Halle nicht zum Tanzen. – Sie werden natürlich nicht tanzen, nehme ich an?«

Amy schüttelte langsam den Kopf.

»Natürlich nicht. Das wird ja jeder verstehen. Aber glauben Sie mir, meine Liebe«, sagte sie und tätschelte dabei Amys Arm, »der Abend hier wird Ihnen dennoch guttun. Es war eine weise Entscheidung von Lord Craven, Sie gehen zu lassen, und eine sehr großherzige noch dazu, wenn man bedenkt, dass er selbst in Trauer ist und natürlich nicht kommen würde. – Ah, da ist ja auch schon der junge Lord Craven – geben Sie nur acht«, sagte sie und zog Amy näher zu sich heran, »dass er nicht zu viel Wein trinkt. Dann müssen Sie sich vorsehen. Ist sonst noch jemand bei Ihnen? Eine Dame, die Sie begleitet?«

»Oh! Aber ja«, versicherte Amy und versuchte, ein unbekümmertes Lächeln aufzusetzen. Sie wusste zu gut, wie gefährlich ihr Francis Craven an diesem Abend werden konnte, mit oder ohne Wein. Wenn sein Vater nicht in der Nähe war, traute sie ihm nicht weiter als bis nach Morton Hall. Deshalb war sie auch ganz froh, dass Lady Ashley dabei war, die ihn, wie sie hoffte, hinreichend ablenken würde. »Natürlich, Mylady. Eine Cousine von Miss Craven ist mit uns gekommen, Lady Ashley, und noch einige weitere Damen in Begleitung von Gentlemen, die alle an der Jagd teilnehmen wollten, bevor sie wieder abreisen. – Sie sehen Lady Ashley dort drüben bei der Tür stehen, Lady Eleanor ist gerade bei ihr – Ihre Nichte, wie ich verstehe.«

Lady Elizabeth folgte ihrem Blick. »Ja, ich kenne sie. Eine reizende junge Dame, aber sie hört sich selbst zu gerne reden, wenn Sie mich fragen. Nun kommen Sie, lassen Sie uns zu Tisch gehen. Wollen Sie mir die Freude machen und neben mir sitzen?«

»Es ist mir eine Ehre«, erwiderte Amy dankbar lächelnd und war froh, auf diese Weise der Verlegenheit zu entgehen, neben Francis

Craven Platz nehmen zu müssen. Wenn sie ihn nur weit von sich halten konnte …

Aber da war er schon – das strahlende Lächeln eines Siegers auf dem Gesicht, kam er geradewegs auf sie zu und flüsterte ihr vor den Augen der Gräfin ins Ohr: »Ich habe den ersten Preis gemacht und darf somit den Tanz eröffnen. Wollen Sie mir die Ehre erweisen, Amy? Bitte!«

Amy konnte vor Verlegenheit noch kein Wort herausbringen, da hörte sie Lady Elizabeth an ihrer statt antworten: »Sie wird nicht tanzen, Francis. Geh und frag Lady Ashley, sie wartet nur darauf, dass du mit ihr sprichst. Und *sie* ist nicht verheiratet.«

Damit nahm die Gräfin Amy am Arm und führte sie unter dem sprachlosen Blick des enttäuschten Liebhabers weg zu Tisch.

In der Bibliothek brannte noch Licht, als Amy spät an diesem Abend daran vorbeiging; sie fragte sich, ob Lord Craven wohl über seinen Büchern eingeschlafen war. Amy blieb kurz stehen. Sollte sie zu ihm gehen?

Die Tür war nur angelehnt, durch den Spalt konnte sie ihn an seinem Schreibtisch sitzen sehen: Er sah nachdenklich ins Feuer, das fast heruntergebrannt war. Seine Hände waren ineinander verschränkt, das bärtige Kinn ruhte schwer darauf, und sie hörte ihn wehmütig seufzen.

Armer Mann, dachte sie und ihr Herz füllte sich mit aufrichtigem Mitleid. Sie hatte Lady Craven nicht gern haben können, aber er schien sie wohl doch mehr geliebt zu haben, als es zu ihren Lebzeiten den Anschein gemacht hatte. Ihr plötzlicher Tod – und der des ungeborenen Kindes – setzte ihm mehr zu, als sie erwartet hatte. Heute Morgen hatte Amy sogar gehört, wie er die kleine Georgiana angefahren hatte, was noch nie vorgekommen war. Das arme Mädchen war vollkommen verstört gewesen.

Amy wollte gerade weitergehen, da hob Lord Craven plötzlich

den Blick und sah geradewegs zu ihr herüber. Ehe sie sich hinter der Tür verstecken konnte, hatte er sie auch schon entdeckt.

»Amy!«, rief er überrascht. »Was tun Sie hier um diese Stunde, meine Liebe?«

»Ich«, stammelte sie verlegen, »ich komme eben von Chatsworth, Sir, und … und als ich Ihr Licht sah – nun, ich dachte … ich dachte …«

»Sie dachten, was macht der alte Mann so spät noch hinter seinen Büchern? – Ich kann nicht schlafen, Amy, wie jede Nacht. Ich sitze immer hier und sinniere über … ach, über alles. Aber kommen Sie doch herein, meine Liebe, und setzen Sie sich noch ein Weilchen zu mir. Es sei denn, Sie sind zu müde?«

»Oh! Nein, Sir, ich bin nicht müde – nun, nicht sehr.«

Zögernd trat sie näher und sah sich beinahe ehrfürchtig in dem holzvertäfelten Raum um. Überall standen Bücher, dicht an dicht in den hohen Regalen aus dunklem Holz, die vom Boden bis zur Decke reichten. Bücher, so kostbar, dass Amy ein Seufzen entfuhr, noch ehe sie es verhindern konnte. Sie hatte in ihrem Leben wenige Bücher gelesen, ihre Eltern hatten nicht viele besessen und Gordon besaß außer seiner Bibel auch nur einige medizinische Werke und den Euklid, mit dem aber selbst er nicht viel anzufangen wusste, obwohl er ein kluger Mann war. Ein Mitstudent von der Universität, der sich neben der Medizin noch mit der Kunst der Architektur beschäftigte und davon geträumt hatte, eine Kathedrale für seine Stadt zu bauen, hatte Gordon dieses Buch als Dank für die Errettung seines Lebens geschenkt. Gordon hatte es nicht übers Herz gebracht, das kostbare Geschenk zurückzuweisen, und so hatte der Euklid seinen Platz in ihrem bescheidenen Bücherschrank gefunden.

Lord Craven ging zum Kamin und blieb dort – Amy den Rücken zugewandt – stehen. Fast schien es, als habe er vergessen, dass sie im Raum war, so lange stand er nur da und schwieg. Dann aber drehte er sich auf einmal um und sah ihr geradewegs ins Gesicht.

»Ich fahre morgen für einige Zeit nach Kent, Amy. Um ehrlich zu sein: Ich möchte, dass Sie mich begleiten. Ich wollte Georgiana erst hier bei Ihnen lassen, aber ich bin nun doch zu dem Schluss gekommen, dass es auch ihr wohltäte, für eine Zeit in einer anderen Umgebung zu sein. Wir werden den Rest des Sommers über dort bleiben und auf dem Heimweg dann für einige Wochen in London haltmachen. Ich habe es Georgiana schon lange versprochen, sie einmal mit in die Stadt zu nehmen. Jetzt scheint mir genau der richtige Zeitpunkt. Können Sie mir folgen, Amy?«

Amy nickte, doch in ihrem Kopf schwirrte es vor Aufregung. Alle Gedanken drängten sich zur selben Zeit – nach Kent! Sie! Und nach London! So weit war sie in ihrem ganzen Leben noch nicht gereist.

»Ich … ich weiß nicht, was ich sagen soll, Sir. Ich …«

»Sie brauchen nichts zu sagen, meine Liebe. Es wird Ihnen guttun, das weiß ich, denn hier sind Sie doch wie eine Gefangene und können es ebenso wenig ertragen wie ich, wenn die Tage so langsam dahingehen. Glauben Sie mir, ich weiß, wie Sie sich fühlen! Ich weiß, wie Ihnen zumute ist … Kommen Sie mit, Amy. Nehmen Sie Ihre Magd und Ihr Kind und begleiten Sie uns. Wir fahren morgen früh los, sobald wir alle Gäste verabschiedet haben.«

»Aber«, hob sie an und verstummte dann doch, den Blick auf ihre Füße senkend.

Mutlos schüttelte sie den Kopf. Was, wenn in der Zwischenzeit Gordon zurückkäme und sie hier nicht fände? – Doch ihr fehlte der Mut, es auszusprechen, und so stand sie schweigend da und wartete darauf, dass Lord Craven sie entließ.

»Sie brauchen sich wegen Ihres Gemahls keine Sorgen zu machen«, sagte er lächelnd, als habe er ihre Gedanken erraten. »Wir werden natürlich eine Nachricht nach Eyam schicken und ihn wissen lassen, wo er Sie finden kann, wenn er kommt. Und sobald Sie dort sind, können Sie ihm selbst schreiben. Gibt es sonst noch etwas, das wir besprechen sollten?«

Sie hob den Blick und sah kopfschüttelnd zu ihm hin.

Er lächelte. »Gut«, entgegnete er und nahm seinen Platz hinter dem Schreibtisch wieder ein. »Dann gehen Sie jetzt besser schlafen, meine Liebe. Es wird eine lange, anstrengende Reise. – Gute Nacht, Amy.«

Amy knickste höflich und entfernte sich leise.

Nach Kent also, dachte sie, als sie kurz darauf unter die Decke schlüpfte und einen Arm nach Grace ausstreckte. *Und schon morgen. Wenn Francis Craven davon erfuhr, dass sie fort war – und er würde sie gewiss vorher nicht mehr zu sehen bekommen, da er ja noch nicht einmal vom Ball zurück war –, würde er außer sich sein vor Zorn.*

»Die Nachtigall ist ausgeflogen«, flüsterte sie und ein zufriedenes Lächeln schlich sich auf ihr müdes, blasses Gesicht. »Und kommt so schnell nicht wieder – nicht zu dir. Niemals mehr wird sie zurückkommen und für dich singen, denn ihr Herz gehört nur einem …«

25

Auf der Riley-Farm

Ruth Talbot stand an der niedrigen Trockensteinmauer, die ihren Teil der Farm von dem der Hancocks abgrenzte – denn beide Familien lebten auf dem Grund und Boden der Rileys, weswegen das Gehöft auch allgemein stets als »Riley Farm« bezeichnet wurde – und winkte John und Elizabeth Hancock zu, die beide beim Spielen waren.

»Grüß dich, Eliza, grüß dich, John! Sagt, ist eure Mutter in der Nähe?«

Die beiden hielten im Spiel inne und sahen erst Ruth, dann einander und dann wieder Ruth an. Sie wussten nicht, ob sie sich mit ihr unterhalten durften. Die Talbots und die Hancocks pflegten eine gute Nachbarschaft und hatten einander immer ausgeholfen, wenn es nötig war, sei es bei der Erntearbeit, bei der Geburt eines Kindes oder beim Räuchern von Schinken und Fisch für den Winter. Auch die Kinder waren gut miteinander befreundet und die jüngeren spielten für gewöhnlich jeden Tag miteinander.

Doch seit die Pest bei den Talbots ins Haus gekommen war, hielten beide Familien Abstand, auch wenn es ihnen schwerfiel, besonders den Kindern.

Deshalb tat Elizabeth, die Ältere der beiden, auch nur einen zaghaften Schritt nach vorn und rief aus sicherem Abstand: »Nein, sie ist ins Dorf hinuntergegangen. Soll ich ihr etwas von Ihnen ausrichten?«

»Ja. Bitte sag ihr doch, dass ich sie in einer dringenden Angelegenheit sprechen muss. Sie kann hierher zur Mauer kommen, ich sehe sie dann vom Haus aus und komme auch her – natürlich halten wir Abstand, Eliza, sorge dich nicht. Ich bin auch ganz gesund, mir fehlt nichts! Wirklich! Sag ihr das, ja?«

Das Mädchen zog die Nase kraus und überlegte eine Weile, dann rief es: »Gut! Ich sag's ihr. Aber nur, wenn du versprichst, ihr nicht zu nahe zu kommen. Ich will meine Mama nicht verlieren.«

Ruth schluckte, Tränen brannten in ihren Augen. »Natürlich nicht«, murmelte sie, »wer würde das wollen?«

Es dämmerte, als Mrs Hancock nach Hause kam, mit leerem Korb – denn sie hatte Mehl und ein paar andere Dinge kaufen wollen, die ihr aber niemand hatte geben können – und schwerem Herzen. Was sie im Dorf gehört und vor allem, was sie an Elend gesehen hatte, betrübte sie so sehr, dass sie auf dem ganzen Weg schon geweint hatte und noch immer leise vor sich hin schluchzte und jammerte, als sie in den Hof trat. Elizabeth kam ihr entgegengelaufen, um sie zu begrüßen.

»Mutter!«, rief die Kleine und schmiegte sich an sie. »Oh, Mutter, du bist wieder da … Hast du Mehl bekommen, ja? Können wir heute Abend noch ein Brot backen? Oner hat den letzten Kanten von dem alten aufgegessen; er war so hungrig, da haben wir ihn gelassen. Er isst ja sonst kaum etwas, sagt Vater. Und Mutter, du sollst zur Mauer kommen. Ruth Talbot will dich dringend sprechen.«

Mrs Hancock strich ihrer Tochter übers Haar und lächelte, damit die Kleine nicht bemerken sollte, wie besorgt sie war.

»Ist schon gut, ich gehe gleich hin. Mehl war leider keines mehr zu bekommen, nicht einmal für Geld. Keiner hat Mehl, die meisten Müller leben auf der anderen Seite des Flusses und trauen sich nicht herüber. Wir müssen warten, bis man uns wieder etwas aus Bakewell schickt. So lange müssen wir den Rest von der Gerste nehmen, den wir noch haben, und ihn selbst schroten. Du kannst mir morgen dabei helfen. Nun geh hinein, wasch dich und sag deiner Schwester Alice, sie soll das Essen richten. Ich komme gleich.«

Ruth wartete bereits auf sie. Als sie die Nachbarin herankommen sah, hob sie die Hand zum Gruß und rief: »Guten Abend, Mrs Hancock! Sie brauchen nicht näher zu kommen. Ich kann Ihnen alles von hier aus sagen. Es dauert auch nicht lang! Ich wollte Sie aber wissen lassen, dass unsere Jane heute Nacht gestorben ist – können Sie Elizabeth sagen, dass sie bei Gott ist? Wollen Sie das tun? Bitte … Ich weiß, dass es schwer ist, aber … ich konnte es ihr nicht selbst sagen, als ich sie heute sah. Ich wollte es, aber … ich brachte es nicht übers Herz. Sie waren so gute Freundinnen, wie Schwestern fast …« Sie nahm ihre Schürze und tupfte sich damit die Augen. »Aber es kommt noch schlimmer, Mrs Hancock. Uns bleibt nicht einmal Zeit, um sie zu trauern, es werden immer mehr von uns krank – meiner Schwiegermutter geht es schlecht, sehr schlecht … Ich fürchte, dass wir sie als Nächstes verlieren werden, und Richard auch. Es ist … es ist hoffnungslos.«

Sie weinte und versuchte, doch immer noch weiterzusprechen, alles herauszubringen, was sie auf dem Herzen hatte, aus Angst, sie hätte vielleicht nie wieder Gelegenheit dazu.

Mrs Hancock hörte ihr geduldig zu. Sie hatte Ruth gern und wünschte, sie könnte mehr für die junge Frau tun, als nur dazustehen und zuzuhören, aber vielleicht war es besser als nichts. Ganz bestimmt hatten die Talbots auch nicht viele Menschen, mit denen sie über ihr Leid sprechen konnten, außer dem Reverend natürlich, der fast täglich hier hinausgeritten kam auf seinem Schimmel. Sie hatte ihn gestern Abend erst vom Hof nebenan reiten sehen und hatte sich schon gedacht, dass es ein trauriger Anlass gewesen sein musste. Sie dachte daran, dass William Mompesson die kleine Tochter von Ruth und Robert erst vor wenigen Monaten getauft hatte – und jetzt hatte das arme Kind schon bald seine halbe Familie verloren. Was, wenn es auch noch die Eltern verlieren sollte – oder selbst nicht leben durfte?

»… und darum bitte ich Sie, Mrs Hancock, dass Sie die Kleine dann zu sich nehmen – oder auch eines der anderen Kinder, falls eines von ihnen überleben sollte und niemanden mehr hat, der …«

Sie schlug die Hände vors Gesicht und weinte. »Oh Gott, warum nur? Warum nur?«

»Ruth …«

Mrs Hancock war instinktiv einen Schritt näher gekommen, hatte die Arme schon nach ihr ausgestreckt, da riss Ruth Talbot die Hände vom Gesicht, und schrie, zurückweichend: »Fort! Bleiben Sie weg, ich bitte Sie! Ich will nicht die Schuld daran tragen, dass …«

»Aber Ruth! Ich komme doch nicht zu nahe – ängstige dich doch nicht mehr, als du musst. Ich bin schon vorsichtig. Siehst du? Näher komme ich nicht. Bestimmt nicht. Ist es so besser?«

Ruth schluckte.

Ihr Gesicht war kreideweiß, die Wangen eingefallen und dunkle Schatten lagen unter den Augen, die einstmals so hell gestrahlt hatten. Erst letztes Jahr hatten sie Hochzeit gefeiert, alle Nachbarn waren eingeladen gewesen.

Ruth war so glücklich gewesen.

Armes Ding, dachte Mrs Hancock und schüttelte in Gedanken den Kopf. *Armes, armes Ding.*

»Wenn Sie nicht wollen, so müssen Sie's nur sagen. Vielleicht … vielleicht brauchen wir ja auch niemanden, vielleicht dürfen wir ja leben … aber ich fühl's in meinem Herzen, wissen Sie? Ich fühle, wie das Leben rinnt. Wir werden alle sterben, alle. Niemand wird mehr da sein, uns zu begraben …«

»Nun ist es aber genug!«, schalt Mrs Hancock die Jüngere. »Wenn du weiterhin so redest, schwörst du den Tod ja noch herauf. Ich weiß, wie dir zumute ist. Ich war eben im Dorf, dort ist's nicht besser. Im Gegenteil! Aus allen Häusern hört man Klagen und Weinen und Schreien, und draußen auf der Straße spielen die Kinder im Staub, als ginge sie's nichts an … natürlich sind sie traurig, viele von ihnen haben Vater und Mutter verloren, aber … sie spielen weiter, Ruth. Sie treffen sich dort auf der Straße, vor den Häusern, um zu spielen. Und das ist gut so! Sie müssen weiterleben, dürfen sich nicht aufgeben, nicht im Strom der Tränen versinken und nichts mehr sehen als Tod und Schmerz … Und du, Ruth, du darfst dich auch nicht aufgeben. Du bist jung und stark … du schaffst das. Du hast deinen Robert, er ist gesund … er ist doch noch gesund?«

Ruth nickte stumm, die Lippen aber zitterten und ihr Blick lag starr und ausdruckslos auf der Nachbarin, von der sie vielleicht etwas anderes erwartet hatte als diese barschen, wenngleich wohlgemeinten Worte.

Mrs Hancock aber nickte und fuhr im gleichen Ton fort. »Siehst du. Und nun geh rasch nach Hause und sieh nach deinem Kind. Wenn ihr Hilfe braucht, lasst es uns wissen. Wir sind ja da. Wir werden euch schon nicht im Stich lassen.«

Dankbar nickend, und dennoch sichtlich aufgewühlt wandte Ruth sich um und ging schleppenden Schrittes zum Haus zurück.

Mrs Hancock aber machte, dass sie so schnell wie möglich zu dem ihren zurückkam, wo ihre Familie auf sie wartete und das Essen längst auf dem Tisch stand. Ein Zuhause, das bedeutete Zusammensein, Liebe, Geborgenheit und Sicherheit. Wie lange noch, wusste sie nicht, aber sie war entschlossen, jeden Tag, jeden Augenblick festzuhalten, der ihr blieb.

Am achtzehnten Juli starb Catharine Talbot, die zweite Frau von Richard Talbot und Mutter von George, Jonathan und Joan. Vier Kinder hatte sie bereits begraben müssen; John, der älteste Sohn, der nicht mehr zu Hause lebte, war im März verstorben, wenngleich nicht an der Pest, sondern durch einen Unfall. Der zweitälteste, George, war gleichfalls ausgezogen, um sein Glück im Norden zu suchen. Da man nichts von ihm hörte, hoffte man, dass er – wo immer er war – von der todbringenden Krankheit verschont geblieben war.

Nun zeigten sich auch bei Robert, dem drittältesten Sohn und zugleich Ehemann von Ruth, die ersten Symptome, sodass der zweifache Witwer sich schon auf das Schlimmste vorzubereiten begann, als er selbst sich am Tag der Beerdigung seiner Frau zusehends schwächer fühlte und bereits am Abend jammervoll und krank auf seiner einsamen Bettstelle lag, von der man erst am Morgen seine Frau gehoben hatte. Binnen weniger Stunden ging es rapide abwärts mit ihm, und als seine Schwiegertochter am nächsten Morgen mit einem Becher frischen Wassers vor ihm stand, damit er seinen Durst stillen konnte – denn er hatte die ganze Nacht über im Fieberwahn nach Wasser geschrien und doch keinen Tropfen zu sich genommen, sobald man ihm den Becher bot –, wusste sie, dass es der Tod war, der ihr aus dem bleichen Antlitz entgegensah.

Doch zur Überraschung und Erleichterung aller schien Richard sich noch einmal zu erholen. Drei Tage später saß er sogar mir der Familie am Tisch und aß ein wenig von der Suppe, die seine Mutter gekocht hatte. Bridget Talbot war die Einzige, die immer ruhig blieb und lächelte und nie vor den anderen eine Träne vergoss, auch wenn sie innerlich gewiss Tausende weinte. Mit ihren sechsundsiebzig Jahren war sie noch sehr gut auf den Beinen, kochte, backte und putzte und versorgte alle Kinder im Haus, einschließlich des Babys, wenn Ruth – was in diesen Tagen häufig vorkam – anderes zu tun hatte. Ja, Bridget Talbot war eine wirklich bemerkenswerte Frau.

»Du wirst es aber schaffen, nicht wahr, Vater? Du wirst wieder gesund, ja?«

Dem flehenden Blick seiner einzigen noch verbliebenen Tochter, der zehnjährigen Joan, unsicher standhaltend wiegte Mr Talbot langsam den Kopf. Er antwortete nicht, war dazu wohl auch zu schwach, und stand, nachdem er noch ein paar Löffel hinuntergeschluckt hatte, auf, um sich zu seinem Bett zurückzuschleppen.

Seine Mutter sah ihm traurig nach, presste jedoch um des Kindes willen die dünnen Lippen fest aufeinander und sagte, als sie ihren Sohn schwer auf das knarrende Holz des Bettes fallen hörte: »Nun wird er erst mal geschlafen und dann … sehen wir weiter, was unser Herrgott mit ihm vorhat.«

An Joan gewandt, die gerade zu weinen anfangen wollte, sagte sie streng: »Komm, Kind, iss, verschwende die gute Suppe nicht, die ich gekocht habe. Dein Vater schläft, besser kann's ihm nicht gehen.

Hast doch gesehen, wie er gegessen hat. Fast den ganzen Teller leer. Nein, *du* wirst nicht davon essen!« Sie entriss dem Mädchen, das eben sein Brot in die Holzschüssel des Vaters hatte tunken wollen, dieselbe und sah sie tadelnd an. »Du weißt doch, dass die Pestsaat darin klebt. Willst du's denn auch bekommen?«

Joan senkte kurz den Blick, hob ihn aber sogleich wieder und sah ihrer Großmutter trotzig entgegen. »Ja, das will ich. Wenn Vater nicht mehr ist, dann will ich auch nicht mehr leben. Und weißt du, was ich tu? Ich gehe jetzt und leg mich zu ihm.«

Schon stieß sie sich vom Tische ab, warf ihren Brotkanten darauf, und wollte eben gehen, da schnellte die Hand ihres älteren Bruders Jonathan hervor und packte sie.

»Sei nicht töricht, Joan! Du kannst dich nicht zu ihm legen. Das wäre dein Tod. Das weißt du!« Etwas sanfter fuhr er fort: »Wenn du ihm helfen willst, dann hol dir einen Schemel und setze dich in die Nähe seines Bettes und erzähle ihm eine deiner Geschichten. Du weißt, dass Vater deine Geschichten liebt. Willst du das tun? Dein Lieblingsschemel steht noch im Stall bei der Kuh. Wenn du willst, hole ich ihn dir.«

Einen Moment lang stand Joan still mit gesenktem Kopf da und schwieg, dann aber riss sie sich auf einmal los und rannte weinend aus dem Haus.

Richard Talbot lebte noch sieben weitere Tage. Sein Sohn Robert, der zusehends schwächer wurde und zum Schluss nicht einmal seine Frau mehr erkannte, starb sogar noch einen Tag vor ihm. Am Grab blieb eine verzweifelte Ruth zurück, die nicht mehr wusste, wohin mit ihrer Angst – zumal jetzt auch noch Joan erkrankt war und im Sterben lag –, und laut weinend mit ihrem Gott haderte, dem zu vertrauen ihr von Stunde zu Stunde schwerer fiel.

»Seine Wege sind unergründlich, Ruth, und es ist nicht an uns, sie zu verstehen. Aber das gibt uns noch lange nicht das Recht, so zu reden, wie du es tust, wenn du glaubst, dass niemand dich hört.«

Ohne dass Ruth sie hatte kommen sehen, war die alte Mrs Talbot von hinten herangekommen und hatte sich, die Arme in die Hüften gestemmt, vor ihr aufgebaut, sodass ihr Schatten auf den Stein fiel, auf dem Ruth saß. Die sonst so sanfte, freundliche Stimme klang ungewohnt scharf und Ruth zuckte unter den harten Worten wie unter Schlägen sichtbar zusammen.

»Du hast ein Kind zu versorgen – und deine kleine Schwägerin liegt auch krank und möchte, dass du bei ihr sitzt und sie tröstest. Es ist nicht die Zeit, an sich selbst zu denken. Komm herein und kümmere dich um die, die noch da sind. Das ist deine Aufgabe so gut wie meine. Jonathan hat die ganze Nacht im Kuhstall verbracht und der alten Suse beim Kalben geholfen, er ist vollkommen erschöpft und braucht jetzt ein warmes Essen. Mach ihm einen Eintopf, den hat er am liebsten. Es ist noch etwas von dem fetten Hammelfleisch da, das John Hancock uns vorige Woche gebracht hat. Gott weiß, was wir ohne diese Nachbarn wären.«

Sehr allein, dachte Ruth und machte sich langsam auf den Weg zum Haus, nur noch mit halbem Ohr auf das Gezeter der Alten hörend, die sich ereiferte, als sei sie …

Da versagten Ruth von einem Schritt zum nächsten die Beine unter dem Körper. Sie fuhr sich mit der Hand an die von Schweiß bedeckte Stirn, stöhnte laut auf, und fiel zu Boden.

»Ruth?«

Mrs Talbot kam angelaufen, Panik in der Stimme. »Ruth?«

Sie ließ sich neben der jungen Frau ins Gras fallen, drehte sie zu sich um und schlug entsetzt die Hand vor den Mund.

»Gütiger Himmel, nein! So habe ich es doch nicht gemeint … Ruth … Liebes … Du darfst jetzt nicht gehen, nicht du. Wir brauchen dich – dein Kind braucht dich. Hörst du mich? Ruth? Ruth!«

26

Mrs Talbot

Jonathan starb am dreißigsten des Monats und es war niemand mehr da, außer der Großmutter und dem Baby, die ihn hätte beerdigen können. Marshall Howe kam nicht bis hier hinaus – er war auch zu beschäftigt, denn in diesen Tagen starben oft bis zu sechs Menschen gleichzeitig. Allen eine anständige Bestattung zukommen zu lassen, war nahezu unmöglich, zumal die Angehörigen oft selbst schon krank waren und darauf warteten, von ihren Qualen erlöst zu werden. – So kam es, dass die alte Mrs Talbot mit dem Baby im Arm vor dem Haus saß und in die Sonne blinzelte, als William Mompesson auf seinem Schimmel angeritten kam.

»Guten Abend, Mrs Talbot! Verzeiht bitte, dass ich so spät erst zu Ihnen komme. Ich weiß, dass Ihr gewartet habt, aber ich konnte nicht eher das Dorf verlassen, es gibt zu viele Tote und zu viele Trauernde, ich kann's kaum schaffen, sie alle zu besuchen … viel zu viele. – Ach! Die Kleine.« Sein Blick wurde weich, als er des schlafenden Babys im Arm der Alten gewahr wurde. »Armes Ding. Armes, armes Ding!«

»Sie ist noch so jung, sie weiß von nichts. Wird sich später nicht einmal an ihre armen Eltern erinnern«, gab Mrs Talbot zurück, ohne aufzusehen. Sie schüttelte den Kopf, strich dabei gedankenverloren über das Haar des Babys und sagte wie zu sich selbst: »Dass ich die Einzige bin, die noch übrig ist, in meinem Alter – sagt selbst, Reverend Mompesson, das kann doch nicht recht sein. Es ist doch noch nicht lange her, dass wir alle zusammensaßen, elf Talbots, und dem Herrn für seine Güte dankten und für das tägliche Brot, das er uns immer gab.« Sie seufzte schwer. »Aber was sitze ich da und klage, es bringt ja doch keinen von ihnen zurück. Und Sie sind auch gewiss nicht gekommen, sich das Gejammer einer alten Frau anzuhören. Sie wollten nur freundlich sein und nach uns sehen … Es geht uns gut, Reverend. Nicht wahr, Katherine, Liebes, es geht uns doch gut, nicht?«

Wieder beugte sie sich über die Kleine, küsste ihr den zartblonden Schopf und wiegte sie dabei in ihren Armen hin und her. Sie schien keine Antwort zu erwarten, jedenfalls machte sie keine Anstalten, den Reverend auch nur anzusehen, sondern saß nur da und wiegte das Kind.

Als Mompesson merkte, dass sie ihn überhaupt nicht wahrnahm, überkam ihn großes Mitleid mit der einsamen, alten Frau, und er machte sich auf, nach dem Leichnam Jonathans zu sehen, den zu begraben er gekommen war, wissend, dass es niemand sonst tun konnte.

Er fand den Toten wie erwartet im Haus, in einer der beiden hinteren Schlafkammern, die sich die älteren Jungen geteilt hatten. In der zweiten Kammer hatte das junge Ehepaar geschlafen, zusammen mit dem Baby.

Als er so dastand in dem halbdunklen, fensterlosen Raum und nachdenklich um sich blickte, entfuhr ihm ein melancholischer Seufzer. Wie leer das Haus war, wie still der ganze Hof. Was hatte die Alte gesagt?

Es ist doch noch nicht lange her, dass wir alle zusammensaßen, elf Talbots, und dem Herrn für seine Güte dankten und für das tägliche Brot, das er uns immer gab.

Elf. Und jetzt waren noch zwei von ihnen übrig, die Jüngste und die Älteste …

Die Talbots waren eine der ersten Familien gewesen, die ihn zum Sonntagessen eingeladen hatten, als er vor zwei Jahren mit seiner Frau und seinen Kindern hierhergekommen war. Elizabeth war noch ganz klein gewesen, gerade so alt wie Katherine Talbot jetzt war. Nie würde er den Tag vergessen, an dem er zum ersten Mal hierherkam. Catharine hatte sich gerade von einer schweren Krankheit erholt und war zu schwach gewesen, ihn zu begleiten. So war er allein mit George hier herausgekommen. Die größeren Talbots hatten den Jungen zum Spielen mit hinausgenommen und er hatte sich nach dem Essen noch eine Weile gut mit Richard unterhalten, während die Frauen Kuchen und kalten Braten für Catharine eingepackt hatten.

Auch eine Kanne voll frisch gemolkener Ziegenmilch hatten sie ihm mitgegeben, das würde er nie vergessen. Die gute, kalte Milch hatte Catharine wohlgetan und sie war später oft hierhergegangen, um welche für die Kinder zu holen, da sie selbst zu der Zeit noch keine Ziegen hielten.

William schüttelte unwillig den Kopf. Was nützte es, in Schwermütigkeit zu verfallen und vergangenen Zeiten nachzuhängen? Was geschehen war, war geschehen. Jetzt musste er als Erstes den Leichnam hier herausschaffen, ihm ein anständiges Grab schaufeln und dann sehen, dass er jemanden fand, der sich um die beiden einsamen Überlebenden kümmerte, die vermutlich noch immer da draußen saßen und warteten. Alleine lassen mochte er sie jedenfalls nicht, so viel stand fest; mit ins Dorf nehmen konnte er sie auch nicht. Die Leute dort hatten selbst Sorge genug, auch dort gab es Familien, die die Pest nahezu ausgerottet hatte, und die, die noch am Leben waren, taten alles, um sich von den anderen fernzuhalten. Ganz bestimmt würde niemand von ihnen die beiden aufnehmen oder auch nur eine von ihnen, zumal man wusste, wie schlimm es hier draußen stand.

Seine Übelkeit überwindend, atmete William tief ein, fasste den Toten unter den Armen und schleifte ihn hinaus. Aus Rücksicht auf die Großmutter zog er ihn auf der anderen Seite des Hauses bis in den Obstgarten hinaus, damit er sie nicht unnötig erschreckte. Die Arme hatte es wahrhaftig schwer genug. Alle ihre Lieben innerhalb so kurzer Zeit sterben zu sehen war ein wahrhaft bitteres Los.

Nachdem er die letzte Schaufel Erde auf das Grab geworfen hatte, brachte er die Schaufel zurück zur Scheune, aus der er sie geholt hatte, und stellte sie sorgfältig zurück an ihren Platz.

Mit einem letzten Blick auf den Pflug, der vor der Scheune im Sonnenlicht stand, machte sich William auf den Weg vor das Haus, um mit Mrs Talbot zu sprechen, doch als er dort ankam, wo sie zuvor gesessen hatte, war niemand mehr da.

»Du musst dich hinlegen, John. Bitte, komm doch ins Haus und ruh dich ein wenig aus.«

Elizabeth Hancock stand in der Tür und versuchte vergeblich, ihren Ehemann zur Vernunft zu mahnen. Den ganzen Tag über hatte er schon über Schmerzen in den Achseln und plötzliche Schweißausbrüche geklagt, aber er wollte einfach nicht auf sie hören und seine Arbeit auch nur für kurze Zeit niederlegen.

»Es wird heute noch ein Unwetter geben, ich muss die Stalltür reparieren, sonst läuft uns beim ersten Donnerschlag alles davon, was Beine hat. Geh ins Haus und bring die Kinder ins Bett, sie sollten schlafen, bevor es losgeht. Elmer Jones sagte, es würde schlimm werden – Hagel und alles. Du weißt, dass er das im kleinen Finger hat. Er hat immer recht behalten, wenn es ums Wetter ging.«

Mrs Hancock gab darauf ein verächtliches Schnaufen von sich. Sich schon halb abwendend murmelte sie: »Elmer Jones redet viel, wenn der Tag lang ist. Vor allem, wenn er getrunken hat.«

Damit ging sie ins Haus, zog die Tür hinter sich zu und ließ ihren Mann, der den Kopf in den Nacken gelegt hatte, um die Wolken zu studieren, im Hof stehen.

»Guten Abend, John Hancock.«

Überrascht und ein wenig erschrocken wandte der Bauer sich um und sah – zu seiner noch größeren Überraschung – Bridget Talbot in einiger Entfernung, aber doch ganz deutlich auf seinem Grundstück stehen. Was wollte die Alte hier? Hatten sie nicht versprochen, sich fernzuhalten?

Sein Gesicht verfinsterte sich und er wollte gerade einen Schritt auf sie zugehen, um sie energisch von seinem Grund und Boden zu weisen, da erkannte er in dem Bündel, das die alte Frau in ihrem Arm hielt, das Baby von Robert und Ruth.

Katherine.

Was das zu bedeuten hatte, wusste er sofort. Sein Zorn wich einer tiefen Trauer und einem Schrecken, den er nicht in Worte fassen konnte. Stumm den Kopf schüttelnd, Tränen in den Augen, stand er da und sah zu der alten Frau hinüber, als warte er auf eine Erklärung. Irgendetwas, das ihm sagte, dass das, was er befürchtete, nicht wahr war.

Doch je länger sie schwieg, desto klarer wurde ihm, dass sie nichts sagen würde, weil es nichts mehr zu sagen gab. Das Baby in ihrem Arm war die Antwort auf seine unausgesprochenen Fragen; er wusste, dass er nichts anderes tun konnte, als diese Antwort zu akzeptieren, so schwer es auch war.

»Legen Sie das Baby dort unter die Linde in das Gras«, hörte er sich selbst mit rauer Stimme sagen. »Ich hole Elizabeth. Sie wird sich darum kümmern, wie sie es versprochen hat.«

Mrs Talbot nickte. Sie bückte sich, legte das kleine Bündel genau an der Stelle in das hohe Gras, auf die ihr Nachbar gezeigt hatte, nickte diesem noch einmal dankbar zu, und entfernte sich rasch.

Das Kind aber, als es merkte, dass es auf einmal allein war, begann zu weinen. Erst ganz leise, dann immer lauter und lauter, bis schließlich Mrs Hancock aus dem Haus gelaufen kam und, als sie das Baby im Gras erblickte, wie angewurzelt stehen blieb.

»John Hancock! Was, um alles in der Welt, ist …«

Ihren Mann beiseite schiebend, lief sie rasch zu dem schreienden Kind hinüber, hob es auf ihre Arme und herzte es. »Ja, mein kleiner Schatz, es ist ja gut. Du musst nicht mehr weinen, nun bist du ja bei mir …«

Während sie immer weiterredete, ohne recht zu wissen, was sie eigentlich sprach, erhob sie sich langsam, den Blick traurig und leer auf die Mauer geheftet, an der sie der Mutter der Kleinen vor Kurzem erst ein Versprechen gegeben hatte.

Nie hätte sie geglaubt, dass sie es so bald würde einlösen müssen.

»Da sind Sie ja. Ich habe mir schon Sorgen um Sie gemacht, Mrs Talbot.«

William Mompesson sprach laut, da er wusste, dass Großmutter Talbot schlecht hörte. Er nahm seinen Hut und wollte ihn gerade aufsetzen, um Abschied zu nehmen, als er stutzte.

»Wo haben Sie denn das Kind gelassen?«

Als sie ihm nicht gleich antwortete, zog sich etwas in seinem Hals zusammen. Er schluckte hart, trat einen Schritt auf die alte Frau zu und wiederholte seine Frage noch einmal, lauter und eindringlicher.

Sie wich instinktiv vor ihm zurück, taumelte und fand im letzten Moment an dem Stamm einer stattlichen Buche Halt. Von dort aus starrte sie den Reverend kopfschüttelnd an, als wisse sie nicht mehr, wer er war oder was er hier wolle.

»Mrs Talbot, das Kind – wo haben Sie das Kind gelassen? Ist es im Haus? Schläft es irgendwo? So antworten Sie doch, ich tue Ihnen ja nichts. Ich will doch nur wissen, wo Sie das Kind …«

»Es geht ihm gut. Es ist in Sicherheit, Reverend. Jetzt ist es in Sicherheit, jetzt kann ich …«

»Aber wo?«, rief Mompesson, besorgt um sich blickend. »Wo, Mrs Talbot?«

Sie stieß sich von dem Baumstamm ab, kam auf fünf oder sechs Schritte an den Reverend heran und sagte: »Sie ist dort, wo ich sie nach dem letzten Wunsch ihrer Mutter hingebracht habe. Nebenan, bei den Hancocks. Sie werden sie adoptieren und wie ihr eigenes Kind aufziehen. So hat Ruth es gewollt und so habe ich es gemacht. Was dachten Sie denn?«, fragte sie und kniff die Augen zusammen, während sie den Reverend von oben bis unten musterte. »Dass ich's wie ein Kätzchen im Teich ersäuft hätte?«

Beschämt wandte Mompesson sich ab. Etwas Ähnliches hatte er tatsächlich gedacht. Er hätte es besser wissen müssen: Großmutter Talbot war alt, aber durchaus noch Herrin ihrer Sinne; sie wusste genau, was sie tat. Ob es klug gewesen war, das Baby schon jetzt – nur einen Tag nach Jonathans Tod – zu den Nachbarn zu bringen, war freilich eine andere Sache. Daran konnte er jetzt ohnehin nichts mehr ändern. Wenn die Hancocks das Kind nicht hätten annehmen wollen, hätten sie es auch nicht tun müssen, also konnte er davon ausgehen, dass sie wussten, was sie taten.

Er seufzte. »Gut. Dann mache ich mich jetzt wohl am besten wieder auf den Weg. Ist es Ihnen recht, wenn ich Ihnen morgen unsere Lydia vorbeischicke? Sie kann Ihnen im Haus helfen und vielleicht …«

»Ich brauche niemanden«, unterbrach sie ihn, ehe er weiterreden konnte. »Ich kann für mich selbst sorgen. Und wenn ich es nicht mehr kann, dann … Ich bin alt, Reverend Mompesson, zähle schon bald siebenundsiebzig Jahr. Vor dem Sterben habe ich keine Angst. Gehen Sie und kümmern Sie sich um die Jungen, die das Leben noch vor sich haben.«

»Aber …«

»Haben Sie Dank, dass Sie gekommen sind, Reverend, und unserem Jonathan zu einem anständigen Grab verholfen haben. Nun machen Sie sich auf den Weg, es warten Menschen auf Sie, die Ihre Hilfe nötiger brauchen als ich. Wollen Sie noch eine Kanne Ziegenmilch für Ihre Kinder?«

William schluckte. »Nein«, murmelte er und schüttelte den Kopf. »Haben Sie vielen Dank, nein. Unsere Kinder sind nicht mehr hier, wir … wir haben sie zu Verwandten geschickt.«

Sie nickte nur und er streckte eine Hand aus, die er jedoch gleich wieder sinken ließ, als er sah, dass sie sie nicht nehmen würde. »Auf Wiedersehen, Mrs Talbot«, sagte er leise. »Gott segne Sie.«

Damit wandte er sich ab, ging auf seinen Schimmel zu, der beim Stall angebunden stand, und schwang sich in den Sattel. Mrs Talbot aber stand noch an derselben Stelle bei der Buche, als er vom Hof ritt, und das Letzte, was er von ihr sah, war die weiße Schürze, mit der sie sich, sobald sie sich unbeobachtet fühlte, die Augen wischte.

27

Eine denkwürdige Begegnung

Lydia war sehr nachdenklich an diesem Morgen und sah kaum, wohin sie ging, als sie den steilen Pfad zum Bach emporstieg. Wie immer, wenn sie hier hinauskam, dachte sie an die arme Susanna und an den Tag, an welchem sie dem unheimlichen Mann mit der Schaufel begegnet waren. Was, wenn er gerade heute wieder da war?

Bis heute hatte sie niemandem davon erzählt, obgleich sie wusste, dass sie es längst hätte tun sollen – immerhin war es möglich, dass es sich um denselben Mann handelte, der den Doktor überfallen hatte. Aber es hatte ihr einfach immer wieder der Mut gefehlt, da sie fürchtete, man würde ihr doch nicht glauben. Am Ende hatte sie es aufgegeben; in diesen Tagen war ohnehin selten jemand da, mit dem sie hätte reden können.

Der Doktor und der Reverend wechselten sich inzwischen mit Schlafen ab; sie waren beide Tag und Nacht unterwegs, um Kranke zu versorgen, Medizin auszuteilen, Testamente aufzusetzen und mit den Familien zu beten. Auch Mrs Mompesson war, seit die Kinder fort waren, unermüdlich im Einsatz, tröstete die Menschen, hörte ihnen zu oder hielt sie einfach nur im Arm, wenn sie weinten. Heute Morgen war sie zur Riley Farm aufgebrochen und noch nicht zurückgekehrt, obgleich es schon fast Abend war. Vermutlich war sie nach ihrem Besuch bei Bridget Talbot noch zu den Hancocks gegangen, wo inzwischen auch die Ersten erkrankt waren. Zwei der sechs noch zu Hause lebenden Kinder hatten jetzt die Seuche, die siebenjährige Elizabeth und ihr fünfjähriger Bruder John. Es war nicht zu erwarten, dass sie die Woche überlebten, noch dass die anderen verschont blieben.

Es schien, als sei die tödliche Krankheit jetzt, da die Quarantäne über Eyam verhängt worden war, überhaupt nicht mehr aufzuhalten. Gleich einer heißen, alles verzehrenden Feuersbrunst oder einem tosenden Sturm nahm sie alles mit, was sich ihr in den Weg stellte – Alt oder Jung, Arm oder Reich, ohne Rücksicht und ohne Erbarmen.

Am Ende werden wir doch alle sterben, dachte Lydia und beschleunigte unwillkürlich ihren Schritt. *Ob durch die Pest, den Hunger oder die Schaufel eines verrückten, alten Mannes. Was für einen Unterschied macht das?*

Trotzdem klopfte ihr Herz schneller und schneller, je näher sie dem Bachlauf kam, und als sie dort war und einen fremden Mann am Ufer bei den Steinen mit den Löchern knien sah, in welchen die Menschen von Eyam ihre Münzen für die Nahrungsmittel und Medikamente hinterlegten, die man von Bakewell und anderswo hierherbrachte, wollte es vor Aufregung fast zerspringen: Was, wenn der Mann ein gemeiner Dieb war, jemand, der das Geld nahm und sich auf und davon machte?

Dann aber sah sie, wie er nach und nach immer mehr Dinge aus einem großen Sack zog und sie sorgfältig bei den Steinen aufschichtete, bis er nichts mehr hatte und sich umdrehte, um einen zweiten, noch viel größeren Sack heranzuziehen, den Lydia zuvor nicht bemerkt hatte. Er hatte wirklich eine Menge dabei – allerdings war von einem Packesel oder gar einem Wagen weit und breit nichts zu sehen. Wie hatte er das alles hierhergeschafft? Und weshalb trug er so vornehme Kleidung? War es denn etwa der Graf persönlich, der sich auf den Weg hierher gemacht hatte?

Lydia war nicht sicher, ob sie sich bemerkbar machen sollte, und trat unruhig von einem Fuß auf den anderen, bis der Fremde sich plötzlich umdrehte und ihr geradewegs in die Augen sah.

»Hallo, junge Frau! Hab keine Angst«, rief er zu ihr herüber und sie sah, dass er lächelte. »Ich tu dir nichts Böses. Bist du aus Eyam?«

Jetzt richtete er sich zu seiner vollen Größe auf – und Lydia erstarrte. Vor ihr stand – vom Scheitel bis zur Sohle das Bild eines reichen Edelmannes – niemand anderer als der, von dem sie unzählige Male geträumt hatte, als sie noch bei ihren Eltern in Youlgrave lebte. Zwei oder drei Mal hatte sie ihn auf der Straße vorbeireiten sehen, die an ihrem Dorf vorbeiführte, stolz und aufrecht auf seinem Rappen. Dann hatten sie und ihrer Freundinnen kichernd die Köpfe zusammengesteckt und gemeinsam überlegt, wie sie nach Morton Hall gelangen konnten, um in seiner Nähe zu sein, und natürlich, um von ihm bemerkt zu werden: Francis Craven, der älteste Sohn und Erbe Lord Cravens von Morton Hall.

Was, um alles in der Welt, tat er hier?

Da sie noch immer kein Wort herausbringen konnte, nickte sie und tat wie von selbst einen höflichen Knicks. Dabei sah sie nervös an sich herunter: Das Kleid, das sie trug, war furchtbar schmutzig und auch sonst befand es sich in einem schändlichen Zustand. Es wies an etlichen Stellen Löcher auf und überdies war sie nach dem anstrengenden Aufstieg verschwitzt und bemerkte zu ihrem Entsetzen, dass sich unter ihren Achseln und unterhalb der Brust Schweißflecken gebildet hatten, die sich deutlich auf dem hellen Leinenstoff abzeichneten.

»Verzeihung«, sagte er und lächelte noch immer dabei. »Es liegt mir fern, deine Gefühle zu verletzen, schönes Fräulein, aber da du nun einmal aus Eyam kommst, möchte ich dir lieber nicht zu nahetreten. Kannst du mir sagen, wo der Doktor ist? Ich habe eine Menge Medizin für ihn dabei, von dem meisten Zeug habe ich noch nie gehört und weiß auch nicht, wozu es wohl dienen soll. Deshalb ist es mir am liebsten, wenn ich sie ihm persönlich übergebe. Er ist doch noch bei euch?«

In Lydias Kopf überschlugen sich die Gedanken förmlich und sie konnte nur nicken, da ihr die Kehle wie zugeschnürt war. Was wollte der junge Lord Craven hier? Hatte er denn keinen Boten, den er schicken konnte? Der Graf von Devonshire schickte auch immer Boten. Lydia hatte nie einen von ihnen zu Gesicht bekommen und vermutete, dass sie wohl des Nachts kamen und sich so schnell wie möglich wieder davonmachten, sobald sie ihren gefährlichen Auftrag ausgeführt hatten – wofür jedermann Verständnis hatte. Von Morton Hall hingegen war noch nie etwas gekommen. Warum jetzt, wenn es doch am gefährlichsten war? Sie wusste zwar, dass Francis Craven ein Abenteurer war, aber sich grundlos in Gefahr zu bringen … das schien ihr selbst für einen wie ihn zu viel.

Und weshalb musste er Doktor Tulliver persönlich sprechen? Für gewöhnlich wusste der sehr genau, welche Arznei für welchen Zweck bestimmt war und wie sie verabreicht werden sollte. Zudem kam der Doktor auch täglich mit den Kranken in Berührung, viel häufiger sogar als sie; bestimmt wollte der feine Lord ihm doch lieber nicht zu nahe kommen.

Der Gentleman räusperte sich. »Er ist doch nicht etwa … selbst erkrankt?«

»Nein.«

Ihre Stimme klang viel zu leise, als dass er sie aus der Entfernung hören konnte, und so hielt er sich eine Hand hinter das Ohr, beugte sich vor und rief laut: »Wie bitte?«

Endlich hatte Lydia sich gefangen und rief zurück: »Ich sagte: Nein, Sir. Er ist nicht krank. Aber er kommt mit den Kranken zusammen. Besser ist's, er holt sich die Arznei hier ab, wenn Sie gegangen sind, so, wie er's immer tut. Die Isolation – Sie haben gewiss davon gehört – bedeutet, dass sich niemand dem Dorf nähern darf. Ich kann Sie also nicht mitnehmen. Und Doktor Tulliver ist sehr beschäftigt, er hat …«

Er schnaubte verächtlich und sie zuckte zusammen, als sie sah, wie schnell sich sein Gesicht wandeln konnte. »Das weiß ich! Und ich habe weiß Gott nicht vor, eurem elenden Dorf näher zu kommen, als wie ich jetzt hier stehe. Aber ich habe keine Angst, mich auf zehn Fuß oder fünfzehn an euren Doktor heranzuwagen. Es ist ja doch noch das Wasser, das uns trennt. Kannst du ihn holen?«

Lydia biss sich auf die Lippen und überlegte dabei fieberhaft, was sie ihm antworten sollte.

Der Doktor würde nicht kommen, das wusste sie. Er hatte Wichtigeres zu tun. Ob der Gentleman dafür Verständnis hatte, wagte sie zu bezweifeln.

»Nun?«

Er hatte die letzten Päckchen im Gras aufgeschichtet und richtete sich auf. »Willst du mir nicht antworten?«

Sie atmete tief durch. Dann entgegnete sie mit fester Stimme: »Ich gehe ihn holen. Aber es kann eine Weile dauern! Wie ich schon sagte, er ist …«

»Ich habe Zeit. Ich werde mich hier hinsetzen und warten, und wenn es die ganze Nacht dauert.«

Hastig knicksend drehte Lydia sich um und rannte den Weg zurück, den sie gekommen war. Was sie eigentlich hatte tun wollen, hatte sie längst vergessen.

Francis Craven sah ihr grinsend hinterher, bis sie über die Hügelkuppe verschwunden war, dann zog er den Überrock aus und machte es sich im kühlen Gras bequem. Jetzt, da die hübsche kleine Magd unterwegs war, den Doktor zu holen, blieb ihm nichts anderes, als zu warten. Da konnte er es sich ebenso gut bequem machen. Wenn das Mädchen nicht aus dem Pestdorf gekommen wäre, hätte er gute Lust gehabt, sich noch ein wenig mit ihr zu vergnügen. Aber so, wie die Dinge lagen, war es besser, vorsichtig zu sein. Wichtig war, dass sie den Doktor hierherbrachte. – Natürlich hatte er gehofft, ihn selbst hier zu treffen, auch am Brunnen war er schon gewesen, von dem er wusste, dass es der andere Tauschplatz war, den die Dorfbewohner benutzten. Emma hatte ihm davon erzählt …

Er grinste. Emma hatte ihm viel erzählt – beinahe alles, was er über Amy wusste, wusste er von ihrer dummen, kleinen Magd, die sich ihm ebenso bereitwillig hingegeben hatte wie alle anderen. Und warum sollte sie ihm nicht auch etwas dafür geben, dass er sie glücklich machte? Er konnte nichts Falsches daran finden, schließlich war er gewohnt, zu bekommen, was er wollte – nur Amy Tulliver schien ihm immer wieder zu entfliehen. So wie jetzt, da sein Vater sie mit nach Kent genommen hatte, ohne ihm etwas davon zu sagen.

Als er nach der Jagdgesellschaft vor einigen Tagen gegen Mittag erwacht und in den Salon hinuntergekommen war, in dem er für gewöhnlich zusammen mit Louise das Frühstück einnahm, hatte er diesen leer vorgefunden. Er war bis in die frühen Morgenstunden auf dem Ball geblieben und hatte sich reichlich Wein gegönnt, nachdem die tugendhafte Amy gegangen war. Eigentlich hatte er die Absicht gehabt, sie bei seiner Rückkehr noch einmal aufzusuchen, aber dann war er doch zu betrunken gewesen, als dass er den Weg zu ihrem Gemach noch gefunden hätte – was ihm jetzt umso bedauerlicher erschien. Überhaupt schien ihm das Haus damals ganz verlassen zu sein – die wenigen Gäste, die noch da waren, waren im Begriff zu fahren. Louise war gerade dabei, Lady Ashley und ihre Familie zu verabschieden, und er hatte sich gedulden müssen, bis diese fort waren, was seine Laune nicht verbessert hatte. Wie ein Tiger im Käfig war er in der Halle auf und ab gegangen, bis Louise endlich gekommen war, um ihm mitzuteilen, dass ihr Vater sowohl Georgiana als auch Amy mit nach Kent genommen hatte.

»Ich weiß, dass dich das ärgert, Bruder, und ich glaube mit Recht behaupten zu können, dass Vater es auch wusste, als er sie fragte. Er wird sich wohl etwas dabei gedacht haben, meinst du nicht auch?«

Darauf hatte er nichts erwidert, sondern war wutentbrannt hinausgestürmt. Stundenlang war er im Garten spaziert und hatte sich dabei diesen Plan ersonnen. Wenn er aufging, dann – er grinste, als er daran dachte –, dann war die Nachtigall endgültig sein …

Er rupfte ein paar Grashalme ab und kaute darauf herum, um sich die Zeit zu vertreiben. Es konnte ja hoffentlich nicht allzu lange dauern, bis der Doktor hier auftauchte – und er freute sich schon jetzt auf dessen dummes Gesicht, wenn er ihn erkannte.

»Ich soll was?«

Gordon Tulliver richtete sich auf und drehte sich langsam zu Lydia um, das Gesicht tropfnass. Er war gerade von einem Besuch zurückgekehrt und stand im Hof an dem steinernen Trog, an dem er sich immer Hände und Gesicht wusch, wenn er heimkam.

»Ich soll zum Bach hinaufgehen und mit einem fremden Gentleman sprechen, der mir nicht zutraut, dass ich Morphium von Gänseklee unterscheiden kann? Geh, Lydia, nimm dir einen der Jungen aus dem Dorf, dass er dir tragen hilft, und lass mich damit in Ruhe. Nun mach schon, lauf!«

»Aber«, fing Lydia wieder an, da sie es Francis Craven ja versprochen hatte und sich nicht getraute, jetzt ohne den Doktor zurückzukommen. Doch dann fiel ihr ein, dass sie ja nicht zurückgehen musste: Sie konnte ebenso gut morgen jemanden schicken, bis dahin war Francis Craven bestimmt verschwunden.

Aber wollte sie, dass er verschwand?

»Lydia, ich habe keine Zeit, siehst du das denn nicht? Sei ein gutes Mädchen und lauf ins Dorf, dass wir die Arznei heute noch hierherbekommen. Ich brauche sie dringend.«

»Ja, Sir.«

Sie war verzweifelt, doch der Doktor hatte sich bereits Hände und Gesicht abgetrocknet und war ins Haus gegangen, ohne ein weiteres Wort zu sagen.

Gleich darauf öffnete die Tür sich jedoch wieder, und Gordon Tulliver kam zurück, ärgerlich den Kopf schüttelnd.

»Jetzt muss ich noch zu den Hancocks hinaus gehen. Mrs Mompesson sagte mir eben, dass sie mich dort nötig brauchen, und dass es wohl nicht bis zum Morgen warten kann. Nun, da kann ich ebenso gut oben am Bach entlanggehen. Mal sehen, was dieser Bursche von mir will … Aber eines sage ich dir, Lydia«, setzte er mit scherzhaft erhobenem Finger hinzu, »wenn ich dort ankomme und niemanden mehr vorfinde, dann musst du mir einen großen Kuchen backen.«

Er zwinkerte ihr im Vorbeigehen zu und sie lächelte glücklich. Ganz gleich, was für ein feiner Herr Lord Craven war – er konnte den Bach ja doch nicht überqueren, der sie voneinander trennte. Und er würde es wohl auch nicht tun, wenn sie nicht aus Eyam käme und die Pestsaat an sich hätte, da sie eben nur ein einfaches, armes Mädchen war und keine Dame. Gordon Tulliver hingegen war ihr jetzt, da er wieder ganz er selbst war und sie anlächelte und mit ihr scherzte, allemal lieber als alle Lords von Derbyshire zusammen. Sie wusste, dass der Doktor sie niemals lieben würde, aber das machte ihr nichts aus. Ihr genügte es, in seiner Nähe zu sein, von ihm beachtet, und für das, was sie an anderen tat, wertgeschätzt zu werden. Das war alles, was sie brauchte; es machte sie glücklicher, als sie es selbst für möglich gehalten hätte.

Natürlich wäre sie am liebsten mit ihm gegangen, aber sie wusste, dass sie das nicht durfte. Mrs Mompesson würde es nicht wollen – in dieser Hinsicht hatte sich seit seiner Rückkehr nichts geändert. Im Haus des Reverends gab es nun einmal strikte Vorschriften, an die zu halten sie gebunden war, ob es ihr passte oder nicht. Oft genug passte es ihr nicht, aber sie wusste auch, dass sie keine andere Wahl hatte: Sie hatte ja doch kein anderes Zuhause als dieses und würde vielleicht auch nie wieder ein anderes haben.

Gordon war so müde, dass er sich auf der Stelle hätte hinlegen und schlafen können. Kaum wollten ihn seine Beine noch tragen und sein Kopf schmerzte, wie so oft, wenn er sich wieder einmal zu viel zugemutet hatte. Aber was sollte er tun? Sollte er Mompesson die ganze Arbeit allein überlassen? Stanley war keine große Hilfe, wenn es um das Versorgen von Kranken ging. Er fand auch nicht die rechten Worte, um die Trauernden zu trösten, da er die Pest noch immer für eine Strafe Gottes hielt und so auch zu den armen Menschen sprach, die doch nichts anderes hören wollten, als dass es ihren Lieben gut ging. Dass sie bei Gott im Himmel waren. Mompesson hingegen glaubte an die Liebe Gottes und erzählte den Menschen davon. Wenn er selbst nicht weiterwusste und Zweifel ihn zu erdrücken drohten, fand er doch immer wieder neue Kraft in der Heiligen Schrift, aus der seine Frau ihm allabendlich vorlas, wenn er selbst wieder zu müde zum Lesen war.

Auch Gordon saß oft genug dabei und hörte zu, während zugleich seine Gedanken in Liebe und Sorge zu Amy nach Morton Hall wanderten …

Vielleicht war unter den Dingen, die der Gentleman aus Bakewell gebracht hatte, ja auch ein Brief von ihr dabei – ein Gedanke, der dem erschöpften Gordon durchaus neue Kraft gab, als er die letzte Viertelmeile des staubigen Weges ging, und ein allemal glücklicherer Gedanke als der an die armen Hancocks, die sich wohl allesamt bei ihren Nachbarn angesteckt hatten.

Nachdem Mrs Hancock am dritten August gleich zwei ihrer Kinder hatte begraben müssen, lagen jetzt die anderen vier im qualvollen Sterben und mit ihnen auch Mr Hancock, mit dem Gordon eben noch gebetet hatte, bevor er gegangen war.

Gordon fürchtete, dass der arme Mann die Nacht nicht überstehen würde. Als er sich von Mrs Hancock verabschiedet hatte, hatte ihm ein Blick in ihre traurigen Augen gezeigt, dass sie es ebenfalls wusste. Stumm hatte sie dagestanden, Ruth Talbots Baby auf dem Arm, und ihn mit diesen leeren Augen angesehen.

Es war an Tagen wie diesen, dass Gordon am meisten darunter litt, nicht mehr tun zu können, als Morphium zu verabreichen und Kräuter- oder Essigwickel zu verordnen, und er wusste, dass sie noch nicht am Ende des Leidensweges angelangt waren. Noch lange nicht …

»Seien Sie mir gegrüßt, Doktor. Es freut mich, Sie wohlauf zu sehen – geht es Ihnen gut?«

Gordon blieb beim Klang der ihm wohlbekannten Stimme wie angewurzelt stehen – und traute seinen Augen nicht, als er des Mannes gewahr wurde, zu dem sie gehörte, und der dort auf der anderen Seite des Baches stand, ein hochmütiges Grinsen im Gesicht.

28

»Sie ist tot.«

»Craven!«, stieß er endlich hervor und fühlte zugleich, wie sich seine Hände in den Rocktaschen zu Fäusten ballten. »Was wollen Sie hier? Niemand hat Sie hierhergebeten!«

Francis Craven hob beschwichtigend die Hände. »Ganz ruhig, Tulliver. Nur ruhig. Ich bin nicht hergekommen, mit Ihnen zu streiten. Sie haben recht, hergebeten hat mich niemand, und dass ich Ihnen nicht willkommen bin, ist mir durchaus bewusst. Und doch denke ich, dass es Sie freuen sollte zu hören, dass ich Arznei mitgebracht habe. Und eine Menge anderer Dinge noch dazu, die Sie in Ihrem Dorf sicherlich gebrauchen können. Aber mehr als alles andere bin ich in einer anderen Sache hier. Es ist wegen Ihres Weibes, Amy …«

»Mein Weib! Was haben Sie mit ihr zu schaffen, Sie Elender? Was haben Sie ihr …«

»Ich habe ihr nichts getan, Tulliver. Im Gegenteil, ich war bei ihr und hielt sie, als sie …«

Gordon spürte, wie ihm das Blut aus dem Gesicht wich. »Sie hielten sie? *Sie* hielten sie? Und Sie wagen es hierherzukommen, um mir das ins Gesicht zu sagen – dass Sie mein Weib angerührt haben? Seien Sie froh, dass dieses Wasser uns gerade jetzt trennt, sonst …«

»Sonst was? Wollen Sie mich schlagen? Ist es das, was Sie wollen? Kommen Sie doch und schlagen Sie mich, wenn Sie wollen – erstens bin ich schneller weg, als Sie hier drüben sind, und zweitens bringt Ihnen das Ihr Weib auch nicht zurück. Sie ist tot, Tulliver … tot!«

In entsetztem Schweigen starrte Gordon ihn an. *Tot? Seine Amy? Tot?*

»Ja, Doktor«, fuhr Craven fort. »Sie ist tot. Es war ein Unfall – sie stürzte über die Brüstung der Mauer im oberen Garten, wo sie früh am Morgen oft zu stehen pflegte und über die Felder hinaussah. Es war ihr Lieblingsplatz. Das hier«, er zog etwas aus seiner Tasche, das auf den ersten Blick wie ein Stück Sackleinen aussah. Erst bei näherem Hinsehen erkannte Gordon den braunen Wollschal, den seine Frau immer getragen hatte. Es war ein Geschenk ihrer Mutter gewesen. »Das hier gab sie mir in der Stunde ihres Todes. Sie wollte, dass ich es Ihnen bringe. Deswegen bin ich hier. Ich wollte ihr diesen letzten Wunsch …«

Gordon wurde bleich. Er hob die Faust und schüttelte sie gegen den anderen. »Nein!«, brüllte er und machte einen Satz auf den Bach zu, dass Craven erschrocken zurückwich. »Es ist nicht wahr! Sie lügen! Sie kann nicht tot sein … sie kann nicht tot sein!«

Craven hatte sich gefangen und schüttelte tadelnd den Kopf. »Aber weshalb sollte ich das tun – weshalb sollte ich Sie anlügen? Ich habe mich auf den weiten Weg hierhergemacht – zum *Pestdorf,* Doktor, um das alle anderen einen weiten Bogen machen. Und sie tun gut daran! Ich wollte Ihnen mein ehrliches Bedauern über den Tod Ihres Weibes aussprechen, ihr ihren letzten Wunsch erfüllen, und Sie? Sie nennen mich einen Lügner. Ist das nun der Dank für meine Mühen?«

»Woher weiß ich, dass Sie die Wahrheit sagen? – Sie können ihr jederzeit den Schal entwendet haben, um mir diese ungeheuerliche Geschichte zu erzählen, nur, damit Sie Ihren Weg mit meinem Weib haben können. Das ist es doch, was Sie wollen … Sie wollen sie für sich selbst!«

Immer noch grinsend, legte Craven den Kopf schief. »Mag sein. Mag sein, Tulliver. Aber ich hätte sie auch so bekommen; ja, wir waren sogar schon so gut wie verlobt. Sie versprach mir, mich zu heiraten, sollten Sie bis zum Wintereinbruch nicht zurück sein. – Na, was sagen Sie nun? Ihre Frau war das ewige Warten leid geworden, die langen, einsamen Nächte – Sie wissen schon, wie ich's meine. Da musste ich ihr doch …«

»Schweigen Sie!«, herrschte Gordon ihn an und trat drohend noch einen Schritt vor. »Schweigen Sie still! Ich will nichts mehr hören. Nichts, verstehen Sie? Ich glaube Ihnen kein Wort. Sie ist nicht tot – sie kann nicht tot sein! Und sie hat Ihnen auch nichts versprochen. Sie ist mein Weib und sie wird auf mich warten – ja, das wird sie. Ich kenne sie nämlich. Und ich kenne Sie, Sie Elender – aber warten Sie nur! Ich komme wieder! Ich werde wiederkommen und ich werde mir nehmen, was mein ist. Machen Sie, dass Sie von hier fortkommen – Sie haben genug angerichtet. Gehen Sie!«

»Sie enttäuschen mich, Tulliver. Ich hätte wahrhaftig nicht gedacht, dass Sie der Tod Ihres Weibes so unberührt lässt. Was soll ich nun mit diesem Tuch machen? Soll ich's Ihnen lassen? Zur Erinnerung?«

»Wenn Sie nicht auf der Stelle hier verschwinden, Craven, komme ich hinüber und mache Ihnen Beine. Bedenken Sie, *ich* habe nichts zu verlieren.«

Darauf nahm Craven den Schal an sich, auch seine lederne Tasche, aus der er ihn gezogen, und wandte sich ab. Gordon glaubte schon, er würde tatsächlich ohne ein weiteres Wort verschwinden, aber ein Ass hatte der junge Lord noch in der Tasche, das er ihm nun wie beiläufig entgegenschleuderte. »Ach, Tulliver«, fragte er, »was ist mit dem Kind, mit Ihrer Tochter – ein hübsches, kleines Mädchen. Sollen wir es bei uns auf Morton Hall behalten oder sollen wir es Ihnen schicken? Was ist Ihnen lieber – dass sie als eine Craven aufwächst oder ihren ersten Geburtstag nicht erlebt?«

Gordon wurde bleich vor Zorn. »Auch sie werde ich mir holen«, rief er, so laut er konnte, und versuchte, seiner Stimme dabei einen festeren Klang zu geben, als seine schwindende Kraft und Zuversicht es ihm erlaubten, »auch sie! Denn eines verspreche ich Ihnen, Craven, und das sollten Sie wohl bedenken, bevor Sie einen Fehler begehen, den Sie hinterher bitter bereuen: Ich komme wieder!«

Craven nickte, schulterte sein Bündel und machte sich daran zu gehen. »Wie Sie wollen«, rief er im Gehen noch zurück, »ich für meinen Teil habe getan, was ich konnte. So leben Sie denn wohl, mein Freund«, er trat einen Schritt zur Seite und Gordon beobachtete, wie – vermutlich auf sein Zeichen hin – ein Knecht mit einem Pferd aus dem Wald hervortrat.

Francis Craven nahm die Zügel, schwang sich in den Sattel und rief im Davonreiten: »Leben Sie wohl, guter Doktor, und viel Glück. Sie werden es brauchen können!«

Höhnisch lachend gab er seinem Pferd die Sporen und galoppierte davon. Sein Knecht beeilte sich, auf sein Maultier zu steigen und jagte ihm hinterdrein, so schnell die magere Kreatur es vermochte.

Des jungen Cravens Lachen klang noch lange danach in Gordons Ohren, und er fragte sich, als es endlich still geworden war und nichts mehr zu hören war als das leise Zirpen der Grillen, ob er alles nur geträumt hätte.

Dann war ihm, als höre er plötzlich jene Stimme wieder, die im Traum zu ihm gesprochen hatte: *Sie sind alle fort. Alle fort …*

Ihn schauderte es und er beeilte sich, ins Dorf zurückzukommen. Es war fast dunkel, und er musste aufpassen, wohin er ging, zumal der Weg steil und uneben war. Bald aber hatte er die Dorfgrenze erreicht und als er die ersten Lichter sah, begann er zu laufen.

Der Reverend saß mit seiner Frau beim Feuerschein und las still in der Bibel, während sie einer Handarbeit nachging, als Gordon hereingestürzt kam.

»William! Ich muss nach Bakewell! Noch heute Nacht. Bitte, lass mich gehen. Ich weiß, dass ich es gleich allen anderen versprochen habe zu bleiben, aber es ist etwas geschehen, was meine Anwesenheit auf Morton Hall unbedingt erforderlich macht. Wenn ich's dir erkläre, wirst du verstehen, warum. Madam?« Er wandte sich an Mrs Mompesson, die vor Schreck über seinen Eintritt beinahe den Stickrahmen hatte fallen lassen. »Wenn Sie mir erlauben, so würde ich gerne ein paar private Worte mit Ihrem Gatten wechseln.«

»Du kannst alles hier sagen, was du zu sagen hast, Gordon, und brauchst vor uns keine Scheu zu haben. Doch das eine sage ich dir gleich: Du wirst dieses Dorf nicht verlassen. Es sei denn, du willst, dass man dich umbringt. Wenn du gehst, werden sie dich töten, entweder diesseits oder jenseits des Grenzbaches, aber lebend wirst du Bakewell nicht erreichen. Außerdem kann ich es nicht gutheißen, wenn du als Arzt ein solch schlechtes Beispiel abgibst. Wem vertrauen denn die Menschen hier, zu wem blicken sie auf? Richtig, Gordon, zu mir und zu dir. Und natürlich auch zu Stanley. Vorrangig aber vertrauen sie auf den Reverend und auf den Arzt. Und wenn der Arzt geht? Was dann?«

»Das darf mich nicht kümmern, William. Und ich verspreche dir, dass ich gehe, ohne dass es jemand sieht. Sie werden einfach denken …«

Der Reverend legte seine Bibel in den Schoß und sah Gordon zweifelnd an. »Was werden sie denken? Dass du tot bist? Das haben sie schon einmal geglaubt. Und sie sind froh, dass du's nicht bist, Gordon. Sie sind so dankbar, dass sie dich wiederhaben, und wir – Stanley, Mrs Mompesson und ich – sind es auch! Wir können dich nicht entbehren. Nein, Gordon, du darfst nicht gehen. Was immer es ist, sprich es aus, und wir werden eine Lösung finden. Komm, mein Freund, setz dich. Catharine, eine Tasse Tee für unseren Doktor, bitte.«

Sofort erhob sich Catharine und ging hinaus. Gordon sah ihr nach, seufzte und wandte sich dann mit flehendem Blick an den Reverend. »William, bitte. Ich weiß, was ich versprochen habe. Aber ich kann nicht bleiben! Ich komme ja wieder, wenn ich …«

»Du willst nach Bakewell und dein Weib und dein Kind holen. Ist es das? – Gordon! Sei kein Narr! Ich bin heilfroh, meine beiden Kinder endlich in Sicherheit zu wissen und wünschte, ich hätte auch Catharine mitschicken können. Ich wäre um so vieles ruhiger! Aber sie ließ sich ja nicht überreden. Wenn dir an dem Wohl deiner Lieben gelegen ist, dann lass sie, wo sie sind. Es mag dir nicht gefallen, dass sie bei diesen Leuten sind, aber wenigstens sind sie dort vor der Pest sicher und sie werden gewiss keinen Hunger leiden. Also, was willst du?«

»Ich will die Wahrheit wissen«, entgegnete Gordon leise.

William sah dem Freund in das von Angst und Kummer verzerrte Gesicht und fragte ebenso leise: »Welche Wahrheit, mein Freund?«

Gordon biss sich auf die Lippen. »Ich habe jemanden getroffen, oben am Bach. Lydia kam heute Mittag und erzählte mir von einem Fremden, der aus Bakewell gekommen sei, um mich zu sprechen. Das wunderte mich und ich ging hin, weil ich wissen wollte, was es damit auf sich hätte. Außerdem hoffte ich natürlich, dass er eine Nachricht von Morton Hall hätte. Es war aber kein Fremder, sondern Francis Craven höchstpersönlich. Der Sohn des Mannes, der Amy im Winter bei sich aufnahm und der jetzt gekommen ist, um mich glauben zu machen, dass meine Amy tot ist. Tot, William! Er behauptet, sie sei tot! – Aber ich weiß, dass sie lebt. Und ich will hin, um zu sehen, dass es ihr gut geht. Wenn nötig, bringe ich sie an einen anderen, sichereren Ort. Dann komme ich zurück, William, ich versprech's bei meinem Leben und bei meiner Ehre.«

Mompesson nickte verständnisvoll. Dann wandte er sich dem Freund zu und fragte: »Und wenn er nun aber doch die Wahrheit spricht? Ich weiß, du willst das nicht hören. Aber – nun, was ich mich frage, ist: Weshalb hätte er selbst hierherkommen sollen, wenn es auch eine Nachricht getan hätte?«

Gordon seufzte. »Das frage ich mich auch. Warum. Warum ist er gekommen? Er hatte Amys Schal dabei; als Beweis, wie er behauptete. Und weil er's ihr versprochen haben will, an ihrem … an ihrem Sterbebett. Er will sogar mit ihr verlobt gewesen sein. Verlobt! Mit meinem Weib! Wie soll ich ihm das glauben? Er kann nicht die Wahrheit gesagt haben. Er will, dass ich's glaube, damit er mit Amy fortgehen kann. Das ist die Wahrheit, wenn du mich fragst. Aber um das herauszufinden, muss ich gehen. Ich muss es einfach wissen.«

»Das kann ich verstehen. Aber du kannst ihr ebenso gut schreiben – wenn sie noch lebt, wird sie dir antworten. Wenn nicht … dann weißt du's auch«, fügte er leise hinzu.

Catharine kam mit einer dampfenden Kanne Tee herein und schenkte beiden Männern eine Tasse ein, bevor sie ihren Stickrahmen nahm und sich wieder auf die Bank setzte, in deren Rückwand die Namen *Catharine und William Mompesson* eingeschnitzt waren. Es war ein Hochzeitsgeschenk ihrer Eltern gewesen, das einzige Möbelstück im Haus, das sie aus Scarborough mitgebracht hatten, als sie im April 1664 hierhergekommen waren.

Gordon nickte und nahm seinen Tee, nippte einmal daran und erwiderte: »Ja. Aber wenn ich sie mit eigenen Augen sehen könnte, wäre mir wohler. Ich will sie nur einmal sehen, William – ich muss ihr ja nicht einmal nahe kommen, es genügt mir, wenn …«

»Du bleibst hier«, unterbrach Mompesson ihn und sah ihn über den Rand seiner Tasse streng an. »Wir schicken dem Grafen von Devonshire Nachricht, dass du dich um dein Weib sorgst. Er wird jemanden nach Morton Hall schicken, um nach ihr zu sehen. Nun trink deinen Tee, solange er noch heiß ist. Heute wirst du ohnehin nichts mehr ausrichten können, und der morgige Tag bringt seine eigenen Sorgen. So steht es in der Schrift.«

Darauf wagte Gordon nichts mehr zu sagen. Er trank seinen Tee, stellte die leere Tasse mit einem kurzen Dank auf den Tisch und ging hinaus. Vielleicht sollte er sich lieber gleich daranmachen, Amy zu schreiben. Wenn sie noch am Leben war, würde sie ihm antworten. Wenn nicht … nun, dann konnte er ohnehin nichts mehr für sie tun.

Nachdem Gordon seinen Brief geschrieben hatte, legte er sich auf sein Bett, wohl wissend, dass er keinen Schlaf würde finden können. Er machte sich nicht einmal die Mühe, sich zu entkleiden. Schließlich schlief er doch ein und träumte wieder denselben Traum, in dem er zu dem leeren Herrenhaus zurückkehrte. Wieder flüsterte die Stimme: *Alle fort, alle fort,* und wieder wachte er schweißgebadet auf. Als er die Augen aufschlug, sah er den Reverend in der Tür stehen, einen Leuchter in der Hand.

»Schnell, Gordon, steh auf. Mrs Howard bekommt ihr Baby und es liegt nicht richtig. Sie hat furchtbare Schmerzen – Catharine wartet schon draußen, wir gehen alle zusammen.«

»Was ist mit Lydia?«, fragte Gordon und sprang aus dem Bett. »Sollen wir sie auch wecken? Sie könnte uns eine gute Hilfe sein.«

»Sie kam gestern Abend nicht nach Hause. Ich nehme an, dass sie bei Mrs Talbot geblieben ist, da es dunkel geworden ist. Du weißt ja, wie besorgt die alte Mrs Talbot immer ist. Sie hat einen Narren an unserer Lydia gefressen. Ist für sie wie eine Tochter … Kommst du?«

Den Gehrock über das weiße Hemd streifend, fuhr Gordon sich mit der anderen Hand einige Male durch das vom Schlafen wirre Haar und schob sich an Mompesson vorbei in den Flur, wo Mrs Mompesson stand und ihn schon erwartungsvoll ansah.

»Mrs Mompesson! Haben Sie alles, was wir für einen chirurgischen Eingriff brauchen? Vor allem saubere Leinentücher, ein gutes, scharfes Messer und genügend Morphium? Und auch Bindfaden und eine Nadel?«

Catharine nickte und deutete dabei auf den Korb, den sie über dem Arm trug. »Ich bin bereit.«

Gordon nickte dem Reverend anerkennend zu. Dann nahm er die Laterne, die am Eingang stand, und ging voraus, nach außen hin der kühle, besonnene Doktor und Chirurg, im Inneren jedoch ebenso um Hilfe und Beistand betend wie die beiden anderen.

Nichts erfüllte Gordon in seinem Leben als Arzt mit so viel Glück und Dankbarkeit wie die Geburt eines Kindes, ganz besonders dann, wenn die Vorzeichen dafür so schlecht waren wie er sie in dem Haus des Hufschmiedes Howard und seiner Frau Mary vorfand.

Mrs Howard lag, wie ihr Mann berichtete – Jonathan Howard galt als einer der wortkargsten Männer im Dorf und hatte, wie William Mompesson hinterher lächelnd behauptete, noch nie so viel geredet wie an diesem Abend –, bereits seit Mittag in den Wehen und konnte das Kind trotz aller Anstrengungen nicht zur Welt bringen. Die Nachbarin, eine junge Frau namens Anne Butterworth, hatte versucht zu helfen und war in der Nacht zum Rektorat gelaufen, auf der Suche nach dem Doktor. Auch jetzt saß sie am Kopfende des Bettes und wusch Mrs Howard immer wieder sanft die Schweißperlen vom Gesicht, redete ihr gut zu und warf dabei manch ängstlichen Blick zum Doktor hinüber, der alles für einen Eingriff vorbereitete.

»Wir werden ihr jetzt Morphium geben und dazu einen Stock, auf den sie beißen kann, sollte das Morphium nicht ausreichend wirken. Habt ihr etwas Wein da?«

»Ja, ein wenig ist noch da.«

»Holen Sie ihn rasch. Wir dürfen keine Zeit mehr verlieren, ich kann die Bewegungen des Kindes kaum noch spüren. Mrs Howard, Sie müssen jetzt tapfer sein. Sehr tapfer. Hier, nehmen Sie das.«

Ohne zu wissen, was man ihr gab, schluckte Mrs Howard die bittere Arznei und Anne half ihr, den Wein hinterherzutrinken. Der Doktor drehte sich zu Mrs Mompesson um, die inzwischen die Instrumente in heißem Wasser und Essig gereinigt hatte.

»Ich bin bereit. Wo bleibt der Stock?«

Er war nervös, da er selbst einen solchen Eingriff noch nie hatte vornehmen müssen. Während seiner Ausbildung zum Chirurgen hatte er zwei Mal dabei zugesehen; beide Male waren die Frauen allerdings gestorben. Die Erinnerung daran war ihm noch deutlich vor Augen und stimmte ihn alles andere als hoffnungsvoll.

»Hier, Doktor.«

Gordon nahm den Stock, reichte ihn an Anne weiter, die ihn der Gebärenden sanft zwischen die Lippen drückte und dabei beruhigend auf sie einsprach, und schloss die Augen. Er zählte so lange, bis er das Stöhnen nicht mehr hören konnte, und hoffte, dass jetzt das Morphium seine Wirkung zeigte. Dann schob er die Decken beiseite, griff zum Messer und betete ein letztes Mal, bevor er es auf die kalte, helle Haut setzte.

Wenig später erfüllte das kräftige Geschrei eines Neugeborenen den Raum und alles stürzte herbei, neugierig zu sehen, was es denn geworden sei.

Gordon aber wehrte alle ab, außer den Vater, dem er das kleine Baby in den Arm legte und nickte. »Ein Mädchen. Sie dürfen ihr einen Namen geben, Howard, während ich mich um die Mutter kümmere – aber seien Sie ohne Sorge, sie hat es schon überstanden.«

Er fühlte, wie ihm Tränen der Erleichterung über die Wangen rannen, und wandte sich, als Jonathan das Kind genommen hatte, rasch der Mutter zu, um die Wunde zu versorgen. Sie hatte nur beim ersten Schnitt einmal laut aufgeschrien, dann war sie bewusstlos geworden und kam auch erst viel später zu sich, als Gordon längst alles vernäht und gesäubert hatte.

Da aber sah sie ihn mit großen, glänzenden Augen fragend an und flüsterte mit rauer Stimme: »Mein Baby?«

Gordon lächelte und streichelte ihre Hand. »Es geht ihm gut, Mrs Howard. Ein kleines Mädchen – hier kommt Ihr Mann und bringt es Ihnen. Da – ist sie nicht wunderschön?«

Mr Howard kam und legte seiner Frau das schlafende Baby vorsichtig auf das Kissen, strich ihr liebevoll über die Stirn und sagte:

»Wie gefällt dir der Name Grace?«

Mrs Howard war zu schwach zum Sprechen. Sie nickte nur, dann fielen ihr die Augen zu und sie schlief ein, das Kind dicht neben sich, ebenfalls schlafend und an seinem winzigen, rosa Daumen lutschend.

Grace.

Gordon erhob sich leise. In seinen Augen standen Tränen, als er in diesem Moment an seine eigene kleine Tochter dachte, die er selbst noch nie gesehen hatte – *seine* Grace.

Wenn Gott doch nur ihnen auch so gnädig sein wollte wie der Familie Howard heute Nacht und ihn und Amy wieder zusammenführen würde, er wollte nie wieder etwas anderes von ihm erbitten …

29

Ein wenig Regen tut nicht weh

»Lydia!«

»Lydia, wo bist du? So antworte doch!«

»Lydia!!!«

Doch die Rufe der drei Frauen, die sich an diesem Sonntagmittag nach der Kirche aufgemacht hatten, Lydia Coyle zu suchen, verhallten ungehört im Wald. Es war ungewöhnlich still, kein Vogel sang, kein einziges Tier rührte sich im Gebüsch, nur das stetige, leise Plätschern des nahen Baches war zu hören, sonst nichts.

»Es ist seltsam«, bemerkte Anne Butterworth, »sie ist doch immer so vorsichtig und sie kennt sich inzwischen fast ebenso gut hier aus wie wir. Verirrt haben kann sie sich nicht – wenn sie sich aber *nicht* verirrt hat, so muss sie verletzt sein, und wenn sie verletzt wäre …«

»… hätten wir sie längst finden müssen«, ergänzte Sarah Bright, eine Freundin von Anne, die wie Anne zu den wenigen Familien in Eyam gehörte, von denen noch kein Einziger gestorben war. Man spürte bei diesen beiden jungen Frauen, dass sie deshalb noch mehr Kraft hatten, anderen zu helfen, dass ihre Hoffnung größer war und ihr Glaube stärker. Deswegen hatte Mrs Mompesson auch als Erstes bei den Butterworths angeklopft heute Morgen, und Anne hatte sogleich ihre Freundin hinzugeholt.

Seit ihrem Besuch bei der alten Mrs Talbot vor zwei Tagen war Lydia nicht zurückgekehrt und inzwischen war Mrs Mompesson – die ohnehin von einem schlechten Gewissen geplagt wurde, da sie in den letzten Wochen so hart mit dem Mädchen gewesen war – außer sich vor Sorge. Natürlich waren sie als Erstes zu Mrs Talbot hinausgegangen, aber die hatte Lydia »fröhlich und gesund von dannen ziehen« sehen, nachdem sie »eine schöne, stille Stunde zusammen vor dem Haus gesessen und zu den Sternen aufgeblickt« hatten.

Zu den Hancocks war sie nicht gegangen, die hatten niemanden mehr gesehen, seit Gordon an demselben Abend bei ihnen gewesen war. Inzwischen waren nach Mr Hancock auch die Töchter Alice und Anne gestorben, vierzehn und neun Jahre alt; Mrs Hancock war nun allein mit der zwölfjährigen Joan und dem Baby von Ruth Talbot zurückgeblieben. Innerhalb einer einzigen Woche hatte die arme Frau ihren eigenen Mann und sechs ihrer Kinder begraben müssen. – *Wie das ein Herz ertragen konnte,* dachte Catharine, als sie von dort zurückgekommen war, *das weiß wohl allein Gott.*

»Habt ihr sie gefunden?«, rief eine männliche Stimme von Weitem. Anne und Sarah drehten sich um und sahen Francis Blackwell über die Lichtung herankommen, zusammen mit seiner Schwester Margaret, die das heiße Bratenfett getrunken und danach wieder genesen war, nachdem sie tagelang sterbenskrank auf ihrem Bett gelegen hatte. Ihre Eltern waren beide tot, ihr Bruder Anthony war im vergangenen Jahr am Heiligen Abend gestorben; Catharine erinnerte sich noch gut daran, wie traurig sie alle gewesen waren.

»Nein«, riefen die Mädchen zurück, »sie ist spurlos verschwunden. Wir wissen nicht, wo wir noch suchen sollen.«

»Was ist mit dem Brunnen, habt ihr am Brunnen gesucht? Dort lungert so manch seltsames Gesindel herum, um sich die Münzen herauszufischen, die einige aus dem Dorf hineinwerfen, in der irren Hoffnung, es könne dem Dorf mehr Glück bringen als Medizin und Gebete allein. Verzeihung, Madam«, wandte sich Francis an die Pfarrfrau, die ihn entsetzt anstarrte, »aber ich weiß, dass es einige von uns tun – sie sind sehr verzweifelt, Madam, und ihr Glaube ist nicht mehr so stark, wie er es einmal gewesen war … Was ist, Margaret, ist dir nicht wohl? Du bist auf einst so bleich geworden …«

Seine Schwester schüttelte unwillig den Kopf und hielt sich dabei eine Hand dicht vor die Nase. Mit den Augen folgte er ihrem ausgestreckten Arm und kniff die Augen gegen das durch die Blätter hereinfallende Sonnenlicht zusammen, doch konnte er in dem dunklen Schattengehölz, auf das Margaret hinstarrte, nichts Ungewöhnliches entdecken. Als er allerdings noch ein paar Schritte näher heranging, schlug er gleichfalls eine Hand vors Gesicht, denn jetzt konnte er auch riechen, was seiner Schwester eine solche Übelkeit verursachte.

Es war der beißende Gestank von etwas Verwesendem. Irgendwo dort im Unterholz musste ein Tierkadaver liegen oder …

»Was, in drei … – Halt!«, unterbrach er sich selbst, als seine Augen die Ursache für den entsetzlichen Gestank entdeckt hatten, und drehte sich mit abwehrend erhobener Hand zu den Frauen um. »Keinen Schritt weiter! Um eurer selbst willen – bleibt, wo ihr seid. Mrs Mompesson, holen Sie bitte schnell Ihren Mann oder den Doktor. Schnell!«

Catharine zögerte nicht, sondern rannte sofort los.

»Was hast du gefunden – was ist es? Sag es uns, Francis!«, bettelten die drei anderen jungen Frauen voller Ungeduld. Gleichzeitig aber stand ihnen die blanke Furcht in den Gesichtern geschrieben. »Ist es …?«

»Es ist nicht Lydia. So lange kann sie noch nicht hier liegen wie der hier … – Nun macht auch ihr, dass ihr ins Dorf kommt! Beeilt euch!«

Gordon Tulliver war außer Atem, als er einige Zeit später an der Lichtung ankam, wo Francis Blackwell bereits voller Ungeduld auf ihn wartete. Der Junge sprang auf, als er die Gestalt des Doktors erkannte, und deutete aufgeregt auf die Stelle im Unterholz hin, an der der Leichnam lag.

»Hier, Doktor … hier liegt er. Ich weiß nicht, wer's ist. Aber ich bringe es auch nicht fertig, so genau hinzusehen – er muss schon eine Weile hier liegen … Können Sie …?«

»Nun lass mich erst mal sehen. – Oh Grundgütiger, das sieht aber wahrlich übel aus, mein Freund … Nein, ich glaube nicht, dass ich ihn kenne. Aber es ist auch nicht mehr viel, woran man ihn erkennen könnte – guter Gott …«

Er richtete sich auf, wandte sich kurz ab, um nach frischer Luft zu schnappen, und setzte dann die grausige Prozedur fort. »Er hat sehr viel Blut verloren. Hier am Hinterkopf ist eine offene Wunde, sie muss stark geblutet haben, wenn ich mir die Erde ansehe, auf der er liegt, sie ist dunkelrot von getrocknetem Blut. Vermutlich stürzte er auf einen Stein und schlug sich den Hinterkopf auf ... Ja, so muss es gewesen sein. – Aber woher mag diese zweite Wunde an seiner Stirn kommen? Sie ist ziemlich tief und erstaunlich glatt, sodass ich nicht glaube, dass auch sie von einem Sturz herrührt. Er kann ja schließlich nicht in zwei Richtungen zur gleichen Zeit gefallen sein. Hm ...« Er kratzte sich am Kopf und fuhr fort, laut zu denken. »Wenn ihn nun aber jemand, der von vorne kam, angriff und er darauf nach hinten stürzte – hm. Merkwürdig, sehr merkwürdig ...«

Auf einmal stutzte er. »Francis. Ich weiß, was mit ihm geschehen ist! Der Räuber muss derselbe Mann gewesen sein, der auch mich überfiel! Die Wunde hier an der Stirn, sie sieht genauso aus wie meine aussah, als sie noch frisch war. Und sie befindet sich an genau der gleichen Stelle. Jemand muss ihn – und somit auch mich – mit einem scharfen Gegenstand getroffen haben, und zwar so hart, dass ich wochenlang ohne Bewusstsein war und noch jetzt mein Kopf schmerzt, wann immer mich etwas zu sehr anstrengt ... Es muss derselbe sein, es kann nicht anders sein. Oh, wie habe ich nur so lange untätig warten können, anstatt ihn zu suchen! – Es wäre meine Pflicht gewesen, ihn zu suchen, ihn zu finden und ihn ... ihn aufzuhalten. Gott weiß, wie viele Menschen er noch auf dem Gewissen hat und wenn er sich noch immer hier in der Gegend herumtreibt ...«

Lydias Gesicht tauchte vor Gordons innerem Auge auf und ihm wurde übel. »Wenn er noch hier in der Gegend ist, tun wir gut daran, ihn bald zu finden. Komm, Francis. Für diesen können wir nichts mehr tun und er kann geradeso gut noch einen Tag länger hier liegen bleiben. Wir werden jemanden schicken, der ihm ein Grab schaufelt. Zuvor aber müssen wir Lydia finden – bevor ein anderer es tut ...«

Francis Blackwell sah ihn von der Seite an und schüttelte den Kopf. »Denkt ihr, dass … dass er … dass dieser Kerl sie …«

»Das dürfen wir nicht denken. Wir dürfen es einfach nicht, hörst du?«

Gordon sprang auf, sah sich hektisch nach allen Seiten um, die Augen irr vor Angst. »Lydia!«, rief er und legte die Hände an den Mund. »*Lydiaaaa*!«

Sie fanden Lydia an diesem Tage nicht mehr, obgleich Gordon noch bis tief in die Nacht hinein alleine weitersuchte, nachdem Francis Blackwell längst heimgegangen war, und erst in den frühen Morgenstunden heimkehrte.

Am nächsten Morgen – Gordon war in dem Stuhl am Kamin eingeschlafen, wo er auf Lydia warten wollte, sollte sie doch noch von allein heimkehren – brachte Catharine Mompesson gerade die Leinenwäsche hinaus, um sie im Gras zum Trocknen auszulegen, als ein junger Mann in den Hof kam, ein Bündel auf dem Arm.

»Mrs Mompesson!«, rief er ihr zu. »Ist der Reverend zu Hause? Wir haben ein Mädchen gefunden, im Cucklet Delph. Sie ist schwer verletzt, Madam …«

Catharine ließ auf der Stelle ihre Wäsche fallen und stürzte hinzu, laut nach dem Doktor rufend, damit er herauskam und sich um Lydia kümmerte.

Doch ein Blick auf das leblos in Abel Hammonds Armen liegende Mädchen genügte ihr, um zu erkennen, dass es wenig gab, was der Doktor jetzt noch für sie tun könnte. Catharine schlug in ihrem Entsetzen die Hände vor das Gesicht und begann, bitterlich zu schluchzen.

»Sie wird es nicht schaffen«, flüsterte Gordon dem Reverend zu, der neben ihm an Lydias Bett stand, und schüttelte traurig den Kopf. »Die Verletzungen sind zu schwer …«

»Ich weiß«, antwortete dieser ebenso leise. »Ich sah es schon, als ich hereinkam. Glaubst du … glaubst du, dass man sie …. dass sie jemand …«

Gordon biss sich auf die Lippen und nickte. »Ja. Ja, das glaube ich. Sie wird versucht haben wegzulaufen, aber …«

»Großer Gott, das arme Mädchen … das arme, arme Mädchen …«

Catharine Mompesson trat hinzu und streichelte Lydias Hand. »Ich bin dennoch froh, dass sie noch nach Hause gekommen ist – du bist zu Hause, Lydia, Liebes«, flüsterte sie unter Tränen. »Du bist in Sicherheit … Lydia! Hörst du mich?«

»Mrs Mompesson.«

Sie wandte sich um und sah Gordon aus großen traurigen Augen an.

Gordons Stimme klang ruhig und sanft. »Sie kann Sie nicht hören.«

Catharine biss sich auf die Lippen, nickte und drückte Lydias Hand nur noch fester. Sie durfte noch nicht gehen! Sie war doch noch so jung … War es denn nicht erst gestern gewesen, dass sie sie draußen im Hof gefunden hatten? Und war es nicht erst gestern gewesen, dass Lydia mit einer Blutvergiftung ins Haus getragen wurde, von der sie auch nicht geglaubt hatten, dass sie sie überlebte? Sie hatte es immer wieder geschafft, das tapfere kleine Ding, und jetzt …

Eine Weile standen alle drei schweigend da und warteten darauf, ob Lydia sich vielleicht doch noch regte, bis Mompesson schließlich unruhig wurde und sich räusperte. »Ich muss zu den Bockings, sie warten schon den ganzen Vormittag auf mich.« Er deutete mit dem Kinn zu Lydia hin und fragte, an Gordon gewandt: »Bleibst du bei ihr?«

Gordon nickte stumm. Er war sich bewusst, dass er vermutlich nichts mehr für Lydia tun konnte, aber er konnte sie jetzt auch nicht allein lassen. Irgendetwas in ihm sagte ihm, dass sie ihn brauchte; und wenn es nur dafür war, dass er bei ihr war, bis sie endgültig einschlief.

Es war mitten in der Nacht, als Lydia ganz unerwartet noch einmal zu sich kam. Gordon, der allein bei ihr geblieben war, nachdem auch Catharine schlafen gegangen war, fuhr hoch und ergriff hoffnungsvoll Lydias Hand.

»Lydia! Hörst du mich, Lydia – kannst du mich erkennen? Ich bin es, Doktor Tulliver. Du bist zu Hause …«

Lydias Blick wanderte unstet hin und her und blieb schließlich doch an Gordon hängen. »Zu Hause … oh, das ist gut. Dann fürchte ich nichts mehr. Sie sind bei mir … ich muss nicht allein sterben …«

»Du bist nicht allein. Wir sind alle hier, Lydia, und …« Seine Stimme brach, als er erkannte, wie leer der Ausdruck in ihren Augen war, wie schwach die kleine, blasse Hand, die sich nach der seinen ausstreckte und kraftlos wieder auf die Decke zurücksank. »Und du wirst auch nicht sterben. Wir sind bei dir und dir kann nichts geschehen. Du wirst leben, noch viele Jahre – Lydia! Sieh mich an, Kleines! Bitte!«

Verzweifelt suchte er ihren Blick zu halten, doch ihre Lider flatterten und fielen ihr wieder zu, ohne dass sie noch einmal die Kraft fand zu sprechen. Auch ihre Hand entglitt der seinen, und Gordon glaubte schon, sie verloren zu haben, da hörte er noch einmal ihre Stimme.

Kaum hörbar, so leise fragte sie: »Sagen Sie, Doktor, regnet es draußen? Ich kann Regen hören …«

Er schluckte schwer. »Ja«, flüsterte er und streichelte ihre kalte Hand, »es regnet. Aber nur ein wenig.«

Sie lächelte, ohne die Augen aufzuschlagen.

»Der Regen … Er tut mir nicht weh. Sie sind hier bei mir – das ist alles, was ich wissen muss. Der Regen, Doktor … er macht, dass die Blumen wachsen. Und Sie sind hier und halten mich, bis ich schlafe … Dann kann ich mich geborgen fühlen und ich weiß … und weiß …«

Das Sprechen strengte Lydia jetzt so an, dass es Gordon fast das Herz zerriss. Er beugte sich über sie, umfasste ihren zarten, kleinen Körper vorsichtig mit beiden Armen und wiegte sie darin.

Tränen rannen über sein Gesicht, und er ließ sie einfach laufen. »Schscht … sei still. Ich bin hier, Lydia. Ich halte dich, ich lasse dich nicht allein.«

Sie hob eine Hand und strich, kaum spürbar, über sein Gesicht. Ohne sie anzusehen, wusste er, dass sie lächelte, als sie sagte: »Haben Sie keine Angst um mich, Doktor. Ich spüre … keine Schmerzen mehr. So ein bisschen Regen kann mir nicht wehtun … Sie sind hier und halten mich, und ich – darf endlich – in Ihren Armen … schlafen …«

Gordon fühlte, wie sich ihr Körper entspannte und schließlich ganz erschlaffte. Behutsam bettete er Lydia auf ihr Kissen zurück und schloss ihr die Augen. Jetzt sah sie wirklich aus, als ob sie schliefe, ganz friedlich und ohne Angst.

Gordon strich ihr das Haar aus dem kleinen, blassen Gesicht, beugte sich über sie und küsste sie sanft auf die Stirn. Dann richtete er sich auf, betrachtete sie noch ein letztes Mal, bevor er die Kerze vom Tisch nahm und leise hinausging.

30

Zwei einsame Liebende

Nachdem es in den ersten Tagen seit ihrer Ankunft auf Northbourne nur geregnet hatte, wurde Amy an diesem Morgen von hellem Sonnenlicht geweckt, das durch die großen, bodentiefen Fenster in ihr Gemach fiel. Emma war bereits aufgestanden und hatte die langen, schweren Vorhänge zurückgezogen; nur Grace, die neben ihrer Mutter auf dem Kissen lag, schlief noch ganz fest, das kleine Däumchen im Mund.

»Guten Morgen, Madam.«

Amy setzte sich auf und blinzelte. »Guten Morgen, Emma. Habe ich zu lange geschlafen?«

»Aber nein. Es ist noch Zeit genug. Ich dachte nur, es sei zu schade, die Sonne nicht hereinzulassen, da wir sie doch so lange nicht zu sehen bekamen. Und ich weiß, wie sehr Sie einen Spaziergang vor dem Frühstück zu schätzen wissen, Madam.«

»Da hast du recht, Emma – und ich sehe, du hast auch schon ein Feuer gemacht, das ist gut. Hilf mir bitte, ich will mich ankleiden, damit ich hinaus kann, ehe die Kleine wach wird. Die frische Luft wird mir guttun nach den langen Tagen, die wir erst in der Kutsche und dann hier im Haus verbringen mussten So schön die Räume hier auch sind, sie engen doch ein, wenn man es gewohnt ist, viel draußen zu sein. – Nein, Emma, nicht das schwarze, das grüne Kleid. Und mein Schultertuch, das goldbraune. Ich erinnere mich nicht mehr, ob ich es in der Eile mitnahm oder ob ich es auf Morton Hall vergaß – es müsste in der Truhe liegen. Ich bin mir sicher, dass ich es auf dem Weg hierher nicht trug. – Ist es nicht in der Truhe, Emma?«

Die Magd schüttelte den Kopf, nachdem sie in der Truhe nachgesehen hatte, die neben dem Fenster stand. »Nein, Madam, hier ist es nicht. Sie müssen es wohl vergessen haben. Möchten Sie das schwarze mit dem Spitzensaum?«

Amy schüttelte erst den Kopf, dann, als ihr einfiel, dass es das einzige Tuch war, das sie sonst noch besaß, nickte sie. Während sie noch darüber nachsann, wo sie das Tuch gelassen haben könnte – denn sie trug es beinahe jeden Tag, weil es ein Geschenk ihrer Mutter gewesen war –, fiel ihr Blick auf Emmas gebeugte Gestalt.

»Emma?«

Das Mädchen richtete sich auf und wandte sich ihrer Herrin zu. »Ja, Madam?«

»Komm bitte einmal her und lass dich ansehen.«

Als Emma daraufhin errötete und ungeschickt versuchte, die verräterische Wölbung unter ihrem einfachen braunen Wollkleid mit einer Hand zu bedecken, wusste Amy, dass das, was sie schon seit geraumer Zeit vermutete, wahr war: Emma war schwanger.

Sie seufzte, als sei sie weniger überrascht als vielmehr unwillig, eine solch unangenehme Angelegenheit schon so früh am Morgen zu besprechen. »Und, Emma? Wer ist der Vater?«

Emma antwortete nicht und sah nur beschämt an sich herunter, die Hände am Schürzenansatz gefaltet, während Amy aus dem Bett stieg und sich selbst ihre Kleider nahm.

»Nun gut«, sagte sie, »wenn du es mir nicht sagen willst, so muss ich mir wohl meine eigene Meinung bilden. – Reich mir bitte das Mieder, Emma. – Wenn es einer der Bediensteten war, muss ich es Lord Craven melden, denn er ist es, der darüber zu entscheiden hat, was mit euch beiden geschieht. Und mit dem Kind. Wann, denkst du, ist es denn so weit?«

»Ich … ich glaube … ich glaube …«, begann Emma, kam aber nicht weiter, da sie so sehr zitterte, dass sie das Mieder fallen ließ, und die Hände vors Gesicht schlug und weinte.

Ich glaube, dachte Amy, während sie das Mieder vom Boden aufnahm, *dass es keiner von den Bediensteten – kein Stallbursche, kein Gärtner, und auch kein Hausdiener –, sondern Lord Francis Craven persönlich war. Und ich glaube auch, dass du nicht erst mit Gewalt dazu gebracht werden musstest. Dummes Ding,* dachte sie und schüttelte den Kopf. *Dummes, dummes Ding.*

Der Spaziergang durch den Park von Northbourne tat Amy so gut, wie sie es erwartet hatte, und gab ihr die willkommene Gelegenheit, ungestört nachzudenken. Als sie durch eine Hintertür hinausgetreten war, hatte sie sich in einem prachtvollen Rosengarten wiedergefunden, der ebenso liebevoll wie kunstvoll angelegt war und sie beim ersten Anblick sogleich bezauberte. Eine halbhohe Mauer, die ebenfalls von Rosen überwuchert war, verlief ringsherum um den quadratischen Garten; allein der starke Regen hatte die meisten Blüten vollkommen durchnässt, sodass die, die im Sturm nicht ganz herabgefallen waren, nun schwer und müde an den dornigen Ästen hingen und kaum mehr als einen Hauch von ihrem ursprünglichen Duft verbreiteten.

Amy aber ahnte schon jetzt, dass dies hier ihr Lieblingsplatz werden würde. Ein Ort, an dem sie allein sein konnte, um nachzudenken und zu träumen und um ungestört Gordons Briefe lesen zu können.

Sie hatte am Morgen ihrer Abreise ein paar hastige Zeilen geschrieben und sie dem Hausdiener übergeben, der dafür Sorge tragen würde, dass ein Bote sie nach Eyam mitnahm. Dass sie es in der Eile des Aufbruchs versäumt hatte, auch eine Nachricht nach Chatsworth zu schicken, war Amy erst auf halbem Wege nach Kent eingefallen, aber sie hoffte, dass man sie, sollte man Gordon tatsächlich finden, sicher auch hier benachrichtigen würde.

Amy stand da und lauschte. Von fern her hörte sie das Rauschen des Meeres – oder war es gar nicht so fern? Georgiana hatte erzählt, dass man es vom Ende des Parks aus sehen konnte; Amy verspürte plötzlich große Lust, es selbst herauszufinden. Sie war schon halb auf dem Weg, als ihr Grace einfiel, die bald wach werden und nach ihrer Milch verlangen würde. So beschloss sie schweren Herzens, wieder umzukehren und machte sich langsam auf den Weg zurück zum Haus.

Hier auf Northbourne durfte sie Grace überall mit hinnehmen, die Kleine war der erklärte Liebling der gesamten weiblichen Dienerschaft geworden.

Georgiana, die Grace über alles liebte, war so stolz, als sei sie ihre eigene kleine Schwester.

»Ist sie nicht hübsch?«, fragte sie jeden, der stehen blieb, um einen Blick auf die Kleine zu werfen. »Hat sie nicht wunderschöne blaue Augen? Und seht euch einmal die Nase an, ist sie nicht bezaubernd?«

Damit plapperte sie natürlich vornehmlich das nach, was sie Lady Beauford – ein gern und oft gesehener Gast in diesem Haus; sie und ihr Mann hatten ihr gleich am Tag nach ihrer Ankunft ihre Aufwartung gemacht – und ihresgleichen über Grace sagen hörte. Auch über Amy war man des Lobes voll; sie sei »die Anmut in Person« und ein »großes Vorbild für Georgiana«.

Es kam Amy fast so vor, als hielte man sie hier für ein Mitglied der Familie.

Der Gedanke, dass Lord Craven sie bisweilen so ansah, als dächte er insgeheim ebenso, bereitete ihr Unbehagen und sie hoffte, dass nur ihre Fantasie ihr einen Streich spielte, wie sie es schon immer gerne getan hatte, und sie nicht – kaum, dass sie dem einen entkommen war – schon dem nächsten Craven versehentlich direkt in die Falle gelaufen war.

Wenn Emmas Kind tatsächlich von Francis Craven war, brachte das auch Amy in eine höchst unangenehme Lage, vor allem, wenn Gordon nicht zurückkehrte, ehe das Kind geboren war. Und wenn er überhaupt nicht zurückkehren sollte …

Amy schüttelte energisch den Kopf, dass die blonden Locken nur so flogen, und setzte nach kurzem Zögern ihren Weg fort. Er würde zurückkommen. Er musste zurückkommen …

Als sie kurz darauf das Haus betrat, wartete dort bereits eine aufgeregt auf und nieder hüpfende Georgiana auf sie.

»Mach schnell, mach schnell, Amy! Wir fahren ans Meer! Vater zeigt uns heute das Meer – er nimmt uns mit auf die Klippen hinaus. Ist das nicht wundervoll?«

»Das ist schön, Georgiana. Und einen guten Morgen auch dir!«

Die Kleine tat darauf einen hastigen Knicks, als sei ihr eben eingefallen, wie man sich einer erwachsenen Dame gegenüber benahm, fing dann aber sogleich wieder zu plappern und zu hüpfen an. Amy, nachsichtig schmunzelnd, folgte ihr in den Salon.

Die Sonne stand hoch am Himmel und tauchte alles in goldfarbenes Licht. Dort, wo es auf den weißen Kalkstein der Klippen fiel, wurde es zu einem derart gleißenden Weiß, dass man nicht lange hinsehen konnte, ohne zum Schutz die Hand vor die Augen zu heben.

Amy stand am Rand der Klippe, ihr Kleid bauschte sich im Wind, und das Haar flatterte um ihr Gesicht, das, vor Glück und Freude strahlend, dem tief unter ihr liegenden Meer zugewandt war. Längst hatte der Wind ihre Haube nach hinten geweht, die jetzt lose in ihrem Nacken hing, doch das kümmerte Amy nicht. Sie sah nur immerzu auf das Meer, das dunkel und unergründlich vor ihr lag. Gelblich weiße Schaumkronen tanzten auf den sich an dem steilen Kliff brechenden Wellen. Die Möwen, die laut kreischend darüberkreisten, schienen ihre Freude daran zu haben, immer wieder in die Fluten hineinzutauchen, auf der Suche nach einem Fisch, den sie mit ihren gekrümmten gelben Schnäbeln schnappen konnten. Das Brausen und Tosen des Wassers vermischte sich mit dem rauen Wind und dem Geschrei der hungrigen Möwen zu einem fast ohrenbetäubenden Lärm.

Amy lächelte. Sie war wie trunken von dem Anblick, der sich ihr bot, diesem einzigartigen Schauspiel der Natur, und schüttelte nur immer wieder ungläubig den Kopf.

Sie wünschte, dass Gordon bei ihr sein könnte, um diesen Augenblick zu teilen.

She dreams on him that has forgot her love:
You dote on her that cares nor for your love.

Lord Craven war klug genug, seine Gedanken nicht laut auszusprechen, doch der Anblick der schönen jungen Frau, die dort stand und sinnend aufs Meer hinaussah, als sei sie ganz allein auf der Welt, nahm ihm fast den Atem. Er musste sich sammeln, ehe er an sie herantrat und zu ihr sprach.

»Amy …«

Da sie sich nicht gleich umwandte, räusperte er sich, um sie nochmals zu rufen, doch seine Stimme wollte ihm einfach nicht gehorchen. Es war, als sei seine Kehle bei ihrem Anblick wie zugeschnürt, seine Zunge wie gelähmt.

Was ist nur los mit mir, dachte er bei sich, und konnte den Blick nicht von ihr wenden, *dass ich mich aufführe wie ein Jüngling, der zum ersten Mal sein Herz verlor? Was hat sie mit mir gemacht? Und weshalb sah ich vorher nie, wie schön sie ist, wie anmutig, und wie engelsgleich ihr Gesicht?*

Ich muss ein Narr gewesen sein, dass ich's nicht sah, gefangen in meiner Trauer um eine Frau, die meine Liebe nie gewollt, sondern nur mein Haus, meinen Titel und Besitz begehrte, weiter nichts. Ja, sie schenkte mir fünf Kinder, ein sechstes beinahe noch dazu. Dass dies eine, welches jetzt mit uns hier ist, so wohl gelang, ist das größte Wunder, das dieser Verbindung entsprang.

Er schüttelte traurig den Kopf. Es war zu spät – oder zu früh –, er konnte und durfte sich nicht gestatten, sie zu lieben oder gar zu hoffen, von ihr geliebt zu werden. Sie war noch immer eines anderen Mannes Weib und er sollte …

… die Finger von ihr lassen. Denn das hast du auch deinem Sohn gesagt, Craven. Und wenn du sie jetzt selbst begehrst und unrechtmäßig zu deinem Weibe machen willst, da sie noch nicht frei ist, bist du nicht besser als er. Ja, vielleicht sogar schlimmer, da du um dein eigenes Weib noch trauern solltest, das kaum kalt im Grabe ist. Jetzt an eine neue Liebe zu denken, ist Sünde genug; an die Liebe einer verheirateten Frau zu denken, ist des Todes.

»Amy, Amy! Wir haben das Essen vorbereitet, es ist alles fertig, du kannst schon kommen. Ich habe auch Blumen gepflückt und sie … – Vater!«, rief Georgiana, als sie der Gestalt gewahr wurde, die hinter ihrer geliebten Lehrerin stand. »Was tust du hier?«

Nichts, dachte Lord Craven, als er sich zu seiner Tochter umwandte, die ihn mit großen, vor Aufregung leuchtenden Augen strahlend ansah. Sie schien ihm hier, in Kent, so glücklich wie seit Langem nicht mehr. Er wusste, dass es nicht nur am Meer lag, das sie ebenso liebte wie er, sondern an der Frau, die auch ihr Herz schon längst für sich eingenommen hatte.

Sie wäre eine Mutter, wie Georgiana sie sich wünschen würde, konnte Lord Craven nicht umhin zu denken, als er sie so beieinanderstehen sah. *Eine Mutter, die sie lieben und achten könnte …*

Er schüttelte den Kopf. *Nein. Nein, nein, nein. Es durfte nicht sein. Nein.*

»Was ist, Vater? Warum schüttelst du den Kopf?«

»Wie?«

Er starrte seine Tochter an, als frage er sich, wie sie überhaupt hierhergekommen sei, und murmelte etwas Unverständliches. Dann wandte er sich abrupt ab und stapfte davon, vorbei an der Decke, auf der Georgiana und Emma das Essen ausgebreitet hatten, vorbei an seinen erwartungsvoll zu ihm aufblickenden Hunden, die wie immer neben der Kutsche hergelaufen waren und darauf warteten, dass sie etwas zu tun bekämen.

Als ihr Herr sein Pferd bestieg, einen großen, kräftigen Rappen, kamen sie aufgeregt bellend hinzu und stürmten, sobald er dem Pferd die Sporen gab, voraus.

Georgiana und Amy sahen einander in sprachloser Verwunderung an, dann nahm die Kleine ihre Lehrerin bei der Hand und zog sie mit sich.

»Komm, Amy, dann musst du eben als Erste von der Rosenblütenmarmelade kosten, die Mrs Brown gekocht hat. Sie ist die Köchin auf Northbourne und macht die besten Marmeladen, Chutneys und Kuchen. Du musst unbedingt von allem etwas probieren. Sie hat uns auch von den kleinen, süßen Brötchen mitgegeben, die du so gerne zum Frühstück hast, und …«

Amy lächelte und ging mit ihr, doch sie hörte nicht mehr zu. Sie war in Gedanken bei dem einsamen Reiter, den sie oben auf dem Hügelkamm entlanggaloppieren sah, die Hunde immer um sich herum.

Er ist nicht er selbst, dachte sie und fühlte, wie sich ihr Herz mit Mitleid füllte. *Etwas treibt ihn um, dass er selbst hier nicht zur Ruhe kommt, wo er doch so weit von allem ist, das ihn an seine Frau erinnern könnte.* – Lady Craven war nie gern hier gewesen: Das Haus war ihr zu klein, zu dunkel und zu einsam gewesen und wohl auch nicht elegant genug, obwohl ihr Gemahl einiges für sie hatte verändern lassen, ja, es war sogar ein weiterer Flügel angebaut worden, um mehr Gäste unterbringen zu können. Doch sie hatte die Gesellschaft ihrer Freunde aus Derbyshire vermisst und so war Lord Craven oft allein hierhergekommen. Emma hatte ihr das alles erzählt, wahrscheinlich hatten die anderen Dienstmädchen dies ausgeplaudert. – Es war erstaunlich, wie viel Emma über die Familie wusste, wahrscheinlich mehr als Amy. Aber wie es um das Herz des alten Craven bestellt war, das wusste niemand, denn er gab nichts von sich preis. Auch jetzt, da Amy ihn aus der Ferne beobachtete, konnte sie doch nur erahnen, wie er sich fühlen musste.

Ob seine Gefühle den ihren ähnelten, ob seine Sehnsucht ebenso groß war wie ihre – und ob er sich wohl auch oft fragte, ob es nicht hätte anders kommen können?

Welch merkwürdige Wege geht doch die Liebe mit uns, dachte Amy und wandte kopfschüttelnd den Blick ab, ehe er sie sah. *Erst wenn wir etwas, das wir für selbstverständlich nahmen, für immer verloren haben, fangen wir an zu verstehen, wie viel es uns bedeutete.*

– Sie konnte nicht ahnen, dass es nicht die Trauer um die eigene Frau, sondern vielmehr die Sehnsucht nach *ihr* war, die Lord Craven umtrieb, und die es ihm unmöglich machte, bei ihr zu sitzen oder gar mit ihr zu sprechen – aus Angst, er könne seine Gefühle verraten. Da er sich selbst nicht traute, blieb er, wo er war, und ritt schließlich allein zum Herrenhaus zurück, wo er sich in seiner Bibliothek einschloss und für die nächsten beiden Tage von niemandem mehr gesehen ward.

... darum, mein Geliebter, lass uns, wenn wir endlich wieder vereint sind, hierhergehen und ein neues, ein besseres Zuhause uns suchen. Hier ist es wunderschön, so schön, dass ich keine Worte finde, um es zu beschreiben. Das Meer ist ein gewaltiges, endloses Tief, dunkel und unergründlich, mit Kronen aus Schaum, die auf den Spitzen der Wogen tanzen, die der Wind unablässig gegen die Ufer treibt, wo sie, brüllenden Raubtieren gleich, an die Felswand springen und wieder zurückgeworfen werden, ein faszinierendes, endloses Spiel der Natur.

Wärest Du nur bei mir, ich könnte mich fast glücklich nennen, ja, ich wäre es, wenn nicht diese ungestillte Sehnsucht nach Dir wäre, die mich tags nicht ruhen und nachts nicht schlafen lässt.

Ich liebe Dich, mein Gordon, und stelle auch hier, wo Du es nicht sehen kannst, jeden Abend die Kerze in mein Fenster, als ein Zeichen meiner Liebe, meiner Hoffnung und meiner Treue. Und wenn ich warten muss bis an das Ende meiner Tage, nie will ich diese Hoffnung aufgeben, dass Du zu mir zurückkehrst und wir uns wiedersehen ...

31

Im dunkelsten Tal

Eine unerträgliche Hitze lag über dem Dorf. Seit zwei Wochen war kein Tropfen Regen mehr gefallen, und die Luft flimmerte auch an diesem Sonntagmorgen, noch ehe die Sonne ihren höchsten Stand erreicht hatte. Die meisten Familien hatten im schattigen Cucklet Delph Zuflucht gesucht und hörten dort Reverend Mompesson predigen. Andere, die entweder zu alt oder zu krank waren oder Kranke zu pflegen hatten, waren im Dorf und in ihren Häusern geblieben.

Unter den Zuhausegebliebenen war auch die Frau des Totengräbers, Joan Howe, die ihren kleinen Sohn zum Spielen hinausgeschickt hatte, um sich selbst noch einmal hinzulegen. Ihr Mann hatte sie nur ungern allein gelassen. Da sie ihm aber versichert hatte, dass der Schwindel und die Übelkeit von der Schwangerschaft herrühren mussten, die sie sich in den nächsten Tagen von Doktor Tulliver bestätigen lassen wollte, hatte er nachgegeben und war, nachdem er sie noch einmal geküsst hatte, ebenfalls zum Gottesdienst gegangen.

Es war so unerträglich warm und stickig in dem kleinen Haus, dass Mrs Howe einen Bottich randvoll mit kaltem Wasser füllte, sich in ihren Schaukelstuhl setzte und ihre geschwollenen Füße hineinstellte.

Mit einem tief zufriedenen Seufzer schloss sie die Augen. Ja, so würde sie es aushalten können. So würde sie sitzen bleiben, bis Marshall wiederkam.

Ring a ring of roses,
a pocket full of posies,
Atashoo, atashoo, we all fall down!

Die Kinder hielten einander an den Händen und liefen singend im Kreis herum. Am Schluss ließen sich alle auf einmal zu Boden fallen, nur, um gleich wieder aufzustehen und das Spiel von vorn zu beginnen.

William Howe kannte die Verse, er sang von allen am lautesten mit, was eigenartig klang, da er sonst nicht viel sprach und seine Stimme gerade erst entdeckte. Jedes Mal aber, wenn alle *Atashoo* riefen, begann er zu lachen und konnte auch nicht wieder aufhören, bis seine Mitspieler ihn ungeduldig an den Händen zogen, damit er sich endlich hinsetzte.

»Das bedeutet, dass wir alle niesen und tot umfallen, du Dummkopf. Da gibt es wohl nichts zu lachen. Dein Vater begräbt doch die Toten alle; du musst doch wissen, was es bedeutet, wenn jemand stirbt. Ist denn bei euch in der Verwandtschaft noch niemand an der Pest gestorben?«, fragte ihn eines der älteren Mädchen und sah ihn dabei vorwurfsvoll an.

Der Kleine schüttelte den Kopf.

Er konnte überhaupt nicht verstehen, wovon das Mädchen redete, und fragte stattdessen: »Spielen wir noch einmal, ja? Mit Hinfallen.«

Daraufhin verdrehte das Mädchen die Augen, wandte sich ihrer Freundin zu und flüsterte: »Da siehst du's – der Vater trägt sie alle zu Grabe und der hier hat keinerlei Ahnung, was Tod überhaupt bedeutet. Gesegnet seien die unschuldigen Kinder! Das sagte meine Großmutter immer. Jetzt verstehe ich, was sie damit meinte. – Hast du gehört, dass die alte Mrs Talbot gestorben ist? Nun hat das arme kleine Baby niemanden mehr, wenn die Hancocks auch alle sterben.«

Ihre Freundin, die ebenfalls eigentlich schon zu alt für das Spiel war, nickte und flüsterte zurück: »Und der Tote, den man im Wald fand – du weißt schon, der, den die Vögel schon angefressen hatten … uuh! Wie es mich graust, wenn ich daran denke. Meine Schwester sagt, es sei John Mellor gewesen, der mit seinem Vater drüben auf der anderen Seite des Baches gelebt hat. Er soll mit Susanna Swann verlobt gewesen sein, wenigstens heimlich. Aber die ist ja auch tot.«

»Spielen wir weiter? Ja?«

William und ein paar der Jüngeren waren aufgestanden und schauten die beiden größeren Mädchen erwartungsvoll an. Die sahen einander an, seufzten und nickten schließlich ergeben. Was blieb ihnen anderes übrig? Ihre Mütter hatten sie geheißen, auf die Kleinen aufzupassen und sie mit Spielen abzulenken. Also war es das, was sie tun würden.

»Komm, Amanda. Spielen wir noch eine Runde Fangen. Dort hinter der Kirche ist es schattig, da können wir laufen. – Mir nach, wer als Erster da ist, ist der Fänger!«

»Hallo! Wer kommt denn da so stürmisch um die Ecke gelaufen?«

»Oh!« Rebecca, das Mädchen, das vorhin von John Mellor gesprochen hatte, errötete und tat schnell einen Knicks vor der Pfarrfrau. »Ich bitte um Verzeihung, Madam. Wir hatten Sie nicht gesehen. Wir glaubten, Sie wären im Cucklet Delph und … wir wollten – also … wir wollten gern im Pfarrgarten spielen, wenn Sie es erlauben. Wegen des Schattens, Madam. Es ist ja so heiß.«

Catharine lächelte. »Aber natürlich dürft ihr das, Rebecca. Kommt doch herein, hier gibt es reichlich Schatten und auch Plätze, an denen man sich wunderbar verstecken kann. Soll ich euch einen Krug kalte Milch hinausbringen? Und einen Teller Haferkekse dazu?«

»Das ist zu gut von Ihnen, Madam, aber …«, Rebecca wand sich verlegen, »ich … ich soll von anderen Leuten nichts zu essen annehmen. Wegen … wegen …«

Mrs Mompesson nickte verständnisvoll. Unter anderen Umständen hätte sie dem Mädchen über das Haar gestrichen, und es tat ihr, die sie Kindern so herzlich zugetan war, in der Seele weh, es nun nicht mehr zu dürfen. »Es ist schon gut, Rebecca. Du brauchst es mir nicht zu erklären. Wenn es euch recht ist, setze ich mich derweil in den Schatten und schaue euch ein wenig beim Spielen zu.«

Und denke dabei an meine eigenen Kinder. Wie sehr sie sie an Tagen wie diesen vermisste! Sie hätten auch mit den anderen gespielt, besonders George, der sehr lebhaft war und kaum länger als eine Viertelstunde still sitzen konnte.

Mrs Mompesson ließ sich auf einer Bank nieder. Für einen Moment schloss sie die Augen, sie war müde und erschöpft. *Es muss wohl an der Hitze liegen,* dachte sie, *sie macht uns allen zu schaffen.* Sie hörte, wie die Kinder lachend an ihr vorbei in den Garten stürmten, dann wurde gezählt und alles zerstreute sich juchzend und kreischend in alle Richtungen. Dann wurde es still und man hörte nur noch das laute, monotone Zählen von Rebecca, die sich als Älteste das Recht genommen hatte anzufangen.

»Fünfzig, ich komme!«

Catherines Augen öffneten sich wie von selbst und sie erschrak, als sie eines der Kinder, den kleinen Matthew Dean, vor sich stehen sah. Unbeweglich stand er da und betrachtete sie ernst und still; dann neigte er schließlich den Kopf zur Seite, kniff ein Auge zu und fragte: »Sie sehen aber müde aus, Mrs Mompesson. Haben Sie auch die Pest?«

Catherine fühlte, wie ihr Tränen in die Augen schossen und wieder hätte sie allzu gern eine Hand nach einem Kind ausgestreckt. Der Kleine hatte nämlich erst vor wenigen Tagen seine Mutter, zwei ältere Brüder und seinen Großvater verloren.

»Aber nein! Ich bin nur ein wenig müde, das ist alles. Gleich stehe ich wieder auf und gehe ein Brot backen.«

Matthew biss sich auf die Lippen und sie sah die Träne, die aus seinem Auge quoll, bevor er sie eilig mit der Hand fortwischte. Er war neun und schon in dem Alter, in dem man als Junge keine Gefühle zeigen mochte, besonders jetzt nicht, da er der älteste Sohn im Haus war und seinem Vater helfen musste, für die anderen Geschwister zu sorgen.

Mrs Mompesson lächelte. »Also – geh du nur und spiel mit den anderen, bevor sie die besten Plätze zum Verstecken alle ausprobiert haben und dir nur noch der Hühnerstall bleibt.«

Sie hatte ihn aufheitern wollen, aber er sah nicht so aus, als wolle er aufgeheitert werden, auch nicht, als stünde ihm der Sinn nach Versteckspielen. Er stand nur da und sah sie an, ohne eine Miene zu verziehen. Es wollte ihr gerade schon unheimlich werden, immerfort so angestarrt zu werden, da drehte er sich plötzlich um und lief, so schnell ihn seine kurzen Beine trugen, den anderen hinterher.

»Ich weiß nicht, ob du es schon getan hast, William, aber ich will mich heute Abend hinsetzen und mein Testament schreiben. Jetzt, da so viele sterben, kann es nicht mehr lange dauern, bis es auch uns einmal erwischt. Wir dürfen nicht glauben, dass wir, nur weil die Menschen uns brauchen, vor der tödlichen Pestilenz geschützt sind. Es kann uns jederzeit treffen, William, und so, wie die Dinge auf Morton Hall liegen – schon um des Kindes willen – …«

»Das verstehe ich. Wenn du willst, helfe ich dir dabei. Meines liegt schon lange in einer Schublade. Ich wollte dir eigentlich sagen, wo, und es dir vielleicht auch erklären, dass du etwas damit anzufangen weißt, sollte dir die Aufgabe zufallen, dich um meinen bescheidenen Nachlass zu kümmern. Denn du hast recht, es könnte auch einmal sehr schnell gehen.«

Gordon nickte. Sie kamen gerade vom Cucklet Delph herauf. Nur wenige Leute hatten heute den Gottesdienst besucht, längst nicht so viele wie sonst, und sie wussten beide, dass es nicht allein an der ungewöhnlichen Hitze lag. In dem Tal war es ja schattig und angenehm kühl, wer also die Hitze scheute, war gut beraten, dorthin zu kommen. Es war auch schon längst keine Gefahr mehr, dass man während des Gottesdienstes zu nahe beieinander stand. Im Juli und August waren zusammen über hundert Opfer zu beklagen gewesen – mehr als je zuvor seit Ausbruch der Seuche. Ein Ende war nicht abzusehen; in beinahe jedem zweiten Haus des kleinen Dorfes lag wenigstens eine Person krank.

»Wenn es so weitergeht«, hatte Gordon gestern Abend zu Mompesson gesagt, als sie beisammengesessen und die Liste überarbeitet hatten, »werden wir bald an die zweihundert Opfer zu verzeichnen haben«, und hatte eine Zahl vor den Namen der gestern verstorbenen Mary Elliott gesetzt. Sie war wenige Tage nach ihrer ebenfalls noch ungetauften Schwester Sarah gestorben und damit das letzte Kind gewesen, das man zu Grabe getragen hatte. Niemand aus ihrer Familie hatte überlebt.

»Übrigens«, fuhr der Reverend fort, »sollte einer von uns heute bei den Mortens vorbeisehen, Mrs Morten erwartet jeden Augenblick ihr Kind und wir wollen sie dabei nicht allein lassen, hat doch ihr Mann genügend Kummer mit ihrer armen kleinen Sarah – sie hat sich bei den Kempes angesteckt, wie wir beide es ja befürchtet hatten. Ich hoffe nur, dass sie aushält, bis die Mutter die Geburt überstanden hat …« Nachdenklich setzte er hinzu: »Vielleicht kann ich Catharine schicken, sie tut nichts lieber, als Kindern auf die Welt zu helfen.«

Gordon nickte stumm. Seine Gedanken waren bei Lydia, die sie mitgeschickt hätten, das kranke Mädchen zu trösten und zu halten, damit Mrs Mompesson sich auf die Geburtshilfe konzentrieren konnte. Wie gerne hatte Lydia geholfen, wie unermüdlich war sie für die Kranken im Einsatz gewesen – besonders für die Kinder, die ihr so am Herzen gelegen hatten. Dabei war sie selbst kaum mehr gewesen als das: ein Kind.

Armes Mädchen, dachte er bei sich und schüttelte in Gedanken den Kopf, *armes, armes Kind.*

Bis in den späten Abend hinein gingen beide Männer von Haus zu Haus, um Kranke zu versorgen, Testamente aufzusetzen – Gordon hatte das seine begonnen, aber nicht zu Ende geschrieben, da er nicht die Ruhe dazu gefunden hatte – und den Hinterbliebenen beim Begraben der Toten zu helfen. Es war gegen Gordons Überzeugung, solcherlei Arbeit am Sonntag zu verrichten, aber die hohe Ansteckungsgefahr ließ ihnen keine andere Wahl: Die Toten mussten so schnell wie möglich aus den Häusern und unter die Erde, und die Angehörigen schafften es oft nicht mehr allein.

Nachdem sie bei den Friths, den Ragges und den Hawkesworths gewesen waren, beschlossen sie, sich zu trennen. Es waren zu viele, die auf sie warteten. Wenn sie sich trennten, konnten sie mehr Besuche in kürzerer Zeit machen. Außerdem hatte Gordon Mrs Mompesson versprochen, ihr so bald wie möglich zu den Mortens nach Shepherd's Flatt zu folgen. Sie war vorausgegangen, um nach Mrs Morten zu sehen und ihr zu helfen, sollte das Kind schon heute kommen wollen.

Zuvor aber wollte er noch nach Mrs Howe sehen, da Marshall Howe ihn heute Morgen darum gebeten hatte.

Zu seinem Entsetzen fand er sie, schwitzend und keuchend, in ihrem Bett liegen, an dessen Ende ein zutiefst verzweifelter Marshall Howe mit seinem Jungen auf dem Schoße saß.

»Herr Doktor!«, rief er, als Gordon die geräumige Stube betrat. »Gott sei Dank, dass Sie da seid. Meine arme Joan … Sehen Sie nur, wie schlecht es ihr geht – es kann doch nicht von der Schwangerschaft kommen, dass sie so schwitzt und zittert, es muss doch noch etwas anderes dahinter …« Seine Stimme brach, er weinte beinah. »Herr Doktor, bitte – sagen Sie mir, dass es nicht das ist, was ich fürchte …«

Gordon legte ihm kurz eine Hand auf die Schulter, fuhr dem Kleinen einmal durch das Haar und setzte sich dann auf die Bettkante, um die Kranke zu untersuchen. Mrs Howe atmete schwer, kalter Schweiß stand ihr auf der fieberheißen Stirn und auf der Brust, an der das Nachthemd klebte, ihre Hände lagen schlaff und leblos auf dem Laken, das von Schweiß bereits vollkommen durchtränkt war. Er brauchte sie nicht anzufassen, um zu wissen, dass auch sie heiß vom Fieber waren.

»Oh, grundgütiger Gott«, murmelte er, als er vorsichtig das Nachthemd hochschob und sofort die verräterischen dicken Stellen unter den Achselhöhlen entdeckte. »Ich bitte dich, lass sie nicht lange leiden …«

»Was ist es, Doktor? Was ist mit ihr?«

Gordon brauchte ihn nur anzusehen, da brach der große, starke Mann, der so viele Menschen hier in der Gemeinde scheinbar wie unbeteiligt zu Grabe getragen hatte und der sich nie etwas von seinen Gefühlen hatte anmerken lassen, vor seinen Augen zusammen und weinte wie ein Kind.

Als Mrs Mompesson um etwa dieselbe Zeit das Haus der Mortens betrat, schlugen ihr zwei Dinge sofort entgegen: der ihr wohlbekannte übelerregende Gestank nach Blut, Eiter und Erbrochenem – und eine geradezu unheimliche Stille.

Dass irgendetwas nicht stimmte, war ihr sofort klar, als sie Matthew Morten, einen kräftigen, für sein freundliches Wesen ebenso wie für seinen Humor, seine Hilfsbereitschaft und sein Geschick mit Hunden bekannten Mann, am Fenster sitzen und in die Nacht hinausstarren sah. Auf seinem Schoß lag etwas, das sie beim Näherkommen als seine Tochter Sarah erkannte. Mrs Mompesson wusste, dass sie tot war, noch ehe sie ihr bleiches Antlitz sah, aus dem die noch geöffneten Augen sie angstvoll anzustarren schienen, als wollten sie sie im Tod noch um Hilfe anflehen.

Dass ihre Hilfe für Sarah zu spät kam, war offensichtlich. Was aber war mit Mrs Morten und dem Baby? Mrs Mompesson hörte nichts und konnte auch in der Dunkelheit nichts sehen. Warum gab es kein Feuer, keine Lampe, nichts außer diesem grausigen, stinkenden Dunkel?

»Mr Morten? Ich bin es, Mrs Mompesson. Es tut mir leid, dass ich …«

»*Wo waren Sie?*«

Erschrocken wich sie zurück, als Matthew Morten plötzlich den Kopf hochriss und ihr aus seinen dunklen Augen zornig entgegenblickte.

»Wo waren Sie, als wir Sie brauchten – als *sie* Sie brauchte!« Er hob seine kleine Tochter hoch, damit die Pfarrfrau sie sehen konnte, und brüllte: »Sie ist tot … tot! Unsere Sarah starb in Angst und Pein, während mein armes Weib zur selben Zeit unter Schmerzen ihr Kind gebar – allein. Ganz allein hat sie sich quälen müssen. Ganz allein lag sie da und musste die Schreie ihrer armen, sterbenden Tochter ertragen, die im Todeskampf dalag, keine zehn Fuß von ihrem Bett entfernt und doch so unerreichbar für sie. – Sie wusste, dass sie sie nie wieder sehen, nie wieder halten würde, dass die furchtbaren Schreie, die sich mit den ihren mischten und Stunde um Stunde das ganze Haus erfüllten, ungehört verhallen würden, weil man uns hier vergessen hatte. Sie hätten sie schreien hören sollen, ja, Sie hätten's hören müssen, damit Sie's nie vergessen, gleich wie ich es nie vergessen werde. Mein Leben lang werde ich sie schreien hören … *Ich liebe dich, Sarah, mein Kind! Ich liebe dich. Ich bin bei dir, auch wenn du mich nicht sehen kannst und auch wenn ich dich nicht halten kann – halt dich fest an deinem Vater, er wird dich halten, bis du gehst …*« Sein wütendes Brüllen ging in ein verzweifeltes Schluchzen über.

»Und das habe ich, Margaret«, flüsterte er schließlich, über die Schulter hinweg nach hinten gewandt. Da erst erkannte Mrs Mompesson die schlafende Frau, die dort auf dem Bett lag, tief vergraben unter einem Berg von Decken, ein winzig kleines Baby im Arm. »Das habe ich getan – ich hielt sie bis zu ihrem letzten Atemzug … oh, Sarah!«

Wieder wandte er sich dem Kind zu, beugte sich hinab, um es zu küssen. Tränen liefen ihm die stoppeligen Wangen hinunter, tropften auf das von Blut und Schweiß verklebte Haar des toten Mädchens. »Oh Sarah, meine Sarah … wie liebte ich dich so sehr …wie liebten wir beide dich so sehr – unser Kind, unser Sonnenschein!«

Mrs Mompesson trat zaghaft einen Schritt näher, streckte eine

Hand nach dem schluchzenden Mann aus und zog sie im letzten Moment wieder zurück. Stattdessen ging sie an ihm vorbei um das Bett herum und ließ sich dort, auf der anderen Seite, auf die Knie nieder. Sie fasste erst nach dem Kind, fühlte zu ihrer Erleichterung, dass es sich ganz warm anfühlte und ruhig atmete, und dann nach der Mutter, die ebenfalls ruhig atmete. Sie schlief.

Arme Frau, dachte Mrs Mompesson und nahm ein Fläschchen aus ihrer Tasche. Sie zog den Korken heraus und träufelte etwas wohlriechende Flüssigkeit auf ein sauberes Tuch, mit dem sie behutsam die Stirn der schlafenden Frau abtupfte. Nachdem sie dasselbe auch mit dem neugeborenen Kind getan hatte, verschloss sie die Flasche sorgsam und ließ sie in ihre Tasche zurückgleiten. Nun nahm sie das kleine, rote Gebetsbuch heraus, das sie stets bei sich trug, und begann, leise für die Familie zu beten.

Sie war noch nicht weit gekommen, da fühlte sie eine Hand, die sich schwer auf ihre Schulter legte.

»Gehen Sie!«, hörte sie Matthew Mortens raue, heisere Stimme dicht an ihrem Ohr. »Machen Sie, dass Sie fortkommen, Sie verschwenden Ihre Zeit. Wir brauchen Sie nicht mehr – Sie waren nicht da, als wir Sie dringend brauchten, also nehmen Sie Ihr Gebetsbuch und Ihr Kräuterfläschchen und gehen Sie!«

»Aber, Mr Morten – bitte, lassen Sie mich doch wenigstens … ich möchte doch nur …«

»Hinaus!«

Mit zitternden Knien erhob Catherine sich und ging zur Tür. Dort drehte sie sich noch einmal um, sah den verzweifelten Mann traurig an und sagte leise: »Es tut mir von Herzen leid, Mr Morten, dass wir Ihrer Sarah nicht helfen konnten – dass *ich* nicht helfen konnte. Sie haben recht, ich hätte eher kommen sollen. Ich bete zu Gott, dass Sie mir eines Tages vergeben können …«

Er starrte sie nur weiterhin finster an und so schlüpfte sie rasch in die Dunkelheit hinaus und zog leise die Tür hinter sich zu. Den ganzen Weg bis zum Rektorat weinte sie, weinte über das Schicksal dieser armen Familie, weinte, weil sie zu spät gewesen war und weil sie an ihre eigenen Kinder denken musste, die sie vielleicht nie wiedersehen würde. Wer wusste denn, ob sie am Ende dieses finsteren Tales heil und gesund herauskommen würden – wer wusste, ob sie es je erreichen würden?

Ich werde ihnen schreiben, dachte sie, *ich werde ihnen heute noch schreiben und ihnen sagen, dass ich sie liebe. Vielleicht ist es morgen schon zu spät …*

32

Wie süß duftet die Nacht …

»Catharine, Liebes. Du siehst erschöpft aus. Bist du sicher, dass du den Spaziergang heute Abend machen willst? Wir können auch noch etwas warten, bis es kühler geworden ist.«

William Mompesson stand in der Tür und sah seiner Frau dabei zu, wie sie die Haube unter ihrem Kinn befestigte. Ihr Gesicht war von der Wärme gerötet, sie hatte eben noch ein Brot aus dem Ofen gezogen – seit ihre Köchin gestorben war, machte Catharine alles selbst, vom Brot bis zum Sonntagsbraten, besorgte die Wäsche, flickte seine Sachen und hielt dazu noch das Haus sauber. Als sei das alles noch nicht genug, kümmerte sie sich auch noch um ihren Küchengarten. Wie sie all das neben ihren Krankenbesuchen noch schaffen konnte, war William ein unerklärliches Rätsel.

Gott sei Dank haben wir beizeiten die Kuh verkauft und die Hühner verschenkt, sie würde auch das noch machen, sagte er sich im Stillen. Mehr als alles andere aber war er dankbar, dass die Kinder nicht mehr da waren. Wenigstens sie waren außer Gefahr.

»Oh! Doch, natürlich schaffe ich es. Es macht mir überhaupt nichts aus, ein paar Schritte mit dir zu gehen. Dort, wo wir immer wandern, unter den großen Büschen am Feldrand, ist ja genügend Schatten, da wird es schon gehen. Komm, mein Liebster, reich mir deinen Arm, denn ich bin fertig – gehst du so mit mir?«

Sie drehte sich vor ihm, dass ihr leichtes, hellblaues Kleid schwang, und William konnte nicht anders, als zu lächeln. Wie hübsch sie war! In Augenblicken wie diesen glaubte er, sie beinahe noch mehr zu lieben als damals, als er sie das erste Mal gesehen hatte – und so groß die Gefahr war, in der sie beide täglich schwebten, so groß war auch seine Angst, sie zu verlieren. Unaufhörlich betete er, dass Gott sie ihm nicht nehmen möge. Jeden Tag, an dem er morgens erwachte und sie ruhig atmend neben sich fand, dankte er ihm, dass sie noch immer da war.

Der abendliche Spaziergang war ihnen eine liebe Gewohnheit geworden, seit sie vor zwei Jahren im Frühling hierhergekommen waren. Zu dem Zeitpunkt war Catharine schwer krank gewesen, er hatte fast befürchtet, er müsse sie verlieren. Umso besorgter betrachtete er sie jetzt, da sie mit verträumtem Blick den Pfad entlangging, den sie immer nahmen.

Ihr Gesichtsausdruck hatte etwas Fernes, Abwesendes, das ihm Angst machte.

»Bist du sicher, dass es dir gut geht, Liebes? Sollen wir nicht doch lieber umkehren?«, fragte er und blieb stehen, nahm sie bei den Händen und drehte sie zu sich herum.

Sie seufzte. »Ach, William! Was bist du nur immerzu so besorgt um mich! Mir geht es gut, ich freue mich, draußen zu sein, mit dir zusammen zu sein – du bist so selten zu Hause und wie oft habe ich auf diesen Spaziergang verzichten müssen, da du erst nach Einbruch der Dunkelheit kamst. Nun haben wir endlich ein wenig Zeit füreinander, da wollen wir sie uns doch nicht mit Sorgen beschweren. Du sagst doch selbst immer, jeder Tag bringt Sorge mit sich – und so ist es ja auch.«

Eine Zeit lang gingen sie schweigend weiter, jeder in seinen eigenen Gedanken, bis Catharine bemerkte, dass die Luft heute Abend so eigenartig rieche.

»So süß …«

Sie blieb stehen, atmete tief ein und schloss die Augen, um sie gleich wieder zu öffnen und fragend zu ihrem Mann aufzusehen.

»Riechst du es nicht auch? Ganz süß und … ich weiß nicht, wie ich's beschreiben soll, es ist …«

»*Nein!*«, schrie er und packte sie bei den Schultern. »Nein! Du irrst dich, Catharine! Nichts duftet hier süß, außer …«, er blickte verzweifelt um sich, »außer den wilden Brombeeren, hier, siehst du diese Sträucher? Ja, die duften süß – ein wenig. Aber die Luft ist schwer und stickig von der Hitze des Tages, es ist nichts Süßes darin. Nichts – Süßes …«

Die Luft duftet so süß …

So empfanden es viele Menschen, bevor sich andere Symptome der Seuche zeigten.

William zog Catharine, die ihn noch immer fragend ansah und nicht verstand, weshalb er so aufgewühlt und voller Sorge war, in seine Arme und wiegte sie wie ein Kind. Ihr Gesicht lag an seiner Brust und er sah über ihre Schulter hinweg über die Felder hin und fragte sich, wie viel Zeit ihnen Gott wohl noch miteinander geben möge …

Er hielt sie die ganze Nacht, während sie schlief, und als er am nächsten Morgen erwachte, schien es zuerst, als habe er alles nur geträumt – sie fühlte sich nicht heiß an, sie zitterte und schwitzte nicht, ihre Haut hatte eine normale, gesunde Farbe, wenngleich ein wenig blass, aber vielleicht kam ihm das auch nur so vor, weil er in Sorge um sie war.

Lange Zeit lag er da, den Kopf auf einen Arm gestützt, und sah sie einfach nur an, dankbar für jede Minute, die ihm noch mit ihr geschenkt war. Denn was immer dieser Tag auch bringen mochte – und er befürchtete das Schlimmste.

Doch er hatte diese Zeit mit ihr gehabt und niemand konnte sie ihm nehmen.

Als Catharine aufwachte und klagte, dass ihr nicht wohl sei, dass sie lieber im Bett bleiben wolle und ob er bitte ein Feuer machen könne, da es sie fror, da wusste er, dass er sich am Abend zuvor nicht getäuscht und dass er auch heute Morgen wohl umsonst gehofft hatte: Catharine hatte die Seuche.

Wie ernst es war, vermochte er nicht zu sagen, und ob sie noch Tage hatten oder nicht einmal mehr das, dafür brauchte er den Doktor. Den wollte er gleich herbeiholen, zuerst jedoch musste er sie noch einmal in seine Arme schließen, sie fest an sich drücken und ihren Herzschlag spüren. Er wollte ihren Duft einatmen und ihn sich für immer einprägen, ehe er verflog und einem anderen, so viel unangenehmeren Geruch weichen würde. Die Vorstellung, dass auch seine wunderschöne Frau durch die abscheulichen Symptome der Seuche schon bald so entstellt sein sollte, erschreckte ihn und er hätte alles dafür gegeben, ihr dies zu ersparen.

»Catharine«, murmelte er in ihr dichtes, blondes Haar hinein und unterdrückte mit Mühe ein Schluchzen, »meine geliebte Catharine …«

Sie aber schob ihn von sich, so fest sie konnte, setzte sich im Bett auf und sah ihn flehentlich an. »William! Wenn du mich liebst, so bitte ich dich um dieses eine: Halte dich fern von mir. Berühre mich nicht und komme nicht zu nah an mich heran. Nur so kannst du dich selbst schützen, mein Geliebter – unsere Kinder, sie brauchen dich! Du darfst dich jetzt nicht anstecken! Bitte geh fort von mir – lass mich allein. Ich kann alleine … ich kann …«

Sie schlug die Hände vor das Gesicht und weinte. »Oh, William!«, schluchzte sie. »Bitte hilf mir! Ich habe Angst! Ich habe solche Angst …«

Und er nahm sie, ihre Warnung missachtend, sogleich wieder in seine Arme und wiegte sie wie ein Kind. Er wusste, dass sie ihn jetzt brauchte, und er würde sie nicht im Stich lassen – und wenn es ihn sein Leben kostete.

Was war ihm sein Leben schließlich noch ohne Catharine?

William pflegte seine Frau hingebungsvoll und ließ sich durch nichts davon abbringen, alles allein zu tun. Er wusste, dass es nicht mehr lange dauern konnte, bis er sie für immer verlor – umso kostbarer war ihm jede Minute, die er bei ihr sein konnte. Er wusch sie, fütterte sie, versorgte ihre Wunden, flößte ihr Medizin ein und betete für sie. Oft saß er auch nur da und hielt ihre Hand, während sie schlief. Jede Nacht blieb er bei ihr, wachte über ihren Schlaf, aus Angst, er könne jenen Augenblick versäumen, in dem sie das letzte Mal zu ihm sprach.

Und als es dann so weit war, war er doch nicht bereit. *Ich kann sie nicht gehen lassen,* betete er, *du musst mir helfen, Gott. Ich kann es nicht allein! Ich kann es einfach nicht allein …*

»William.«

Er fühlte, wie Catharines Blick auf ihm lag und hob den Kopf. In seinem Hals formte sich ein dicker Kloß, er konnte kaum sprechen.

»Ja, mein Herz?«

»Ich … ich habe Durst. Gibst du mir … etwas Wein?«

Rasch stand er auf und ging zu dem Tisch, auf dem er stets alles bereitstehen hatte, was er brauchte: ihren selbst gemachten Lavendelessig, einen Stapel frischer Handtücher, einen Krug mit Wasser, die Medizin, die Gordon ihm gebracht hatte – nicht einmal ihn wollte Catharine in ihre Nähe lassen. So wie die Dinge im Dorf lagen, musste William zugeben, dass es wohl auch besser so war. Er nahm den Krug mit dem Wein und goss etwas davon in Catharines Becher. Dann ging er zurück zu ihrem Bett und half Catharine, sich aufzusetzen. Sie schaffte kaum einen winzigen Schluck hinunterzubringen, da sank sie schon wieder in die Kissen zurück und schloss erschöpft die Augen.

»Ich danke dir … mein Geliebter … mein William. Jetzt – bitte …«

Er beugte sich zu ihr, um sie besser hören zu können, doch sie konnte nicht mehr sprechen, es fehlte ihr die Kraft dazu.

»Soll ich für dich beten?«

Da sie nicht antwortete, sondern ihn nur stumm aus ihren großen, blauen Augen ansah, nahm er seine Bibel und begann, ihr aus den Psalmen vorzulesen. Anschließend betete er lange und innig für seine Catharine.

Als er zum Schluss, mit schon halb erstickter Stimme, das Vaterunser betete, schlug Catharine ein letztes Mal die Augen auf, bewegte stumm die Lippen, als wolle sie mitbeten – er dachte daran, wie oft sie wohl selbst am Bett eines Sterbenden gekniet und dieses Gebet gesprochen hatte – und flüsterte ein kaum hörbares *Amen,* bevor sie nach Williams Hand griff, sie noch einmal schwach drückte und dann entschlief.

»Catharine! Catharine! *Catharine!!!*«

Viele Menschen waren gekommen, um Catharine Mompessons Bestattung auf dem Kirchhof beizuwohnen. Sie blieben außerhalb der Mauer stehen und hielten auch voneinander den vorgeschriebenen Abstand, so weit es möglich war, aber sie waren alle da: Frauen, Männer, und Kinder. Selbst die alten Puritaner, die dem Reverend noch immer nicht die Anerkennung geben wollten, die er verdiente, waren gekommen, um ihm ihr Mitgefühl in dieser schweren Stunde zu zeigen. Alle hatten Mrs Mompesson geliebt, ja, manche bezeichneten sie sogar als »Engel«, und weinten, als ihr schlichter Sarg in den Boden gelassen wurde.

Sie war das zweihundertste Opfer, das die Seuche forderte.

»Der Herr ist mein Hirte«, begann Reverend Mompesson und wischte sich eine Träne aus dem Augenwinkel, »mir wird nichts mangeln. Er weidet mich auf einer grünen Aue und führet mich zum frischen Wasser. Er erquicket meine Seele. Er führet mich auf rechter Straße um seines Namens willen. Und ob ich schon wanderte …«

Er hielt inne, fuhr sich einige Male hektisch mit der Hand über die Augen und presste sie, da der Strom der Tränen nicht abreißen wollte, fest dagegen. Dabei schüttelte er den Kopf, als wolle er sich bei der Gemeinde für diesen Gefühlsausbruch entschuldigen, nicht ahnend, wie groß gerade in diesem Moment das Mitleid war, das die Leute empfanden. Jeder von ihnen hatte schon einmal oder sogar mehrmals in den vergangenen Monaten ein solches Leid erfahren. Niemand war unter ihnen, der nicht wusste, wie es sich anfühlte, in diesen tiefen Abgrund der Verzweiflung zu stürzen.

Währenddessen trat Thomas Stanley, der erkannte, dass sein junger Amtsnachfolger nicht mehr konnte, neben diesen und fuhr mit seiner tiefen, vollen Stimme fort zu beten:

»Und ob ich schon wanderte im finsteren Tal, so fürchte ich kein Unglück: Denn du bist bei mir, dein Stecken und Stab trösten mich …« Selbst er, von dem man sagte, dass er nie Gefühle zeigte, musste an dieser Stelle Luft holen, ehe er weitersprach. »Du bereitest vor mir einen Tisch im Angesicht meiner Feinde. Du salbest mein Haupt mit Öl und schenkest mir voll ein.«

Er blickte auf und sah mit Tränen in den Augen erst zu Mompesson, der sich auf den Doktor stützen musste, und dann über die Graböffnung hinweg zur Gemeinde hin.

»Gutes und Barmherzigkeit werden mir folgen mein Leben lang und ich werde bleiben im Hause des Herrn immerdar. Amen.«

»Amen«, antwortete die Gemeinde wie aus einem Munde.

Eine Zeit lang standen sie noch da und schwiegen in einträchtiger Trauer, dann begann sich die Menge zu zerstreuen, und Mompesson, gestützt von seinen beiden Freunden, begann unter Tränen, das Grab zuzuschaufeln. Als er nicht mehr weiterkonnte, hieß Gordon ihn auf einer Bank zu sitzen, während er mit Stanley die Arbeit zu Ende führte. Es war das Schwerste, was er je hatte tun müssen. Jede Schaufel Erde, die auf den Sarg hinunterfiel, schien ihm Amys Namen zuzuflüstern.

Sie ist tot, Tulliver. Tot.

Was, wenn Craven recht hatte – wenn sie wirklich tot war? Wenn ein Mann von so starkem Glauben wie Reverend Mompesson unter der Last des Todes zu wanken begann, wie sollte er, der so oft von Zweifeln und Ängsten geplagt war, es dann ertragen? Wie sollte er weiterleben, wenn sie nicht mehr war? Wozu das Heimkommen, wenn doch dort niemand auf ihn wartete?

An diesem Abend setzte er sich hin, nahm Feder und Papier aus der Schublade unter seinem Tisch und begann, sein Testament zu schreiben. Sollte Amy noch am Leben sein – und er wollte nicht aufhören, daran zu glauben, auch wenn er zugeben musste, dass alles dagegensprach, da sie auch seinen letzten Brief nicht beantwortet hatte –, so sollte wenigstens für sie und das Kind gesorgt sein, sollte *er* nicht zurückkommen.

Und er hatte noch nie so viel Grund gehabt zu befürchten, dass er das nicht würde, dass er sein Versprechen, das er ihr gegeben hatte, nicht würde halten können.

Weine nicht um mich, mein Liebes, ich werde zurückkommen. Ich komme zurück …

Als er fertig war, fügte er seinem Willen noch ein paar persönliche Zeilen an Amy hinzu, und versiegelte beides zusammen, ehe er noch einen zweiten Brief verfasste, der für die Cravens bestimmt war, sollte Amy …

Er schüttelte unwillig den Kopf. »Sie lebt«, murmelte er grimmig und setzte seine Unterschrift mit solchem Nachdruck hinzu, dass die Feder fast brach. »Sie lebt – sie *muss* leben! Und deshalb …«

Er stand auf, nahm seine Bibel von dem Brett über seiner Bettstelle, schlug die Psalmen auf und suchte, bis er den fand, den seine Frau am liebsten hatte.

Eine Zeit lang stand er da und las den Psalm leise, wieder und wieder, bis er ihn in seinem Herzen kannte. Dann legte er die Feder eines Vogels, die der Wind in seine Kammer geweht hatte, zwischen die Seiten, bevor er das Buch zuschlug.

Kurz darauf verließ er das Haus, ein fest verschnürtes Bündel unter dem Arm, und trat auf die stille, dunkle Straße hinaus. Als er am Kirchhof vorbeikam, versuchte er, nicht zu dem Grab hinzusehen, und nahm gleich darauf den Weg durch den Wald zum Brunnen hinauf, wohin er sein Päckchen bringen wollte.

Die Nacht war frisch und kühl, und am Himmel standen Sterne, in einer solchen Vielzahl und Pracht, wie er es selten zuvor gesehen hatte. Der Mond schien auf den Weg herab und machte, dass die Tannen in dem kleinen Wäldchen unheimliche, lange Schatten warfen. Nichts regte sich, nicht einmal ein Windhauch lag in der Luft, bis Gordon auf einmal, er war schon fast aus dem Wald heraus, einen himmlisch süßen Gesang vernahm, der aus einem der Baumwipfel zu ihm herüberklang.

Gordon, dessen Herz auf einmal heftig schlug, blieb stehen und lauschte andächtig, Tränen in den Augen. Er brauchte den Vogel, der ganz sicher hoch oben gut versteckt auf einem Aste saß, nicht zu sehen, um zu wissen, wem dieses Lied gehörte – und für wen es bestimmt war –, denn kein Vogel sang so wie dieser, kein Lied klang so zart und rein wie das der Nachtigall.

33

In die falschen Hände gelangt

Francis Craven gab seinem Pferd die Sporen. Er hatte eben Matlock hinter sich gelassen und wenn er sich beeilte, würde er es heute noch bis nach Derby schaffen. Dort würde er die Nacht verbringen müssen, da es zu gefährlich war, im Dunkeln zu reiten und er nicht riskieren wollte, dass sein Pferd zu Schaden kam, auch wenn ihm eigentlich jede Minute kostbar war. Er hatte an diesem Morgen schon viel zu viel Zeit verloren, was ihn zunächst über die Maßen geärgert hatte, da er so schnell wie möglich nach Kent kommen wollte. Als aber ein Bote von Chatsworth gekommen war, der mit einer Nachricht des Grafen für Mrs Tulliver nach derselben gefragt hatte, hatte sich seine Stimmung aufgehellt. Glaubhaft konnte er dem Boten versichern, dass Mrs Tulliver nicht mehr unter ihnen weile ... Die Nachricht, dass Doktor Tulliver noch am Leben sei, Eyam aber aufgrund der Quarantäne nicht verlassen könne, überraschte Francis nur scheinbar.

Verächtlich schnaubend hatte er dem Boten nachgeblickt. Als ob er das nicht selbst längst wüsste! Amy aber brauchte es nie zu erfahren – ebenso wenig wie Gordon Tulliver davon erfahren musste, dass seine Frau noch lebte und sich in Kent aufhielt. Ihren Brief, der ihm am Morgen ihrer überstürzten Abreise durch einen, wie er es nannte »glücklichen Umstand« in die Hände gefallen war, hatte er deshalb rasch vernichtet. Die selbstlose Hilfsbereitschaft und ewige Gutherzigkeit des Grafen war ihm schon lange ein Dorn im Auge; es ärgerte ihn, dass sie immer noch – und immer mehr – Lebensmittel, Stoffe für Kleidung und Medizin nach Eyam schickten und dabei auf sie, die nichts gaben, herabsahen. Konnte ein Mann denn nicht selbst entscheiden, wann er half – und wem?

Es war ja nicht so, dass er grundsätzlich nicht zu helfen bereit war:

Schließlich hatte er Amy seine Hilfe angeboten und tat damit sogar Gordon Tulliver einen Gefallen. Denn wer sonst sollte sich um seine Witwe kümmern, wenn er tot war? – Die Tatsache, dass der Doktor noch immer am Leben war, beunruhigte ihn keineswegs und konnte ihn auch von seinem Vorhaben, Amy zur Frau zu nehmen, nicht abbringen. Dennoch glaubte Craven, dass es keine Zeit zu verlieren galt, wollte er sie sich sichern. Schon deshalb war das Päckchen des Doktors, das er gestern in Empfang genommen hatte und das er nun unter seinem Rock bei sich trug, Gold wert!

Erneut stieß er seinem Pferd die Stiefel in die Flanken. »Los, lauf … lauf, was du kannst!«

Der Hengst machte einen Satz, schnaubte und schüttelte temperamentvoll die dunkle Mähne, dann ging es im gestreckten Galopp die Straße nach Matlock hinauf.

Er wird nicht wiederkommen. Er wird sterben, wie alle anderen auch.

»Ja«, murmelte Craven, das Gesicht zum Schutz vor dem Wind und dem aufkommenden Regen dicht über den Hals seines Pferdes gebeugt, »stirb du nur deinen Märtyrertod, Tulliver, und lass dir einen Ehrenstein aufs Grab setzen: *Hier ruht der tapfere Arzt, der sein Leben für das der anderen gab. Er dachte nicht an sich, nicht an sein Weib noch an sein Kind, sondern nur an uns. Im Tode vereint: Die Bürger von Eyam.*«

Hierauf brach er in ein hässliches Lachen aus, das jedem, der es gehört hätte – am meisten wohl aber Amy, die nicht ahnen konnte, was auf sie zukam – kalte Schauer über den Rücken gejagt hätte.

Amy hockte im Kräuterbeet des Küchengartens und summte leise eine Melodie vor sich hin, während sie Salbei, Minze, Thymian, Rosmarin und Lavendel schnitt und in einen flachen Weidenkorb legte. Sie genoss die Stille dieses Morgens. Noch rührte sich kaum etwas im Haus. Lord Craven hatte gestern ein Bankett in Erinnerung an seine verstorbene Frau gegeben, bei dem es für die meisten

Gäste – unter ihnen die gute Lady Beauford – spät geworden war. Amy hatte zum ersten Mal am Großen Pianoforte gesessen und gespielt und zum ersten Mal hatte sie echte Freude dabei empfunden. Ja, wenn Gordon hier wäre – oder wenn sie ihn wenigstens in Sicherheit wüsste –, sie könnte für immer hierbleiben und glücklich sein.

Sie war auch deshalb so zuversichtlich, weil sie Lady Beauford gestern Abend von Emma erzählen konnte und diese in ihrer Großherzigkeit sofort angeboten hatte, Emma bei sich zu behalten, zumindest so lange, bis Gordon wiederkam und sie wussten, wie es mit ihnen weiterging. Vielleicht würden die Beaufords Emma sogar ganz bei sich behalten – Amy konnte sich gut vorstellen, dass das arme Mädchen hier ebenso glücklich sein konnte wie in Derbyshire, auch wenn sie sicherlich ihre Schwester vermissen würde –, *aber,* so dachte Amy und schnitt ein Büschel Salbei ab, *hätte sie dort bleiben wollen, hätte sie sich eben nicht mit einem Mann einlassen dürfen.*

Sie schnitt noch ein letztes Büschel duftender Zitronenmelisse ab und legte es zu den anderen Kräutern in den Korb. Dann erhob sie sich, rückte ihren Strohhut zurecht, und ging, noch immer leise summend, ins Haus zurück. Sie benutzte den Hintereingang, der sie in einen langen, schmalen Gang mit weiß gekalkten Wänden führte. Links davon ging es in die Küche, aus der gerade, als sie vorbeiging, fröhliches Lachen drang – sie steckte kurz ihren Kopf hinein und rief »Guten Morgen!«, worauf sogleich alle Mägde und die Köchin aufstanden und knicksten. Als Amy an der Speisekammer vorbeiging, deren Tür wie so oft offen stand, sah sie eine Magd, die gerade einen großen Laib Käse anschnitt. Als diese sie bemerkte, knickste sie gleichfalls.

Sie behandeln mich wie eine Dame, dachte Amy bei sich und lächelte still. Es gefiel ihr, so zuvorkommend behandelt zu werden, auch wenn sie sich insgeheim wunderte. Wussten sie denn nicht, wer sie war – und was sie war? Es musste doch offensichtlich sein, dass sie nicht zur Familie gehörte; sie war nicht einmal wie eine Dame gekleidet. – Das rote Kleid, das Francis Craven ihr geschenkt hatte, war auf Morton Hall geblieben; sie hatte es absichtlich dort gelassen. Wenn es nach ihr ging, würde sie es nie wieder tragen.

Amy trat in die am Ende des Ganges liegende Kammer und stellte den Korb mit den Kräutern auf dem langen, schmalen Eichentisch ab, über welchem ein schwarzes, kunstvoll geschmiedetes Eisengestell von der Decke herabhing. Hieran befestigt hingen an eisernen Haken schon allerlei duftende Kräuterbündel, die hier gut trocknen konnten, da beinahe den ganzen Tag über Sonne durch das zum Innenhof zeigende Fenster hereinfiel. Jetzt, am frühen Morgen, war es noch angenehm kühl, und Amy machte sich eifrig daran, ihre Kräuter zu sortieren und mit Bindfaden zusammenzuschnüren. – Sie war so vertieft in ihre Arbeit, dass sie Lord Craven nicht bemerkte, der schon eine Weile in der Tür gestanden und sie beobachtet hatte, bevor er sich durch ein Räuspern bemerkbar machte.

Amy hielt im Singen inne und drehte sich überrascht zu ihm um. »Lord Craven – Sir! Guten Morgen. Ich bitte um Verzeihung – ich sah Sie nicht kommen.«

Sie knickste eifrig, legte das Kräuterbündel nieder, das sie gerade hatte binden wollen, und trat ein Stück hinter dem Tisch hervor, nicht ahnend, wie anmutig sie dabei aussah und dass er jede ihrer Bewegungen mit Bewunderung verfolgte.

Da er jedoch nichts sagte und auch nicht den Anschein machte, als würde er hereinkommen, begann Amy, ihre Kräuter wieder aufzunehmen, da sie nicht wusste, was sie sonst tun sollte. Es machte sie nervös, dass er sie so ansah – warum tat er das?

Sie ahnte wohl schon längst den Grund dafür, aber ihr Verstand sagte ihr, dass es unmöglich sei – er war in Trauer und sie eine verheiratete Frau. Das musste er doch wissen. Und *er* als Gentleman würde es – anders als sein Sohn – auch respektieren, dass sie auf ihren Mann warten musste, ebenso wie er das Trauerjahr über warten musste, ehe er sich eine neue Braut suchte. Sie konnte es ohnehin nicht sein, die er erwählte, war sie doch schon …

»Es hilft nichts«, brach es in diesem Moment aus Lord Craven heraus, »ich kann nicht länger warten. Ich muss es Ihnen heute sagen, nicht morgen, nicht in einem Jahr, wenn es vielleicht – gewiss – den Umständen entsprechend angemessen wäre. Meine Gefühle sind – sie sind so stark, ich kann einfach nicht …«

Erschrocken sah sie auf. Das konnte er doch nicht tun – nicht jetzt, es war doch noch …

»Amy!«

… zu früh.

Mechanisch nickend, das Gesicht weiß vor Furcht, sah sie ihn langsam auf sich zukommen, beide Hände nach ihr ausgestreckt. Auf der anderen Seite des Tisches blieb er stehen, ließ die Hände wieder sinken und sah ihr voll ins Gesicht.

»Ich weiß, Sie sind noch eines anderen Mannes Weib; und ich weiß, dass Sie mich bitten werden zu warten. Wenn er wiederkommt – und Amy, Sie müssen mir glauben, dass ich es Ihnen wünsche, auch wenn es bedeutet, dass ich Sie – dass *ich* Sie nicht haben kann …, dann werde ich Sie gehen lassen. Ich verspreche es Ihnen bei meiner Ehre, wenn Sie mir dafür das eine versprechen … – Sollte er nicht wiederkommen …« Er schüttelte den Kopf, wandte den Blick von ihr, da er es nicht mehr wagte, ihr jetzt noch in die Augen zu sehen. »Sollte er nicht wiederkommen, bitte ich Sie, liebste Amy, meine Frau zu werden – und Georgianas Mutter.«

Amy fühlte, wie ihr die Kräuterschere aus der Hand glitt und mit einem metallenen Geräusch auf den Steinfußboden fiel. Dann war alles still. Sie sah an sich herunter, er zu ihr hin, und keiner wagte ein Wort zu sprechen. Amy getraute sich kaum zu atmen, aus Angst, es könne ihre Gefühle verraten.

Sie war durcheinander, verwirrt – und bestürzt. Hätte sie ahnen können, dass Lord Craven ihr diesen Antrag machen würde, sie hätte doch nie …

»Amy. Bitte – ich kann es nicht ertragen, wenn Sie schweigen. Ich weiß, Sie denken, dass ich keinen Respekt vor Ihnen habe noch vor Ihrem Gatten – und auch nicht vor Lady Craven, Gott hab sie selig, da sie noch nicht lange im Grabe liegt. Es ist auch noch sehr früh, ich weiß. Ich dachte nur – ich glaubte, wenn … Nun, wenn wir beide etwas hätten, was uns Hoffnung geben könnte – am Ende nicht allein zu bleiben … es würde uns vielleicht ein wenig leichter ums Herz sein.« Er zögerte. »Amy, hören Sie mir zu. Ich möchte mit Ihnen und Georgiana hier ein neues Leben beginnen und das Haus in Derbyshire Miss Craven und meinem Sohn überlassen. Die Zwillinge sind alt genug, dass sie selbst entscheiden können, wo sie ihr Leben verbringen möchten; ich vermute, dass sie bleiben wollen, wo sie sind. Ich aber werde nicht mehr nach Morton Hall zurückkehren.«

Amy biss sich auf die Lippen. Wie sollte sie ihm sagen, dass sie nicht konnte – dass sie unter keinen Umständen seine Frau werden konnte, da sie sich bereits seinem Sohn versprochen hatte?

Nie hatte sie dieses leichtsinnig gegebene Versprechen so sehr gereut wie in diesem Moment. Der Gedanke hier in Northbourne zu bleiben und mit Lord Craven und Georgiana ein neues Leben zu beginnen, war ihr weit weniger schrecklich, als auf Morton Hall an der Seite seines Sohnes zu leben. Nie hatte sie seine Worte vergessen können, die er zu ihr gesprochen hatte: *Eine Nacht mit mir für dein Leben, Amy* – und das nur eine Viertelmeile von dem kleinen Haus, in dem sie und Gordon so glücklich miteinander gewesen waren! Wie sehr sie ihn dafür hasste, war ihr jetzt umso klarer, da sein Vater ihr gerade seine Liebe gestanden hatte. Auch wenn sie den alten Craven ebenso wenig lieben konnte wie den jungen, wusste sie, dass dies der einfachere Weg war …

Oh, Gott, betete sie, *was soll ich tun? Was soll ich nur tun?*

»Nun, Amy? Was sagen Sie – glauben Sie, Sie könnten hier glücklich sein?«

Amys Lippen bewegten sich, ohne dass ein Laut darüberkam. In ihrer Verzweiflung nahm sie stattdessen den angefangenen Strauß wieder auf und begann, langsam ein Stück Bindfaden um die grünen Stängel zu binden. Da ihr aber die Hände so sehr zitterten, ließ sie gleich darauf alles fallen, brach in Tränen aus und lief weinend hinaus.

In diese für alle Beteiligten in höchstem Maße unangenehme Situation platzte noch am selben Abend Francis Craven herein, der wie aus dem Nichts vor seinem Vater in der Halle stand, als dieser eben auf dem Weg nach draußen war, um noch einmal im Garten spazieren zu gehen – wohl auch in der Hoffnung, Amy dort zu treffen, die er seit dem Morgen nicht mehr gesehen hatte.

Wie durcheinander und verstört sie sein musste! Es brach dem alten Craven fast das Herz, Schuld an ihrem Elend zu sein. Sein Mitleid mit ihr war fast größer als das, das er für sich selbst empfand, da er nicht nur die gewünschte Antwort nicht bekommen hatte, sondern nun auch befürchten musste, dass er niemals ihre Liebe würde gewinnen können – er nicht und auch kein anderer Mann, der nicht Gordon Tulliver war.

Love is like a child that longs for everything that he can come by.

Ja, die Liebe ist wie ein verwöhntes Kind, das gewohnt ist, alles zu bekommen, was es will. Nur sie *werde ich nicht bekommen, so sehr ich mich auch nach ihr sehne,* dachte er und blieb wie angewurzelt stehen, als er sich plötzlich seinem Sohn gegenübersah.

Und du wirst sie auch nicht bekommen!

»Vater! Ich freue mich, dich wohlauf zu sehen – ich sehe, die Seeluft tut dir gut wie immer. Wo ist meine liebe kleine Schwester? Ist sie bei ihrer Lehrerin – und spielt sie hier genauso fleißig wie auf Morton Hall?«

Der Alte sah seinen Sohn argwöhnisch an. Was wollte er hier? Er kam nur selten herunter, blieb lieber oben in der rauen Landschaft des Peaks und ging dort reiten und jagen, wie es seinem wilden, freiheitsliebenden Naturell entsprach. Und weshalb hatte er seine beiden jüngeren Brüder nicht mitgebracht? – Sie sollten doch längst unterwegs sein, da er bereits morgen ihre Ankunft hier erwartete.

»Ich muss sagen, es überrascht mich, dich hier zu sehen, Francis. Du kommst doch sonst nicht hierher um diese Zeit. Und wo sind deine beiden Brüder, hast du sie nicht mitgebracht? Oder wissen sie nicht, dass du auch nach Kent kommen wolltest?«

»Ich hatte nie die Absicht hierherzukommen, weswegen ich auch nicht mit meinen Brüdern zusammen reiste. Sie sind seit dem vergangenen Freitag unterwegs und müssten jeden Augenblick hier eintreffen – spätestens morgen Vormittag, denke ich. Ich selbst bin drei Tage und Nächte durchgeritten. Es gibt ... – nun, wie soll ich es sagen? – alarmierende Neuigkeiten, die ich dir lieber selbst bringen wollte. Genau genommen, betreffen diese Neuigkeiten nicht uns, sondern Mrs Tulliver.«

»Mrs Tulliver?«

Lord Craven blickte überrascht auf. »Inwiefern?«

»Nun ...« Francis legte Hut und Reitstock ab und wischte sich die Stirn. »Wenn ich ein Glas Wein bekommen könnte, dann will ich gerne in Ruhe von allem berichten, was ich weiß. Ich bin, wie du vielleicht bemerkt hast, ein wenig erschöpft.«

Lord Craven, der wusste, dass sein Sohn ein guter Reiter war und nicht im Geringsten müde sein konnte, zumal er hier so selbstbewusst grinsend vor ihm stand, zog eine Augenbraue hoch, sagte jedoch nichts, sondern bedeutete ihm, ihm in den Salon zu folgen, wo er ihm einen Becher kühlen Wein einschenkte. Mit dem Rücken zu ihm blieb er am Fenster stehen und wartete, was er zu sagen hatte: Er ahnte bereits, worum es sich handeln musste: Nichts Geringeres als Doktor Gordon Tullivers Tod rechtfertigte einen solchen Ritt. Als er sich an das Gespräch erinnerte, dass er, noch zu Lebzeiten seiner Frau, mit seinem Sohn über Amy Tulliver geführt hatte, wurde es ihm plötzlich eng ums Herz.

»Tulliver ist tot. Dies hier kam auf Morton Hall an. Es lag eine kurze, hastig dahingeschriebene Nachricht dabei: *Mrs Gordon Tulliver, Witwe des am achtundzwanzigsten August verstorbenen Doktor Gordon S. Tulliver.* Ich wollte sie ihr persönlich bringen.«

Der Alte drehte sich um und sah seinen Sohn mit einem schweren, in dunkelbraunes Leder gebundenen Buch in der Hand stehen: Gordon Tullivers Bibel.

Also ist es so, wie ich dachte. Langsam nickend, mit zusammengepressten Lippen, ging Lord Craven auf seinen Sohn zu, um ihm das Buch aus der Hand zu nehmen.

»Darf ich?«, fragte er und wandte sich schon ab, um es aufzuschlagen.

Für meinen Sohn Gordon, stand auf der ersten Seite in großen, dunklen Lettern geschrieben, *zur Erinnerung an Deinen Vater Samuel F. Tulliver, Juni 1660.*

Auch das Papier, von dem Francis gesprochen hatte, lag darin; es fiel ihm beim Durchblättern der Seiten entgegen und er legte es, nachdem er es mit sorgenvoll gerunzelter Stirn gelesen und sich somit endgültig von der Wahrheit überzeugt hatte, auf den Kaminsims.

»Ich werde es ihr sagen müssen«, erklärte er und nickte düster. »Schließlich ist sie in meiner Obhut und ich bin für ihr Wohl verantwortlich, solange sie hier bei uns ist. Ich werde gleich nach ihr schicken lassen.«

Wohl war ihm durchaus nicht bei diesem Gedanken: Nicht nur, dass es von der Natur der Sache her schon eine schwere Aufgabe war, einer jungen Frau von dem Tod ihres Gemahls zu berichten. Es war ihm umso schwerer, da er an das unglückliche Gespräch denken musste, das er erst am heutigen Morgen mit ihr geführt hatte – nicht im Geringsten ahnend, dass das, wovon er sprach, schon so bald Wirklichkeit werden sollte. Jetzt schämte er sich mehr als alles andere, dass er nicht hatte warten können.

Warum nur hatte er nicht warten können?

Love is like a child that longs for everything that he can come by.

Vielleicht hätte es ihn nicht überraschen sollen, dass sein Sohn, der die Bibel wieder an sich genommen hatte, ihm entgegentrat, ein siegesgewisses Lächeln auf den Lippen, und sagte: »Nein, Vater. Sei ohne Sorge, wie du's ihr sagen sollst. Diese Aufgabe will ich dir gerne abnehmen. Denn ich werde von nun an für ihr *Wohl,* wie du es ausdrückst, verantwortlich sein. Sie wird mit mir nach Derbyshire zurückgehen und meine Frau werden, wie sie es mir versprach, sollte er nicht wiederkehren. Dass es so bald sein würde, konnte niemand ahnen, aber …« Er zuckte mit den Achseln und grinste wohlgefällig. »Nun, mir soll es recht sein. Du sagst schon seit meinem zwanzigsten Geburtstag, ich solle mir eine Frau nehmen – nun werde ich dir diesen Wunsch erfüllen und mir die Nachtigall holen. Wir werden auf Morton Hall sesshaft werden, viele Kinder haben und sehr glücklich sein.«

Als er sah, wie sein Vater darauf zusammenzuckte, grinste er unverhohlener denn je und fügte, die Bibel mit einem lauten Schlag zuklappend, noch hinzu: »Deinen Segen haben wir doch wohl?«

Das Gesicht des Alten war aschfahl geworden. Ehe er aber etwas erwidern konnte, klopfte es an der Tür. Die Haushälterin trat einen Schritt herein, knickste und sagte: »Mrs Tulliver für Sie, Sir.«

34

Zwischen Vater und Sohn

Amy hatte den Tag in Gedanken versunken auf ihrem Zimmer zugebracht und war doch am Ende zu keinem anderen Schluss gekommen als dem, Lord Craven die Wahrheit sagen zu müssen – die ganze Wahrheit. Denn sie war überzeugt, dass er, wenn er von den Umständen erfuhr, die sie zu ihrem Versprechen seinem Sohn gegenüber verleitet hatten, etwas für sie tun konnte.

Es war nicht so, dass die Aussicht auf eine Ehe mit Lord Craven sie glücklich machte. Aber Amy war sich dessen bewusst, dass sie, sollte Gordon nicht zurückkehren, am Ende vor der Wahl stehen würde, einen von beiden heiraten zu müssen – oder aber keine Zukunft zu haben. Ohne Zuhause, ohne den Rückhalt einer Familie, ohne Geld und ohne Verbindungen war sie verloren, das war die bittere Wahrheit, und da sie außerdem noch Grace hatte, würde sie ihre romantischen Ideale von Liebe früher oder später aufgeben müssen. Und so hoch der Preis in beiden Fällen auch sein mochte, so erschien ihr doch die Hoffnung auf ein stilles, zurückgezogenes Leben hier in Kent, fern von allem, was sie an Gordon erinnern konnte, durchaus erstrebenswert. Alles, was es brauchte, war ein klein wenig Mut.

Ob sie den hatte oder nicht, war ihr noch nicht recht klar, als sie nach unten kam und bat, zu Lord Craven gebracht zu werden. – Dass sie nun gleich beide Cravens in dem Salon antreffen würde, zu dem Mrs Chapman sie pflichtschuldigst brachte, hatte sie wahrhaftig nicht ahnen können. Sie blieb wie erstarrt in der Tür stehen und wurde bleich, als sie bemerkte, wie Francis Craven sie anlächelte. Was um alles in der Welt tat er hier?

Da fiel ihr Blick auf das Buch, das er in seinen Händen hielt, und ihr Herz setzte einen Schlag aus, als sie es erkannte.

Es kann nicht sein, dachte sie und schüttelte ungläubig den Kopf. *Es kann nicht sein – es darf nicht …*

»Amy!«

Lord Craven eilte auf sie zu, fasste mit beiden Händen die ihren und führte sie, da sie sich nicht zurückzog, zu einem Stuhl am Fenster. »Setzen Sie sich doch, Madam. Bitte – ich muss mit Ihnen sprechen. – Allein«, fügte er mit einem strengen Blick auf seinen Sohn hinzu.

Allerdings machte dieser keine Anstalten zu gehen, sondern näherte sich stattdessen ebenfalls Amy, ja, er nahm sogar ihre Hände und zog sie, noch ehe sie sich setzen konnte, daran empor, um sie sogleich galant zu küssen.

»Amy! Meine Teuerste. Ich habe traurige Nachricht für dich. Sehr traurige Nachricht – dein Gemahl fiel leider doch noch der Pest zum Opfer. Er starb am achtundzwanzigsten August. Dies hier kam vor einigen Tagen auf Morton Hall an – es tut mir aufrichtig leid, Amy. Ich …«

Aber Amy hörte nicht auf das, was er sagte. Sie starrte nur auf die Bibel in seiner Hand und fühlte gleichzeitig, wie ihr alles vor Augen verschwamm. Der Fußboden unter ihr schien sich zu drehen, und sie fühlte, wie ihre Beine nachzugeben drohten, während das Blut in ihrem Kopf rauschte wie ein mächtiger, anschwellender Strom.

Ich werde zurückkommen … Weine nicht um mich, mein Liebes, ich werde zu dir zurückkommen … Ich verspreche es dir …

Nein. Nein, nein, nein! Nein …

Sing für mich, meine Nachtigall, sing dein Lied für mich, und ich werde es hören, wo auch immer ich bin – und wo auch immer du bist …

Mechanisch schüttelte sie den Kopf.

Er ist nicht tot. Er lebt, und er wird zu mir zurückkehren. Er hat es mir versprochen! Er ist nicht tot – er kann nicht tot sein …

»Sie hört dich nicht, Francis. Komm, gib mir die Bibel und lass uns allein. Ich will in Ruhe mit ihr sprechen.«

Ich komme zu dir zurück, ich verspreche es dir …

»Ich werde nichts dergleichen tun«, erklärte Francis und ließ sich in einen Lehnstuhl fallen. Dann streckte er die langen Beine von sich, die noch immer in schmutzigen Stiefeln steckten, nahm einen tiefen Schluck aus seinem Becher und sah zufrieden grinsend zu seinem Vater empor. »Schließlich habe ich nicht den weiten Weg auf mich genommen, um wie ein dummer Junge vor der Tür zu stehen, während du dir meine Braut zu nehmen versuchst. Denn das ist es doch, was du wolltest, Vater – das ist der wahre Grund, warum du sie hierhergebracht hast. Du wolltest sie für dich, die kleine Nachtigall. Und weil ich es ahnte, hielt ich es für meine Pflicht hierherzukommen und sie zu holen, bevor sie einen Fehler macht. Denn sie kann nur einen von uns heiraten, und als Mann von Ehre musst du zugeben, dass …«

Sing für mich, meine Nachtigall …

»Als Mann von Ehre würde ich einer jungen Witwe Zeit lassen, um ihren Mann zu trauern. Auch ich brauche diese Zeit noch – oder hast du schon vergessen, dass auch ich noch in Trauer bin, dass deine Mutter erst seit zwei Monaten tot ist? Aber so bist du eben, nicht wahr? Du nimmst dir das, was du willst, ohne Rücksicht auf die Gefühle anderer Menschen, und falls nötig, sogar mit Gewalt. Oder wie gedachtest du sie vor den Altar zu bekommen – von selbst wird sie dir nicht folgen, sieh sie dir doch an! – Armes Mädchen, arme Amy …«

… sing dein Lied für mich …

»Die arme Amy kann sich glücklich schätzen, dass ich sie mitnehme. Was soll denn sonst aus ihr werden? Sie hat niemanden, Vater: keine Familie, keine einflussreichen Freunde, kein Geld – nichts, außer ihrer Schönheit und ihrer Jugend. Und ihrer Stimme natürlich, aber die wird ihr auch nichts nützen, wenn sie kein Zuhause hat, in dem sie singen kann. Also wird sie mit mir gehen und für mich singen, und ich werde sie – lieben.« Er legte den Kopf schief, kniff ein Auge zusammen und sah seinen Vater herausfordernd an. »Es sei denn, du willst um sie kämpfen. Willst du gegen mich kämpfen, Vater? Denn nur mit der Waffe wirst du mich daran hindern, mir zu nehmen, was mein ist.«

»Nein!!!«

Beide Männer fuhren herum und sahen Amy, wie sie bei der Tür stand und von dort aus mit hasserfülltem Blick zu Francis hinüberstarrte. »Ich werde nicht mit Ihnen gehen und ich werde nicht für Sie singen – niemals. Sie müssten mir Gewalt antun, wollten Sie, dass ich mit Ihnen ginge.«

Francis trat einen Schritt auf sie zu. »Das wird nicht nötig sein. Ich bleibe hier und warte, bis du selbst eingesehen hast, dass du mich brauchst. Was willst du sonst tun, meine Nachtigall? Wohin willst du fliegen, wenn nicht zurück nach Derbyshire?«

In diesem Augenblick flogen gleich mehrere Dinge in rascher Folge hintereinander: als Erstes Lord Cravens Faust, die im Gesicht seines Sohnes landete und ihn mit Wucht zu Boden warf; danach die Bibel, die dem verblüfften jungen Mann dabei entglitt, und schließlich die Tür, die Amy aufriss, um weinend hinauszurennen.

Amy wusste nicht, wie lange sie schon gelaufen war, und sie spürte auch nicht den Regen, der einem Vorhang gleich vom grauen Septemberhimmel herabfiel und sie schon bald bis auf die Haut durchnässte. Niemand war ihr gefolgt, niemand hatte sie gesehen, wie sie durch die Gänge des Hauses gelaufen war, in den Garten hinaus und hinunter bis zu dem Tor, das auf die Straße hinausführte, auf der sie vor wenigen Tagen erst mit Lord Craven und Georgiana bis ans Meer gefahren war. Es schien ihr, als sei selbst das schon eine lange Zeit her …

Ihr Kleid schleifte hinter ihr auf der aufgeweichten Erde, ihr Tuch war ihr im Laufen von der Schulter gerutscht, ohne dass sie es bemerkt hätte, und immer noch lief sie weiter, bis sie die Klippen erreichte. Dort angekommen, blieb sie endlich schwer atmend stehen, hob den Blick und sah auf das dunkelgraue, von Wind und Regen aufgewühlte Meer hinaus.

Wo ich auch bin, ich höre dein Lied …

»Aber *ich* höre dich nicht mehr, mein Geliebter«, flüsterte sie, »ich höre dich nicht mehr …«

Sie trat noch einen Schritt näher an die Klippen heran, dann noch einen.

»Du bist nicht zurückgekommen. Du hast dein Versprechen nicht gehalten und ich … ich bin ganz allein.«

Der Wind blies so stark, dass er ihre Worte davontrug; er heulte und zerrte an ihren Kleidern. Sie hatte Mühe, ihr Gleichgewicht zu halten, während sie weinend einen Fuß vor den anderen setzte.

»Warum?«, schrie sie dem Wind und den Wellen entgegen, als sie am Rand der Klippe angelangt war, und breitete ihre Arme aus. »Warum hast du mich nur so allein gelassen???«

Lord Craven kam in den Salon, in dem sein Sohn mit Georgiana wartete, und ließ sich mit einem schweren Seufzer in einen Stuhl sinken.

»Nichts. Keine Veränderung. Sie hat seit zwei Tagen nichts zu sich genommen außer den wenigen Tropfen Wasser, die Emma ihr einflößt. Sie schläft auch nicht, sondern liegt nur da, ihr Kind im Arm, und schaut zum Fenster hin. Doch was sie dort sieht oder sucht – ich weiß es nicht …«

Georgiana löste sich aus der Umarmung ihres Bruders und ging zu ihrem Vater. Aus ihren großen, braunen Augen sah sie ihn ängstlich an und fragte leise, die Hand auf die ihres Vaters legend: »Wird sie … wird sie auch sterben, Vater? So wie Mutter?«

Lord Craven nahm ihre Hand und tätschelte sie kopfschüttelnd. »Aber nein, mein Kind … aber nein. Sorge dich nicht. Es wird ihr … schon bald besser gehen. Sie ist nur erkältet und – nun ja, ein wenig erschöpft. Ein paar Tage, dann ist sie wieder wohlauf.«

Die Kleine nickte, aber er wusste, dass sie seinen Worten nicht glaubte, ebenso wenig, wie er selbst daran glaubte. Sie hatten Amy an den Klippen im Gras liegend gefunden, vollkommen durchnässt und ohne Bewusstsein. Francis, den der Alte bei der Suche nicht hatte dulden wollen, hatte sie in Northbourne mit einem lodernden Feuer und warmen Decken erwartet, nachdem Lord Craven einen Boten vorausgeschickte hatte. Sie hatten Amy sofort in die Obhut von Mrs Chapman und Emma gegeben. Seitdem lag Amy reglos und stumm in ihrem Bett und ließ nicht erkennen, ob sie wusste, wo sie war oder was um sie herum geschah. Der Arzt, den man noch am selben Abend hatte kommen lassen, hatte sie gründlich untersucht, jedoch außer einer leichten Erkältung keine ernsthafte Krankheit oder Verletzung feststellen können. Er sprach von einem schweren Schock und gab ihnen, nachdem man ihm von den Umständen berichtet hatte, in denen sich die junge Frau befand, den guten Rat, sie »von Herzen zu verwöhnen, ihr alles zu geben, wonach ihr verlangte und sie auf gar keinen Fall zu beunruhigen«.

Als könne er die Gedanken seines Vaters lesen, drehte Francis sich um und sagte: »Ich habe mit Georgiana gesprochen, Vater. Ich werde morgen eine Nachricht nach Thornhill schicken und die Beauforts bitten, die Kinder für eine Weile bei sich aufzunehmen. Wenn es Amy besser geht, kannst du nach ihnen schicken lassen.« Er sah dem Vater direkt in die Augen. »Ich werde von dort aus nach Derbyshire zurückreisen und auf Morton Hall Bescheid geben, dass du nicht vor dem Winter zurück sein wirst. Ich denke, dass ich hier wohl nicht länger gebraucht werde.«

Craven nickte. Er wusste, dass die Abreise noch lange nicht bedeuten musste, dass sein Sohn endgültig aufgab. Doch im Augenblick war Amys Gesundheit alles, was zählte. Was dann noch kam – er seufzte und vergrub sein Gesicht in seinen Händen –, lag wahrhaftig in Gottes Hand.

Ich laufe. Ich laufe einen Hang hinab, mein Kleid weht im Wind. Es ist Frühling, ich kann das frische Gras unter meinen nackten Füßen spüren und den Wind in meinem Gesicht. Die Blumen, sie duften so süß, ich sauge ihren Geruch auf, bis ich wie trunken davon bin. Leicht, so leicht fühle ich mich, ich fliege schon fast.

»Amy«, höre ich meinen Geliebten rufen, »Amy! Ich bin hier!«

Ich wende meinen Kopf, sehe ihn am anderen Ende der Wiese stehen, wie er seinen Hut schwenkt. Sein Gesicht vermag ich nicht zu erkennen, es ist zu weit entfernt, doch da höre ich ihn wieder rufen, höre die Freude in seiner Stimme: »Amy, Liebes, ich bin wieder da! Ich bin wieder da, hörst du mich?«

Ja, ich höre ihn. Ich sehe ihn, er ist es wirklich! Und ich halte im Lauf, winke freudig, die Blumen, die ich eben pflückte, in meiner rechten Hand. Dann ändere ich die Richtung, laufe auf der anderen Seite den Hügel hinab, immer schneller, immer schneller …

»Gordon!«, rufe ich. »Gordon, hier bin ich! Ich komme! Fang mich auf, ich komme!«

Und er breitet seine Arme aus, wirft den Hut zu Boden, um mich aufzufangen. Nur wenige Meter noch, gleich bin ich da …

»Amy, Amy, gib acht, du bist zu schnell! Amy!«

Ich stolpere, stürze zu Boden, rolle den Abhang hinunter, über Steine und Felsen hinweg. Ein brennender Schmerz durchfährt meinen Körper, ich schreie …

»Emma! Emma!«

Das Mädchen schreckte auf. Es hatte so lange am Bett seiner Herrin gesessen, dass ihm die Augen zugefallen waren. »Was? Was ist denn, Madam?«

Amy saß aufrecht im Bett und zeigte zum Fenster hin. »Die Kerze. Du hast die Kerze nicht angezündet, Emma. Sie muss doch jede Nacht brennen! Wenn er zurückkommt …«

Emma schluckte. Tränen des Mitleids in den Augen streckte sie eine Hand nach ihrer Herrin aus und wollte schon den Mund öffnen, um etwas zu sagen, zog sie jedoch gleich darauf kopfschüttelnd zurück und erhob sich stattdessen. Wortlos nahm sie die Schachtel mit den Zündhölzern, ging zum Fenster und zog die Vorhänge zurück.

Dann zündete sie die Kerze an.

35

In der Stille danach

Drei Monate waren vergangen seit dem Tod Catharine Mompessons. Sie war das zweihundertste Opfer der Seuche gewesen. Nach ihrer Beisetzung im Kirchhof hatte man einen Gedenkstein für sie angefertigt, um ihr noch einmal für alles, was sie an den Menschen von Eyam getan hatte, zu danken. Seit ihrem Tod war William Mompesson ein gebrochener Mann. Hätte er keine Aufgabe und vor allem seinen Glauben nicht gehabt, der ihm half, dies alles zu ertragen, wäre er zugrunde gegangen. Zu Gordon hatte er am Morgen nach Catharines Tod gesagt: »Nun erst kann ich wirklich begreifen, was für ein furchtbares Gefühl es ist, den Menschen zu verlieren, den man am meisten liebt – es ist so, als hätte man mir gleichsam das Herz herausgerissen …«

Dennoch hörte er nicht auf, den Menschen von Eyam zu helfen, und tat für sie, was er konnte, so, wie seine Catharine es sicher gewollt hätte.

Sie war das zweihundertste Opfer gewesen, und ihr Tod hatte zugleich den Höhepunkt der Seuche markiert. Danach war die Zahl der Toten langsam zurückgegangen. Im September starben vierundzwanzig, achtzehn im Oktober, und als am ersten November Abraham Morten von Bretton an der Krankheit starb, folgte darauf eine geradezu unheimliche Stille. Eine Woche verging, eine zweite und eine dritte, ohne dass jemand starb oder Symptome der Pest zeigte. Nach der vierten Woche schließlich begann man zu glauben, dass die Seuche nun endlich besiegt war.

Mompesson und Stanley ermutigten die Bewohner, Kleidung, Bettwäsche, Holzgeschirr und Besteck – ja sogar Möbelstücke – zu verbrennen, um auch die letzten Samen der Pestsaat endgültig zu vernichten. Reverend Mompesson, der nach den Strapazen der vergangenen Monate körperlich wie geistig vollkommen erschöpft war und kaum noch die Kraft hatte, das Holz aufzuschichten, war der Erste, der als gutes Beispiel den Bürgern von Eyam voranging und ein großes Feuer im Hof des Rektorates anfachte. Er warf alles in das Feuer, was Catharine gehört hatte, auch wenn es ihm das Herz brach, und viele von seinen eigenen Sachen noch dazu.

In die lodernden Flammen starrend, die Augen unbeweglich, flüsterte er mit rauer Stimme: »Es ist vorbei, Catharine. Es ist vorbei. Dem Herrn sei Dank.«

Viele Häuser wurden ausgeräuchert, die Leute schliefen draußen oder in irgendwelchen verlassenen Hütten oben bei den Minen, in denen seit Jahren kein Mensch gelebt hatte. Einige bezogen auch vorübergehend Quartier in den leer stehenden Herrenhäusern, deren Bewohner schon bei Ausbruch der Seuche geflohen waren.

Der Zustand dieses Ortes ist mir so entsetzlich,

schrieb Mompesson an seinen Onkel, der seine beiden Kinder beherbergte,

dass ich davon überzeugt bin, es übertrifft beispiellos jegliches in unserer Geschichte zuvor da gewesene Leid und Elend. Ich kann wahrhaftig sagen, dass unsere Stadt ein Golgatha geworden ist, eine Schädelstätte; und wäre nicht ein kleiner Teil von uns noch übrig, so wären wir wie einst Sodom und Gomorrha.

Meine Ohren hörten niemals zuvor solch jammervolles Wehklagen. Niemals zuvor atmete ich solch üblen Gestank, und niemals zuvor wurden meine Augen Zeugen solch abscheulicher Darbietungen, wie ich sie mit ansehen musste …

Hier hat es einst sechsundsiebzig Familien in der Gemeinde gegeben, von denen zweihundertneunundfünfzig Personen starben …

Was bleibt, dachte Mompesson und ließ die Feder sinken, *sind diese wenigen, die nichts mehr haben außer einem leeren Haus und einem leeren*

Herzen. Wie sollte diese Leere sich jemals wieder füllen, wie sollten die Herzen jemals heilen?

Gordon Tulliver trat herein, da der Reverend sein Klopfen nicht gehört hatte, so vertieft war er in seinen Brief und seine Gedanken gewesen.

»Gordon«, grüßte er und drehte sich mit einem Lächeln zu ihm um. »Ich hörte dich nicht kommen; verzeih, dass ich so abwesend bin in diesen Tagen … Es gibt viel zu tun – und doch fehlt oft zum Nötigsten die Kraft … Wie geht es dir, mein Freund? Hast du dein Bündel schon gepackt?«

Gordon erwiderte das Lächeln. Er hatte zwei Becher in seiner Hand, den einen setzte er dem Reverend auf sein Pult und nahm mit dem anderen auf einem Stuhl in der Ecke des Zimmers Platz.

»Nein, das habe ich noch nicht. Ich bin nicht sicher, ob ich wirklich schon gehen kann. Wir täuschten uns schon einmal und dachten, alles sei vorbei – nein, nein, dieses Mal bleibe ich, bis es sicher ist.«

Der Reverend nickte. »Gut. Dann wollen wir die Liste noch einmal ansehen und sie auf jeden Namen gründlich prüfen, ob er auch darinsteht, mit dem richtigen Datum versehen und dem Ort, an dem der arme Mensch gelebt hat … – Du selbst warst es ja, der sagte: dass niemand von ihnen vergessen werde …«

Wenige Augenblicke später waren sie so vertieft in die Namen und die traurigen Ereignisse, die sich mit ihnen verbanden, dass sie schon bald nichts anderes mehr hörten und sahen und ganz im Meer ihrer Erinnerungen versanken.

Gordon ließ seinen Finger auf dem Namen Thomas Rowland liegen, der am Abend des vierzehnten Februars verstorben war – an jenem Abend, an dem Lydia zu ihnen gekommen war. Er erinnerte sich, als sei es gestern gewesen …

»Bitte, Sir«, hörte er sie flüstern mit ihrer vor Schmerz und Kälte schwachen Stimme und er sah sich noch einmal verloren in diesen riesigen, dunkelblauen Augen, aus denen sie ihm Hilfe suchend entgegenblickte. »Bitte …«

Zwei Mal hatte er sie retten können, beim dritten Mal …

Und sie war schließlich nicht einmal an der Pest gestorben – weswegen ihr Name auch mit einem NV für *no victim* (= kein Opfer) gekennzeichnet und auch als solches nicht gezählt worden war. Bei den Pestopfern hatte man eine Nummer vorangesetzt, die ihnen helfen sollte, den Überblick zu behalten. In den nächsten Tagen wollte Gordon sie alle noch einmal in eine alphabetische Reihenfolge bringen, damit er alles vollständig und geordnet hinterließ, wenn er ging. Tief in seinem Herzen war immer noch die Angst, dass es doch noch nicht zu Ende war – und die Angst, seine Amy nicht mehr zu finden, wenn er endlich heimkehrte.

Sie sind alle fort, alle …

Sie ist tot.

Tot. Tot. Tot …

Er schüttelte den Kopf und ließ seinen Finger weiter über die Namen gleiten. Zur selben Zeit waren drei der Wilsons krank gewesen: der neunjährige John, der am Tag darauf seinen Qualen erlag; die einundzwanzigjährige Deborah, die sich gerade verlobt hatte, und ihre dreizehnjährige Schwester Alice. Ihr Vater, John, starb am ersten März, und hinterließ als einzige Überlebende die arme Mary, seine Witwe.

Dann kam der Frühling und mit ihm die allzu kurz währende Hoffnung, dass alles vorbei wäre, als im Juni wiederum einundzwanzig Menschen ihr Leben ließen, so viele wie in keinem der anderen Monate zuvor – doch es sollte noch schlimmer kommen.

Über den Juni wusste Gordon freilich nicht viel, da er zu der Zeit nicht in Eyam gewesen war. Er war am vorigen Sonntag nach dem Gottesdienst – der noch immer, trotz der bitteren Kälte, im Freien abgehalten wurde – zu der Hütte gegangen, in der er von dem kauzigen Alten und seinem Sohn gepflegt worden war. Doch er hatte sie verlassen und halb verfallen vorgefunden und die Mäuse waren ihm um die Füße gesprungen. Dichte Spinnenweben hatten unter der Decke und auf den von Würmern zerfressenen Möbeln gehangen. Als er so dastand, fragte er sich, ob er am Ende alles nur geträumt hätte. Dann aber war er sich mit der Hand über die Stirn gefahren, wo noch immer eine dicke Narbe von seiner Verletzung zeugte, und hatte den Kopf geschüttelt. Wo auch immer die guten Leute hingegangen sein mochten – sie waren hier gewesen, als er sie gebraucht hatte.

Außerdem war da als Beweis noch der grausige Fund, den sie im späten Sommer gemacht hatten: die halb verweste Leiche John Mellors, der offenbar demselben Verrückten zum Opfer gefallen war, da man auch an seinem Schädel Spuren eines Spatenhiebes gefunden hatte. Ob derselbe Mann auch für Lydias Tod verantwortlich war, blieb für Gordon eine vage Vermutung, ein Verdacht, der ihm jedoch nie bestätigt werden konnte, da man danach keine weiteren Opfer und auch den Mörder selbst nicht fand. Man hatte anderes zu tun gehabt, als tagelang den Wald zu durchkämmen, während unten im Dorf die Menschen qualvoll an der Pest starben.

Unter den sechsundfünfzig Opfern, die der Juli gefordert hatte, waren die Talbots, von denen nur der zwanzigjährige George überlebt hatte, der zu der Zeit, in der die Seuche ausbrach, schon nicht mehr auf dem elterlichen Hof lebte. Wohin er gegangen war und was aus ihm geworden war, wusste Gordon nicht, da er die Familienverhältnisse auch nicht besonders gut kannte. Fest stand, dass George bisher nicht zurückgekommen war und es daher unwahrscheinlich erschien, dass er von dem Schicksal seiner Familie wusste.

William nahm den Becher und trank einen Schluck Wein, als sein Blick auf die lange Liste der Toten fiel, die der Juli gefordert hatte, und er erinnerte sich an die Predigten, die er in jenen Wochen gehalten hatte, um die Menschen davon zu überzeugen, dennoch zu bleiben.

Als die Seuche dann die Mortens und gleich darauf auch die Kempes erreichte, war für viele im Dorf klar, dass sie diese Heimsuchung nicht überleben würden. Nie hatte der Reverend so viele

Testamente aufgesetzt wie in dieser Zeit und nie so viele zitternde Hände gesehen, die ihre Unterschrift oder, wenn sie des Schreibens nicht mächtig waren, ein Zeichen daruntersetzten, damit das Papier seine rechtliche Gültigkeit hatte.

Und als Catharine starb …

Er sah auf, ließ seinen Blick im Raum umherschweifen, hin zum Fenster, durch das er sie beim Kräutersammeln und Blumenschneiden so oft beobachtet hatte; zur Tür, in der sie so oft gestanden hatte, eine Frage auf den Lippen; zum Bücherschrank, in dem sie ihre kostbarsten Schätze aufbewahrte, die jetzt alle unwiederbringlich verloren waren, verbrannt in dem Feuer, das alles, was je an sie erinnern würde, verschlungen hatte …

Oh, Catharine, Catharine, vergib mir! Dass ich nichts behielt, was mich später noch an dich erinnern könnte, und nichts mehr habe als dein Gesicht, welches mir immerzu vor Augen ist, jeden wachen Moment meines Tages und auch meiner Nacht …

Er schüttelte den Kopf, zwang sich, zurück auf die Liste zu sehen, ihren Namen zu lesen, mit der zweihundert davor, in Gordons schöner, geschwungener Schrift. Er versuchte, die Tränen, die in seinen Augen brannten, zurückzuhalten. Mit einer Hand immer wieder ungeduldig über die Augen wischend, versuchte er, sich klarzumachen, dass sie ja nicht allein gewesen war – einhundertneunundneunzig davor, die, die nicht an der Pest gestorben waren wie die arme Lydia nicht mit eingerechnet, und noch zweiundfünfzig danach. Das war ihr Opfer, das sie gebracht hatten: ihr eigenes Leben für das der anderen.

Ein Schmerz, so tief, dass er ihn kaum ertragen konnte, erfasste ihn, und eine Trauer, die ihn lähmte, die wie eine eiserne Faust sein Herz zu umklammern schien und es so lange drückte, dass es in tausend Teile zu zerspringen drohte.

Oh, meine Brüder, meine Schwestern – vergebt mir, dass ich lebe und ihr tot seid! Fragt nicht danach, wofür euer Opfer war … Wenn ich all die leeren Häuser sehe, all die leeren Tische und Stühle darin, an denen niemand mehr sitzt … die Schatten eurer Gesichter erscheinen mir an euren Fenstern und vor mir auf dem dunklen Wege, wenn ich des Nachts durch die leeren Straßen wandere, weil der Schmerz mich nicht zur Ruhe kommen lässt, dann frage ich mich selbst, wozu?

Tränen lösten sich aus seinen Augen, rannen unaufhaltsam wie ein Strom seine stoppeligen Wangen herab und tropften geräuschlos auf den Fußboden.

Wozu dieses Opfer, und warum, oh, Gott, so hoch der Preis?

»William?«

Der Reverend fuhr herum, starrte Gordon aus leeren Augen verwirrt an, als wisse er plötzlich nicht, wer er sei und was er hier mache.

»Ich nehme die Liste mit in meine Kammer und sehe, ob ich noch Fehler finde oder etwas zu ergänzen habe. Du bist zu müde und zu aufgewühlt, du solltest dich erst mal schlafen legen.«

William nickte, dann starrte er wieder zum Fenster hin und sagte mit tonloser Stimme: »Und dann wirst du Amy schreiben und ihr sagen, dass du Weihnachten zu Hause bist.«

Gordon, dem selbst die Tränen in die Augen stiegen, schluckte. »Ja«, entgegnete er leise, »das werde ich. Wenigstens hoffe ich es. Aber ob ich sie dort finden werde …«

Sie sind alle fort, alle. Alle fort …

Er schüttelte den Kopf, legte dem Freund im Vorübergehen eine Hand auf die Schulter und flüsterte ein leises »Gute Nacht«, ehe er hinausging, die Liste in der Hand.

36

Ein gehaltenes Versprechen

Es hatte die ganze Nacht hindurch geregnet, der Boden im Hochmoor war aufgeweicht und gab immer wieder unter den Hufen seines Pferdes nach, sodass Gordon an manchen Stellen gezwungen war, abzusteigen und das treue Tier ein Stück am Zügel zu führen. Ein kalter Wind war von Osten aufgekommen und blies ihm scharf um die Ohren, aber er ging stetig weiter, mit jedem Schritt mutiger und hoffnungsvoller.

Bald, so bald bin ich bei dir, mein Herz! Denn dass du lebst, das fühle ich. Ich fühle es so sicher wie den Zügel in meiner Hand oder den Atem deines geliebten Braunen in meinem Nacken. Ich bringe dir dein Pferd zurück, und ich werde dich auf seinen Rücken heben mitsamt unserer Kleinen, und euch beide wegbringen, fort aus Derbyshire, fort von Morton Hall und seinen garstigen Bewohnern.

Der Abschied von William Mompesson und Thomas Stanley war ihm schwergefallen trotz der Freude, die er darüber empfand, endlich heimgehen zu dürfen. Aber die Gesichter der beiden hatten sich auf ewig in sein Gedächtnis eingebrannt, ebenso wie die der anderen, die er zurückließ. Sie waren alle zum Gottesdienst gekommen heute am Morgen, in welchem er seine Abschiedsrede gehalten hatte. Gordon hatte Tränen in den Augen gehabt, als ein kleines Mädchen, kaum älter als seine eigene Tochter, die er noch nie gesehen hatte, zu ihm gekommen war und ihm eine einzige Rose gebracht hatte. Woher sie diese Blume um diese Jahreszeit genommen hatte, wusste er nicht. Aber es hätte ihn nicht gewundert – und der Gedanke gefiel ihm so gut, dass er darüber schmunzeln musste –, wenn Gott selbst diese Blume in ihrem Garten hätte wachsen lassen, mitten im Winter: als Zeichen seiner Liebe, die den Tod besiegt hatte.

»Wir haben schwere Zeiten miteinander erlebt«, hatte er gesagt,

»die schwersten unseres Lebens vielleicht. Und manchen von uns haben diese Monate alles gekostet, was wir je geliebt haben. Unfassbares Leid ist Ihnen widerfahren, und lange Zeit wird es dauern, bis alle Wunden verheilen. Manche … verheilen nie.« Er machte eine Pause, rieb sich mit dem Handrücken über die Augen und versuchte, nicht zu den Familien zu sehen, die dies besonders betraf. Unter ihnen der arme Matthew Morten, der auch zu denjenigen gehörte, die ihre gesamte Familie innerhalb weniger Wochen verloren hatten – seine Frau war nur zwei Tage nach der Geburt ihres Sohnes gestorben, der Kleine hatte noch vier weitere Tage gelebt, dann hatte Matthew auch ihn begraben müssen. Seither lebte er ganz und gar zurückgezogen von den anderen; allein sein treuer Hund leistete ihm Gesellschaft in seiner Einsamkeit.

Den Mann, den Gordon die ganze Zeit über mit am meisten bewundert hatte, Marshall Howe, konnte er ebenso wenig ansehen, als er sich an die Gemeinde wandte – wie klein sie geworden war, seit er im Oktober des vergangenen Jahres zum ersten Mal einem Gottesdienst hier beigewohnt hatte – und sagte: »Aber in alledem haben wir doch überwunden, sind stark geblieben in der Kraft unseres Herrn und in der Liebe zueinander. *Niemand hat größere Liebe als die, dass er sein Leben lässt für seine Freunde.* So steht es in Johannes, Kapitel 15, und so wollen wir stets derer gedenken, die wir verloren haben. Ihr Tod soll nicht umsonst gewesen sein! Denn sie starben für so viele Menschen hier im Land, die ihnen – und auch euch – ihr Leben zu verdanken haben. Gott gebe, dass sie das nie vergessen und von Herzen dankbar dafür sind, dass sie verschont blieben, *weil ihr geblieben seid.* Und so, wie wir unsere Toten nicht vergessen werden, werde auch ich euch nicht vergessen, wenn ich heute gehe. Ihr habt mich herzlich aufgenommen und mich als einen von euch behandelt und seid mir immer freundlich zugewandt gewesen, auch dann, wenn ich euch – und ich weiß, es war allzu oft – nicht helfen konnte. Ihr werdet Eyam wieder aufbauen, und ihr werdet wieder glücklich sein. Es braucht nur Zeit, ein wenig Mut, den Gott, der Herr, euch geben möge, und viel Liebe. Und niemand weiß besser als ich, dass ihr diese Liebe habt. Ihr werdet es schaffen! Ihr habt einen starken Glauben, und ihr habt einander – haltet daran fest.«

Dem hatte Reverend Mompesson noch einige Worte hinzugefügt und schließlich mit einem Vers aus dem ersten Johannesbrief geendet, in dem es heißt: »Gott ist Liebe, und wer in der Liebe bleibt, der bleibt in Gott, und Gott in ihm.«

Dann hatte Thomas Stanley den Segen gesprochen und die Gemeinde hatte sich zerstreut. Nur wenige waren noch geblieben, um sich persönlich von Gordon zu verabschieden, die meisten hielten nach wie vor Abstand zueinander. Unter denen, die zu ihm kamen, waren die Howards gewesen, die voller Glück ihr gesundes Baby im Arm hielten, das er mit auf die Welt gebracht hatte. Die kleine Anne Butterworth weinte, als er ging, und wollte seine Hand nicht loslassen. Möglicherweise hatte sie das Erlebnis der Geburt so stark beeindruckt, und vielleicht hatte sie sich auch deswegen ein klein wenig in ihn verliebt.

Gordon wusste, dass er für ebenso viele zum Helden geworden war, wie er für andere, denen er nicht hatte helfen können, nur ein Arzt ohne besondere Fähigkeiten geblieben war. Dass er gegen die Pest ebenso machtlos gewesen war wie alle anderen – seien es Ärzte oder Priester oder irgendwelche fragwürdigen Wunderheiler, wie sie sich vielerorts herumtrieben –, machte ihn traurig, aber er sah auch darin eine Macht, die stärker war als alle menschliche Vernunft und, was das anging, auch alles menschliche Können und Wissen. Gott hatte die Seuche nach Eyam geschickt, Gott hatte sie davon befreit – endlich. Und da sie die Toten nicht wieder lebendig machen konnten, blieb ihnen nichts, als nach vorne zu sehen, weiterzuleben für die, die noch da waren, die sie noch brauchten.

So wie Amy und Grace.

Gordon schwang sich wieder in den Sattel, schnalzte mit der Zunge und trieb sein Pferd den Hügel hinauf, hinter welchem das Dorf

Hassop lag, die kleinen, gelblich grauen Häuser dicht an die grün bewachsenen Hänge gedrängt, die es zu allen Seiten umgaben. Er ritt in einem Bogen um das Dorf herum, wohl wissend, dass man ihn nicht willkommen heißen würde, und beeilte sich aus der Sichtweite der Menschen zu kommen, ehe er an einem Bach haltmachte und sein Pferd daraus trinken ließ.

Dann ritt er ohne Pause weiter, bis er gegen Abend Bakewell und bald darauf die Abzweigung nach Morton Hall erreichte. Es war so dunkel, dass man auf dem sich windenden, von hohen Eichen gesäumten Weg kaum die Hand vor Augen sehen konnte. Gordon war dankbar, dass seine Reise nun fast zu Ende war. Als wenig später die grauen Umrisse des stattlichen Herrenhauses vor ihm auftauchten, zügelte er noch einmal sein Pferd und schloss für einen Moment die Augen.

Bitte, Herr – lass sie da sein, lass sie am Leben sein. Zeige mir die Kerze in ihrem Fenster, dass ich weiß, dass ich nicht zu spät komme …

Dann stieß er dem Braunen die Stiefel in die Flanken und ritt in einem schnellen Trab über die Brücke und auf das Herrenhaus zu, das in vollkommener Dunkelheit dalag, hoch oben auf seinem Hügel. Es sah noch genauso wenig einladend aussah wie Gordon es in Erinnerung hatte.

Da er nicht wusste, wo Amy ihr Zimmer hatte, er aber um diese späte Stunde nicht klopfen wollte – zumal er nicht sicher sein konnte, ob man ihn einlassen würde – ritt er einmal, so weit es möglich war, um den unteren Garten herum, immer wieder hinaufblickend zu den hohen, dunklen Fenstern.

Er kam bis zu der grauen Mauer, hinter der der kleine Garten lag, der zur Kapelle gehörte, und wendete sein Pferd, um es auf der anderen Seite zu versuchen.

Da er aber auch auf dieser Seite in keinem der Fenster ein Licht sehen konnte, beschloss er, es doch zu wagen und ritt zum Haupttor zurück, um zu klopfen.

Er wartete lange, bis endlich ein alter, weißhaariger Diener kam und ihm vorsichtig öffnete. Als er in Gordon den Arzt erkannte, der in das Pestdorf gegangen war, wollte er rasch die Tür wieder schließen, doch Gordon war schneller als der Alte und stellte seinen Fuß dazwischen.

»Nicht so hastig, mein Freund – ich bin nicht den ganzen Weg hierhergekommen, damit man mir die Tür vor der Nase zuschlägt. Ich will auch gar nicht näher treten, obwohl *ich* sicher weiß, dass ich keine Pestsaat an mir trage. Aber mit solcherlei Reden verschwende ich nur meine Zeit. Meine Frau – ist sie hier? Wenn ja, schick sie mir herunter, zusammen mit dem Kind und der Magd, die bei ihnen ist.«

»Sie ist nicht hier.«

»Wo ist sie?«

Der Alte schüttelte den Kopf. »Weit weg, Doktor. Die sehen Sie nie wieder.«

Gordons Gedanken überschlugen sich. Sein Herz klopfte vor Freude und vor Furcht zugleich. *Sie lebt,* dachte er. *Sie lebt! Ich muss nur wissen, wo. Er muss es mir sagen – wenn er es weiß, muss er es mir sagen, und wenn ich es aus ihm herausprügeln muss.*

»Wo ist sie? Sag es mir!«

Wieder Kopfschütteln. Der alte Diener versuchte, die Tür wieder zuzudrücken, doch dieses Mal packte Gordon ihn am Kragen und zog ihn an demselben durch den Spalt hindurch, sah ihm direkt in die von Angst erfüllten Augen und grollte: »Du sagst mir auf der Stelle, wo sie sind – verstanden? Und wage es nicht zu behaupten, du wissest es nicht. Ich lasse dich nicht eher los, als bis du es mir gesagt hast.«

»Sie … sie sind nach Kent gegangen, Sir. Nach Northbourne.«

Der Alte schlotterte vor Angst und sah immer wieder auf die Hand, die ihn am Kragen hielt.

Gordon zögerte, da er nicht wusste, ob er ihn schon gehen lassen sollte. Vielleicht konnte er ihm noch mehr erzählen. Nach Kent … Das war weit – viel zu weit, als dass er es in einem Tagesritt erreichen konnte. Mit seinem Pferd würde er wenigstens eine Woche brauchen, und selbst dann …

Er schüttelte den Kopf. Irgendetwas störte ihn an der Sache. Soviel er wusste, verbrachte die Familie Weihnachten immer in Derbyshire. Wieso sollten sie um diese Zeit in Kent sein – alle? Denn dass Lady Craven das Haus in Kent nicht mochte und ihren Gemahl selten dorthin begleitete, war allen bekannt. Deshalb war er als ihr Arzt ja auch immer hiergeblieben, wenn es Lord Craven in den Süden gezogen hatte.

Weshalb sollte sie also jetzt mit ihm gegangen sein – noch dazu im Winter?

»Die ganze Familie?«

»Ja, Sir. Alle, Sir. Das heißt – Sie wissen es vielleicht nicht, aber mein Herr ist verwitwet, da Lady Craven im Juni verstarb. Ein tragischer Unfall, Sir – sie stürzte die Treppe hinunter …«

Sie stürzte die Treppe hinunter …

Dann war es also Lady Craven, die tot war, *sie* war über eine Brüstung gestürzt – nicht Amy! Francis Craven hatte das Unglück, das seine Mutter ereilt hatte, für sich genutzt, um ihm, Gordon, diese schmähliche Lügengeschichte so glaubhaft zu erzählen. Das war der Kern der Wahrheit, der darin steckte: Es hatte tatsächlich ein Unglück gegeben, es war ein Mensch zu Tode gekommen, aber dieser Mensch war nicht Amy.

Oh, Gott sei Dank, nicht seine Amy!

Er atmete hörbar auf und ließ für einen Moment seine Hand, die den Alten noch immer am Kragen hielt, locker – worauf dieser sich sofort losriss, in die Sicherheit des Hauses zurücktrat und die Tür mit aller Kraft hinter sich zuschlug.

In der Stille, die darauf folgte, stand Gordon bewegungslos da, gefangen in einem Strudel von Gefühlen, und starrte auf die verschlossene Tür. So glücklich er darüber war, dass Amy lebte, so verzweifelt war er doch darüber, dass er sie jetzt, da er endlich heimgekehrt war, nicht in seine Arme schließen durfte. Es war, als sei sein Albtraum doch noch Wirklichkeit geworden: *Sie sind alle fort.*

Warum hatte sie ihm nichts von den Plänen der Cravens erzählt? Warum hatte sie ihm nicht die Adresse in Kent geschickt, damit er ihr dorthin schreiben, ja, damit er sie dort finden konnte? Hatte sie denn die Hoffnung schon aufgegeben gehabt, ihn für tot gehalten?

Aber sie musste doch seine Briefe aus Eyam erhalten haben – zwei Mal hatte er nach Morton Hall geschrieben und nie war eine Antwort gekommen. Warum nicht? Hatte sie jemand daran gehindert? Oder war es ihr etwa gleichgültig gewesen, weil sie ihr Herz inzwischen an einen anderen verloren hatte?

Das Erste zugleich hoffend wie fürchtend, das Zweite mit einem energischen Kopfschütteln gleichsam vor sich selbst bestreitend nahm Gordon die Zügel seines Pferdes, schwang sich in den Sattel und trieb den Hengst zu einem leichten Trab an.

Natürlich konnte ein Francis Craven jederzeit verhindern, dass seine Briefe Amy erreichten – oder dass ihre ihren Weg nie nach Eyam fanden. Das würde leicht erklären, weshalb sie nicht zueinander hatten kommen können, weshalb er ebenso an ihren Tod geglaubt hatte wie sie vielleicht an seinen. Und wenn sie ihn für tot hielt? Was würde dann näherliegen, als …

Plötzlich überkam Gordon eine solche Furcht, wie er sie in den vierzehn Monaten davor nicht gefühlt hatte, und er gab seinem Hengst laut brüllend die Sporen. Als gelte es sein Leben, flogen Pferd und Reiter schon bald wie ein dunkler Blitz in der Nacht dahin, über die Brücke, unter den Eichen hinweg und dann die Straße nach Matlock hinunter. Hufe donnerten, Steine flogen und das Keuchen des Pferdes vermischte sich mit dem verzweifelten Flüstern seines Herrn:

»Warte auf mich, Amy, warte auf mich – ich komme! Ich komme doch noch …«

In seinem Herzen betete er, dass er nicht zu spät kam.

37

Die Kerze im Fenster

»Vater! Wir sitzen hier schon seit Wochen fest und warten darauf, dass sich irgendetwas tut, aber nichts geschieht. Es wird auch nichts geschehen, selbst wenn du Tag und Nacht an ihrem Bett sitzt und ihre Hand hältst. Sie ist krank, Vater, sie hat – verzeih mir, aber ich muss es einmal sagen – sie hat den Verstand verloren. Und du bist ein Narr, wenn du glaubst, du könntest sie zurückbringen – sie kommt nicht mehr zurück, sie ist für immer verloren. Selbst mein Bruder hat dies inzwischen eingesehen. Nicht wahr, Francis, du willst sie doch auch nicht mehr?«

»Gott bewahre, nein!«

Francis Craven stand mit dem Rücken zum Kamin, seine Arme vor der Brust verschränkt, die langen Beine gekreuzt, und fuhr überrascht hoch, als seine Schwester ihn von ihrem Platz auf dem Klavierhocker ansah. Sie hatte eben gespielt, jetzt lagen ihre Hände noch auf den Tasten, während sie Francis befriedigt zunickte und noch ein paar einzelne Töne anschlug, bevor sie sich abermals an ihren Vater wandte, der sich in beharrliches Schweigen hüllte.

Seine Familie wusste, dass er der schönen, jungen Witwe hoffnungslos verfallen war, in seiner blinden Liebe jedoch nicht sah, dass sie seine Gefühle niemals erwidern würde, da sie noch immer glaubte, dass ihr Mann am Leben war und dass er zu ihr zurückkehren würde. Seit jenem Tag im September, an dem man sie bei den Klippen gefunden hatte, war sie nicht mehr dieselbe – sie sprach zu niemandem mehr ein Wort, nicht einmal zu Georgiana, die ganz traurig darüber war und mit gebrochenem Herzen durch das stille Haus schlich – und verließ selten ihr Zimmer. An manchen Tagen sah man sie mit Emma und dem Kind, das inzwischen an der Hand der Mutter lief, im Rosengarten, wo sie an der Balustrade stand und schweigend in die Ferne sah. Sobald aber jemand kam und versuchte, mit ihr zu sprechen, floh sie wieder ins Haus zurück, gleich einem verängstigten Kind, oder, wie Francis bei sich dachte, einem scheuen Reh.

»Du kannst nicht für immer hier sitzen und auf ein Wunder warten, das nie geschehen wird. Auch sie hat auf ein Wunder gewartet – und sieh, was daraus geworden ist. Willst du denn auch noch den Verstand verlieren? Komm mit uns nach London, Vater, und amüsier dich ein wenig. Viele Häuser sind schon wieder aufgebaut nach dem Brand, wie ich hörte, und wir können bei den Cliffords in Greenwich wohnen, bis die Arbeiten an unserem Haus fertiggestellt sind. Gott sei Dank hat Francis sich ja schon darum gekümmert, dass dies bald geschieht, und es hat wohl auch weniger gelitten als manch anderes in der Straße.

Trotzdem solltest du es dir ansehen, Vater, und den Leuten sagen, wie sie's machen sollen, ganz besonders, was Mutters Gemächer betrifft. Du willst doch sicher, dass alles so aufgebaut wird, wie es vorher war.«

Ob Lord Craven die Gemächer seiner verstorbenen Frau im Augenblick kümmerten, war fraglich, aber seine Tochter fuhr dennoch fort zu reden, da sie nicht vorhatte, sich geschlagen zu geben. Sie wollte nach London und das so schnell wie möglich. Vor allem wollte sie ihren Vater von dieser Frau weglocken, die ihm doch nicht das werden konnte, was er sich einst erhofft haben mochte.

»Die Cliffords haben uns schon das zweite Mal geschrieben und uns eingeladen zu kommen. Wir sollten ihrer Einladung wirklich folgen – es wird dir guttun, Vater, und uns auch. Wenn du es erlaubst, will ich ihnen heute noch schreiben, dass wir am Freitag kommen.«

»Ich bleibe hier. Ihr könnt fahren – nehmt die Zwillinge mit, die halten es ohnehin nicht mehr aus, und von mir aus auch Georgiana, wenn sie will. Geht ihr nur alle und amüsiert euch – ich bleibe bei ihr.«

»Aber Vater! Louise hat recht – du kannst doch nicht …«

»Still!«, fuhr Lord Craven seinen Sohn an. »Von dir will ich nichts mehr hören. Du hast genug angerichtet! Geht jetzt beide und lasst mich allein. Hinaus mit euch!«

Die Geschwister tauschten ratlose Blicke, dann ging Francis als Erster zur Tür, während seine Schwester sich noch einmal umdrehte und ihrem Vater ins Gesicht sah. Ihre grünen Augen blickten dabei genauso kalt und abschätzig wie die ihrer Mutter. Ob sie wusste, wie ähnlich sie ihr war?

»Du bist ein Narr, Vater«, sagte sie. »Ein armer, alter Narr! Es wird dir noch bitter leidtun, dass du deine eigene Familie verraten und im Stich gelassen hast um einer armen Irren wegen, die dich nicht von einem – von einem Schrank – unterscheiden kann!«

Es schien, als sei sie doch fähig, etwas zu empfinden, denn sie hatte Tränen in den Augen, als sie sich abrupt umwandte und aus dem Zimmer stürmte.

Francis folgte ihr ohne ein weiteres Wort.

»Narren«, murmelte Lord Craven und wandte sich kopfschüttelnd dem Fenster zu. »Narren sind die, die nicht begreifen, was Liebe ist und warum sie stärker ist als alle Vernunft, ja, stärker als der Tod selbst. – Gott vergib mir, dass ich es sie nie lehren konnte …«

Amy summte leise vor sich hin, als sie zum Fenster ging und die Kerze anzündete, wie sie es jeden Abend tat. Wie jeden Abend sprach sie auch ein stilles Gebet dabei und kehrte dann zu ihrem Platz am Fußende des Himmelbettes zurück, von wo aus sie zum Fenster hinsah, bis ihre Augen schmerzten und sie sich endlich – müde, erschöpft und traurig – selbst zur Ruhe legte.

An diesem Abend jedoch blieb sie länger am Fenster stehen als sonst, es schien, als ob sie etwas dort draußen in ihren Bann zog, ohne dass sie sagen konnte, was es war. Nichts regte sich in dem Garten, der unter ihr lag, auch drang kein Laut zu ihrem Zimmer empor. Eine geradezu unheimliche Stille lag über den Sträuchern und hing in den kahlen Bäumen, die sich dunkel gegen den von Tausenden Sternen erleuchteten Nachthimmel abhoben.

Ein träumerisches Lächeln huschte über Amys Gesicht, als sie das helle Funkeln und Glitzern am Himmel beobachtete, und sie trat noch einen Schritt näher, legte eine Hand an die kalte Glasscheibe, während ihr Summen allmählich in Singen überging.

Your vows you've broken, like my heart,
Oh, why did you so enrapture me?
Now I remain in a world apart
But my heart remains in captivity.

Emma, die in einer Ecke des Zimmers saß und die kleine Grace auf dem Schoß hielt, überkam ein seltsames Schaudern: Wie lange hatte sie ihre Herrin nicht mehr singen hören, noch dazu dieses Lied! Sie spürte instinktiv, dass etwas an diesem Abend anders war als sonst. Es lag etwas in dem Blick der armen Mrs Tulliver, das sie beunruhigte. Die Augen, die seit Wochen immer nur starr ins Leere geblickt hatten, schienen jetzt wieder zu leuchten, auch verfolgte ihr Blick jede Bewegung im Raum, als sei sie sich zum ersten Mal seit Langem wieder bewusst, wo sie war – und wer sie war.

Your vows you've broken like my heart …

Eine Frau mit einem gebrochenen Herzen, ganz sicher, auch wenn der Doktor keinen anderen Schwur gebrochen hatte als den, zu ihr zurückzukehren, und das war nicht einmal durch seine Schuld geschehen. Emma wusste, dass nur der Tod ihn davon hatte abhalten können, dieses Versprechen zu halten, da sie niemanden kannte, der seine Frau so sehr liebte wie Doktor Tulliver ihre Herrin. Und doch war ihr Herz gebrochen und gefangen in der Liebe, die nicht sterben wollte.

But my heart remains in captivity.

Amy sang immer weiter, den Blick stets aus dem Fenster gerichtet, und mit jeder Strophe, die sie sang, wurde ihre Stimme lauter, leidenschaftlicher.

If you intend thus to disdain,
It does the more enrapture me,
And even so, I still remain
A lover in captivity.

Eine Geliebte in Gefangenschaft. War sie das – sah sie sich so? Als Gefangene ihrer Liebe – oder als Gefangene in diesem Haus?

Oder war das, was Emma im ersten Augenblick für eine Besserung hielt, in Wirklichkeit eine Verschlechterung – war ihr hingebungsvoller Gesang nur der erste Schritt in den Abgrund des Wahnsinns?

Hatte sie nun doch noch den Verstand verloren, wie die jungen Cravens es schon seit Langem zu glauben schienen?

Thou couldst desire no earthly thing,
But still thou hadst it readily.
Thy music still to play and sing;
And yet thou wouldst not love me.

Dabei hatte sie doch alles, was sie brauchte: Ebenso wie der Liebhaber in dem Lied ging auch Lord Craven über sich selbst hinaus, um ihr das Leben so angenehm – oder sollte man angesichts der Umstände sagen: so erträglich – wie möglich zu machen. Und doch schien es nicht genug. Sie beachtete nichts und niemanden und zog sich immer mehr zurück. Dass sie damit den liebeskranken Lord halb um den Verstand brachte, hatte sogar Emma erkannt, die bald ebenso viel Mitleid mit dem Alten wie mit ihrer armen Herrin hatte. Sie würde ihn niemals lieben, niemals.

»Mrs Tulliver?«, versuchte sie noch einmal, ihre Herrin anzusprechen. »Kann ich Ihnen helfen – das Kind, soll ich es Euch bringen?

Es ist schon ganz müde, fast schläft es mir im Arm ein … ach! Sie hören mich ja nicht. Sie hören mich ja doch nicht …«

Amy hörte tatsächlich nicht, auch gab sie der verzweifelt den Kopf schüttelnden Emma keine Antwort. Wohl aber begann sie, langsam zurückzugehen, immer noch aus dem Fenster sehend und immer noch voller Leidenschaft und Hingabe ihr Lied singend. Ihr Gesang schien den ganzen Raum, ja das Haus zu erfüllen.

Singend kam sie schließlich auf Emma zu, nahm ihr das Kind ab und setzte sich mit ihm auf das Bett, wo sie es in den Schlaf wiegte, während sie, den Blick immer zum Fenster, wieder in ein sanftes Summen verfiel, das mit der Zeit leiser wurde, immer leiser, ohne jedoch ganz zu verstummen.

Ihr zarter Körper wiegte sich sanft zur Melodie und Emma, die reglos im Raum stand, sah voller Mitleid auf ihre Herrin, Tränen in den Augen.

Emma wusste, dass sie nicht mehr lange in Northbourne bleiben konnte; Lady Beauford hätte sie am liebsten schon Weihnachten mit zu sich nach Hause genommen, aber Emma hatte darauf bestanden, dass ihre Herrin sie nicht entbehren könne und dass man sie noch bis zum neuen Jahr hierlassen möge. Was dann aus Mrs Tulliver werden sollte, wusste sie nicht, und es machte ihr das Herz unendlich schwer, sie zurücklassen zu müssen. Aber die treue Magd hoffte darauf, dass Lord Craven zu seinem Wort stehen und auch weiterhin für Mrs Tulliver sorgen würde, bis … ja, bis es ihr besser ging und sie entweder seine Frau werden konnte – oder …

Ein Klopfen schreckte beide Frauen auf – während die eine rasch ihr Haar glättete und zur Tür eilte, legte die andere, noch immer leise ihr Lied summend, erst ihr schlafendes Kind in die Kissen und küsste es zärtlich, ehe sie sich aufrichtete und gerade ihren Platz am Fenster wieder eingenommen hatte, als die Tür aufging und Mrs Chapman im Zimmer stand mit vor Aufregung glühenden Wangen.

»Mr Tulliver für Euch, Madam.«

Amy war auf der Stelle verstummt. Wie versteinert stand sie da und wartete darauf, dass ihr Herzschlag wieder einsetzte. Ihr Blick war noch immer aus dem Fenster gerichtet, die Augen weit, fast unbeweglich, als sehe sie ihn eher dort als hier, wie eine Vision, einen Traum, sonst nichts.

Hatte sie nicht oft genug geträumt, er würde wiederkehren? Und wenn der Morgen dann gekommen war, war doch das Kissen neben ihr leer gewesen, die Hand kalt, das Gesicht nass von Tränen. So lange hatte sie gewartet, gebetet, gehofft, geglaubt und geweint, und alles vergebens. Alles vergebens …

Sie wagte nicht, sich umzudrehen und stand vollkommen still, bis sie spürte, wie sich eine Hand auf ihre Schulter legte und jemand ihren Namen flüsterte.

»Amy … meine Amy …«

Beim Klang der wohlvertrauten und doch schon halb vergessenen Stimme fuhr sie herum und warf sich ihm weinend in die Arme. Er aber fing sie auf und umschloss sie, so fest er nur konnte, presste sein Gesicht in ihre weichen, duftenden Locken, die ihr lose über die Schultern fielen, und flüsterte wieder und wieder ihren Namen.

Lange Zeit standen sie so da, eng umschlungen, als seien sie die beiden einzigen Menschen auf der Welt. Emma und Mrs Chapman waren hinausgegangen und hatten die Tür leise hinter sich geschlossen, ohne dass einer der beiden Liebenden es bemerkt hätte. Wäre Grace nicht gewesen, die sich im Schlaf regte und am Daumen zu schmatzen begann, so hätten sie wohl bis zum Morgen dort gestanden, ohne sich vom Fleck zu rühren.

»Oh!«, rief Gordon und sah sich suchend um. »Unser Kind – unsere wunderschöne Tochter, wo ist sie? Bring sie zu mir, Amy, und lass sie mich ansehen …«

Er ließ sich von seiner Frau das schlafende Kind in den Arm legen und betrachtete es zärtlich. Dann sah er lächelnd zu Amy auf. »Oh, Amy – sie ist tatsächlich wunderschön, wie ich's immer gewusst habe. Wie ihre Mutter, die ja auch die schönste Frau auf dieser Welt ist …«

Ein zartes Rot zeigte sich auf Amys blassen Wangen. Gordon küsste die kleine Grace noch einmal zärtlich auf die Stirn, dann gab er sie der Mutter zurück, die sie zum Schlafen in ihre Wiege legte.

Gordon nahm seine Frau bei der Hand und zog sie mit sich zum Fenster, wo er einen Arm um ihre Taille legte und zu erzählen begann. Er erzählte nur das, was notwendig war, damit sie verstand, was ihn so lange davon abgehalten hatte zu kommen, verschonte sie aber mit den schlimmsten Nachrichten und mit genauen Berichten aus Eyam. Das alles konnte warten – aber dass sie hatte glauben müssen, er sei tot, oder – schlimmer noch – er habe sie vergessen, das konnte er nicht ertragen.

»Ich dich vergessen!«, rief er und sah sie mit schmerzerfülltem Blick an. »Oh, Amy! Wie könnte ich? Nie vergaß ich dich, nicht einen Moment warst du mir ferner als nur einen Atemzug, ein Lied, ein Gebet … Aber, Amy, ich bin nicht mehr derselbe, der ich war, als ich fortging. Und du, mein Liebes, scheinst mir auch nicht mehr dieselbe. Wie viel musstest du erdulden, wie viel erleiden, und alles um meinetwillen …«

Sie aber legte ihm einen Finger auf die Lippen und sah kopfschüttelnd zu ihm auf, die Augen voller Tränen. »Oh, Gordon, sprich nicht mehr davon, bitte! Ich hatte solche Angst, ich könnte dich niemals wieder sehen, aber … jetzt, da du da bist – da du endlich hier bist! –, fürchte ich nichts mehr. Ich werde nie wieder Angst haben, solange du bei mir bist …«

Damit sank ihr Kopf zurück an seine Brust und er hielt sie schweigend, den Blick wachsam auf die Tür gerichtet, durch die er heute Nacht nicht mehr gehen würde.

Epilog

April 1668

Gordon setzte sich an sein Schreibpult, das unter dem Fenster stand, und ihm einen herrlichen Blick über das Meer bot. Jetzt war es fast dunkel und man konnte nicht viel sehen, denn es ging schon auf zehn Uhr zu, aber Gordon wollte unbedingt noch den angefangenen Brief an William Mompesson beenden, der schon seit einigen Tagen hierlag. Wie zu vielem anderen auch fehlte ihm die Zeit zum Briefeschreiben, seit er sich hier in Bournemouth mit seiner Praxis niedergelassen hatte. Aber er war dankbar in vielerlei Hinsicht: dankbar, dass er wieder als Arzt arbeiten konnte, dankbar, dass er für sich und seine Familie ein so schönes Haus hatte kaufen können, vor allem aber dafür, dass es Amy und den Kindern gut ging. Im Februar hatte Amy ein gesundes Mädchen zur Welt gebracht, das sie – in Gedenken an ihre verstorbene Schwester – Susanna genannt hatten, und ihre Mutter war kurz nach der Geburt gekommen, um mit ihnen zu leben, worüber Gordon ebenfalls sehr froh war: Zum einen hatte Mrs Swann sonst niemanden mehr, und zum anderen tat es Amy gut, ihre Mutter bei sich zu haben.

> *Es ist mir,* schrieb er, *als wolle unser Herrgott uns ein kleines Stück von dem zurückgeben, was wir einst besessen, bevor die Seuche kam und uns so vieles nahm: unsere Familien, unsere Freunde und Nachbarn … Wenn ich des Abends hier so stehe und auf das Meer hinausblicke, dem Klang der Wellen lausche, die sich mal donnernd, mal sanft am Ufer brechen, und dem Wind, der die kreischenden Möwen mit sich trägt, sie unablässig hin und her zu wiegen scheint, dann höre ich über alledem ein Flüstern, ja, ein Lied, das zu mir singt von dem großen Opfer, das sie brachten, um die anderen zu retten. Und ich fühle tief in meinem Herzen eine Dankbarkeit, wie ich sie in Worten nicht be-*

schreiben könnte, dafür, dass ich am Leben bin und es so gut habe, wie ich es nie mehr zu hoffen gewagt hatte …

Im Nebenzimmer begann in diesem Moment das Baby zu weinen und Gordon wollte eben aufstehen und hinübergehen, als er hörte, wie Amy zu singen begann.

Ein Lächeln breitete sich über sein Gesicht und er ließ die Feder sinken, während er in die Flamme der Kerze blickte, die auf seinem Schreibtisch brannte. Andächtig dem Gesang seiner Frau lauschend, war er schon bald im Strom der Erinnerungen versunken, die ihn zurückbrachten an jenen Abend in Kent, an dem er seine Amy wiederfand …

Sie hatten Northbourne bereits am nächsten Tag verlassen, zusammen mit Grace und Emma. Einige Wochen waren sie bei den Beaufords geblieben, die sie ausdrücklich eingeladen hatten zu kommen und »so lange zu bleiben, wie sie wünschten, sie hätten alle keine Angst vor der Pest, schließlich seien sie inzwischen auch schon mehrere Male in London gewesen, wo die Seuche ebenso gewütet hätte, und wenn sie ihnen nicht helfen sollten, wer sollte es dann tun«.

Damit hatten sie recht, da sie damals sonst niemanden im Süden gekannt hatten. Vielleicht wären sie noch länger geblieben als bis nach Ostern, hätte nicht ein Freund der Familie berichtet, dass er von einem Verwandten in Bournemouth wisse, dass die Stadt dringend einen weiteren fähigen Arzt brauche, da die beiden, die dort praktizierten, längst nicht mehr alle Patienten versorgen konnten.

So hatte die junge Familie schließlich in Dorset ihr neues Zuhause gefunden – weit weg von allem, was ihnen lieb und vertraut gewesen war, aber ebenso weit weg von den quälenden Erinnerungen an die dunkelste Zeit, die sie je durchlebt hatten. Emma war bei den Beaufords auf Thornhill geblieben, wissend, dass sie und ihr Kind – auch sie hatte eine Tochter bekommen, die sie Amy genannt hatte – es dort gut haben würden.

Gordon hatte dieses hübsche kleine Stadthaus gekauft und sich in den unteren Räumen seine Praxis eingerichtet. Schon bald hatte er mehr zu tun gehabt, als er anfangs für möglich gehalten hatte. Abends war er oft sehr müde, wenn er zu Amy in die Stube kam, wo sie nähend oder stickend am Feuer saß und auf ihn wartete, wie immer ein Lächeln auf dem Gesicht

Gordon wandte sich wieder seinem Brief an William Mompesson zu.

Nur ihm gegenüber konnte er seinen Gefühlen Ausdruck verleihen, da er wusste, dass der Reverend unter denselben, immer wiederkehrenden Albträumen litt wie er: In wie vielen Nächten war Gordon schon schweißgebadet erwacht, in der festen Überzeugung, er sei noch in Eyam und kämpfe gegen den Schwarzen Tod. Kein Zureden, kein Liebkosen von Amy hatte ihn beruhigen können.

In Dorset waren die Albträume allmählich weniger geworden – ganz losgelassen hatten sie ihn bis auf den heutigen Tag nicht. *Aber vielleicht,* dachte Gordon und tauchte die Feder abermals in die Tinte, *ist das auch gut so, damit wir nie vergessen, wie gesegnet wir sind in unserer jetzigen Lebenssituation, und nicht aufhören, Gott zu loben und ihm von Herzen zu danken.*

Und wenn es dich einmal in den Süden bringen sollte, dann vergiss nicht, lieber William, dass du hier unten Freunde hast, die dich gerne willkommen heißen in ihrem Haus,

schrieb er, wohl ahnend, dass William niemals kommen würde: Derbyshire war zu weit weg und der Reverend würde seine ihm anvertraute Gemeinde nicht für so lange Zeit allein lassen wollen, besonders jetzt nicht, nachdem viele erst allmählich ihr Vertrauen zu Gott wiederfanden.

Aber selbst wenn sie einander nicht mehr wiedersehen sollten, wusste er doch, dass er William Mompesson nie vergessen würde, ebenso wenig wie Thomas Stanley und Marshall Howe und all die anderen, die geholfen hatten, den Norden Englands vor dem sicheren Tod zu bewahren, indem sie bereit gewesen waren, ihr Leben für das der anderen zu geben.

Während die Tinte trocknete, nahm er seine Bibel zur Hand und las noch einmal beim Schein der Kerze den Vers, der ihm seither am wichtigsten erschien, da vielleicht niemand so gut wie er verstand, was er wirklich bedeutete:

Greater Love hath no man than this
that a man lay down his life for a friend.

Nachwort

»In dem stillen Dörfchen Eyam in Derbyshire sprechen die Menschen noch heute von der Pest, als habe sich all dies erst letzte Woche ereignet ...«

Und genau so fühlt man sich, wenn man durch die stillen Straßen von Eyam wandert, an den heimelig anmutenden kleinen Häuschen entlang, die man die Plague Cottages nennt, weil dort im September 1665 im Hause des Schneiders Alexander Hadfield die Seuche ausbrach. Ein unwillkürlicher Schauer überkommt einen, wenn man an der Kirche vorbeigeht, auf deren Friedhof das Grab Catharine Mompessons zu finden ist. Folgt man von hier aus einem steilen Pfad, gelangt man zu der Straße, die nach Grindleford führt. An dieser befindet sich Mompesson's Well, der Brunnen, an welchem die Bewohner Eyams zur Zeit der Quarantäne in Essig gereinigte Münzen im Austausch für Nahrung und Medizin hinterließen. Die abseits in Richtung Bakewell auf einem einsamen Feld gelegenen Riley Graves scheinen dem Betrachter ihre Geschichte zu erzählen, als wenn der Wind sie ihm zuträgt. Über sie findet man Näheres in einem informativen und sehr ergreifenden Video auf der Website von Eyam (www.eyamplaguevillage.co.uk); aus diesem stammen auch die Zitate in diesem Abschnitt. Ich mag besonders emotional sein, aber ich glaube nicht, dass sich irgendjemand diesem Zauber entziehen kann, der jemals dort gewesen ist.

»Im Angesicht des Todes blieben die Menschen von Eyam standhaft, entschlossen, das Versprechen, das sie ihrem Geistlichen im Namen des Herrn gegeben hatten, zu halten. Sie hätten fliehen können ... aber sie blieben, um andere Menschen vor jener todbringenden Katastrophe zu bewahren, die über sie selbst gekommen war.«

Dieser großartige und bewundernswerte Akt der selbstlosen Nächstenliebe war es, der die Menschen von Eyam – unter der Führung ihres Reverends, William Mompesson, und dessen Amtsvorgängers Thomas Stanley – zu den großen Helden gemacht hat, die sie heute noch sind, und der mich zum Schreiben dieser Geschichte inspirierte.

Als ich vor drei Jahren zusammen mit meiner Familie Eyam besuchte, wusste ich, dass ich eine Geschichte darüber schreiben würde.

Es arbeitete dann noch einige Monate lang in mir, ehe das Gefühl und damit die Idee für den Roman konkret wurde, und eines Abends im November 2010 hatte ich das Bild des nächtlichen Reiters vor mir, dem wir im ersten Kapitel begegnen.

Der Arzt Gordon Tulliver ist der dritte, fiktive Held, den ich erfand, um ihn den beiden realen Helden, Mompesson und Stanley, zur Seite zu stellen – vielleicht auch als Bindeglied zwischen diesen beiden doch sehr gegensätzlichen Charakteren, die um der Menschen willen ihre religiösen Differenzen über Bord warfen und eng zusammenarbeiteten, um den Plan der Quarantäne schließlich umzusetzen.

Zu den fiktiven Charakteren in diesem Roman zählen außerdem Amy, Grace, Emma, die Cravens sowie alle Menschen, die in irgendeiner Verbindung mit Morton Hall und Bakewell stehen. In Eyam beschränken sich die fiktiven Personen auf die Swanns, die Howards, Anne Butterworth, John Mellor sowie einige der Kinder und natürlich die junge Lydia Coyle, die Gordons Treue auf die Probe stellt.

Alle anderen Personen, insbesondere die beiden Geistlichen, habe ich nach bestem Wissen und Gewissen beschrieben, soweit ich den historischen Hintergrund kannte. Eine Auflistung der zur Zeit der Pest in Eyam lebenden Personen sowie ein Verzeichnis aller Opfer findet man auf der Website des Museums von Eyam (www.eyam-museum.co.uk) – das unbedingt einen Besuch wert ist! – sowie auf der Website des Peaklandheritage (www.peaklandheritage.org.uk). Hier finden sich die bekanntesten Geschichten um die Bewohner von Eyam zur Zeit der Pest, unter anderem fand ich dort den Auszug aus dem Brief von William Mompesson an seinen Onkel (Kapitel 34).

Emmott Sydall und Rowland Torre waren tatsächlich verlobt und trafen sich im Cucklet Delph, weil Emmott Angst hatte, er könne sich anstecken. Auch als Emmott nicht mehr kam, ging Rowland regelmäßig dorthin, und als die Pest vorüber war, war er einer der Ersten, der ins Dorf hinunterkam. Doch als er auf das Haus zuging, in dem Emmott gelebt hatte, sagte man ihm, dass seine Emmott »längst gestorben und begraben« sei. Er hatte also monatelang vergeblich gewartet und gehofft, sie lebend wiederzusehen …

Verzweifelt über den Verlust seiner Familie, führte Matthew Morten nach Ende der Pest ein zurückgezogenes Leben mit seinem Hund. Eines Tages lief ihm während eines Spaziergangs sein Hund davon, als er in der Entfernung eine Frau gehen sah, die er für seine Herrin hielt. Es war die Witwe Sarah Hawksworth, die ihren Mann bereits bei Ausbruch der Pest verloren hatte. Sarah und Matthew kamen miteinander ins Gespräch und heirateten einige Zeit später.

Historisch belegt ist, dass der Graf von Devonshire und seine Frau Lady Elizabeth Cecil von Chatsworth House während der Pest und insbesondere während der Zeit der Quarantäne die Menschen in Eyam mit Medikamenten und Lebensmitteln versorgten.

Pate für das Herrenhaus Morton Hall stand Haddon Hall bei Bakewell, Derbyshire, das mich ebenfalls inspirierte, ganz besonders der Rosengarten, der Eichenkorridor und das historische Cembalo, welches am Ende desselben ausgestellt ist. Für mich wird dieses Cembalo immer Amys Instrument sein, auf dem sie leise die Töne von *Greensleeves* anschlug.

Der Legende nach schrieb Heinrich VIII. dieses Lied für seine zweite Frau Anne Boleyn, die Mutter der berühmten Elizabeth I. Für mich ist es eine der schönsten Melodien aller Zeiten, sie ist es, die die Geschichte sozusagen musikalisch »trägt«.

Das alte Kinderlied *Ring a ring of roses* (die deutsche Version: »Ringelringelreihen« stammt aus dem Jahr 1796) entstand und veränderte sich im Laufe der Jahrhunderte immer wieder; ob die ursprüngliche Version tatsächlich die Symptome der Pest (*Rosies* für den Ausschlag, *posies* für die Kräutersträußlein, die man zum Schutz am Körper trug, und *Atashoo* als Niesen und Husten) beschreibt, bleibt jedoch umstritten. Dennoch verwendete ich das Lied in der Szene mit den spielenden Kindern (Kapitel 30), indem ich bewusst auf diese tragisch-romantische Interpretation zurückgriff.

Ein *Posset,* nach dem es den alten Unwin verlangt (Kapitel 15), war ein dickflüssiges, stärkendes Getränk, das aus Ale, heißer Milch und darin aufgeweichtem Brot bereitet wurde.

Weitere interessante Informationen über das Leben der Menschen im England des 17. Jahrhunderts finden sich in dem herausragenden Buch *Eine kurze Geschichte der alltäglichen Dinge* von Bill Bryson – Goldmann Verlag 2011 –; unter anderem las ich darin über die Geschichte des Teetrinkens und die Tradition der Kaffeehäuser.

Bezüglich des Konflikts zwischen Puritanern und Anglikanern im 17. Jahrhundert hat mir das Buch *Manifold Greatness – The Making of the King James Bible,* herausgegeben von Helen Moore und Julian Reid, Bodleian Library, University of Oxford, 2011, viele wertvolle Einblicke in die Geschichte des von mir so geliebten Landes gegeben.

Beide Shakespeareverse, die ich in diesem Roman zitiere (Kapitel 29 und 32), stammen aus dem Drama *The Two Gentlemen of Verona.*

Dank

Mein erster Dank geht wie immer an meine Familie, insbesondere an meine England heiß und innig liebenden und historisch bereits ebenso begeisterten Kinder Lukas und Rahel, und an meinen Wolfgang, ohne den dies hier alles gar nicht möglich wäre, und der mich – und uns – immer wieder nach England zurückbringt (in diesem Jahr wieder nach Derbyshire!).

Dank geht ebenfalls an alle, die das Buch von Anfang an begleitet haben, darunter viele meiner Freunde (besonders Inka und Ragna), sowie Sandra Binder und Lutz Ackermann von SCM Hänssler: Es war dieses Mal ein wahrhaft großes Abenteuer!

Julie Klassen

Das Mädchen im Torhaus

Paperback, 13,5 x 20,5 cm, 448 S.
Nr. 395.351, ISBN: 978-3-7751-5351-5

1813: Vom Vater verstoßen findet Mariah Aubrey in einem verlassenen Torhaus ein neues Zuhause und beginnt heimlich als Schriftstellerin zu arbeiten. Doch als der junge Marineoffizier Matthew das Anwesen übernimmt, geraten alle ihre Pläne durcheinander …

Julie Klassen

Das Geheimnis der Apothekerin

Paperback, 13,5 x 20,5 cm, 432 S.
Nr. 395.079, ISBN: 978-3-7751-5079-8

In der Apotheke ihres Vaters ist Lilly Haswell glücklich. Dort kann sie das Gerede über das Verschwinden ihrer Mutter vergessen. Als ihr Vater krank wird, entscheidet sie sich, die Apotheke zu übernehmen - wohl wissend, dass Frauen die Heilkunst versagt ist ...

Bitte fragen Sie in Ihrer Buchhandlung nach diesen Büchern!
Oder schreiben Sie an: SCM Hänssler, D-71087 Holzgerlingen;
E-Mail: info@scm-haenssler.de; Internet: www.scm-haenssler.de

Julie Klassen

Das Schweigen der Miss Keene

Paperback, 13,5 x 20,5 cm, 480 S.
Nr. 395.314, ISBN: 978-3-7751-5314-0

England, Cotswolds 1815: Olivia Keene rennt vor ihrem eigenen Geheimnis davon und stolpert dabei über das eines anderen. Der junge Lord Bradley nimmt sie mit auf sein Anwesen, um die junge Fremde im Auge zu behalten – mit ungeahnten Folgen.

Julie Klassen

Die Lady von Milkweed Manor

Paperback, 13,5 x 20,5 cm, 416 S.
Nr. 395.078, ISBN: 978-3-7751-5078-1

Charlotte zahlt einen hohen Preis für eine Nacht. Ihr Vater verstößt sie, als ihre Schwangerschaft nicht länger zu verbergen ist. Ihre Zuflucht: Milkweed Manor. Eine ergreifende Liebesgeschichte aus dem England der Zeit um 1800.

Bitte fragen Sie in Ihrer Buchhandlung nach diesen Büchern!
Oder schreiben Sie an: SCM Hänssler, D-71087 Holzgerlingen;
E-Mail: info@scm-haenssler.de; Internet: www.scm-haenssler.de